ヘンリー・ミラー・コレクション⑫　冷暖房完備の悪夢

第二期

ヘンリー・ミラー・コレクション

Henry Miller Collection 2nd Series

冷暖房完備の悪夢

The Air-Conditioned Nightmare

金澤智 訳

水声社

Henry Miller Collection 2nd Series–12

The Air-Conditioned Nightmare

12

マーガレット・ナイマンとギルバート・ナイマンに捧ぐ

バンカーヒル（ロサンゼルス）の出身で、いまではガーデン・オブ・ザ・ゴッズ（コロラド）の奇岩地帯よりもどこか上方にいるふたり。私の記憶と思慕のなかで、ふたりはその地よりもいささかの高みに、神々よりも高い場所にいる。なぜなら、ふたりは非の打ちどころがないほどに人間らしい人たちなのだから。

この世でもっとも偉大な人々は、誰にも知られず逝き過ぎてきた。世に知れぬこの偉人たちに比すれば、われわれの知るブッダたち、キリストたちは、二級の偉人に過ぎない。こうした知られざる偉人たちは数多く、あらゆる国にいて、黙々と働いてきた。黙々と生き、黙々と逝く。そしていつしか、この人たちの思想は、ブッダたち、キリストたちのなかに引き継がれて発露を見る。そしてわれわれの耳目に伝わるのは、この後者たちばかりなのである。もっとも高貴な人々は、己の知識に頼んで功名を立てようとはしない。彼らはその思想をただ世に引き渡し、自分のものとして固持せず、学派や体系に自分の名を冠しようともしない。そのようなことには相容れない性分なのである。これぞ真のサトヴィカたち、すなわち、いかなる波紋も引き起こすことなく、ただ愛のうちに融和することのできる者たちである。……

ゴータマ・ブッダの生涯をみると、彼がみずからを二十五番目のブッダと称していることに繰り返し気づかされる。彼以前の二十四人は歴史に名を残していないが、歴史に知られるブッダは、この二十四人が築いた基盤のうえに立っているに違いない。もっとも高貴な人は、穏和で、寡黙で、無名なのである。彼らは思想の力を本当に知る者たちである。たとえ洞窟に籠って引き戸を立てて暮らし、真実の思想をほんのわずか五つのみ熟考した果てに世を去ったとしても、みずから考え抜いた五つの思想は永遠に生き残るであろうと、彼らは確信している。そのとおり、そのような思想は山をも貫き、海を渡って世界中を駆けめぐるであろう。その思想は人々の心と脳に深く染みわたり、その思想によって育まれた男女が今度は、人の世の生業においてその思想に実際的な表現形態を与えることであろう。……ブッダたちやキリストたちが、幾多もの地を経めぐってこれらの真実を説くであろう。……これらのサトヴィカたちは、あまりにも神仏に近いがために、積極的に闘い、働き、骨を折り、説教し、そしていわゆるところの善なるものを施すことを、この地上において人々のためにするには至らないのである。……

——スワミ・ヴィヴェカナンダ

目次

ヘンリー・ミラー，カリフォルニア州ビッグサーにて――1944年春。ウィリアム・キャンドルウッド撮影。

序

アメリカについての本を書こうという考えは、何年か前、パリにいたときに私の脳裏をよぎった。そのときは、そんな夢想が実現にいたる可能性は皆無に思えた。実際に書くとなると、アメリカに行かなければならないだろうし、懐にもいくらかの余裕をもったうえで、のんびりと旅してまわらなければいけない。そんな日がいつ来るやら、私には見当もつかなかった。

旅を実行に移す術をもたなかった私にとって、次善の策は想像のなかでそれを体験することだったので、折を見て私は空想の旅に取りかかった。いま思い返せば、この旅の予行演習が始まったのは、ウォルター・ローウェンフェルズから大きなスクラップブックを貰い受けたときのことだった。フランスから退去することになった彼は、出発の前の晩に私を呼びつけて、何年もかけて執筆した大量の原稿の束を燃やすのを私に手伝わせたのだ。

それからというもの、真夜中に仕事場に戻ると、私はいつでも机に向かって、この天国の台帳みたいなスクラップブックに些細な事柄を際限なく記録し、作家の創作手帳を作り上げていった。夢、攻撃と弁護の計画、回想、書こうと思った本のタイトル、金を貸してくれそうな人の名前と住所、頭から離れないフレーズ、やっつけてやりたい編集者、戦場、記念物、隠遁的な静想、等々。モビール、スワニー川、ナバホ族、ペインテッド砂漠、私刑集団《リンチ》、電気椅子——そういった言葉を書き込んだときに感じた身震いを、私はいまでもはっきりと覚えている。

パリで始まったこの想像上の旅を、記録として残さなかったのは、いまとなっては残念に思える。どれだけ違う書物になっていたことだろう！

とはいえ、たとえ実りなきものに終わろうと、現実の旅を始めたのにも理由があった。私は自分が生まれた国と和解すべき必要を感じていた。その必要はかなり差し迫ったものだった。というのも、大方の放蕩息子たちと違って、私には家庭という鞘に収まろうという気持ちはなく、ふたたび放浪を始めて、おそらく二度と帰還しないつもりだったからだ。私は祖国を最後に一目見て、後味よく別れを告げたかった。かつてしたような、逃げ出すみたいな去り方はしたくなかった。アメリカを抱擁し、古傷は完全に癒えたのだと実感し、祝福の言葉を口にしながら未知なるものへと向かいたかったのだ。

ギリシャを発つとき、私は晴れやかな気分だった。もしこの地上に、憎悪、偏見、苦渋から解放された者がいるとしたら、それは他ならぬこの私だと感じた。これまで生きてきて初めてニューヨークとその先にあるものを、嫌悪にむせ返ることなく眺めることができそうだという確信に満ちていた。

私が乗った船はボストンに先に停泊するらしいことがわかった。ちょっとした不運ではあったが、それもちょうどよい試練だった。私はボストンに行ったことがなかったので、運命が私にいたずらをしたことをむしろ嬉しく思った。ボストンを好きになろうとして、私は心の準備をした。

デッキに出て、海岸線を最初にこの目でとらえた瞬間、私は即座に失望した。単に失望しただけではなく、悲しくなったといってもよいかもしれない。アメリカの岸はうら寂れていて、私を惹きつけるものがなかった。アメリカの家の外観も私には気に入らなかった。アメリカの家屋建築には、どこか冷たくて粗末で、味わいがなくよそよそしい雰囲気があった。それは「ホーム」という言葉が不安定な精神に対してもつあらゆる醜くて邪悪で不吉な含意を帯びていた。そこには堅苦しくて道徳的な様相があって、私は骨の髄まで寒気を感じた。

寒い冬の日で、強風が吹き荒れていた。乗客の誰かと一緒に、私は船を降りた。この人物が誰か、どんな男だったのか、まったく思い出せないということが、そのときの私の心理状態をよく表している。何だかよくわからない理由で、私たちは鉄道駅の構内を歩きまわってみた。あまりの痛ましさに私は不安になった。似たような都市の似たような駅をすぐに思い起こしたが、どれもうんざりするような悲惨な記憶だった。ボストンのこの駅についてもっとも鮮明に覚えているのは、大量に積み重ねられた本と雑誌の山であり、それはまったく安っぽく低俗で、ごみ屑同然の古臭いものに見えた。そしてその場がもつ子宮のような温もり——それはとてもアメリカ的だ。それだけは忘れようがない。

日曜日だったので人出が多かったのだが、騒々しい学生の集団が混乱に拍車をかけていた。その光景に、私は吐き気を催した。できるかぎりすぐに船内に戻りたかった。一時間ほどのうちに、私はボストンで見たかったものをすべて見尽くしてしまった。私には、醜悪きわまりないものとしか思えなかった。

ふたたび航海に戻ると、船はいくつもの橋、列車の線路、倉庫、工場、波止場、等々を通り過ぎていった。まるでそれは、発狂した巨人が大地に植えつけた狂気じみた夢の跡を追っているみたいだった。馬や牛のほんの一頭でも、あるいはつむじ曲がりのヤギがブリキの缶でも噛んでいる様子を見ることができたなら、どれだけ気持ちが救われただろうか。だが見渡すかぎり、動物や植物、人間の王国に類するものはなかった。目の前にあるのは、人類以前の、あるいは人類以下の怪物が強欲に駆られて作り出した途方もない廃墟だった。それぞれが何らかの形で、負の要素であり、否定の顕現だった。これは悪夢だ。吹きすさぶ強風は、視界に入るものをことごとく凍ったパイの皮のように打ち砕いていた。凍てつく風と、嫌悪感と吐き気のため、終いに私はあたりを駆けまわっていた。船室に戻ったときには、何かの奇跡で船長が航路を変え、ギリシャの港ピレウスへと戻る気になることを私は祈っていた。

出だしから最悪だ。ニューヨークに着いて、港や橋や摩天楼を見ても、この第一印象を拭い去ることはできなかった。ボストンが作り出した醜悪なイメージに、以前からよく知っている恐怖の感覚がさらに加わった。バタリー地区の運河を経巡りながら、岸に近づくと、日も暮れゆき、通りには急ぎ足の昆虫たちが点々として見える。私はニューヨークに対していつも感じていたのと同じ印象を覚えた――これほどまでに身の毛のよだつ場所は、この地上で他にはない。何度脱出しても、私はまるで逃亡奴隷のように連れ戻され、そのたびに不快感を抱いてますます嫌いになる、その繰り返しだ。

またもや、ネズミ捕りの罠にはまった。私は昔の知人たちから身を隠すつもりでいる。彼らと一緒に過去を思い出したくはない。過去はあまりにも悲惨でみすぼらしい記憶に溢れている。私がひとつしようと思っていたのは、ニューヨークを出て、正真正銘のアメリカ的なものを経験することだ。かつて見聞きした場所のいくつかを訪れてみたい。広々とした土地に出かけてみたい。

何かをするには、金が必要だ。私は数年前に国を離れたときとまさに同じように、一銭ももたずに帰国した。ゴーサム・ブックマートで、店主のミス・ステロフが支援者から集めてくれてあった、いくばくかの金を得ることができた。嬉しい驚きだった。私は心を打たれた。それでも、この先さらに暮らしていくには心もとなかった。さらに金を得なければならなかった。多分、何か仕事をしなければならないだろう――そう思うと、うんざりだった。

そうこうするうち、父が危篤状態になった。父は三年前からずっと危篤なのだ。一文無しで父を見舞うというのは、どうも気が引けた。私は自暴自棄になっていった。何かが起こらないことにはどうしようもなかった、奇跡的な何かが。すると、起こったのだ。私の敵だとばかり思っていたある男に、偶然出くわしたのである。彼の口からほぼ最初に飛び出した言葉は、「金はあるのか？　力になろうか？」というものだった。ふたたび私は心を打たれたが、このときは涙が溢れるほどだった。

数カ月もすると、私は南部に住む旧友の家に身を寄せた。夏の大半をそこで過ごし、それからニューヨークに戻った。父はまだ生きていた。ブルックリンに住む父の家を定期的に訪れ、ニューヨークの昔話に花を咲かせた（一八八〇年代とか九〇年代とか）。近所の人たちと会い、ラジオを聞き（いつものくだらないクイズ番組「インフォメーション・プリーズ」）、前立腺の性質についてや、膀胱の特性、ニューディール政策のことなどを語り合った。ニューディールは依然として私には耳慣れない言葉であったし、かなりばかげて無意味なものだった。「あのローズヴェルトめ！」〔フランクリン・D・ローズヴェルトは一九三三年から四五年まで第三十二代合衆国大統領〕と言う近所の人たちの話し方は、「あのヒトラーめ！」と言っているように聞こえる。大きな変化がアメリカに起こったのだということは、疑いようがない。さらに大きな諸変化も近づいているのだと、私は確信した。われわれは、想像もつかない何かの、ほんの前触れを目撃しているのに過ぎなかった。あらゆるものが常軌を逸しており、さらにさらにその様相は深まっていた。きっと、最後には人々は四足で歩くようになり、ヒヒのようにわめいているのだろう。何らかの惨事が起ころうとしていた——誰もがそう感じていた。そう、アメリカは変わった。回復力の欠如、絶望感、諦念、懐疑心、敗北感——はじめのうち私は自分の耳を疑った。そしてその全体にわたって、あのお決まりのうわべだけで中身が空っぽの楽観論——いまとなっては、あきらかに亀裂が生じていた。

私は気持ちが落ち着かなくなった。父はまだまだ持ちこたえそうに見えた。こうなると、いつまでニューヨークに縛りつけられるのかは、神様に聞かなければわからなかった。私は計画を先に進めることに決めた。いつかは旅に出なければならないのだ——どうして待つ必要があるのか。もちろん、またもや金の問題がある。一年ものあいだ国中を旅するともなれば、金は必要だ。それも、相当な額だ。いったいいくらかかるのか、見当もつかなかった。いずれにしても、いますぐ出発しないことには、永遠にこの泥沼から抜け出せなくなるだろう。

南部から戻ってきて以来、私は暇を見てはエイブ・ラトナーのアトリエに通い、水彩画の技術を磨いていた。ある日、私はこれから行う旅の話を彼に切り出した。驚いたことに、ラトナーは私と同行したいという意欲を示した。すぐに彼と私は、これから取り組むことになる本の性質について論じ合っていた――大きな判で、多色刷りの図版やら何やらがついている豪華なやつで、私たちが親しんだフランス風の美しい本だ。そんな本を誰が出版してくれるかなんて知ったことではなかった。大事なことは、それをやり遂げるということだ――それから出版社を探そう。それに、たとえ出版にはいたらなかったとしても、旅をしたということに変わりはないだろう。

だんだんと、私たちは車を手に入れようという気になっていった。自動車なしではアメリカを見ることはできない――それは誰もが言うことだ。それはもちろん正しいとはいえないが、なかなか魅惑的な言葉ではある。私は車をもったことはなかったし、運転もまったくできなかった。いまからすれば、カヌーでも選んでおけばよかったと思う。

最初に目に留まった車を私たちは買うことにした。ふたりとも車については何の知識もなかったので、販売員がこれはよい車で、信頼できると言うのを鵜呑みにしたのだ。完璧な車というわけではなかったが、いろいろ考えてみると、確かに彼の言うとおりだった。

あと数日で出発の準備も整おうかというころ、私はダブルデイ・ドラン社のジョン・ウッドバーンという人に会った。彼は私たちの企画に対して並々ならぬ関心を示した。驚いたことに、数日後には私は彼のオフィスにいて、出版契約に署名していた。シオドア・ローズヴェルト〔第二十六代大統領シオドア・ローズヴェルトの没年は一九一九年〕の名も、調印者（そう呼んでよいのかわからないが）の欄にあった。彼は私のことなど知る由もないし、自分の名を記す

エイブ・ラトナー。アルフレド・ヴァレンテ撮影。

のに半信半疑だったようだ。いずれにしても、いつもどおり彼の名が書かれていた。

私は前金で五千ドルもらうつもりでいたが、実際に手にしたのは五百ドルだった。ホランド・トンネルをくぐってお隣のニュージャージー州に着く前に、その金はなくなってしまった。ラトナーの分担参加は断られた。私たちが企画したような本の出版は、あまりにもコストが高かったのだろう。私は気まずい思いをし、悔しくて仕方がなかった。ラトナーが不貞腐れることもなく条件を飲んだから、なおさらだった。どうせそんなことだろうと、彼は最初から思っていたに違いない。私はといえば、いつでも自分のビールに天使が小水を入れてくれることを期待するような楽天家なのだ。「大事なことは、アメリカを見ることだ」とラトナーは言った。私は同意しながら、心ひそかに願いをふくらませた。将来、印税が入ったら、ラトナー版のアメリカの書を描画と彩色つきで出版できないだろうか、と。それは妥協であり、私は妥協が嫌いなのだが、アメリカとは結局そういうものなのだ。「次回は君の好きなようにできるだろう」――歌の文句のような響きだ。そんなのは卑劣な嘘だが、それを誤魔化すために口止め料が支払われるのである。

こうして旅が始まった。いろいろあったとはいえ、ニューヨークを発つときにはとてもよい気分になっていた。正直に言えば、少し心配でもあった。何しろ、ふたりとも自動車教習所で五、六回程度の講習を受けただけだったのだ。ハンドルの切り方、ギアの変え方、ブレーキのかけ方は覚えたが――ほかに何が必要だろう？　とにかく、ホランド・トンネルに向かうころには、私たちは上機嫌だった。出発の日は土曜だった。この忌まわしい自動車専用トンネルは、タクシーで一度通った以外には利用したことがなかった。それは悪夢だった。終わりなき悪夢の始まり、と言うべきだろう。

ニューアークで同じ場所を無駄に回っていることに気がつき、私はラトナーと運転を交代した。一時間の運転のせいで、私は疲れきっていた。ニューアークまで着くのは簡単だが、雨の降る土曜の午後に、あの異常な高架幹線道路をふたたび見つけるのは、まったく別問題だ。とはいえ、一時間かかってようやく開けた場所に出ると、車の往来はほとんどなくなり、空気は清冽としていて、景色は私たちに期待感を抱かせた。旅に出ているのだ！　ペンシルバニア州ニューホープが最初の停車地だ。

ニューホープ！　最初の立ち寄り場所として、そんな名前の町を選ばなければならなかったのは、何とも奇妙なことだ。それは美しい場所でもあり、どことなく、まどろむようなヨーロッパの田舎町を思い起こさせた。そしてこれから訊ねるビル・ネイ〔ニューホープ出身の画家〕、彼こそ新たな希望《ニュー・ホープ》、新たな熱狂、新たな状況《ニュー・ディール》の象徴だった。見事なまでの出だしだ。前途洋々といったところだ。

ニューホープはアメリカにある芸術家村のひとつだ。この地を去るときの私の心境を、いま鮮やかに思い出すことができる。言葉にすれば、こうだ——芸術家に希望はない！　犬のような暮らしを送らずにすんでいる芸術家といえば、商業芸術家だけだ。奴らはきれいな家に住み、きれいな筆を使ってきれいなモデルを雇っている。それ以外の者は前科者のように暮らしていた。この印象は、旅を続けるうちにさらに深まり、確信となった。アメリカは芸術家のための場所ではない。芸術家であることは、不道徳の極みであり、経済的落伍者であり、社会のお荷物である。トウモロコシで育てられる飼い豚のほうが、創造的な作家や画家や音楽家よりもましな暮らしをしている。ウサギなら、もっとよい暮らしだ。

ヨーロッパからはじめて戻ったとき、私は自分が「国外放浪者」であることを、しばしば不快なかたちで、何度も思い知らされた。いまや国外放浪者は、現実逃避と見なされるようになった。戦争が始まるまでは、アメリカの芸術家たちは誰でもヨーロッパへ行く夢を抱いていた——そして、できる限り長くそこに留まるのである。昔なら、人のことを現実逃避などとは誰も呼ばなかった。要するに、ヨーロッパへ行くのは、自然で、妥当で、適切な行いだったのだ。戦争勃発とともに、幼じみた駄々っ子のような愛国主義が流行りだした。「古きよきアメリカ合衆国に帰れて、嬉しくないのか？」というのがお決まりの挨拶だった。「アメリカみたいなところはほかにないよな？」これに対して求められたのは「当たり前さ！」という返事だ。このやりとりの裏にあったのはもちろん、はっきりとは口に出さない失望感だ。アメリカの芸術家たちは、生まれた国でふたたび逃げ場を探すことを強いられたので、自分がもっとも欲していた暮らしを送る権利を奪いとったヨーロッパの友人たちに怒りを覚えた。戦争などという、醜くて不必要なものが始まるのを許した連中に苛立った。誰もが知るように、アメリカとはそもそも、そのような醜い状況から逃げ出した人々によって構成されているのである。アメリカとはとりわけ国外放浪者と現実逃避者の、より強い言葉を使えば「背教者」の国だ。ヨーロッパ、アジア、アフリカの同胞たちから、もし本当にわれわれが逃げ切っていれば、この大陸を素晴らしい世界に作り上げていたかもしれない。素晴らしい新世界となっていたのかもしれない。もしもわれわれが、数世紀にもわたる怨恨と嫉妬と敵対によって蓄積された毒を根絶し、旧い世界に背を向け、新しい世界をつくる勇気をもっていたなら。

新しい世界とは、旧いものを忘れようとするだけでつくられるような単純なものではない。新しい世界は、新しい精神と、新しい価値観によって作られる。われわれの世界はそのようにして始まったのかもしれないが、いまとなっては滑稽な戯画だ。われわれの世界は物資の世界だ。それは生活を快適にする物や贅沢品でできているか、さもなくばそれらの物に対する欲望でできている。迫り来る大崩壊に直面して、人々がもっとも恐れるのは、見かけ倒しで何の役にも立たない便利品、われわれの暮らしをあまりにも不快にしている快適品のあれやこれやを、諦めて暮らすように強いられることだ。われわれの生活態度には、勇敢で、騎士道的で、英雄的で、高潔なところなど何もない。われわれは平和な集団などではない。狭量で、臆病で、不安に震える集団、それがわれわれの姿なのである。

私がここで戦争のことを例に挙げるのは、ヨーロッパから帰ってきたために、ヨーロッパの状況についての意見を求められて辟易することが多々あったからだ。ほんの数年そこにいただけで、私の言葉に含蓄が加わるとでもいうのだろうか！　これほどまでに広まった紛争の深奥に秘められた謎を、誰が解きほぐすことなどできるのだろうか？　報道メディアや歴史家ならできるふりを装うだろうが、この連中の後知恵など、目の前の光景とはまったく不釣合いなので、そんな分析には誰もが首を傾げて当然である。私はこんな心境を迎えている――アメリカ人として生まれ、さらには国外放浪者なるものになりはしたが、私自身はどこかの国の一員としてではなく、地球の一住人として、世の中を見ている。たまたま自分がここに生まれたからといって、アメリカ的な生活が最善だと考える理由にはならない。パリで暮らすことを選んだからといって、フランスの政治家たちの失態を私が骨身を削って償う必要はない。自分の過ちで自分の首を絞めるのは仕方のないことだが、他人の過ちの犠牲になるのはうんざりだ。さらに言えば、ヒトラーという名の狂人が暴れまわっているからといって、どうしてこの私が平静を失わなければならないというのか。ヒトラーにしても、いずれ滅びるだろう。ナポレオンも、ティムールも、アレクサンダー大王も、みなそうだった。大災厄は、理由なしには決して起こらない。ヨーロッパやアジアに独裁者が現れたのには、それ相応の理由がたっぷりとあった。われわれの時代にはわれわれの独裁者がいる。ただ、そいつはヒュドラのような怪物で、ひとつの首を切ればふたつの首が生えてくるのだ。このような悪の権化を根絶するには、破壊して殺戮する以外に方法はないと信じる者もいる。勝手に破壊すればよい。目に入るものは片っ端から破壊すればよいのだ、それで自分の問題が解決できると思っているなら。私はそのような破壊は有効だとは思わない。私が認める唯一の破壊は、自然の過程による、創造という営みに付随し内在する破壊だ。ジョン・マリンはスティーグリッツへの手紙にこう書いたものだ。「自分を切り裂くことで、歌を生み出す人もいる。その一方で、他人を切り裂いて歌にする人もいる。」

旅が終わったいま、心にもっとも強く残っている経験は、ラーマクリシュナとヴィヴェカナンダに関するロマン・ロランの二冊の本を読んだことだというのが正直な心境だ。取り急ぎ、その他の事柄をいくつか付け加えておこう……

私が出会ったもっとも美しい女性で、言葉のあらゆる意味において女王と呼べる人は、ある黒人詩人の妻だった。もっとも風格があり、私が真に「偉人」と呼ぶことができた唯一の人物は、ハリウッドに住む物静かなヒンズー教の賢者だった。未来に対してもっとも偉大な展望を抱いていたのはユダヤ人の哲学教授だったが、十年近くわれわれとともに暮らしているにもかかわらず、その名前はアメリカ人には実質的にまったく知られていない。もっとも完成が楽しみな本の企画は、ある画家によるものだったが、まだ一行たりとも書かれていなかった。壁画と呼ぶにふさわしい壁画はたったひとつしか見なかったが、それはサンフランシスコにあって、国外放浪を続けるアメリカ人によるものだった。もっとも刺激的で理知的に選ばれた近代絵画のコレクションは、ハリウッドのウォルター・アレンズバーグによる個人コレクションだった。自分の境遇に満足し、自分の環境に適応し、自分の仕事に喜びを感じ、アメリカの伝統の最善の部分をすべて体現したような人物に出会ったのだが、それはロレンス・クラーク・パウエルという、カリフォルニア大学ロサンゼルス校に勤める謙虚で慎ましやかな図書館司書だった。ここで私は、ジョン・スタインベックの友人であるエド・リケッツの名を加えなければならない。太平洋生物学研究所に勤める彼は、人格と気質においてもっとも際立った人物であり、平和と歓喜と知恵を発散させている。七十という歳ながら、もっとも若々しく、そして活き活きとしていた人物は、ニューオーリンズのマリオン・スーチョン博士だった。労働者階級のなかでもっとも立派に思えた人々は、ロッキー山脈を越えた西部のガソリンスタンドで働く従業員たちであり、特にスタンダード社の支店は素晴らしかった。彼らは東部人とはまったく別の種族である。もっとも綺麗な英語を話していた人物は、ヴァージニア州のマサナッテン山にある洞穴のガイドだった。私が思いつく演説家のなかで、もっとも刺激的な精神の持ち主だったのは、フリッツ・クーンズという神智学者だった。正真正銘の心地よい驚きを覚えた唯一の町は、ミシシッピ州ビロクシだった。アメリカには数百の書店があるが、ヨーロッパの書店に肩を並べるのはほんの十数軒のみであろう。特に挙げれば、アーガス・ブックショップ、ゴーサム・ブックマート、テレンス・ホリデイズ・ブック・ショップ（すべてニューヨーク）、それにハリウッドのサテュロス・ブック・ショップ。私が訪れた大学でもっともおもしろかったのは、ノースカロライナ州のブラック・マウンテン大学だ。おもしろかったのは学生たちであり、教授陣ではない。どんな集団においてもつねに退屈な連中は大学教授だ――それにその妻たち。教授夫人たちのつまらなさは特にひどい。ヴァージニア州ジェイムズタウン〔一六〇七年にイングランド人が初めて定住した場所〕は、アメリカでもっとも悲劇的な場所として印象に残った。この国でもっとも神秘的な地域は、ユタ、アリゾナ、コロラド、ニューメキシコ四州のなかに形作られる巨大な長方形地帯であるように思えた。

たった一行を書くための霊感を得るまで、私はおよそ一万マイルも旅をしなければならなかった。語るに値するアメリカ的生活などというものは、三十頁もあればすべて書き尽くすこともできるだろう。地誌的に言えば、この国は壮大である――そして恐ろしい。なぜ恐ろしいか？　それは、これほどまで完全に人間と自然が分離した場所は他には見当たらないからである。ここアメリカにおけるほど、退屈で単調な生活様式を、私は他所で味わったことがない。退屈はここで極度に達する。

われわれは、自分たちを解放された民族だと考えることに慣れ切っている。われわれは民主的であり、自由を愛し、偏見と憎悪などないものと思っている。この地こそ坩堝であり、偉大なる人間の実験の観客席である。美しい言葉だ、高貴で理想高い感情に満ち溢れている。実のところは、われわれは下品で厚かましい野次馬であり、その情動は、デマや新聞記者連中や宗教演説やアジ演説などといったものにたやすく突き動かされてしまうのである。これを自由な民族の社会と呼ぶのは冒瀆である。この狂気の行動が進歩と啓蒙を表すなどという錯乱のもとに、われわれが無謀にも大地から根こそぎにしてしまう過剰な略奪品のほかに、われわれはいったい何を世界に差し出しているはずだというのか。「機会の国」は無意味な汗と悪あがきの国となり果てた。われわれの苦闘のゴールは何なのか、忘れ去られて久しい。虐げられ、住む家を失った人々を、われわれはもはや救済しようとは思わない。かつてわれわれの祖先がしたのと同じように、いま避難の場所を求めてやって来る人々に対して、この巨大で空っぽの国はどんな場所も与えることができない。何百万人もの男女が生活保護を受け、モルモットのように実験台に乗せられて怠惰な生活を強いられている、あるいはごく最近まで強いられていた。いまのところ、世界はかつて経験したことのないような絶望とともにあるようだ。民主的精神とは、いったいどこにあるのだ？　指導者たちはどこにいるのだ？

偉大なる人類の実験を行うためには、何よりもまず、人間がいなければならない。**人間**という概念の根底には、崇高な何かが必要だ。人間の王国を作り出すのに一役買うことのできる政党などどこにもない。世に出て働いている者たちなら、いつの日か可能かもしれない。ただし、頑迷な指導者の言うことを聞くのをやめ、人間の友愛的結びつきを作り上げればの話だが。だがしかし、人間同士がまず対等にならないことには、つまりは王のような状態で平等でなければ、友愛で結びつくことなどできない。人々の友愛を妨げる原因となっているのは、その人々自身がもつ浅ましい欠点なのである。奴隷たちは結びつくことができない。臆病者同士は結びつくことができない。無知な者同士は結びつくことができない。もっとも高潔な衝動に従って行動することによってのみ、われわれは結びつくことができるのである。自己を超克しようという衝動は、単に理論的にありうるだけではなく、本能的なものでなければならない。われわれの内側にある真実を認識しようという努力を怠ってしまえば、われわれは失敗を重ねるばかりである。民主党員も、共和党員も、ファシストも、共産主義者も、みな同じレベルだ。その点こそ、われわれが実に見事に戦争を行う理由のひとつなのである。われわれを分断するちっぽけな原則を、われわれは命を張って守ろうとする。地球上の人々による一大帝国の法規となるはずの共通原理については、われわれはそれを守るために指一本挙げようとしない。われわれを泥沼から引きずり上げるような衝動に対しては、恐れをなしている。ただ現状を維持するためのみ、とりわけ自分の現状を維持するために戦っているのだ。頭を垂れ、目を閉じたままの戦いだ。実のところ、維持すべき現状などというものは、愚鈍な政治家の頭のなかにしか存在しないのだ。万物は流転する。必死になって防御している連中は、幻影と戦っているのである。

　最大の反逆罪とは何か？　人が何のために戦っているのかを疑問に付すことだ。ここにおいて狂気と反逆が手を結ぶ。戦争は、狂気の一形態だ――もっとも高貴な形態か下劣な形態かは、その人の見方によるが。それは集団的狂気であるため、賢人たちはあまりに無力で、優位を占めることができない。戦争を説明するうえで挙げられる要因のなかでも、ひときわ大きいのは混乱である。他の道具がすべて役に立たなかったとき、人は武力に頼る。だが、われわれが容易に投げ捨ててしまう道具には、実は間違いなど何もないのかもしれない。もう少し道具を鋭利にすればよいか、われわれがそれを操る技術を改善すればよいか、あるいはその両方だ。戦うということは、自分が混乱していることを認めることだ。それは自暴自棄の行為であり、強さの表れではない。追い詰められたネズミは堂々と戦う。われわれはネズミと張り合っているのか？

　平和を知るには、人は闘争を経験しなければならない。勇猛果敢な段階を通り過ぎてはじめて人は賢者になれるのである。自分の情熱の虜にならないことには、そこから立ち上がることもない。人の情熱的な性質を呼び覚まし、悪魔の手にゆだねさせ、究極の試練を人に課すからには、国、政治原理、イデオロギーなどを超えた何かを巻き込んだ闘争があるべきなのだ。自分自身の甘ったるい性質に対して反逆する人――それこそ本当の戦争だ。さらにそれは、進化という平和な名のもとに、永遠に続く無血の戦争である。この戦争において、このときばかりはついに天使の側に人は立つのである。個人としては敗れるかもしれないが、その成果を確信することはできる――なぜなら、全宇宙がその人の側に立つからだ。

　ひとくちに実験といっても、なかにはあらかじめ成果が予見されていて、狡猾さと精密さをもって遂行される実験がある。たとえば、科学者たちはつねに解決可能な課題を設定する。だが人類の実験はその程度のものではない。壮大な実験の答えは心のうちにある。探求は内側へと向けてなされねばならない。われわれは心に信頼を寄せることをためらっている。人間が住む精神世界は迷宮であり、その暗い奥底には怪物が待ち構えていて人をむさぼろうとする。これまでわれわれは、神話的な夢を次々と見ながら歩んできたが、何の答えも見出すことはなかった。なぜなら、問いそのものが間違っているからだ。われわれは自分が探しているものだけを見つけ、間違った場所を覗いている。暗闇から抜け出し、さらには恐怖による敗走に過ぎない探求など放棄せねばならない。四つ足になって這い進むのをやめねばならない。地面にしかと立ち、すべてをさらけ出して、堂々と明るみに出なければならない。

これまでの戦争から、われわれは何も学ぶことがない。どうやって恐怖を克服するかでさえ、学ぶことができない。われわれはいまだに穴居人なのだ。民主主義的穴居人とでも呼ぶべきだろうが、それはささやかな慰めだ。われわれの戦いとは、洞窟から出ることなのだ。その方向に向かってほんのわずかでも努力するなら、われわれは全世界に影響を与えることになるだろう。

もしもわれわれが火の神ウルカヌスの役割を担うというのであれば、われわれを束縛する鎖を断ち切るための見事な新兵器を開発しよう。正道を踏み外した愛し方で地球を愛するのをやめよう。常習犯の役割を演じるのをやめよう。お互いに殺しあうのをやめよう。地球は盗賊の隠れ家でもなければ、刑務所でもない。地球は楽園なのであり、われわれが身をもって知ることができる唯一のものだ。ただ目を開いただけで、ただちにそのことがわかるだろう。われわれは地球を楽園に変える必要などない——それはすでに楽園なのだ。そこに住むのに適するように自分を変えればよいだけだ。銃をもつ者、殺意を心に抱く者は、たとえ目の前で見せられても、楽園に気がつくことはないだろう。

先日、ハンガリー人の友人の家を訪れて、いつしか夜になると、国外生活者と亡命者について論じ合うことになった。私はアメリカの印象を彼に話していたところで、結論として、旅によって私の直感は確信に変わったと述べた。それに対する受け答えとして彼は、おそらく私がアメリカを愛し過ぎていたからなのだろうと言った。少し間をおいて、彼は窓際にある彼の机に私を案内し、椅子に腰をかけるよう促した。「外の景色をご覧」と、彼は言った。「どうだい、見事じゃないか?」私はハドソン川を見渡し、移動する車の照明灯できらめいている大きな橋を眺めた。この光景を見ながら、彼が何を感じていたかは察しがついた。彼にとって、それは未来の象徴であり、彼の子供たちが住むはずの世界なのだ。彼にとって、それは約束の世界なのだ。私にとって、それは旧知の世界であり、永遠に私を悲しい気分にさせる世界だった。

「不思議だな」と私は言った。「この窓を僕に見せるなんて。ここに座ったとき、僕が何を考えたと思う? 別の窓のことを思い出していたんだ。ブダペストで、ある晩僕は窓辺に立ち、街の様子を初めて眺めた。君はブダペストが嫌いなんだろう。そこから逃げ出したい気持ちでいっぱいだったはずだ。それが僕にとっては、魔法の国みたいに思えた。ひと目であの街が好きになった。自分の街みたいに居心地がよかった。まあ、僕はどこにいても居心地よく感じるんだけど、それは自分が生まれた国以外の話だ。ここでは、僕はよそ者みたいな気がする。特にここニューヨーク、僕の生まれた街では。」

生まれてからずっと、アメリカに来ることを、とりわけニューヨークに来ることを夢見ていたのだと、彼は答えた。

「それでどうだったんだい?」と私は尋ねた。「初めて見た瞬間は。君が夢に見ていたとおりだったかい?」

まさに夢に見ていたとおりだったと彼は答えた。その醜い面にいたるまでもが。欠点など彼には気にならなかった。そういった面もあるはずだと、彼はあらかじめ受け入れていたのだ。

私はヨーロッパの別の街のことを思った――パリのことを。私はまさに同じ気持ちをパリに対して抱いていた。その欠点や醜さまでをも含めて好きだったのだとさえ言える。私はパリに恋をしていた。パリではどんな場所に行っても嫌な気分になることはなかった。とは言え、パリ十六区の住宅街パッシーの陰鬱で退屈なブルジョワ地区だけは別だが。ニューヨークで私がいちばん好きな場所はゲットーだ。そこは私に生命感を与えてくれる。ゲットーの住民たちは外国人ばかりだ。彼らと一緒にいると、自分がニューヨークにいるのではなく、ヨーロッパの人々に囲まれているのだと思えてくる。興奮に満ちた体験だ。進歩的でアメリカ的なニューヨークなどというものには、虫酸が走るだけだ。

欺かれ、幻滅してばかりだったのかと聞かれれば……答えはイエスとなるだろう。不幸なことに、私は偉大なるアメリカ人──詩人と先見者たち──の夢と展望を摂取して育った。それとは違う種類の人間が勝ち残ってしまった。青写真のように、いま形成されつつある世界に、私は恐怖を感じるばかりだ。その世界はすでに発芽している。その進行を見てとることができる。それは私が住みたいような世界ではない。進歩の考えに取り憑かれた偏執狂たちのための世界だ──それも、誤った進歩であり、くだらない進歩だ。不要の長物ばかりが散乱した世界で、男も女も、そのような不要物を便利と見なすように教え込まれ、そしてついには搾取され堕落させられるのである。非功利主義的な夢を見る者は、この世界には居場所がない。売買に向かないようなものは、物質、観念、主義、夢、希望などのどんな領域にあろうと、締め出される憂き目を見る。この世界において、詩人は破門され、思索家は馬鹿者扱い、芸術家は現実逃避と呼ばれ、未来への展望をもつ者は犯罪者にされてしまうのである。

＊

これを書き始めて以来、先に触れた戦争が布告されている。戦争布告によって、すべてが変わると思っている者もいるようだ。それが本当でありさえすれば！　天から地にいたるまで、徹底的全面的な変化を期待することができればどんなによいか！　しかしながら、戦争によってもたらされる変化など、エジソンのような人物ひとりの発見と発明に比べれば無に等しい。だが、戦争は人々の精神に、よかれ悪しかれ変化をもたらすこともできる。そしてそこにこそ私は大いに関心を寄せているのである――心の変化、改悛である。

いまやわれわれは「国家の非常事態」と呼ばれる状況に直面している。議員や政治家たちは言いたい放題わめき散らし、新聞記者たちは我を忘れてヒステリーを流布させ、軍閥の連中は、自分の好みに合わないとなれば、何に対しても怒鳴りつけ、威嚇し、弾圧を加えるが、その一方で一般市民は、自分たちのために自分たちによって戦争が行われているというのに、沈黙が金と信じている。このような態度に敬意を払うつもりはさらさらないし、そんな態度は自由の進展に対して何も寄与しないので、私は次の文章に何の手も加えないままにしておく。それは平和の時代にも不快感と苛立ちを引き起こしかねないものなのだが。私はジョン・スチュアート・ミルの次の言葉に同意する。「たとえ有益なる目的のためにせよ、手に扱いやすい従順な道具にせんがために市民を矮小化する国家は、やがて思い知るであろう、小人ばかりでは、いかなる大事も決して成し遂げられぬのだと。」私はむしろ、自分の意見や見積もりが誤っていたことが示されてくれたほうがよい――新たな活気に満ちた精神の出現によって。われわれを目覚めさせ、よい方へと変化を引き起こすために、戦争のような惨禍が必要であるというなら、それはそれでよろしい。どうか見せていただきたいものだ。失業者が職を手にし、貧しい者にまともな衣食住が与えられるのか否か。富める者が略奪品を没収され、普通の市民と同じ不自由と苦しみに耐えなければいけなくなるのか否か。アメリカの全労働者たちが、階級や能力や有用性などを抜きにして、共通の賃金を受け入れるように、彼らを説得することが可能なのか否か。人々が自分の願望を、政治家による仲裁や歪曲や不手際なしに、直接的な方法で声にすることができるのか否か。われわれは躍起になって擁護してきた偽物の代わりに、真の民主主義を生み出すことができるのか否か。われわれは自分たちと同じ種に対して、たとえわれわれが必ず打ち勝たなければいけない敵であろうと、公明正大になることができるのか否か。どうか見せていただきたいものだ。

福音来たり！　神こそは愛！

ピッツバーグのホテルの一室で、私はロマン・ロランが書いた『ラーマクリシュナの生涯』を読み終えた。ピッツバーグとラーマクリシュナ――これほどまでに強烈な対比が他にあり得るだろうか。方や、非人間的な力と富の象徴、そして方や、愛と知が人間の姿を借りて現れた存在。

では、ここを出発点と定めよう――まさにこの悪夢の中枢、あらゆる価値が溶滓と化す坩堝のなかを。私が泊っている近代的なホテルの、快適とされている小さな部屋には、最新の設備が何でも揃っている。ベッドは清潔で柔らかく、シャワーは完璧に機能し、トイレのシートは殺菌処理済みである――そこに飾り付けられた紙帯に印刷されている言葉を信じたならの話だが。石けん、タオル、照明、文房具、あらゆるものが豊富に取り揃えてある。

私のこの陰鬱な気持ちは、言葉に表しようがない。もう少しでも長くこの部屋にいなければならないというなら、私は気が狂ってしまうだろう――あるいは自殺するかもしれない。この土地の気質が、この土地をこれほどまでに醜悪な都会に仕立て上げた人々の気質が、壁に染みわたっている。部屋の空気には、殺意すら感じられる。窒息してしまいそうだ。

ついいましがた、私は外気を吸いに出た。私は帝政時代のロシアに舞い戻っていた。イワン雷帝が鼻の尖った獣の騎兵隊を従えているのが見えた。すぐそこで、連中は棍棒と拳銃で武装していた。奴らは喜んで服従し、ほんの少しでも刺激を受けたらすぐに発砲して人を殺しそうな顔つきをしていた。

現状というものが、これほど醜悪に思えたことはいままでになかった。確かに、ここよりひどい場所はいくらでもあるのだろう。だが、私はいまここにいるのであり、目に入ってくるものは、私にとってあまりに過酷だ。

私のアメリカの旅を、ピッツバーグ、ヤングズタウン、デトロイトといった街から始めなかったことはおそらく幸いだった。ベイヨン、ベスレヘム、スクラントンなどといった工業都市から始めなかったのは幸いだった。それでは、シカゴへすらたどり着けなかったかもしれない。私は人間爆弾となって爆発していただろう。何か鋭い自己保存本能のようなものが働いて、私はまず南部へと向かい、連邦国家におけるいわゆる「後進」州を探索することにした。退屈なことばかりだったとしても、それは少なくとも平和だったということだろう。南部でも私は苦難と悲惨を目撃しなかったのだろうか？　もちろん見たとも。この広大な国には、いたるところに苦難と悲惨がある。だが、苦難にも種類と程度というものがあるのだ。私の考えでは、最悪の苦難とは、進歩の真っただ中で人が遭遇するものである。

いまわれわれは、この国と、国がもつ諸制度と、われわれの暮らし方を防衛することについて語り合っている。この国が侵略を受けようが受けまいが、これらのことは守られてしかるべきだと思いこまれている。しかし物事には、守られるべきではないもの、死に絶えるに任せるべきものもある。われわれが自らの手を使って、自発的に滅ぼさなければならないものもあるのだ。

大事なことを、もう一度想像力をもって掴みなおそう。建国の父祖たちが初めてこの岸に降り立った日々について思いを巡らせよう。そもそも、彼らは何かから逃げようとしていたのだ。いま人々が当然のように侮蔑し罵声を浴びせている国外放浪者や国籍離脱者たちと同じく、彼らもまた、自分の心が望むものにより近い何かを求めて、祖国を捨てたのである。

われわれの先祖たちの奇妙な点は、平和と幸福、政治的宗教的自由を求めるなどと公言しつつも、真っ先に略奪と毒殺と殺戮を始め、この大陸を先に所有していた人種をほとんど絶滅させてしまったことである。のちにゴールドラッシュが始まると、インディアンたちにしたのと同じことを今度はメキシコ人に対して行った。そしてモルモン教徒たちが現れると、同じ残虐行為、同じ不寛容と迫害を、自分たちと同じ白い肌をもつ同胞に行ったのである。

こんな醜悪な事実のことを考えたのは、ピッツバーグからヤングズタウンまで車を走らせていたときのことだ。ダンテが想像したものをはるかに凌ぐ地獄を通過しながら、突然私は、隣の座席にはアメリカン・インディアンに座ってもらうべきだと思い至った。この旅を私と共有し、無言で私と意思疎通するか、あるいは彼の感情と省察だけでも伝えてほしい。好みをいえば、たとえばセミノール族のような、一般的に「文明化した」と称されるインディアン部族の末裔で、フロリダの入り組んだ沼沢地帯で生涯を過ごしていたような人物にいてほしかった。

鉄道の線路に沿って点在する製鋼所のひとつを前にして、彼と私が、その醜悪な威容に向かい立って沈思黙考している姿を想像してみよう。彼の考えていることが、私にはほとんど聞こえそうなくらいだ――「それで君たちはこんなもののために、私たちの生得権を奪い、奴隷たちを連れ去り、住居を焼き、女と子供たちを虐殺し、私たちの心を毒し、取り交わしたはずの協定をすべて破棄し、エヴァグレーズの湿地とジャングルのなかで私たちを死に絶えさせようとしたのか！」

定職をもつ白人の誰かと、彼の立場を交換するのは、はたして容易なことだろうか。どのような殺し文句を使えばよいのか。いったい何を魅力的なものとして彼に約束できるのだろうか。職場に通うための中古車か。カチンコ・ボードみたいな掘立小屋を、仮に彼が無知だとして、住まいと呼ばせるのか。子供たちを悪と無知と迷信から救い出せるかもしれないが、なおも彼らを奴隷状態に保つための教育か。清潔で健康的な暮らしとやらを、貧困と犯罪と汚穢と病弊と恐怖のなかで送らせるというのか。どうにか糊口をしのげるか、しばしばそれもできないくらいのわずかな賃金か。ラジオ、電話、映画、新聞、パルプ雑誌、万年筆、腕時計、電気掃除機、その他もろもろの便利な道具か。こんな子供の玩具が、生活を価値あるものにするというのか。これらによって、われわれは幸福に、気苦労なく、寛大に、思いやりをもち、情け深く、平和的で、信心深くなったというのだろうか。多くの者は富と安全を得たいと短絡的に夢見るが、いまわれわれはそうできたといえるのだろうか。たとえもっとも裕福で権力をもつ者でも、はたして確信をもつことができるのだろうか、ひと吹きの逆風によって、われわれの財産も、権威も、われわれが閉じ込められている恐怖や関心も、すべて消し飛ばされてしまうようなことが起こり得ないと。

富める者も貧しき者も、弱き者も強き者も、誰もがみな取り憑かれているこの狂熱状態――われわれのたどり着く先はどこか？　誰もが望むが容易には手に入らないものが、人生にはおそらくふたつある。それは精神的領域に属するために、それを手に入れられる人は限られているのだが、そのふたつとは、健康と自由だ。薬剤師、内科医、外科医も、人に健康を与えるには無力だ。金、力、安心、権威は、自由を与えてはくれない。教育は決して知識を与えず、教会は宗教を与えず、富は幸福をもたらさず、安全は平和をもたらさない。それでは、われわれの活動にはどんな意味があるというのだ。何が目的なのだ。

われわれがこの地にやって来たときに追放し絶滅させた「無知で、血に飢えた野蛮人」と比べて、われわれの営みは、単に無知で迷信深く邪悪であるばかりではない――これまでのところ、さらに酷いのである。われわれは退化している。この大陸で築こうとしていたはずの生活の質を、われわれは落としてしまった。世界一の生産力を誇る国の実情は、人口の三分の一にあたる人々が適切な衣食住を得られずにいるのである。広範囲にわたる有用な土地が、怠慢、無関心、強欲、蛮行によって荒地と化している。人類の歴史上もっとも血の流れた国内戦争によって八十年ほど前に国は引き裂かれ、敗北した側にその大義の正当性を納得させることもできず今日にいたり、ましてや奴隷の解放者として彼らに真の自由と平等を与えることもできず、はてには同じ白い肌の同胞をも隷属させて貶める始末。そう、産業主義の北部が階級主義の南部を打ち負かしたのだ――その勝利の成果はいまや明白である。産業とやらのあるところ、そこには必ず醜さが、悲惨と抑圧が、憂鬱と絶望がある。われわれに貯蓄せよと敬虔ぶって教えながら、その裏でわれわれの金をかすめ取り、私腹を肥やしてきた銀行は、いまではその貯蓄を持って来ないようにと懇願し、彼らの助言に従わないとあらば、いまの馬鹿げた利率ですら解消すると脅したてる。世界の金の四分の三はケンタッキーに埋められている。優れた発明は、さらに数百万人もの失業者を生み出すだろう、というのも、この国の奇妙なシステムは、人類にとってのあらゆる恩恵の可能性を悪へと変えてしまうからである。だがそんな発明も、特許局の棚で眠っているか、あるいはわれわれの運命を支配する権力によって買い取られ、破棄されているかだ。まばらに人が住みつき、無駄の多い出鱈目なやり方であらゆる種類の余剰物を生み出している土地は、ひと握りの所有者たちからは、もはや数百万の飢えるヨーロッパ人ばかりか、自国の飢える群衆にすら十分な食糧を供給できないものとみなされている。この馬鹿げた国は、地球上のもっとも遠い地域にまで使節を送り、貧しい人々の小銭を巻き上げてはインチキ悪魔のキリスト教活動を維持しているが、そんな輩がキリストの代理だというなら、私はローマ法王の代理になれる。一方で国内では教会と使節をもってしても、弱く挫かれた人々、惨めな人々、迫害された人々を救うこともできない。病院、精神病棟、刑務所は、人で溢れ返っている。郡のなかにはヨーロッパの国くらいの大きさのものもあるが、実質的には人が住んでいない地域も多く、その土地は実体のない企業によって所有されている。そういった企業はあらゆる方面に触手を伸ばすが、その責任を定めたり明らかにしたりは誰にもできない。ニューヨーク、シカゴ、あるいはサンフランシスコの快適な椅子に身を埋めたひとりの男が、あらゆる贅沢品に囲まれながらも恐怖と不安で麻痺している男が、何千もの男女の生涯と運命を支配している。彼はその男女に会ったこともなければ、会いたいとも思わないし、その人たちがこの先どうなるかなどにはまったく興味がない。

これが一九四一年のアメリカ合衆国において進歩と呼ばれているものである。私はインディアンや黒人やメキシコ人の血を引いていないので、白人の文明をこのように描写したからといって、復讐心に満ちた喜びを引き出せるわけではない。私が血を受け継いだふたりの男は、兵士になりたくないがために祖国から逃げ出したのである。白人世界の全体が軍事キャンプへと変わってしまったのだから。私の血を受け継ぐ子らは、皮肉なことだが、今後その任務から逃げることができなくなるだろう。

さて、すでに述べたように、ピッツバーグを発つころには私の頭のなかはラーマクリシュナでいっぱいになっていた。決して批判せず、説教もせず、あらゆる宗教を認め、いたるところあらゆるもののうちに神を見た、ラーマクリシュナ。人類史上、もっとも忘我した存在ではないだろうか。次に訪れたのは、ペンシルバニア州のコラオポリス、アリキッパ、ワムパムといった町。さらにはオハイオ州のナイルズ、ここはマッキンレー大統領の生地で、次にウォレン、ここはケネス・パッチェンの生地だ。そしてヤングズタウンに着くと、ふたりの娘が線路脇の急斜面を下っていたが、クレタ島を離れて以来私はこれほどまでに幻想的な光景を目撃したことがなかった。即座に私はあの古いギリシャの島へと舞い戻り、クノッサスからほんの数マイルしか離れていないイラクリオンの郊外で、人ごみの片隅に立っていた。島には鉄道がなく、衛生管理は最悪で、粉塵がひどく、蠅がどこにでもいて、食事はお粗末なものだ――それなのに、そこは素晴らしい場所なのだ。世界中でもっとも素晴らしい場所のひとつなのである。ヤングズタウンの線路脇と同じく、ここにも急斜面があって、ギリシャの農婦が裸足で、体の均衡を保ちながらゆっくりと斜面を下っている。類似点はここまでだ……

周知のごとく、オハイオは合衆国のどの州よりも多くの大統領を輩出している。マッキンレー、ヘイズ、ガーフィールド、グラント、ハーディング――弱く、個性のない男たちだ。シャーウッド・アンダスンやケネス・パッチェンもオハイオの出身だ。一方はいたるところで詩を探し求め、他方はいたるところで邪悪と醜悪に出合っては、ほとんど狂気に駆り立てられている。一方はひとりで夜の街を闊歩し、閉ざされたドアの向こうで繰り広げられている生活を想像してわれわれに語りかける。他方は自分が見たものがもたらす苦痛と失望に打ちひしがれ、そのために宇宙を血と涙によって再創造し、それをひっくり返して、あまりの嫌悪感にうんざりとしながらそこから立ち去ってしまう。私はオハイオの町とマホニング川を見る機会がもてたことを嬉しく思う。この川はあたかも全人類の毒性を帯びた胆汁が流れ込んでいるかのように見えるが、現実には、工場が排出する化学物質と廃棄物以上に邪悪なものは何も含んでいないのである。私は冬の季節にここで大地の色を見る機会がもてたことを嬉しく思う。歳月と死が醸し出す色ではなく、病いと悲しみの色である。サイの皮膚のような土手が川べりからせり上がり、冬の午後の淡い日差しのなかで、争いと憎しみに明け暮れる惑星の狂気を映し出す、そんな光景を見ることができて嬉しい。病いに冒された先史時代の怪獣が、夜のうちに通りがかって落としていった糞を蓄積したかのように見える鉄屑の山を、ひと目見ることができて嬉しい。そのおかげで私は、若い世代が自分の正気を保つために磨き上げるグロテスクな詩心を理解できるようになった。どうして年配の作家が、ペンキ工場で働いているときに感じるような、刑務所に入れられている感覚から逃げようとして、狂ったふりをしなければならないのか、そのおかげで理解できるようになった。このような土台をもとに築き上げられた生活の繁栄が、いかにオハイオを大統領たちと、天才に対する迫害者を生み出す地にしているか、理解できるようになった。

工場の外に停められた自動車の列ほど、物悲しい光景はない。自動車は、虚偽と迷妄の象徴として私の心に映る。どこにでも、何千台もの車が行き交い、そのあまりの多さに、車をもてないほど貧しい人など存在

アメリカの工場地帯に見られる労働者の家。議会図書館蔵，農業保障局アーカイヴ，アーサー・ロスチン撮影。

しないかのようだ。労働者が自家用車で通勤するなどというこの楽園を、ヨーロッパ、アジア、アフリカであくせく働いている大勢の人たちは、涙目で見ている。何て素晴らしい、機会の国なんだ、と彼らは心に思う。（少なくともわれわれは、そう思われていると思いたいのだ！）この偉大なる恩恵に浴するために何を犠牲にしなければならないかなど、彼らは決して尋ねない。アメリカの労働者がピカピカのアメ車からひとたび降り立つと、人類に可能なかぎりもっともくだらない労働にみずから進んで身と心を捧げなければならないことなど、彼らには考えも及ばないのである。最善と思われる条件で働いているときですら、人間としてのあらゆる権利が剥奪されることもあり得るのだということを、彼らは知りもしない。最善の条件とは、アメリカでは一般的に、上司の最大限の利益、労働者の最大限の隷属状態、大衆の最大限の混乱と幻滅を意味することを知らないのだ。彼らが見るのは、心地よいエンジン音を立てる美しいピカピカの車ばかりだ。彼らからすれば、果てしなく続くコンクリートの道路がとてもなだらかで穴もないので、運転手は居眠りせずにいるのが困難なほどだという。映画館は宮殿のように見えるという。デパートのドレスで着飾られたマネキンが王妃のように見えるという。彼らが目を向けるのは、ピカピカのものや派手に塗られたもの、安ピカのまがいもの、便利な道具、贅沢品ばかりだ。心のうちの痛切さ、懐疑、皮肉癖、空虚、不毛、自暴自棄、絶望が、アメリカの労働者を蝕んでいることには目を向けない。そんなものは見たくもないというのだ――彼ら自身が悲惨に満ち溢れた暮らしをしているのだから。彼らは出口を求めている。致命的ともなりかねない快適さ、便利さ、贅沢を求めている。そしてわれわれの足跡をたどる――盲目的に、無思慮に、無責任に。

もちろん、アメリカの労働者なら誰もが自動車通勤をしているというわけではない。サウスカロライナ州ボーフォートでつい数週間前に見たのだが、牛に引かせた二輪の荷車に乗ってメインストリートを通行している者がいた。彼は黒人だったと思うが、その顔つきは私からすれば、製鋼所に自家用車で通う貧しい悪魔よりもはるかに裕福そうに見えた。テネシーでは、家畜のように働く白人たちの姿を私は見た。彼らは山腹の痩せた土壌から、どうにかして糊口の資を得ようと死に物狂いになっていた。彼らが住む掘っ立て小屋を見ていると、果たしてこれ以上に原始的なものを組み立てることが可能なのだろうかと思えた。だが、彼らのことを気の毒だとは私には言えない。いや、彼らは同情を呼ぶような種の人々ではないのである。むしろ、彼らは感心されるべきだ。彼らがアメリカの「遅れた」人々の一例だというなら、この国にはさらに多くの遅れた人々がいたほうがよい。何しろ、ニューヨークの地下鉄では、まったく違うタイプの人間に出くわしてしまうのだから。そいつらは、新聞中毒で、社会理論だの政治理論だのに興じ、単調なデスクワークばかりの日々を過ごし、自分は体を使って労働しているのではないからといって（それをいうなら、頭も使ってはいないのだが）、南部の貧しいゴミ白人《プア・ホワイト・トラッシュ》よりも裕福だなどと自惚れている。

滑りやすそうな急斜面を下るヤングズタウンのあのふたりの娘たち――まるで悪い夢でも見ていたようだ

った。だがわれわれは、目を開けたまま絶えずこのような悪夢を見るのであり、誰かがそのことに触れると、みなこう答える――「そう、そのとおり、そういうものなのさ！」――そして自分の仕事に戻るか、薬に飛びつくかなのだが、その薬はこれまでのところ阿片やハシーシよりも害が多い――すなわち、新聞、ラジオ、映画のことである。本当の薬は、自分だけの夢を夢見る自由を与えてくれる。アメリカ式の薬は、倒錯した夢を無理やり嚥下させようとする。自分が何をせよと命ぜられているかなど意に介さず、ただ自分の職にしがみつくことだけが唯一の志しという人々の、歪んだ夢を呑み込ませるのだ。

アメリカのもっとも恐ろしいところは、みずからが作り出した踏み車から逃れることができないということである。出版界には恐れ知らずの真実の擁護者などいないし、利益ではなく芸術を追求する映画会社などもない。劇場という名に値する劇場などひとつもないし、あるといっても実質的にひとつの都市に集中している。語るに足る音楽など、黒人たちが与えてくれたものをのぞけば何もないし、創造的な作家の名を挙げても五指で余るほどだ。公共建築の壁の装飾は、ほぼ高校生並みの美的感覚にしか達していないし、着想と実行の面では、しばしばそのレベルにも及ばない。美術館に詰め込まれたほとんどの作品は生命のないがらくたである。公共広場の戦没者記念碑は、死者の名のもとに建てられたというのに、まさにその死者たちを墓のなかで身悶えさせている。われわれの建築的趣味は、ほとんど消失しそうなくらいぎりぎりのところにまで達している。これまで旅した一万マイルのなかで、もう一度見てみたいと思わせるささやかな場所のある都市は二カ所のみだった――チャールストンとニューオーリンズである。他の都市、町、村に関しては、二度と見たくもないところばかりだった。大げさな名前をもつ土地も多く、欺瞞はさらに強調される。たとえばチャタヌーガ、ペンサコラ、タラハシー、あるいはマントゥア（マントヴァ）、フィーバス（ポイボス）、ベスレヘム（ベツレヘム）、パオリ、あるいはアルジェ、モビール、ナチェズ、サヴァナ、あるいはバトンルージュ、サギノー、ポキプシー。過去の輝かしい記憶を蘇らせたり、未来の夢を呼び覚ましたりする名前だ。それらの地を、誰もが訪れてみるとよい。自分の目で確かめるのだ。ヴァージニア州フィーバスに行って、シューベルトやシェイクスピアに思いを馳せよ。ルイジアナ州アルジェで、北アフリカに思いを寄せよ。インディアンたちの言葉から借りた名前をもつ湖、山、川に行って、彼らがかつてそこで送っていた暮らしを思い浮かべよ。サンタフェからロサンゼルスへと至るオールド・スパニッシュ・トレイルを車で走りながら、スペイン人たちが見た夢を想像せよ。ニューオーリンズの旧フレンチ・クォーターを歩きまわって、この街でかつて送られていた暮らしを心のなかに再現せよ。こういったアメリカの宝が失われてから、まだ百年も経っていないのだ。千秋の感に駆られる。美、意義、有望性をもっていたもののすべてが、偽りの進歩の雪崩によって破壊され、埋没してしまった。数千年にわたってほとんどやむことなく戦争を続けてきたヨーロッパでさえ、「平和と進歩」の百年間のアメリカほど多くのものを失ってはいない。南部を滅ぼしたのは、外国の敵ではなかった。広大な土地を、月面のように不毛で醜悪なものへと荒廃させたのは、外から襲来した野蛮人たちではなかった。穏やかに眠るように横たわるマンハッタン島が世界一醜悪な都市と化してしまったのは、インディアンたちのせいではない。この国の経済システムが破綻したことを、平和的で勤勉な移民たちのせいにして、彼らを排斥することなどできない。そう、ヨーロッパの国々なら、自国の惨状を他国のせいとして非難しあうこともできようが、われわれにはそのような言い訳はできない——アメリカは、自分を責めるよりほかないのだ。

二百年足らずの昔、この清らかな地で、大いなる実験が始まった。インドのドラヴィダ人に対してアーリア人がしたように、われわれはインディアンたちを追い払い、大量虐殺し、賤民状態へと追いやったのだが、もともと彼らはこの地に対して敬虔な態度を示していた。森林は荒らされておらず、土地は肥沃で豊饒であった。彼らは自然と交感しながら、われわれが低水準と呼ぶレベルの暮らしを送っていた。文字などをもたずとも、彼らは心の底から詩的であり、信心深かった。建国の父祖とやらが圧制者から逃れるためにやって来て、インディアンたちにアルコールと性病の毒を盛り、女たちを強姦し、子供たちを殺害し始めた。インディアンたちがもっていた生活の知恵を、父祖たちは嘲笑し軽蔑した。征服と殺戮の作業を完全に終えたとき、彼らは偉大な種族の哀れな生き残りたちを強制収容所に押し込め、さらにはその人々のうちに残された魂すら蹂躙し始めた。

ノースカロライナの山間にあるチェロキー族のための小さなインディアン居住区にたまたま通りかかったのは、ついこのあいだのことだ。この世界とわれわれの世界との対比は信じられないほどである。小さなチェロキー居住区は仮想パラダイスだ。大いなる平和と静寂が土地に充満し、勇敢なインディアンたちが死を賭して駆けまわる至福の猟場についにやって来たのだという印象を与える。これまで旅してきたなかで、これに似た雰囲気をもつコミュニティに出くわしたのは他にひとつだけであり、それはペンシルバニア州ランカスター郡にあるアーミッシュのコミュニティだった。そこでは少人数の信心深い集団が、立居振る舞いから服装、信仰、慣習にいたるまで自分たちの祖先のスタイルを貫き、その土地をまぎれもない平和と豊饒の園へと変えている。彼らがそこに定住して以来、農作物の不作を経験したことがないといわれているほどだ。彼らは、アメリカ人の大多数が送っているのとは正反対の暮らしを送っている――そしてその結果は火を見るより明らかだ。ほんの数マイル離れればそこにはアメリカの地獄があり、どんな外来の思想も理論も主義もこの地に根づかせはしないとあたかも世界に誇示するかのように、アメリカ国旗が屋根や煙突に飾られ、厚かましく嘲るように揺れている。傲慢で頑迷な工場オーナーたちが飾っている旗は、何とみすぼらしく見えることか！　そんな熱狂的愛国主義をもちながら、風雨にさらされたまま破れて黒ずんだ国旗を飾っているのは、矛盾に思えはしまいか。彼らがかき集める莫大な利益から、新品で色鮮やかに輝く自由の旗を購入する分を取り置くのは容易なことではないか。いや、ところが工業の世界では、すべてが汚され、貶められ、卑しめられている。そのため、今日では、国旗が堂々と誇らしげに飾られているのを見ると、どことなく胡散臭く思えてくるのだ。国旗は不正を隠すための偽装になっている。アメリカには、つねに二種類の国旗がある。金持ちの旗と、貧乏人の旗だ。金持ちが国旗を掲げるとき、それは万事が支配下に収まっていることを意味する。貧乏人が国旗を振りかざすとき、それは危機、革命、アナーキーを意味する。二百年も経たないうちに自由の国、自由なる者たちの故郷、抑圧された者たちの避難所は、星条旗がもつ意味をあまりにも変えてしまった。いまや、誰かがヨーロッパで被った恐怖から首尾よく逃れ、われらが国旗の輝く下で入国審査を受けるとき、最初に受ける質問は、「所持金はいくらか?」だ。もしも一文無しなら、たとえどんなに自由への愛を抱き、唇には祈りの言葉がこぼれようと、その人は締め出され、屠殺場に送り返され、つまはじき者にされる。これこそ、自由を愛する建国の祖父たちの末裔が国旗から作り出した皮肉な戯画だ。

この国では、すべてが戯画的だ。危篤の父に会うために飛行機に乗ったとき、雲のうえで、荒れ狂う嵐のなか、後ろの座席にいたふたりの男が、どうやって大取引を結ぶことができるか話し合っているのが私の耳に聞こえてきた。大取引といっても、紙製の箱を売る程度のことだ。乗務にあたっていたスチュワーデスは、母、看護婦、主婦、コック、奉公人のように振る舞うよう訓練されており、つねに小ぎれいで、髪のウェーブを崩さず、疲れや落胆や悔しさや寂しさのしるしを決して表に出さないように教え込まれていた。スチュワーデスは、片方の紙箱セールスマンの眉のうえにユリのように白い手を置き、救いの天使の声で言う。「今晩はお疲れではありませんか? 頭痛はございませんか? アスピリンでもいかがですか?」雲のうえだというのに、彼女はまるで調教されたアザラシみたいにこのパフォーマンスを行う。飛行機が突然揺れると彼女は転倒し、魅惑的な太腿が露わになる。セールスマンたちは今度はボタンについて話し合っていて、どこで安く手に入れるか、どうやって高く売りさばくか、議論に余念がない。くたびれた銀行員がいて、戦争の記事を読んでいる。どこかで大規模なストライキが起こっている――どうやら、一カ所だけではなさそうだ。イングランドを援助するため、商船隊を十二月に派遣するらしい。嵐が吹き荒れる。スチュワーデスはまた転倒する――すっかり青あざだらけだ。それでも彼女は微笑みながらやって来て、コーヒーとチューインガムを配り、また誰かの額にゆりのような白い手を乗せ、元気かどうか、疲れてはいないか尋ねている。私は彼女にこの仕事が好きかどうか訊いてみた。それに答えて彼女が言うには、「看護婦になるよりはましです」。セールスマンたちは彼女の品定めを始めている。まるで商品扱いだ。彼らは買うことと売ることにしか興味がない。そのためには、最高のホテルの最高の部屋と、最高に早くて乗り心地のよい飛行機と、最高に厚くて暖かいコートと、最高に大きくてふくらんだ財布が必要だ。われわれには、彼らの紙箱とボタンが、人工毛皮とゴム製品が、靴下とプラスチック製のあれやこれやが必要だ。われわれには銀行員が必要だ、人の金を取って自分が金持ちになるという彼の才能が必要だ。保険外交員と、彼の狡猾さと、彼の安心や配当金についてのおしゃべり――それもまた必要だ。本当か？　このハゲタカたちのどれも必要だとは私には思えない。私がめぐった地獄のような都市のどれも必要だとは思えない。両洋艦隊などというものも必要だとは思えない。数晩前、私はデトロイトにいた。映画館で、マンネルヘイム線を見た。フィンランドが築いたこの防衛線を、ソ連がどうやって粉砕したかを見た。私は教訓を学んだ。君たちは学んだか？　人間が自分を守るために作り上げるもので、他人が壊すことができないものなどあるのだろうか？　われわれは何を守ろうとしているのだろうか？　ただ古びて、役に立たず、死んだも同然の、守るに値しないものばかりだ。防御とはつねに攻撃を誘発する。降伏すればよいではないか。与えれば――すべてを与えてしまえばよいではないか。そうすれば、なんて実際的で、本当に効果があって安心できるのだろう。ここに住むわれわれは、合衆国の国民である。自称、地球上でもっとも偉大な国民だ。われわれは何でももっている――人を幸福にするために必要なもののすべてを。土地、水、空、それに付随するもの。われわれは世界の輝かしい手本になれる。われわれは平和、歓喜、力、善意を世界に広めることができる。だが、そこにあるのは幻影ばかりで、その幻影には手を触れることもできないようだ。われわれは幸福ではないし、満足もしていない。輝いてもいなければ、恐怖から解放されてもいない。

われわれは数々の奇跡を成し遂げ、おかげでいまでは空を飛びながら、アスピリンを呑んで紙箱談義に花を咲かせている。海を隔てた向こう側には、空を飛びながら無差別殺人と破壊を繰り広げる人々がいる。われわれはまだそれを行っていないが――あくまで、まだだ――そもそもその破壊兵器をせっせと供給しているのはわれわれなのである。ときには強欲に駆られ、誤った側に供給しさえもする。しかし、それは大したことではない――結局は、すべてが正しく収束するだろう。われわれのしていることは、最終的に、かなりの数の人類――今度は未開人ではなく、文明化した「野蛮人」たちだ――を掃討するか敗北させることに貢献するだろう。はっきり言って、彼らはわれわれとなんら変わりがない。それなのに、宇宙観が違うとか、イデオロギーが違うなどといって敵対しあう。もちろん、われわれが彼らを攻撃しなければ、彼らがわれわれを攻撃するだろう。それが論理というものであり、誰も疑いようがない。それは政治の論理であり、それに従ってわれわれは生き死にする。時代の趨勢だ。とても刺激的ではないか。「われわれはかくも刺激的な時代に生きている。」嬉しくなってこないか？　激動する世界とやらだ――最高ではないか？　百年前の世界がどんなものだったか考えてみよう。時は進む……

私の知り合いのとても才能ある男が、無差別殺人に徴集されそうなので、免除を願っている。彼は、世界を正しい状態にしたいとは思っていない。彼がしたいのは、自分の思いを紙に記すことだ。ところが、彼には虫歯ひとつなく、偏平足でもなく、心肺機能は正常で、精神状態も良好である。彼はいたって健康であり、おまけに天才なのだ。紙箱やボタンや、最新式の便利アイテムの話など、決してしない。彼は詩を語り、神について語る。ところが特定の宗派に属していないため、良心的兵役拒否者にも認定されない。答申結果は、前線に送られる準備をせよ、とのことだ。彼はわれわれのイデオロギーを防衛しなければならない。あの銀行員は歳をとりすぎていて従軍できない。セールスマンたちは実に抜け目がない。それでこの天才が兵役につかなければならないのだ。天才というものは滅多にいないのだから、ときには徴集免除もできないものかと思うが、それは神様に訊くしかない。

ウォルト・ディズニーが免除されるとよいのだが。本人は気づいていないだろうが、彼こそ私が言わなければならないことを具体的に示しているのだから。実際、彼はそれをずっと長い間、無意識のうちにやってきた。彼は悪夢の巨匠だ。ヘンリー・フォード株式会社の世界におけるギュスターヴ・ドレだ。マンネルハイム線など、かすり傷程度のものに過ぎない。確かに、そこの気温は尋常ではない――平均気温は氷点下四十度くらいか。(どんな気象条件でも人は殺しあうように訓練されるものだと、驚かされる。ほとんど馬並みの知性だ。)だが、繰り返し言うが、ディズニーはあらゆる温度を兼ね備えている――どんな新しい恐怖にも適応する温度だ。彼は考える必要すらない。新聞が次から次へと材料を提供してくれる。もちろん、それは生身の人間ではない。違うとも！　生身の人間よりもさらに生々しいのだ。夢の生き物だ。その生き物たちは、一枚皮膚を剥ぐとわれわれがどうなっているのかを教えてくれる。何て魅力的な世界なんだ？　確かに、考えようによれば、それはダリのがらくたよりもはるかに魅力的だ。ダリは考えすぎなのだ。それに、ダリには二本の手しかない。ディズニーには百万本の手がある。さらに手だけではなく、ディズニーには声がある――ハイエナの声、ロバの声、恐竜の声。ソヴィエト映画なども確かに恐ろしいものではあるが、緩慢で、鈍重で、とっつきにくい。あのコンクリートの小屋をすべて破壊し、有刺鉄線をすべて切断し、兵士たちを皆殺しにし、村を全焼させるには、現実世界での時間がかかりすぎる。ディズニーは速効だ――目にもとまらぬ猛スピードで。いずれは誰もがそういう風に活動するようになるのだろう。そうなるとわれわれは夢に思い描いているのだ。すぐにその技をつかむのだろう。一瞬の間に地球を全滅させる方法も見つかるはずだ――高みの見物といこうか。

新しい惑星――すなわち、自滅惑星――の首都はもちろんデトロイトだ。到着した瞬間に私は確信した。

最初私はヘンリー・フォードに会いに行って、祝意を述べようかと思った。だが、すぐに思い直した――そんなことをして何になる？　彼は私が何をしゃべっているのかわからないだろう。ましてや、彼のスポークスマンを務めるウィリアム・J・キャメロン氏などはさらに理解できないだろう。あの素晴らしいラジオ番組「フォード・イヴニング・アワー」！　その放送が聞こえてくるといつも私はセリーヌのことを思い出す――彼はみずから愛情をこめてフェルディナンと称しているが。そう、セリーヌが、工場の入口に立っている姿が思い浮かぶ（『夜の果ての旅』二二二―二二五頁、だったと思う）。彼は仕事をもらえるか？　当たり前さ。彼は仕事につく。彼は洗礼を受ける――騒音による愚鈍化の洗礼だ。それから数ページにわたって、機械について、それが人類に浴びせる祝福について、彼は美しく歌う。そして次に、モリーと出会う。モリーは娼婦だ。『ユリシーズ』にもモリーが出てくるが、デトロイトの娼婦モリーのほうがはるかによい。モリーには心がある。モリーは人間の優しさの顕れだ。セリーヌはデトロイトを描いた章の終わりで、彼女に愛情を捧げている。これは珍しいことだ、なぜなら、他の登場人物たちに対してはみな何らかのかたちで復讐を行っているのだから。モリーは美化されている。驚いたことに、モリーはフォード氏の巨大企業よりも大きく神々しく立ちはだかる。そう、それこそセリーヌが書いたデトロイトの章の美しくも驚異的な点だ――彼は一娼婦の体を、機械と化した心に対する勝利へと変える。デトロイトに実際に行けば、心などというものが存在するとは信じられないだろう。すべてがあまりにも新しく、小ぎれいで、明るく、冷酷である。心は工場では育たない。心は工場で殺されている――ほんの薄っぺらな心でさえも。南部が百年かけても黒人に対してできなかったことを、デトロイトは一週間で白人に対してすることができる。だから私は「フォード・イヴニング・アワー」が好きなのだ。とても癒されて、元気が湧いてくる。

　もちろん、デトロイトは最悪の場所ではない――まったくといってよいほどだ。ピッツバーグについても同じことを書いた。他の場所についても、きっと同じことを書くだろう。どの場所も、最悪ではない。最悪や最最悪などといったものは存在しない。最悪はいま発生しようとしている段階だ。それはいまわれわれの内側にあり、まだ生み出されていないのである。ディズニーはそれを夢に描く――そしてそれで儲けているのだから、おかしな話だ。子供連れの人々がそれを見に行き、子供たちは大声を上げて笑う。(十年もすると、嬉しそうに手を叩いて喜びの声を上げていた小さなモンスターの見分けがつかなくなっているかもしれない。切り裂きジャックだって人の子だとは、なかなか信じられないものである。)それにしても……デトロイトは寒い。強風が吹いている。幸いながら、私は職もなく食べ物も住むところもない人々とは違う。私はきらびやかなデトロイター・ホテルに滞在している。功利主義セールスマンたちの聖地だ。ロビーには気取った紳士用品店がある。セールスマンたちはシルクのシャツがお気に入りだ。ときにはかわいいパンティーなども買う――飛行機内の救いの天使たちのために。彼らはとにかく何でも買う――ただ金を循環させるだけのために。寒空の下に取り残されたデトロイトの男たちは、ウールの下着を着たまま凍死する。冬の気温はあきらかに亜熱帯性だ。建物は無慈悲にそびえ立つ。風はまるで両刃のナイフのようだ。運がよければ、暖かい建物のなかに入ってマンネルハイム線を鑑賞することができる。血沸き肉躍る映像だ。亜熱帯性の気温をものともせず、いかにイデオロギーが勝利するかがわかる。白い外套を着た男たちが腹這いになって雪の上を匍匐前進するのが見られる。手には特大の鋏をもち、有刺鉄線にたどり着くと、切る、切る、切る。ときには、その作業中に撃たれる者もいるが――そうなれば、英雄に祭り上げられる――代わりの者は他にたくさんいて、みな鋏を装備している。とても啓発的で、ためになる映像だ。心が鼓舞される、というべきだろう。館外では、デトロイトの街に風がうなり、人々は風を避けられる場所を求めて駆けまわっている。だが、映画館のなかは暖かくて居心地がよい。映像のあとには、ホテルのロビーで温かいチョコレートドリンクを。そこでは男たちが、ボタンやチューインガムの話をしている。飛行機に乗っていた連中ではない――別人たちだ。温かくて快適な場所には、いつでも奴らがいる。いつでも買ったり売ったりだ。そしてポケットはもちろん葉巻でふくらんでいる。デトロイトでは、景気が回復している。防御令というやつのおかげだ。タクシー運転手はすぐに仕事に戻れる見込みだと私に言った。工場での仕事ということだ。戦争が突然終わったら何が起こるのか、私には想像もつかない。失意する者も大勢出るだろう。おそらくまた新たな危機が訪れるであろう。もしも平和が突如として宣言されたなら、人々は自分で何をしたらよいのかわからないだろう。誰もが解雇されてしまうだろう。食糧配給に並ぶ列ができ始めるだろう。奇妙だ、われわれは世界を養っておきながら、自国の民にまともな食事を与える術を知らないなんて。

無線が誕生したとき、誰もが考えたことを思い出す――なんてすばらしい！　これで世界中の人たちと通信できるぞ！　そしてテレビだ――なんてすごい！　これで中国だろうとアフリカだろうと、世界の最果てで起きていることを見ることができるようになるぞ！　かつては私も思っていた。いつの日か、ダイヤルをまわすだけで、北京や上海の街を歩く中国人の姿や、アフリカの奥地で通過儀礼を行う未開人を見ることができる小型器具を、私ももつようになるのだろうと。今日、われわれが実際に見聞きするものはいったい何か？　検閲官が許可したものを見聞きしているに過ぎない。インドは昔と変わらず遠くにある――実際、五十年前よりもいまのほうがむしろ遠く感じられる。中国では大きな戦争が起こっている――人類にとって、ヨーロッパの些事などとは比べものにならないほど大きな意味をもつ革命だ。ニュース映画で、その情勢を見ることがあるだろうか？　新聞ですら、そのことについてほとんど触れようとしない。五百万の中国人が洪水で、飢餓で、あるいは疫病で死んだり、侵略者によって住居から追われようとしているかもしれないのに、ニュースは（たいてい一日かぎりの見出しで）なんの不安も駆り立てない。パリでは、上海爆撃のニュース映画を見たことがあったが、その一度かぎりだった。あまりにひどいものだった――フランス人たちは見るに耐えかねた。今日に至るまで、第一次大戦を写した本当の写真は公開されていない。かなりの力をもつ人物でなければ、ごく最近の恐怖を伝える写真を見ることはできないのだ……「教育的」写真というものなら、確かにある。ご覧になったことがあろうか。きれいで、退屈で眠くなるような殺菌済みの統計学的な詩文で、完全に去勢されて消毒剤が吹きかけられている。バプティスト派やメソディスト派の教会が公認しそうな類のものだ。

ニュース映画が扱う話題は主に外交的な葬儀、戦艦の命名式、火事と爆発、飛行機事故、スポーツ大会、美女のパレード、ファッション、化粧品、そして政治演説だ。教育的写真が主に扱うのは機械、建造物、商品、犯罪だ。戦争でもあれば、外国の光景を垣間見ることになる。この地上に住むよその民族についてわれわれが得ている情報は、火星人がわれわれについて得るのと同じ程度の量である。そしてこの底知れなく深い断絶は、アメリカ人の人相によく表れている。街のなかでは、どこに行っても典型的なアメリカ人に出くわす。物腰柔らかで、まじめなふりをしているが、頭のなかは明らかに空っぽだ。たいていは安物の既製スーツで小ぎれいに身を整え、靴は磨いてあって、胸ポケットには万年筆と鉛筆、ブリーフケースを小脇に抱えている――それともちろん、眼鏡をかけていて、流行が変わるたびに眼鏡も変える。大学がチェーンの紳士服店の助けを借りてこういう人物を生み出しているみたいだ。誰もが似たり寄ったりなのは、自動車やラジオや電話機がみな同じに見えるのと一緒だ。これが二十五から四十歳の典型なのだ。その歳を過ぎるとまた別のタイプが現れる――すでに入れ歯がお似合いの歳で、いつもぜーぜーと息を切らし、自分ではベルトをすると言っているが、ヘルニアバンドをしたほうがよいような中年男性。飲み過ぎ食べ過ぎ、タバコの吸い過ぎ、運動もせずに座り過ぎ、しゃべり過ぎで、いつ倒れてもおかしくない。あと数年のうちに、何人もが心臓病で死んでいく。クリーヴランドのような街では、このタイプが神格化されている。建物、レストラン、公園、戦争記念碑もまた神聖視の対象だ。これまで私が訪れた街のなかでも、もっとも典型的だ。豊かに繁栄し、活発で、清潔で、広大で、衛生的で、偏見なく外国の血を取り入れることによって活気づき、湖からのオゾンも街の活性化に一役買っている。それは多くのアメリカの都市の混成物として私の心に浮かび上がる。すべての美徳を兼ね備え、生活、成長、発展のための必須条件をすべて満たしたこの街は、それでもなお、完璧なまでに死の土地だ――死ぬほど退屈な、死んだ土地なのだ。（クリーヴランドでは、バーナード・ショーの劇『医者のジレンマ』を観るのがとても刺激的だ。）どういうわけか私にはリッチモンドで死ぬほうがよいように思える、リッチモンドには特に際立ったものがなさそうだというのに。だがリッチモンドでは、さらには南部のどこの都市でも、標準とはかけ離れたタイプがしばしば見受けられるのである。南部には奇人変人が溢れている。いまでも個性が尊重されているからである。そしてもっとも個性的なものはもちろん田舎から、辺鄙な場所から生まれる。サウスカロライナのような人口が密集していない州では、本当の人間に、おもしろい人間に会うことができる――陽気で、口やかましく議論好きで、道楽を好み、他人の意見に左右されず、あらゆることに反対するのが信条で、それでいて人生を魅力的で優雅なものにする術には長けている。この合衆国において、オハイオ州とサウスカロライナ州ほど強烈に対称的な場所は私には他に思い当たらない。またこの二州のなかでも、たとえばクリーヴランドとチャールストンの二都市ほど対称的な場所はほとんどないだろう。後者のような土地では、まじめな話をしようと思ったら相手をマットのうえにピンで留めておかなければならない。そしてその相手が話のわかる人間だったなら、そのチャールストンの男、聞いたことのないような話に熱狂するタイプに違いない。表情は刻々と変化し、目は輝き、髪は逆立ち、声には情熱がみなぎり、ネクタイは乱れて垂れ下がり、サスペンダーはいつもほどけてばかりいて、唾を吐き散らして悪態をつき、猫撫で声を出したり、威張って歩いてみたり、ときには爪先旋回《ピルエット》までもする。そして、チャールストンの男が決して人の鼻先にちらつかせないものがひとつある――時計だ。彼には時間がたっぷりとある。それに彼は、自分がいつかは達成すると決めたことは何でも達成する。そのおかげで、塵と機械油とレジの音が空気を満たすことはない。私の経験では、極度に時間を浪費しているのは北部の、とりわけおせっかいな連中である。彼らの人生はまったくの時間の浪費だといってもよい。ぶくぶくと太って、顎の肉がだぶついて、性生活に縁がなくなっている四十五歳男性は、アメリカが生み出した無駄の最大の標である。彼は何の役にも立たないエネルギーを異常に愛する。彼は旧石器時代人の幻像である。彼は脂肪と神経衰弱の統計学的な塊であり、保険屋は彼を題材にして驚異的な論文を仕立て上げる。彼が後に残す未亡人は、裕福にして満足を知らず、頭は空っぽ、手は動かさず、悪鬼のごとき婦人クラブで群れをなす。この婦人クラブの活動ときたら、糖尿病と同時進行だ。

さてデトロイトについてだが、忘れてしまうまえに述べておこう――そう、まさにこの地でスワミ・ヴィヴェカナンダは反逆を始めたのだ。この本を読まれている方々のなかには、一八九〇年代の初めにシカゴで行われた世界宗教会議での彼の演説が引き起こした騒動を、ご記憶に留められている方もおられるかもしれない。アメリカ人に衝撃を与えたこの人物の巡礼の遍歴はもはや伝説である。最初のうちは人から認められず、拒絶され、飢餓に追い込まれ、街頭で物乞いをするまでにいたったのだが、とうとう彼は、同時代のもっとも偉大な精神的リーダーとして崇めたてまつられるようになった。あらゆる種類の申し出が彼に浴びせられた。金持ちたちは彼を家に招待し、彼を小馬鹿にしようとした。デトロイトで、六週間の滞在の末に、彼は反逆した。すべての契約をキャンセルし、そのとき以来彼はただひとりで、何やらかやらのソサエティの招待を受けながら、町から町へと渡り歩いた。ロマン・ロランはこう書いている――

「若き共和国の圧倒的な力に対して当初抱いていた興味と称賛はすでに消滅していた。たちまちのうちにヴィヴェカナンダは、人類の模範国家とやらと敵対した。その野蛮さと非人間性、魂の卑小さ、狭隘な狂信性、致命的な無理解、とりわけ生について自分たちと異なる考え方やとらえ方をする人々に対してあまりにあけすけで自分に自信をもった態度に異を唱えた。……そういったわけで、彼には我慢ならなかった。彼は何事も包み隠しはしなかった。彼は暴力、略奪、破壊による罪悪の所業こそ西洋文明の特質だとして断罪した。かつてボストンで、彼にとってはとても大切な美しい宗教的テーマ（ラーマクリシュナ）で講演するはずだったのだが、聴衆として集まった烏合の衆のあまりの通俗ぶりに嫌気がさし、彼は自分の聖域への鍵を聴衆に与えるのを拒否し、唐突にテーマを変え、目前の狐と狼の群れによって代表される文明というものを痛烈に非難した。その後の騒動たるや大変なものだった。何百人もの群衆が大騒ぎしながら講堂を離れ、報道陣は憤然とした。彼はとりわけ偽りのキリスト教と宗教的偽善には容赦なかった。『得意になって自惚れてばかりいるが、君たちのキリスト教は、刀剣なしではいったいどこに受け継がれたのか。君たちの宗教は、豪奢の名のもとに説かれている。この国で私が耳にしたことといえば、すべて偽善ばかりだ。このすべての繁栄、このすべてはキリストによる賜物！　キリストの名を引き合いに出す者にかぎって、富を貯めこむことしか頭にない！　キリストは君たちと交わって石に枕することはなかろう。……君たちはキリスト教徒ではない。キリストへ回帰せよ！』」

続けてロランは、アメリカに対するこの反応を、イギリスに対する反応と対比させる。「彼は敵として入国し、その心を打ち砕かれた。」ヴィヴェカナンダ自身、イギリス人に対する彼の認識が劇的なまでに変化したことを認めた。彼は次のように述べた。「ある民族に対する憎悪という点では、私がイギリス人に対して心に抱いていたほどの憎悪をもって英国の地を踏みしめた者が他にいたことなどないはずだ。……いまや私ほどにイギリス国民を愛する者は、どこを見わたしても他にいない。」

お馴染みのテーマだ——何度も何度も聞く話だろう。多くの卓越した人物が、この岸辺に降り立ち、ただ悲嘆と嫌悪と幻滅に駆られるばかりで祖国へ戻ることを、私は思い起こす。アメリカが分け与えなければならないものはひとつのみであり、それが何であるかは誰もが一致する——**金**。そして、これを書きながら思い出すのが、私がパリで知り合ったロシア出身の無名の画家のことである。彼はパリで過ごした二十年のあいだ、空腹でなかったことは一日たりともなかったという。モンパルナスではかなり知られた人物だった——どうやって金もなしにあれほど長く生きながらえているのか、誰もが不思議に思っていた。そしてついに彼は、あるアメリカ人と知り合った。その人は、彼がいつも見てみたいと、新たな居住国にしたいと願っていたこの国に、彼を行かせてくれたのだ。彼は一年滞在し、旅してまわり、肖像画を描き、富める者からも貧しい者からも歓待を受けた。生まれて初めて彼は、ポケットに金があり、清潔で快適なベッドに眠り、暖かく、栄養も摂れているという暮らしを経験した――そして何より、才能を認められるという経験をしたのである。パリに戻って数週間が経ったある日、私はバーで彼と偶然に出会った。アメリカについて彼がどんなことを語ってくれるか、私は興味津々だった。彼の活躍は私の耳にも届いていたので、どうして戻ってきたのか知りたいところだった。

彼はまず、訪れた街のことから話し始め、さらに、出会った人々、泊まった家、出された食事、訪れた美術館、稼いだ金のことなどを話し続けた。「最初のうちは最高だったよ」と彼は言った。「天国にいるみたいな気がしたね。でも、半年もすると、うんざりしてきた。なんだか、子供相手に過ごしてるみたいなんだ――とんだ悪ガキだよ。懐に金があったところで、自分が楽しめないならしょうがないだろ。芸術家がいったい何をやっているのか誰も理解していないんだから、名声なんて得ても何の役にも立たない。ここでの暮らしはご覧のとおりさ。俺は祖国を失った人間だ。戦争が始まれば、強制収容所に放り込まれるか、フランス軍のために戦わされるかだ。アメリカにいればそれも避けられたかもしれない。市民権をもらって豊かに暮らせただろう。でも、こっちで暮らすことに賭けてみたんだ。この先あと数年しか生きられないとしても、ここでの数年は、アメリカでの一生よりも価値がある。アメリカでは、芸術家が本当の意味で生きていくことはできない――ただ、生ける屍のような暮らしがあるだけだ。ところで、何フランかもってたら、貸してくれないか。また一文無しに戻っちゃってね。まあ、平気だけど。昔のアトリエにも戻れたし――いまじゃ、あの汚い場所に感謝している。どうやら俺にとって、アメリカに行ったのはよいことだったみたいだな――何しろ、昔は耐えられないと思っていたこの暮らしが、どんなに素晴らしいものか思い知らされたわけだから。」

パリにいたころ、先に帰国したアメリカ人たちからいったい何通の手紙が届いたことだろう――みなお決まりの嘆き節だ。「もう一度そこに戻れたらなあ。戻ることができるなら、どんな犠牲を払ったってかまわない。あのときは、自分が何を失おうとしているのかわかっていなかった。」云々。故郷に戻れて嬉しいという手紙は一通もなかった。戦争が終われば、この国が一度も経験したことがないような、ヨーロッパへの大移動が起こるだろう。フランスが衰退してしまったいま、われわれはフランスが退廃的だったと思い込もうとしている。この国の芸術家や美術批評家のなかには、形勢に乗じて、もはやヨーロッパから学ぶべきものはない、ヨーロッパは、とりわけフランスは、死んだのだと、アメリカ国民に信じ込ませようと躍起になっている恥知らずな連中がいる。不快極まりない虚言だ！　敗北し平伏したフランスですら、どんな時代のアメリカよりもずっと活力に満ちている。芸術は、軍事的敗北や経済的破綻や政治的瓦解などのせいでは死なない。瀕死のフランスは、若くて威勢のよいアメリカよりも、狂信的なドイツや転向を迫るロシアよりも、多くの芸術を生み出した。芸術は死んだ民衆から生まれるものではない。

ヨーロッパには二万五千年もの昔から偉大な芸術が存在したという証拠があるし、エジプトともなれば、六万年前にさかのぼる。これらの至宝を生み出すことに、金はまったく無関係だった。金は、未来の芸術に対しても無縁だろう。将来、金は死滅するであろう。いまでさえ、金の不毛さを実感できる。アメリカは世界の兵器工場となることによって自国の経済システムの大破綻を食い止めることができたわけだが、もしそうしていなかったなら、地上でもっとも豊かな国が、世界中から集積された金のただ中で餓死していく光景を、われわれは目撃していたのかもしれない。戦争は、直前に迫る不可避の大災厄の一時的中断に過ぎない。あと数年もすれば、全社会構造が転覆し、われわれを呑み込む。数百万人の失業者に職を与えて破壊兵器を作らせることは、何の解決にもならない。戦争によってもたらされた破壊が完結すれば、次には別の種類の破壊が始まる。それはいまわれわれが目撃している破壊よりも、はるかに徹底的で、はるかに恐ろしい。地球全体が大変革によって悶絶するだろう。さらには炎が猛威を振るい、ついにはこの世界の基盤が崩壊する。そのときわれわれは、誰が生を具えているか、より豊潤な生を具えているかを知るだろう。そのときわれわれは、金を稼ぐ能力と生き残る能力がはたして同一のものなのかどうかがわかるだろう。そのときわれわれは、本当の富の意味を知るだろう。

この本を書き始めるためのインスピレーションを得るには、膨大な面積の国土を踏破しなければならなかった。ヨーロッパ、アジア、アフリカの一万マイルの空間なら何を見ていただろうかと思うと、私は何だか騙されていたような気がする。アメリカについて書かれた最良の書とは、この国を見たことがない人によって書かれた空想の書なのではないかとすら思えてくる。私の旅を終えてしまう前に、いくつかのアメリカ的光景を、パリ時代に私が心の目で思い描いたようなかたちで描写しようと思う。自動車はそのひとつだ。

とりあえずはよい話をお伝えしよう――みなさんをシカゴへと、サウスサイドにあるメッカ・アパートメントへと案内しよう。ある日曜日の朝、友人が案内役を申し出て、車を借り、私をあちこちへと連れて行ってくれた。途中、私たちはフリーマーケットに立ち寄った。友人はこのゲットー地域で育ったのだという。むかし彼の家があったはずの場所を彼は探そうとする。そこはいまでは空き地になっている。ここサウスサイドには、何エーカーにもわたる空き地がある。まるで第一次大戦後のベルギーのようだ。むしろ、それよりもひどい。病んだ骸骨の、一部は砕け、一部は黒焦げになり潰瘍ができているようなイメージを私に思い起こさせる。フリーマーケットは、パリのクリニャンクールというよりは、ポーランドのクラクフのような雰囲気だが、どちらでも同じことだ。私たちは文明の裏口に、見捨てられたものどもの残骸のただ中に立っている。数千、数十万、おそらく数百万ものアメリカ人たちが、いまだに貧しく、このごみ溜めを漁って必要なものを必死に探しているのだ。飢えた買い手にとっては、傷んでいようが、錆びていようが、病原菌に満ちていようが、まったく気にならない。五セント十セント均一の安物雑貨店に行けば慎ましい欲求を満たすことができると思うかもしれないが、安物雑貨店は実際のところ、長期的には高くつくのだということがすぐに実感できる。混雑は大変なものだ――私たちは人混みを肘でかき分けて進まなければならない。まるでガンジス川の岸辺のようだが、神聖な匂いはそこにはまったくない。群衆のなかをかき分けていくうち、奇妙な光景に出くわして私は立ちすくむ。通りの真ん中にいたのは、王家の身なりをしたひとりのアメリカン・インディアンだ。彼は万能薬とやらを売っている。この掃き溜めのなかを動きまわっている他のみすぼらしい浮浪者たちのことは、すぐに頭から消えてしまった。ジェイムズ・T・ファレルは『私が作ったのではない世界』という小説を書いた。さて、その本の真の著者がそこに立っているのだ――世間からつまはじきにされた変人、万能薬を売る男。その同じ場所を、かつてはバファローたちが歩いていた。いまやそこは割れた壺や鍋、使い古された腕時計、屋根からはずされたシャンデリア、穴の開いた靴で覆われ、イゴロト族ですら鼻水も引っかけないような代物ばかりだ。もちろん、数ブロックも歩けば、物事の別の側面とやらが見えてくる――ミシガンアヴェニューの絢爛たる建物群だ。そこにいると、世界は億万長者だけでできているような錯覚に陥る。夜ともなれば、チューインガムの記念塔〔リグリー・ガム会社の本社がある超高層ビル、リグリー・ビルディングのこと〕がライトアップされるので、これほど奇怪な建築物をわざわざ選んで、特別な関心を惹きつけなければならないことに驚かされる。ビルの背部へと続く階段を下り、目を細めて想像力を少し働かせれば、自分がパリに戻って、ブローカ通りにでもいるような気分すら味わえる。モンパルナスのビュビュのような娼婦はもちろんここにはいないが、アル・カポネの昔の一味とならば出会うこともあるだろう。眩い光の裏側に立つのは楽しいことに違いない。

私たちはさらにサウスサイドを探査し、時折車を降りては足を伸ばす。ここでは興味深い進化が起こっている。古い邸宅が立ち並ぶなかにところどころ空き地がある。黄ばんだ牙とエナメル質の欠けた歯に囲まれて、薄汚れたホテルがマヤの廃墟のように屹立している。かつては上品な住宅地とされていた場所が、いまではわれわれが「解放」した肌の黒い者たちに引き渡されている。電気もガスも水道も、何もない——窓ガラスすらないことも珍しくはない。こういった住居は、誰が所有しているのだろう。あまり細かく詮索しないほうがよい。黒人たちが引っ越したら、この住宅群はどうなるのだろう。取り壊されるに決まってるさ。連邦の公営住宅計画で、安アパートが作られるのだ……私はジェノバの古い街を思い起こす。アメリカへ戻る途中、最後にいくつか立ち寄った港のうちのひとつだ。この地区はとても古い。利便性の面では、何も自慢できるものがない。だが、ジェノバのスラム街とシカゴのスラム街では、なんて大きな差があることか！アテネのアルメニア人地区でさえこれよりもましだ。二十年にわたって、アテネのアルメニア難民は自分たちのものにした小さな地域でヤギのように暮らしてきた。利用できる古い館などなかった——閉鎖された工場ですらも。ただわずかばかりの土地があるだけで、その上に彼らは、手当たり次第なんでも使って自分たちの家を築き上げた。ヘンリー・フォードやロックフェラーのような連中が、このほとんどが廃棄されたがらくたでできた楽園を創造することに、知らず知らずのうちに貢献したわけだ。私がアルメニア人地区のことを思い起こす理由は、シカゴのスラム街を歩きながら、友人が私にみすぼらしい小屋の窓台に置いてある植木鉢を注視するように促したからだ。「ごらん」と彼は言った。「飛び切り貧しい奴だって、ここでは花を飾っている。」だがアテネで私が見たものは、鳩小屋、日時計、支柱なしに浮かんでいるベランダ、屋根で日光浴するウサギ、イコンの前でひざまずくヤギ、ドアノブに括り付けられた七面鳥などだ。誰もが花を飾っていた——植木鉢だけではなく。ドアはフォード車のフェンダーでできていて、歓迎的な雰囲気かもしれない。椅子はガソリン缶でできていて、座り心地がよいかもしれない。書店もあって、バファロー・ビルやジュール・ヴェルヌやヘルメス・トリスメギストスなどについて読書もできた。千年の悲惨にも押し潰されなかった魂がそこにはあった。一方、シカゴのサウスサイドは、秩序を失った広大な精神病院のようだ。ここでは悪徳と病弊だけがはびこる。かの大解放者が、黒人たちがいま浴している栄えある自由を見たら、いったいどんなことを言うだろうか。そう、われわれは彼らを自由にした――暗い地下室を這いまわるネズミのように自由に。

さて、いまいる場所は――メッカ・アパートメントだ！　大きな四角形の集合建築で、かつてはよい趣味だったのだろう――建築的には。白人たちが引っ越したあとは、黒人たちが住むようになった。現在の状態にいたるまでには、最盛期のようなものもあったのだろう。他の建物は全部もぐり酒場だった。その場所は売春で賑わっていた。職を探している黒人にとっては、確かにメッカのような地であったに違いない。

それもいまでは、風変わりな建物になっている。鍵は取り外され、蝶番から戸も外され、天窓は割れている。まるでカトリック教会施設の通廊か、あるいは聾唖者用の施設か、慎ましく運営するブロンクスの堕胎院にでも入ったような気がする。角まで歩くと、そこは中庭になっていて、いくつかの階層になったバルコニーに取り囲まれている。中庭の真ん中には使用されていない噴水があって、古風なチーズ・カバーみたいな大きな金網で覆われている。ふしだらな女たちがここを支配していたころには、どんなに魅力的な場所だったか、想像に難くない。かつて中庭は哄笑で溢れかえっていたのだろう。いまでは静寂ばかりが張り詰め、時折ローラースケートの音や、乾いた咳や、闇のなかの罵声が響くだけだ。一組の男女が私たちの上で、バルコニーの手すりから身を乗り出している。何の表情も浮かべず、こちらを見下ろしている。ただ見ているだけだ。夢を見ているのか？　それはありえない。あらゆる贅沢物のなかでももっとも粗末なこの場所でそんな楽しみにふけるには、彼らの身体はあまりにも擦り切れていたし、彼らの魂はあまりにも空っぽだった。彼らはそこに、平原の動物のように立っている。男が唾を吐く。すると奇妙な鈍い音を立てて、通路に落ちる。おそらくそれは彼にとって、独立宣言に署名するような行為なのだろう。彼は自分が唾を吐いたことも知らなかったのかもしれない。唾を吐いたのは彼の幽霊だったのかもしれない。私はふたたび噴水に目

シカゴの黒人居住地区に立ち並ぶ家。議会図書館蔵，農業保障局アーカイヴ，ラッセル・リー撮影。

をやる。長いあいだ水が流れていないようだ。古いチーズのように覆いがかけられているので、人がそこに唾を吐いて、その水分で噴水が復活するということもないのだろう。もしもこの黒い生命の泉が突如として噴出を始めたら、シカゴにとっては恐ろしいことになるだろう！　友人は、その心配はないと私に請け負ってくれる。私には、本当にないとは思えない。多分彼が正しいのだろう。多分黒人たちは、われわれの仕打ちにもかかわらず、われわれの友人であり続けてくれるのだろう。ある友人の家で、黒人のメイドとした会話を思い出す。「あなた方が私たちを愛する以上に、私たちはあなた方を愛していると、本当に思います」と彼女は言った。「憎んだことはないのか？」と私は尋ねた。「とんでもございません！」と彼女は答えた。「ただ、お気の毒だとは思います。あなた方は力と富を独り占めにしているのに、全然幸せじゃないんですから。」

車に戻ろうとしていると、大きな声が、まるで天井から鳴り響くかのように聞こえてきた。一ブロックほど進んでも、さらに強い調子で声が響いていた。不思議なことだった。私たちは引き返して、来た道をたどり直した。声はどんどん強くなっていった。それは説教師の声で、彼は牛みたいな肺活量で叫んでいた。「イエスはこの世の光です！」 すると他の声が唱和した。「イエス！ イエス！この世の光！」 私たちは当惑しながら見渡した。そこにはユダヤ教のシナゴーグしか見当たらなかった。そしてそこから、まさにその壁から、この世の光について絶叫する大音声が出ているように思えた。そうこうするうち、何人かの黒人たちが礼拝堂に侵入していたのがようやく目にとまり、さらに目を上げると、建物の蛇腹部分に拡声器がまるでガーゴイルのように取り付けられているのがわかった。三ブロックにわたって、はっきりとよくわかる声が私たちのあとをついてきた。それはまるで無人地帯から立ち上がった狂人が平和を叫んでいるみたいだった。車に乗り込むとき、美しい黒人女性が、廃墟のような家の窓から身を乗り出しているのが見えた。黒人たちに占拠されたあの不気味な建物の五階から彼女の目がとらえるのは、なんて光景なのだろう！ 彼女のいる場所からでも、説教師がこの世の光について語っているのが聞こえた。その日は日曜日で、彼女は何もすることがなかった。下の階では汚い服を着たいたずら小僧が、緑色のチョークでドアに数字を書き込んでいた――そうすれば、郵便配達人が住所を間違わずに手紙を配達できるのだろう、きっと。数ブロック向こうには畜肉処理場があり、晴れた日には風向きさえよければ、彼女のいる場所から、何千、いや実際何百万もの羊たちの血の匂いを感じることができた。「何年か前までは、このあたりは淫売屋しかなかったんだ」と友人は言っていた。淫売、淫売。私は関心を示さなかった。こいつは何を言ってるんだ、と私は心のなかで思った。私はベスレヘム製鉄所の飼い葉のなかに横たわる神の子羊について考えていた。「ほら、見たか？」と彼は私を小突きながら言って、五階の黒人女性のほうへ目を向けた。彼女は私たちに手招きをしていた。彼女は黒人の天国〔人種分離主義の時代、教会で白人が一階に座り、黒人はバルコニーに隔離されたことから、教会のバルコニーをこう呼ぶ〕で、きっと神を見つけたのだ。それ以外のことを彼女が考えていたのだとしたら、私には量りかねた。彼女は本当に恍惚としていた。暖房もなく、ガスもなく、水道もない。窓は割れ、ネズミが走りまわり、側溝にはゴミがたまっている。彼女は手招きしながら、あたかもこう言っているかのようだった。「来なさい！ 私はこの世の光だ！　私は家賃も払わず、仕事もせず、ただ血だけを飲む。」

私たちは車に乗り込み、数ブロック走って別の砲弾孔を訪れた。通りは荒廃していて、ニワトリが数羽、崩れ落ちそうな回廊の張り板のあいだから食べ物を取ろうとしているのだけが目に付いた。さらに多くの空き地、さらに多くのあばら屋。避難用のはしごが壁にかけられている様子は、まるで酩酊した軽業師のようだ。この場所における、日曜日の一情景。すべてが平穏無事だ。砲撃が止んださなかのルーヴァンかランスのようだ。軍馬を水場に連れて行くことを夢見るヴァージニア州フィーバスか、濡れた靴下で窒息させられた現代のエレウシスか。すると突然、一軒の家の脇に十フィートもの巨大な文字がチョークで書かれているのが目に飛び込んできた。

福音来たり！　神こそは愛！

この言葉を見たとき、私は蓋のない下水溝に跪いたのだが、その溝はその目的のためにちょうどよくそこにあったものだ。私は短い祈りを捧げた。静かなその祈りは、イリノイ州マウンドシティにまで届いたに違いない。そこでは有色のジャコウネズミが自分たちの巣穴を掘っているのだ。そろそろ肝油などの強壮剤を飲みたいところだったが、ワニス工場がどこも閉まっていたので、私たちは屠殺場へと方向転換し、バケツ一杯分の血を飲み干した。血がこんなにも美味に思えたことはいままでになかった！　それはまるでビタミンA、B、C、D、Eを連続ですばやく摂取し、さらに冷たいダイナマイトを一本噛み砕いて味わうみたいな感覚だった。福音来たり！　そのとおり、すばらしい知らせだ——シカゴにとって。私は運転手に向かって、私たちをすぐにマンダラインに連れて行くように命じた。そうすれば私は、枢機卿と不動産取引を賛美することができたはずなのだが、私たちはバハーイー教の寺院にしかたどり着けなかった。シャベルで砂を掻いていた作業員が寺院の扉を開け、なかを見せてくれた。そのあいだずっと彼は、われわれはみな同じ神を崇めているのだ、宗教とは本質においてみな似たようなものなのだ、と言い続けた。私たちに読むようにと彼が渡してくれた小冊子によると、信仰の先駆者、信仰の創始者、バハーウッラーの教えの公認解釈者にして模範的実行者らはみな、大胆にも神の愛を包括的なものとしたことによって迫害と殉難を受けた。それは奇妙な世界だ、これほど文明の進んだ時代においても。バハーイー寺院は二十年ものあいだ建設中で、いまだに完成していない。驚いたことに、建築家の名はブルジョワ氏という。寺院の内部は、まだ未完成ではあるが、『ジャンヌ・ダルク』の舞台セットを思わせる。地上階にある円形の集会場はシェル状にくぼんでいて、これほどまでに平和と瞑想を喚起する礼拝所は他にはあまり見当たらない。迫害者たちのおかげで、この信仰運動はすでに地球上のほとんどの場所に広まっている。ここではキリスト教会のような人種分離主義はなく、人は好きなように信仰することができる。だからこそ、バハーイー教運動は、この大陸の他のすべての宗教団体よりも永く続くはずなのである。キリスト教会は、異様な分化と開花を繰り広げ、いまや完全に枯死している。いま植えつけられている政治的社会的システムが崩壊したとき、それは雲散霧消するだろう。新しい宗教は、行為にもとづくのであって、信仰ではない。「宗教は空腹な者たちのためにあるのではない」とラーマクリシュナは言った。宗教はつねに革命的であり、日常を生きるための世界観などよりもはるかに革命的なのだ。聖職者はいつでも悪魔と同盟を結び、政治指導者はいつでも死へと導く。民衆は団結しようとしているように私には思える。民衆の代表者たちは、生活のあらゆる局面において、憎悪と恐怖を生み出すことにより人々を分離する。例外はほとんどないので、もし稀に例外的な人物が現れると、衝動的に人々は特別扱いし、超人か、あるいは神か、とにかくわれわれのような普通の男女ではないものへと仕立て上げる。このように天上界へと祭り上げられると、その人が説こうとしていたはずの愛の革命は蕾のうちに摘み取られてしまうのだ。だが、福音とはいつでも来るものだ、ちょっとした街角に、あばら家の壁にチョークで書かれて。**神は愛なり！**　シカゴ市民がこの文章を読んだら、きっと彼らは群れをなして立ち上がって、その家へと巡礼を始めるだろう。その家はサウスサイドの空き地の真ん中に立っているので、見つけるのは容易だ。ラサール・ストリートのマンホールを降りて、下水道のなかを漂うがよい。十フィートもの大きさで、白いチョークで書かれているので、見逃すはずがない。それを見つけたら何をすべきか。ドブネズミのように身を揺すって、体から埃を払い落とすだけだ。あとのことは神に任せればよい……

フランス万歳！

小さな公園——ジューン・ストリートとマンスフィールド・ストリートのあいだにある、不思議な場所だ。たっぷりと陽が当たっているときでも、物悲しく思える。悲しみや倦怠に私を浸らせることのない公園に、私はアメリカでは出合ったことがない。ヒレア・ハイラーの初期絵画作品に出てくる、抽象的な公園のなかに座るほうが、私には千倍もましだ。あるいは、ハンス・ライヒェルが記憶喪失的自画像を水彩で描くときに時折座っている公園か。アメリカの公園は、境界で仕切られた真空地帯で、強硬症を発症したあんぽんんたちで溢れかえっている。アメリカの住宅建築同様、公園には個性というものが微塵たりともない。それは、正しく言われているとおり、「ちょっとした息抜きの場」であり、アスファルトと工場の煙とガソリンの悪臭の合い間にあるオアシスである。なんてことか、パリのリュクサンブール庭園やアテネのザピオンやウィーンのプラーター公園に比べると！　この国にあるものといえば自然公園くらいのものだ——驚くべき自然の気まぐれがちりばめられ、霊たちがひしめく、広大な土地である。

人間がつくった小公園のなかでは、フロリダ州ジャクソンヴィルの公園が、もっとも薄汚く、さえなくて、お粗末なものではないかと思う。それはジョージ・グロースが描く風刺画の世界だ。そこからは結核、口臭、

ヘンリー・ミラー，ジャクソンヴィルの公園にて。エイブ・ラトナー撮影。

静脈瘤、偏執症、虚言癖、自慰、神秘主義の臭いが立ち込めてくる。アメリカ中の不適応者、欠陥者、過去にしがみつく者、何者かを自称するばかりの偽者が、流れ流れて最後にここにたどり着くようだ。フロリダ州南部のエヴァグレーズ湿地帯に行くためには、まずはこの感傷的湿地帯を渡りきらなければならないのである。十五年前、初めてこの公園のベンチに座ったとき、私は自分が一文無しで、空腹であり、寝る場所もなかったから、そんな感覚と印象を抱いたのだと思った。ふたたび訪れてみると、私はさらに憂鬱になった。何も変わっていなかったのだ。ベンチはその昔、人間の屑で一杯だった——ロンドンやニューヨークにいるみすぼらしいタイプではなく、セーヌの河岸を彩るような個性的なタイプでもなく、あのどろどろとして汚れた、お上品な中流階級から生まれるアメリカ的変種だ。清潔な痰の塊、といったところだ。そういう連中は、精神の向上などと口にするが、精神などどこにもありはしない。様々ながらくたが、クリスチャン・サイエンスの教会、薔薇十字団の幕舎、星占い室、無料診療所、福音派の集会、慈善施設、職業紹介所、安価な下宿屋などなどの内へ外へと、下水のように漂っている。『バガヴァッドギーター』

を空腹で読んでいるようなタイプかもしれないし、クローゼットのなかで柔軟体操をしているのかもしれない。とりわけアメリカ的なタイプとくれば、新聞に書いてあることは何でも信じてしまうし、いつも救世主を求めてばかりいる。人間の尊厳というものが、ひとかけらも残されていない。お上品さに絡め取られてのたうつ白い虫けらだ！

こういった人間のごみ山を見ていると、時折いたたまれなくなって、私はタクシーに駆け込み、タイプライターのもとへ駆けつけて、この狂った、ひどく不快な見当違いの情景を書きとめなければいけなくなる。どんなに賢明な批評家でも、その発生元がアメリカの公園だとは思いもよらないだろう。そんなことがよく起こるので、私は突然、何年か前に見た牛のことを、いやつい最近テネシー州ダックタウンで見たばかりの、あばら骨が九十七本あって、一切れのアルミホイルだけを噛み続けている牛のことを思い出す。あるいはルイジアナ州アルジェで機関車の火夫と話したときの言葉が急によみがえる。「この町のおかしなところは、ホテルが一軒もねぇってことさ。ここのもんには野心てものがねぇ。」ホテルという言葉と野心という言葉が私の心のなかで奇妙に結びつき、このふたつの言葉の不可解さに私が思いをめぐらせていると、その瞬間、ベニス行きのバスが通り過ぎ、するとすべてが驚くほど奇妙で非現実的に思えてきた。ミシシッピ川に臨むアルジェ、ルイジアナのベニス、灼熱の太陽で脱水状態になるアルミホイルの牛、空腹とともに私を泣かせるジャクソンヴィルのユダヤ教会音楽、ブルックリン橋でした夜な夜なの散歩、ドルドーニュ川沿いの中世の城、リュクサンブール庭園にある女王たちの像、職業紹介所の隅の更衣室でヒステリックな伯爵夫人から受けた六回のロシア語のレッスン、ヴィゼテリー博士との会談……博士によると、私は最低でも七万五千語の語彙をもたなければいけないらしい、シェイクスピアですら一万五千語だったというのに。一千一のグロテスクな事柄が、ほんの一瞬のうちに私の頭のなかを駆けめぐる。

牛は恐ろしいほどの強迫観念となってまとわりつく——どうしてなのか、私にわかることはないだろう。

多分、アメリカの公園にいると、私は捨てられたアルミホイルを噛んでいる一頭の牛になってしまうのだろう。多分、私が気にかけることはすべて侵食されてしまって、私は痩せ細った痴呆となり、あばら骨が南部の太陽のもとでひび割れるのだ。多分、私は科学教育映画に出てくる無生物の惑星に立っていて、すべてが風変わりで新しいために、その美しさがわからずにいるのだ。多分、私の欲求はあまりに人間的で、具体的で、直接的なのだ。もっと辛抱強くなり、数千年ではなく、数百万年でも待てるようにならなければいけない。太陽と月よりも長生きし、神や神という観念よりも永続し、宇宙よりも速く進み、分子、原子、電子をも出し抜かなければいけない。こういった公園では、あたかも公衆便所にでもいるかのように座り込んで、自分の務めを果たさなければいけない——赤土の丘にいるスペアリブにされた牛みたいに。アメリカをアメリカとして、アメリカそれ自体として、星へと届くアメリカなどとして、考えてはならない。考えるべきは、大気のない空、水のない運河、衣服のない住人、思想のない言葉、死のない生だ。終わりなく続き、名前ももたず、わけもへちまもないものについて考えよ。無意味に思われるそのものは、ひとたび時間と空間、運命、因果律、論理、エントロピー、消滅、ニルヴァーナとマーヤーの妄念を捨て去れば、大いなる意味をなすのだ。

あなたが大きなヤシの木のある公園に座っているとしよう。草葉がたくさん生い茂り、穏やかな日和で、ベンチには緑色のペンキが塗られていて、おそらくは犬が一匹、木の根元におしっこをしている。そして、あなたのまわりには、同じ人類がいっぱいいて、あなたと似たような服を身に着け、体のなかでは同じ器官が昼夜を問わず狂ったように働いている。それであなたはひとり心に思う。あいつらはまったく違う、あまりに違いすぎるので、見ているだけで気分が悪くなる、と。そこであなたは安タクシーを拾い、別の惑星に逃げ込んで、音のうるさいちっぽけなタイプライターにたったひとりで向かい、無作為に言葉を吐き出し、爆竹を鳴らすのだが、それも爆発したあととなってはもみ消された煙草の吸殻にしか見えない。あなたは演壇に立つ男を思い浮かべる。神智学の世界から出てきた怪物で、植物の身体をもち、ヒッポグリフと結婚している物静かな悪鬼で、見事なまでに自己催眠をかけているために、演壇の両翼から中央まで、正体を見せることなく直立歩行ができるのである。彼はこれからたっぷり三時間にわたって、休憩もはさまず、ひとくちの水もすすらず、まばたきすらしないで話をするつもりだ。神聖なるエントロピーとか、宇宙的精神分裂症の話をしながら、それでいて彼は、空に居座るあの竜のもとまでいともたやすく上昇し、星座の時計のねじを巻くのである。たっぷりと三時間にわたって、彼は墓の向こう側から来るような声で語るのだ、洞窟の床下に銀の円錐体に入れられて埋められた媒体の声で。最後には、あなたは朽ち果てた葉と銀の包み紙で埋もれた公園のなかに座っているだろう、かつてとくらべて何かを知り得たわけではなくとも静かな幸福に包まれているだろう、まるで仮定法の調和と不協和を通じて不規則動詞の活用変化を成し遂げたばかりの人みたいに。

そしてあなたの内側で笛の合図がなり、食べ物とセックスのことが頭に浮かんで、六分間の夢想のうちに、あなたの心はクリーヴランドのフォースターズと、クリシー大通りからすぐのル・シャプレ通り（エレーヌ通りとデ・ダム通りのあいだ）にある大衆酒場のあいだで揺れ動く。フォースターズのおかげで、どうして私は食べ物に興味を失っていたのかが突然わかった。食事が美味しくなかったわけではなく、店に悪臭があったわけでもなく、接客が悪かったわけでもない。むしろ、すべてが完璧そのものだった――アメリカン・レストランの極致だ。ウェイトレスは香水風呂から上がったばかりの天使のように見えた。食事はまるで人間の手に一切触れられずにこしらえられたかのような無垢の趣をたたえていた。厨房は目に入らないように設計されていて、高級売春宿の小便器のように慎重に隠されているので、何の臭いも発さない。テーブルには白のリネンが置かれ、ゆったりしたサイズのナプキン、オイルとビネガーの入った上品なガラス瓶、さらに上品な塩と胡椒のミルがあり、多分ちょっとした花も飾られていた。きっとオルガン演奏も流れていただろう――いまとなっては、よく覚えていないが。だが、もしなかったとしたら、それはあるべきだった。すっかり法人化した所有者が銀の爪楊枝で歯をほじくっているあいだ、オルガンはカヴァティーナを演奏するべきだった。トレーをもって行き来するソプラノの少年合唱団もいるべきだった。いずれにしても、そこは冷暖房完備で、カーペットがたっぷり敷かれ、優雅に混み合い、控えめに照明が当てられ、あらゆる細部においで申し分なく華やかだった。ここの料理が、動物の身体の一部だとか、汚ない土に埋まっていた野菜などのような、粗末で下品なものから作られているとは到底思えなかった。ここの料理はむしろ特殊な配合の不老不死の酒がホイップ・クリームで覆い尽くされているようなもので、目を閉じ、鼻孔を閉じて飲み込むべきものであり、あきらかに食通のために作られた小さな訓話であり、これによって人は仕事場に戻り、下水管とガスマスクについて霊感に満ちた手紙を書きたくなることだろう。そのような雰囲気のなかでは、チップを受け取るウェイトレスは、新聞のレポーターから賛辞を受けるスター女優のように謙遜してみせる。彼女はあなたに伝えなければいけないように感じる。労働条件は最高に最高です。少しでも疲れたそぶりを見せると、休憩室に連れて行かれて、サテンのカバーがかかったベッドに寝かせられます。少しでも気分が乗らないと、従業員が自由に使えるボーリング場を利用するよう熱心に求められます。彼女はバレリーナのように滑らかにテーブルからテーブルへと移動し、顔にはどことなくモナリザを思わせるような微笑をたたえている。腋の下を湿らせてはいけないので、彼女は不必要に急いではならない。彼女は死体のような非人格性をもって給仕しなければならない。とりわけ、彼女は水の入ったグラスに氷をたっぷりとつめ込んでおかなければならない。

ルイジアナ州ラストンでのことだったと思うが、ある夜、私は目が覚めて、ル・シャプレ通りの小さなレストランのことを思い浮かべた。コンクリートの建物が立ち並ぶ通りのはずれにあったカフェで私は腐った食事を済ませたあとだった。三、四回ほど、駅や新聞社や貯水槽やらを見るふりを装って、町を歩きまわったことがあった。数人の若者が、舗装されたコートで照明のもと、テニスに興じていた。綺麗な車がコート脇の舗道に停めてあった。それをのぞけば真夜中らしい様子で、午前四時か、前の日の六時くらいに思えた。話しかける相手は見当たらなかった。本を持ち歩いてはいたが、読む気にはなれなかった。すっかり嫌気がさして私はベッドに就き、夜明け近くまで寝返りを繰り返した。そして、ジャン・ジオノの本の一節についての美しい夢を見たあと、私は目覚め、自分がいまだにパリに、おそらく都会から離れたどこかにいるのだと思った。だが、それは間違いだとすぐに気がついた。そして私はのけぞりかえり、目を大きく見開いたままパリでの暮らしを夢に見始めた。すべての始まりは、「ウィ」と「ノン」以外に一言もフランス語を知らぬまま、サンジェルマン大通りの歩道でありついたささやかな初めての食事だった。いまそのことを思い返すと、私は戦争とともに終わった十年のうちに、千年もの月日を詰め込んだかのようであった。

私はあのクリシーで過ごした時代へとタイムスリップした。友人のフレッドとともにアナトール・フランス通りで部屋を借りて過ごした時代。自転車に乗り、夜ともなれば、バティニョル通りからオーベルヴィリエ通りまで散歩していた時代。気持ちが高揚して、五冊の本を同時に書こうとしていた時代。だが、もっとも際立って思い浮かぶイメージは、私が昼も夜もまるで信仰のように通いつめた小さなレストランだった。それは安っぽいレストランで、昼でも薄暗く、臭いも悪かった。料理は何の変哲もなかったが、まるで子供のころから知っている友人みたいに安心できた。ウェイトレスたちはだらしなく、丁寧すぎることもなく、自分が受けるべきチップを集めるのにとても熱心だった。一、二フランも余計に払えば、本当に美味しい、ローストチキンのような料理も食べることができた。

この店には、おもしろい点がふたつあった――いつも変わらずやってくる常連客と、向かい側にある小綺麗な売春宿へとつながる出入り口の眺めだ。角にはたいてい娼婦がふたり立っていて、雨の日なら、女たちが辛抱強く傘をさして、明るく友好的な雰囲気を出そうとしているのが見えた。何の気取りもない街の光景ではあったが、細かな観察にも耐えうるものだった。フランシス・カルコのような作家がもしも当該のレストランの熱心な常連だったなら、きっと小説に書いていただろう。

さて、とにかくこの店には、それがあったのだ――食べ物とセックスが。店には背の曲がった小人もいて、長くて脂ぎった髪に、底なしの胃袋をもつスペイン人のその男を、私が見逃すことはありえなかった。毎晩私は彼のテーブルの脇を通らなければならなかった。毎晩私は「ボンソワール、ムッシュー」と声をかけ、それに対して彼も「ボンソワール、ムッシュー」と答えたものだ。それ以外には一言もなかった。一年以上そんなやり取りを続けて、ついに私たちはお互いのあいだの壁を取り払い、「ボンソワール、ムッシュー、コマンサヴァ・スソワール？」と言い合った。他の客とは言葉を交わした記憶がない。たいてい私はひとりで食べて、平和と満足感にどっぷりと浸っていた。時折、オセール出身だという経営者が近づいてきて、私に言葉をかけることもあった。彼が話すのは、決まって天気のことか、材料コストの高騰についてだった。私がオセールに自転車で行ったことがあると一度話したら、それ以来何度も、彼は私が次にオセールに行くのはいつかと尋ねるようになった。その話題になれば、彼は必ず会話をこう結んだ――「パリとは大違いですよ！　何もない静かなところです。」それで私は、最大限の愛想のよさを浮かべて微笑みながらうなずき、彼がそう言うのを初めて聞くようなふりをしていた。たまに私もほろ酔い気分になって、彼がちょっとしたカデンツァを演じ上げたあとに、オセールの牧歌的な輝きについてフランス語で長々と独白劇を行ったりもした。ひとりごとなら、私はいつも流暢にフランス語を操ったのだ。この演目を彼が一度も聞くことができなかったのは残念だ、きっと心が温まっただろうに。

オセールの町を私が見たのは、もう日暮れに近い頃合いで、私の記憶に間違いがなければ、それはヨンヌ川沿いにあった。フランスのどこの町とも変わらず、そこには橋があって、妻と私は長いあいだ橋の上に立ち、水面に映って揺れている樹々を見下ろしていた。私たちはとても心を打たれ、声を発することができなかった。妻のほうを見ると、目には涙を浮かべていた。フランスで彼女と過ごした日々のなかでも、最高に幸せなひとときだった。自転車でパリを後にしてから一日か二日が過ぎ、私たちは夢に満ち溢れていた。運河脇の細い引き船道からなるべく離れないようにと、私たちは自転車を走らせていた。妻はほんの数日前に自転車に乗れるようになったばかりで、引き船道では不安そうに走っていた。時折自転車から降りて、時間を気にすることもなく、運河の土手を歩きまわった。アメリカでは、ふたりは困難と悲惨ばかり抱えていた。そしていま、ふたりは急に自由になり、ヨーロッパ全体が私たちの前に広がっていた。イタリア、オーストリア、ルーマニア、ポーランド、チェコスロヴァキア、ドイツ、ロシア……どこへでも行ってやろう。何でも見てやろう。まったく、始まりは驚異的だった。彼女の不安定な性格のせいでちょっとした言い争いもあったが、その裏では、すべてが穏やかで美しかった。たとえば、私たちは毎日一緒に食事をしていた。

オセールでの最初の晩、私たちは川岸の質素な宿屋で食事をした。休日だったので、上等なワインを注文して贅沢をした。ワインがのどを通るとき、私たちの座った場所からは、教会が見えたのを覚えている。ガラスのような水面、柔らかなフランスの空に揺れる高い樹々を覚えている。そのとき、大きな安らぎを、祖国では味わったことのないような安らぎを感じたことを覚えている。妻を見ると、彼女は別人になっていた。鳥たちさえも別の生き物のようだった。こんな瞬間が永遠に続くようにと、誰もが願うだろう。だが、そういった瞬間に宿る深い喜びというものには、それがつかの間のものであるという思いから生じる部分もあるのだ。きっと明日にはまたいつものけんかが始まって、風景の美しさなどすべて台無しにしてしまうのだろうし、そうなると、見知らぬ土地にいるときのほうがいつもよりもいやな気持ちになってしまう。

ル・シャプレのレストランの男が言ったように――パリとは大違いだった！　だがある面では、パリよりもはるかによかった。オセールのほうが、もっとフランス的で、より本物らしかった。それはまたひとつのノスタルジアを生み出した。あとになって私は、フランスの書物のなかに、あるいはベッドのなかで娼婦と静かに煙草を吸いながらする会話のなかに、そんなノスタルジアを感じるようになった。どんな侵略者もそれを破壊することはない。それはフランスの空がもつ独特な色合いにも似て、触知しがたいものなのである。屈服するのは侵略者のほうであろう。

ある意味で、われわれは侵略者だった。汚らわしい米ドルで、われわれは欲しいものを買い漁っていた。だが何かを買うたびに、われわれは好意的な、取引したわけでもないものまで受け取り、それはわれわれの心を侵食し、変形させ、ついにわれわれは完全に服従させられた。

アメリカをめぐるこの哀れな旅のためにニューヨークを発ったとき、間際になって私が探しまくったのは、パリとフランス全体の地図だった。きっと私は、救いようのない穴にはまって突然汗をたらし、記憶からすでに消えかかっている通りや町や川の名前を調べたくなるのだろうという気がしていた。カンザスシティからセントルイスへと向かう列車のなかで、ドルドーニュ地方を思わせるような光景が眼前に広がった。正確に言えば、最後の一時間かそこらのことだった。ミズーリ川沿いの光景だったと思う。素朴な農家が点在する穏やかでなだらかに起伏した平原を通り抜けたときだった。春まだ浅く、大地の色は藁色から淡い緑へと移りかけていた。遠くには切り立った断崖がおぼろに見えて、灰のような色の幻想的なその造形は、ドルドーニュの城や大邸宅の記憶を私に蘇らせた。

とはいえ、大地と手を取り合い、天と地を結合させ、自然の美からさらに深遠で永続的なものを生み出すために人がそびえさせたあの上部構造は、いったいどこにあったのだろうか。私はロランが書いたヴィヴェカナンダの本を読んでいたところだった。これ以上読み進めなくなり、私は巻をおかざるを得なかった。それほど私の感情は激しかったのだ。私をそれほどまでに歓喜の状態に押し上げた一節は、ヴィヴェカナンダがアメリカから意気揚々としてインドに戻ってくる様子をロランが語るくだりだった。どんな君主も自国の民からこれほどの歓迎を受けたことはなかった。それは歴史の記録において際立っている。それにヴィヴェカナンダは、そのような歓迎に値するどんなことをしたというのか。彼はアメリカにインドを知らしめたのだ。彼は光を広めた。さらに、そうすることによって彼は、自分たち自身の弱さに対しても自国民の目を開かせたのだ。全インドが手を広げて彼を迎え入れた。何百万もの人々が彼の前にひれ伏し、彼を聖者にして救世主だと称えたが、実際に彼はそうだった。それはインドがその長い歴史においてもっとも統一に近づいた瞬間だった。それは愛と、感謝と、献身の勝利だった。彼のことはまた後で述べよう、彼の明澄な力強い言葉、インドではなく人類全体の勇敢な闘士として語られた言葉については。とりあえずいまは、ドルドーニュの神話からセントルイスの墓場へと話を進めなければならない。都市と呼ばれてはいるものの、セントルイスは、アルブレヒト・デューラーの『メランコリア』を宣伝するかのように平野から浮かび上がる、薄汚い悪臭漂う死骸だ。双子のような存在のミルウォーキーもそうだが、このアメリカの大都市は、あたかも建築物が発狂してしまったかのような印象を生み出す。アメリカ精神の真の病的状態が、ここに捌け口を見出している。その醜悪さには、単に呆れるばかりではなく、息苦しくすらなる。家屋は錆、血、涙、汗、胆汁、分泌物、そして象の糞で装飾されているかのようだ。そこで繰り広げられる生活は想像に易い――出来の悪いセオドア・ドライサーの作品みたいなものだ。残りの生涯をこんな場所で過ごす破目になったらと想像すると、そんなに恐ろしいことは他にない。

恐怖と悲惨を抱えたおかげで、かえって私はセントルイスでの素晴らしいひと時を過ごすことができた。旧市街地を歩いていると、あちこちで巨大な再開発工事が行われているのに出くわし、地震か竜巻で転覆した屠殺場のような光景のなかで、私の嫌悪は頂点に達し、ついに私は真逆の境地へといたった――恍惚状態だ。というのも、正気を保つためには、目の前の恐怖を相殺してくれるものに私はすがりつかなければならなかったのだ。そこで心に浮かび上がったのが、サルラの町での魔法じみた夜の思い出だった。オセールと並んで、サルラは輝かしい旅の始まりとして私の心に位置している。ギリシャへ向かう前の、私にとって最後のフランスの景色だ。夜にパリから列車に乗って、夜明けにロカマドゥールで下車した。何日かロカマドゥールに滞在し、有名なパディラク洞窟を訪れると、そこで私は洞窟の底と地上の表面とのあいだに浮遊して食事をとるという決して忘れられない経験をしたのだが、さらにその勢いで私は、それまで聞いたこともなかったサルラの町へと向かうバスに飛び乗ったのだった。

午後四時か五時くらいだった。バスから降り立ったばかりの私は、書店のウィンドウに展示されている本のカバーを放心状態で眺めていた。そのうちの一冊のタイトルが私の注意をとらえた。それはノストラダムスの予言に関する新刊だった。思いのほか価格が高くてそのときには買うことができず、私はただ立ったままそれを熱心に見つめ続け、まるで一所懸命長いあいだ見ていればカバーを通じて中身が読めると思っているみたいな様子でいた。そうしてじっとしているうちに、いつの間にか男が私のそばに立っていて、同じ本を見ながら、大声で話し、どうやらこの私に話しかけているらしいことに気がついた。

彼は書店の経営者であり、サルラに住んでいるらしいこの本の著者の親友だった。私がアメリカ人であり、パリで長く暮らし、寄り道をしてサルラに来たことを知って彼は嬉しくなったようだ。もうすぐ店を閉めるので、道の向かいのビストロに行かないかと私に誘ってきた。見るからに、私とたっぷり話がしたいようだった。

私は道を渡り、ビストロの正面のテラス席に座った。そこは町のメインストリートだったが、とり立てて魅力のあるものは見当たらなかった。田舎にはよくある場所だったのかもしれない。かえって、書店のほうがよかったくらいだ。フランス人ならいまも昔もそうなのだが、彼はとても心温かく熱意に満ちていて、アメリカ人についてやたらと詳しかった。彼がシャッターを下ろしているのを私は眺めた。嬉しそうにそうしている様子は、まるで子供が学校で退屈な作業を大急ぎで終わらせ、友達のもとへ駆けつけようとしているときのようだった。彼は私に手を振り、叫んだ。「すぐ行きます！」

椅子にまだ腰も下ろさぬうちから、彼は堰を切ったように話し始めた——戦争について、一九一四年の戦争についてだ。彼は前線で何人かのアメリカ人と知り合い、彼によれば素晴らしい人たちだったらしい。子供みたいで、純朴で、寛大で、いつも機嫌がよい。「僕らとは大違いだ」と彼は言った。「僕らは腐って、蝕まれている。フランスは魂を失った。」彼は私がアメリカのどこから来たのか尋ねた。ニューヨークだというと、自分の耳を疑うかのようにして私のことを見た。「まさか！」と彼は叫んだ。「運のいいやつ！ いつかニューヨークに行きたいとずっと夢見てたんだ。でも、いまじゃ……」彼はうんざりしたように肩をすぼめた。そう、新たな戦争が始まっていた。二回目の戦争を切り抜けられれば、彼は相当に運がよいということになる。さて、パリはどうだった？ パリのどこに住んでたのか？ 誰某や何某を知っているか？ 私はそこでの生活の最初のころのことを少し彼に話した。「へえ！」と彼は言った。「君は本当に勇気がある。君たちアメリカ人はロマンチストだ。」

私たちはアペリティフをおかわりし、彼は自分自身のことを、サルラでの暮らしのことを語り始めた。サルラで生まれた彼は、戦争で死ぬことがなければ、おそらくサルラで死ぬのだろう。ところで、フランス人が切迫した戦争について語るその語り口は、いつも興味深いものだ。彼らは敵をやっつけるなどとは言わず、ドイツ人に対する憎しみを一切示さなかった。彼らは戦争のことを、遂行されるべき職務として、不愉快ではあるが、フランス国民として疑いをもたず行うべきものとして語った。だがこの話題を論じるとき、彼らの心の重要な位置を占める考えは、帰国であり、通常の生活に戻ることであり、どんなところになろうと自分の適所に戻ることなのだ。私からすれば、彼らの態度は勇気の最高のかたちを表しているように思えた。フランスは強く、何度でも復興し、世界における地位を取り戻すのである。フランスは、征服されたことはあっても、敗北を喫したことはないのだ。彼らは義務感から戦うのであって、憎しみのためではない。だからこそフランスは強く、著しいまでに平和主義なのだ。

会話が盛り上がっていたさなかに、突然バンドの演奏が始まり、間をおかず道化師たちを先頭にして子供のパレードが私たちの目の前を通った。彼の説明では、これからあるカトリックの聖者を祝してカーニバルが行われるという。どうか夕食をご一緒にできませんか？　彼は夜の町を私に見せたがった――カーニバルの熱気のおかげで、今晩はきっと最高の姿を見せてくれるだろう。私は大喜びで招待を受けた。あたりはもうすっかり暗くなっていて、それまでは退屈で田舎風に見えた風景も、町の灯りのおかげでどこか期待をもたせる雰囲気へと急速に変化していた。「僕はこの町の全部の家庭を知っているんです」と彼は、近くのレストランに移動している最中にまくし立てた。「父は大工と石工をしていました。子供のころは僕もよく父の手伝いをしたものです。素晴らしい職業ですよ――本屋よりはるかにいい。自分の手で何かをするなんて――それに、愛情も込めて！　ああ、いまじゃ後悔してます。でも、心のなかはいまでも大工のつもりです。」

私たちは質素なレストランで食事をし、食べ物をヴァン・ド・ペイの美味なるワインで流し込んだ。夕食のあと、鍵を取りに帰るために、ぶらぶらとホテルまで歩いた――十時には施錠されるのだ。鍵は、ドアと同様、大きなものだった。要塞の鍵だった。私たちはドアの前に立って綿密に調べた。彼の父親がドアに施した修理跡や、のちに彼自身がはめ込んだ大きな蝶番を、彼は私に見せてくれた。「行きましょう」と彼は言い、私の腕をつかんだ。「小さな街並みをお見せしましょう、パリの人たちが忘れてしまった昔のサルラを。」そこから彼の話は、シャルルマーニュへ、さらにはロンサールやヴィヨン、ブルゴーニュ公の一族からオルレアンの少女（ジャンヌ・ダルク）までへといたった。彼が語る過去は、学者や学生が語る歴史ではなく、実際に自分が生きて経験したことの記憶だった。少し間をおいたあと、彼は切り出した。「君がさっき見ていたあの本、あとであれを取りに行こう。サルラのお土産として、ぜひ君にもらってほしい。きっといつか、翻訳でもすればいいんじゃないか……」そしてまた彼は語り始めた。アヴィニヨンとモンペリエ、アルルとニームとオランジュ、プロヴァンスの方言、フランスの偉大な女性たち、薔薇十字団、ノートルダムの神秘的な入口、パラケルスス、ダンテについて。中世から抜け出る大きな門戸のすぐそばに近づいたところで、彼は突然立ち止まり、「わが友よ」と呼びかけた。「フランスは僕にとって、世界でただひとつの国なのです。この国は、あらゆることを経験しました。でも、フランスが偉大であるのは、つねに小さな物事においてなのです——優しさ、忍耐づよさ、恭しさ、といった。世界を支配しようなどという欲望は、フランスにはありません。むしろ、誘惑する女みたいなものです。ひと目見ただけでは、美人とは思えないくらいでしょう。でも、人の愛情に浴する才には長けているのです。正当に評価されるときが来るまで、いつも本当の魅力を、本当の財宝を隠しておいて、少しずつ、用心深く、自分をあらわにしていくのです。娼婦みたいにあからさまに気を惹こうとしたりはしません。フランスの心は、花のように貞淑で純粋です。僕らが控えめなのは、臆病だからではなく、与えるべきものがたくさんありすぎるからなのです。フランスは無尽蔵の財宝庫であって、僕らフランス人はその財宝の謙虚な監視者です。僕らは、君たちアメリカ人のように気前よくはありません——多分、僕らがいまもっている物を得るのに、大変な苦しみを味わったからなのでしょう。この国のあらゆる土は何度も争いを経験してきました。この世界で、自分の国の土を愛する人々はそう多くはありませんが、もしも僕らが愛しているとするなら、それは先祖たちの血がよく染み込んでいるからなのです。君たちには、僕らの生活がつまらないささやかなものに見えるかもしれませんが、僕らにとっては深く豊かなものなのです——特に田舎暮らしの者にとっては。僕はパリで暮らしたこともありますし、パリが好きですが、土を愛する人々に囲まれたここでの暮らしこそ本物です。確かに、退屈することもありますが、そんなのはすぐに過ぎ去ってしまうものです。僕らはいつまでもフランス人です——それが大切なのです。」

町を覆う古壁に向かって歩いているうちに、私たちは中世の深奥へと踏み込んでいた。まったくの暗闇のなかで狭い小路が曲がりくねっていたので、時折彼に手を引いてもらわなければならなかった。そんな小路を彼は壁を頼りに手探りで進み、ある場所にたどり着くと、マッチを擦り、大きな木造の門に手で触れてみるよう私に促した。何本ものマッチを擦りながら、ようやくドアを観察できたおかげで、そのドアは私の記憶のなかで唯一無二のドアとして生き続けている。そしてまた闇が訪れ、漆黒のなかでお祭り騒ぎの音だけが間歇的に響いた。無邪気な祝祭は最高潮に達していた。

私の目は涙で溢れていた。過去がふたたび生気を宿した。あらゆる建物の正面部、門、蛇腹に、私たちの足の下の石にさえも、過去が生きていた。白い衣装の子供たちも、過去から抜け出てきたのだ。思わず、私は彼の袖を掴んで強く引いた。「ねえ」と私は問いかけた。「フルニエの『グラン・モーヌ』を覚えているかい？」

「舞踏会の場面？」と言って、彼は私の腕を掴んだ。

「そう、舞踏会だ！　子供たちだ！」

それ以上私たちは何も言わなかった。深い沈黙が訪れた。小路の静寂のなかで、その小説が私たちふたりに語りかけ、夢を壊さないようにと、子供たちを真似事の世界から引きずり出さないようにと訴えてきた。

幅広い階段を下ると勾欄に行き当たり、そこからさらに蹄鉄状の階段が続いていた。欄干と窓枠からは小さな炎が見えるばかりだった。広場全体が小さな火とともに舞い踊り、浮かれ騒ぐ人々の姿が影絵劇みたいに炎のなかで揺らめいていた。またもや涙が溢れてきた。すべてがおだやかな精神に包まれていて、それはアメリカ人が考える陽気さとはまったく違っていた。その一方で、中世的な荘厳さのため、背景は陰鬱で重々しく、不吉ですらあった。どういうわけか私は、騎士がもつ重い盾に刻まれたフランス王室のユリの紋章を思い浮かべた――心と拳のあの対比、とどめの一撃が礼儀と救助の行為として行われる古の戦いの衝撃。疫病の蔓延と、あまりに短い小康状態のなかで引き起こったはずの歓喜を、私は思い浮かべた。トンブ・イソワール通りの馴染みの肉屋が、私に肉を手渡してくれたときの様子を思い浮かべた。彼の包丁捌きの気品溢れる優しさ、まな板から窓際の大理石板へと子牛の肉の塊を運ぶときのほとんど母性的なまでの愛情。そう、私の目の前で、フランスがふたたび生きていた、遠い昔のフランス、昨日のフランス、明日のフランスが。栄えある優しきフランス！　神よ、いま私はいったいどんな愛と畏敬を抱いてあなたのことを思っていることか。そして、これが最後の目視だったと思いながら。なんて私は幸運だったことか！　いまやあなたは墜落し、征服者の踵の下にひれ伏している。私にはほとんど信じられない。たったいま、この瞬間になって、純然たる魅惑の夜をふたたび生き直しているとき、私はあなたに加えられた犯罪の途方もなさを十全に理解した。だが、たとえすべてが壊され、主要な都市のすべてが破壊され、地面に崩れ落ちても、私が語っているフランスは生き延びるであろう。たとえ精神の偉大なる炎が消されても、小さな炎の数々は消し去ることができない。その炎は、無数の小さな言語のなかで広まり、地球中で燃え盛るだろう。新たなフランスがまた生まれ、新たな祝祭日が暦に加えられるだろう。そう、私が見たものは、征服者の踵などに踏み壊されたりはしない。フランスが消えるなどというのは、人間精神に対する侮辱である。フランスは生きる。フランス万歳！

麻痺した心

「権力、正義、歴史——打倒せよ！」
——ランボー

彼のことは、本名を使わずにバド・クローゼンと呼ぶことにしよう。彼とどこで会ったかも言わないでおこう、彼に迷惑がかかるといけないので。サディスティックな平和の守護者とやらに、彼はたっぷりと拷問を受けてきた。現世でも来世でも、彼が何をしようと私は彼のためにいつでも弁明できるようにしたい。彼のことを英雄に祭り上げようというわけではない。ただ正直に彼のことを紹介したいだけだ。

ラトナーがそのとき一緒にいた。列車で長旅を続けていたときのことだ。私たちはすでに有名な刑罰施設を訪れていた後だったが、その名前も伏せておきたい。そこの看守は私たちに礼儀のかぎりを尽くしてくれた。だが些細なひとつのことが私の記憶にとどまっていて、それがバド・クローゼンの物語のよい導入となってくれそうだ。

この名高い施設の正門を通るには、ステージのような壇に立って上から見下ろす守衛を通り過ぎなければならない。厳しい尋問を受けないことには、「危険なし」の合図はもらえない。手にはライフルをもち、ホルスターには拳銃が収まっていて、多分ズボンのポケットには手榴弾が二、三個入っているのだろう。完全武装だ。彼の後ろ盾には法律がついていて、まずは発砲、それから尋問と条文に書いてある。私は看守に電話で、友人のラトナーを一緒に連れて行くことを伝え忘れていたので、守衛からの徹底的なチェックを受けることになった。そんな些細なことが大切であるらしく、どうして忘れることなどありうるのか彼に理解させるのに難儀した。

細目を遵守する刑務所体制の形式主義について、ここで不平を述べようというわけではない。彼らはあらゆる警戒を怠ってはいけないのだということはよくわかる。私が伝えたいのはただ、この一個人が私にどんな影響を及ぼしたかだ。この出来事から数カ月が経っているのに、私は彼の顔、所作、その存在全体を忘れることができない。きわめて冷静沈着に言うが、彼なら私は平然として殺すことができる。暗闇で彼を撃ち殺して、あたかも腕に留まった蚊でも払ったかのように静かに仕事に戻ることもできるだろう。

彼は殺し屋であり、人間相手に獲物狩りをする男であり——さらにそれで金を受け取る。彼は不純であり、たとえ監獄のなかの社会不適合者たちが相手だとしても、人と関わる仕事には向いていない。生きているかぎり私は、あの残虐な灰白色の顔を、あの冷たく狡猾な人狩りの目を、決して忘れはしない。私は彼と、彼が代理しているすべてのものが憎い。私は決して途絶えることのない憎悪をもって彼のことを憎む。法と秩序を維持しようとする連中のこんな手下に成り下がるくらいなら、私はもっとも救いようのない服役囚になるほうが千倍もましだ。法と秩序！　つまるところ、それが何を意味するかは、ライフルの砲身ごしに監視されてみればよくわかる。権力を、正義を、歴史を打倒せよ！　もし社会がこのような非人間的な怪物たちによって保護されなければならないというのなら、社会など消えてなくなればよい！　もし法と秩序の底辺を支えるのが完全武装した情けも良心ももたない男でしかないのなら、法と秩序など無意味だ。

クローゼンの話に戻ろう……バドは無情な殺し屋ではなかった。彼は殺傷をしないようにと最善を尽くしていた、額面通りに彼の話を受けとめればの話だが。彼はたいていの人間と同様、弱くて見栄っ張りだった。ちょっとした盗みからこの道に入り込んだのだが、そんなものはこの国の著名な大事業家、銀行家、政治家、植民地搾取家たちのすることと比べればたいしたことではなかった。彼はありきたりなペテン師だ、言わば、正直なペテン師で、極端なまでに忠誠と礼儀をわきまえていた。女性に対してはありえないほどロマンチストで騎士道的で、それは拳闘家や性に飢えた聖職者の比ではなかった。彼には許せないことがふたつあった——子供への虐待と女性への侮辱だ。その点に関しては彼は決して譲らなかった。

正当防衛でないかぎり、彼は人を撃ったりしないと言うし、それは本当なのだろう。ちょっとダンディな面もあれば、大風呂敷を広げるようなところもあって、それは偉そうな金持ちたちにもよく見られる特徴だ。彼はどうしようもない嘘つきだが、では外交官だの政治家だの弁護士といった連中はどうなのか。彼のいちばん悪い点を、なるべく公平に見て挙げるとすれば、それはまわりの人々に対しての信頼をまったく失っていることだ。信じることについて語りながら、自分が信じているという証を示さない人々のせいで、彼は信じることをやめた。少なくとも五年の刑期は務めていた思うが、私たちが偶然出会ったときには、おそらく施設側から呼び出されていたのだろう。

犯した罪に対する償いはすべてし尽くしていたのだと、私は思っている。もし彼が新たな犯罪に走るようなことがあれば、私は警察、議員、教育者、聖職者たちこそその責任を負うべきものとして非難する。刑罰制度を盲信し、困っている人を助けようともせず、無力な怒りを抱いて世の中に背を向けている人の気持ちを理解しようとしない連中を、私は非難する。どんな罪名がクローゼンに対して問われたかは、私にとって問題ではない。外にいて、罰を免れているわれわれすべての罪のほうが大きいのだ。われわれが彼を犯罪者になるように追いつめることがなければ、おそらく彼はわれわれと変わらぬひとりの人間であったはずだ。だからこそ、バド・クローゼンについて語ることによって、私は同じ境遇に苦しむ多くの男女について語ろうと思う。今後も現れて彼の足跡をたどる人々、外にいるわれわれがもっと理解をもち人道的にならないかぎりは救済されない人々について、私は語ろうと思う。

彼とは列車のなかで出会った。彼は車内販売を担当していて、いわゆる「売り子」だった。ニューズ社から支給された制服を着て、一定の間隔で客室を往復し、キャンディ、タバコ、チューインガム、新聞、ソーダ水などを売っていた。誰も彼を犯罪者だとは思わないだろう。彼は物腰穏やかで、言葉遣いも上品だった――最悪に言っても、少し落ちぶれてしまった人物といったところだった。たとえ上院議会の議席に彼が座っていたとしても、特に奇妙な点は感じられないだろう。銀行員でも、労働運動の指導者でも、政治家でも、プロモーターでも、何にでも見えただろう。降車のときに彼が短い言葉をかけてこなかったら、私は彼のことを何とも思わなかったに違いない。長い乗車時間のあいだ、会話を交わすこともなかった。私は彼から何も買いはしなかった。一度だけ、彼が日よけを下ろそうとして私のほうに身を寄せてきたので、私は驚いてうたた寝から覚めてしまった。私は奇妙に落ち着かない思いをしたが、それもすぐに消え去った。彼はただ、日差しが私に当たらないようにしようと思っただけだと言った。

駅に列車が到着すると、ラトナーと私はホームに降り立ち、目の前には荷物が積み上げられた。販売員も降車していた――そこで彼の乗務区間もおしまいだったのだ。すれ違う際、彼は私たちに旅の幸運を祈ってくれた。そのとき、列車が急に動き出した。短いあいだ、彼はバランスをとって立ち、私たちが掴んでいたガードレールを彼も掴んだ。

「これで家に帰れてご機嫌だね」と私は、彼の親切な言葉に答えて言った。

「家なんてないんですよ」と彼は言い、奇妙な目で私を見た。意味ありげな沈黙のあと、ほとんど感情を込めずに彼は、つい最近刑務所から出てきたばかりであり、自由であることにまだ慣れていないのだと、手短に語った。家だとか、自分を待っている女のことだとかを考えると、さて……ただ、何というか、その……女を腕に抱くのがどんな感覚なのか彼にはもうわからないというのだった。それはあまりに大それた願いだった。刑務所を出て自由になるということは、人と話せるということは、途方もないことだった。次の瞬間、彼はもう一度私たちに幸運を祈りながら、階段を降りていた。

駅からかけなければいけない大事な電話があったので、興奮しているあいだに私たちはクローゼンのことを忘れてしまった。だがその夜、寝るころになってラトナーがこの話題を切り出した。あの男をそのまま行かせてしまって、申し訳ないことをした、と彼は言った。そう聞いて私はほっとした。何かすべきだったと私も感じていたからだ。

「朝一番に、彼のことを探そう」とラトナーは言った。「ニューズ社に訊けば彼を探し出せるはずだ。彼のためにできることが何かあるかもしれない。」

翌朝駅で私たちは彼の雇い主にあった。感じの悪い人物で、不機嫌そうにしていた。あの男はもう辞めるのだと彼は言った。彼に気がかりなのは制服のことだけだった——取り返せるのかどうか。どうやら彼は、私たちがクローゼンを雇って彼から連れ去ったのだと思っているようだった。

「あいつのことは知ってるだろ……ムショ帰りさ。ロクな奴じゃないし、これからも変わらんだろう。手に触ったものは何だって盗みやがる。でもあんたたちがあいつを雇おうってのなら、好きにすればいいさ。とにかく、制服だけは返してもらわんと。持ち逃げはさせせん。まったくこのごろは、誰も信用できない。」

そんな調子で彼は、私たちに話す機会を与えなかった。ようやくの思いで私たちは、仕事をしているわけではないのでクローゼンを雇う気はないし、できることがあればあの男を助けたいのだと説明したが、彼を納得させることはできなかった。利害関係のないことに驚いた様子で、彼はさらに猜疑心を強めた。いやいやながら、ついにはクローゼンが住む下宿の住所を彼は私たちに教えた。私たちが立ち去ろうとすると、「あいつに騙されないように注意しろよ」と彼は警告してきた。そして、遠ざかる私たちに向かって叫んだ。「あの制服を取り返しに行くぞってあいつに言っといてくれ、いいな?」

私たちは教えられた住所へすぐに向かった。そこは薄汚く陰鬱な場所で、どことなく人目を避けるような雰囲気だった——隠れ家的とでもいうか。クローゼンは、帽子を買って散髪をするために、ほんの数分前に出かけたのだという。彼の友人なのかと男に尋ねられた。私たちは列車のなかで出会ったのだと説明した。ええ、彼の友人になりたいんですよ。男は理解したかのようにうなずいた。

私たちは散策して一時間ほど過ごしてから戻った。クローゼンは帰っていなかった。私たちは座り込んで、男と会話をしようと試みたが、彼はまったく愛想のない男だった。結局私たちはクローゼンを招待する手紙を残すことにした。暖かい文面を心がけたので、彼が無視することはあるまいと私は確信した。男に電話番号を託し、彼がお望みなら私たちのほうから電話すると伝えた。私たちは町から数マイル離れた旅行者用の簡易宿泊施設に泊まっていた。

その日は彼から何の連絡もなく過ぎた。翌日の正午くらいに彼から電話があり、昼食を一緒にするためにこちらに向かっているところだと伝えてきた。

かなり寒い日だったが、驚いたことに、クローゼンは帽子もかぶらずコートも着ずに、あたかも心地よい春の日であるかのようなふりをして現れた。髪が櫛できれいに梳かされていることにすぐ気がついた——真ん中で分けられていた。そのせいか、外見がすっかり変わっていた。さらには、ぴしゃりと糊のきいたシャツときれいに結ばれたネクタイが目に入ってきた。アイロンをかけたばかりの青いウールのスーツを着ていて、それが彼の小ぎれいで清潔な印象をさらに強めていた。彼のことを船乗りだと思う人もいただろう。株のブローカーかプロモーターに間違われたかもしれない。彼の身のこなしは悠然として慎重だったが、少し度が過ぎていたので、私にはわざとらしくも思えた。多分彼は緊張を隠そうとしていたのだろう。自分の感情を表に出すのが恥ずかしかったのかもしれない。最初、私はそう思った。だがすぐにわかったのだが、仮面はすでに彼の一部となっており、よほどのことがないかぎりそれを外すことはなさそうだった。私自身も、彼が自分をさらけ出してくれるのを望んでいるのかよくわからなかった。そうなったときのことを思うと、少し不安になった。

彼の態度からは、私たちを訪ねることによって私たちに好意を示そうとしているのが伝わってきた。車内販売員のときの彼とはまったく違っていて、ホームで短い会話をしたときの彼ですらもなかった。彼はいま別の役を演じていた。このほうが彼らしい、ともいえる。穏やかで、快活で、しっかりと落ち着いていた。ほとんど風格すら漂わせていた。だが指はニコチンでひどく汚れていた。それだけが彼にはそぐわないように見えた。食事のあいだずっと私は彼の手を見ていた。指は獣の汚れた爪のようだ。片方の手は麻痺していた。

どうしてすぐに来てくれなかったのかと問うと、少し離れたところで野営している軍隊の友人に会いに行っていたのだという。相手の目をじっと見つめながら話すので、彼には人を当惑させるようなところがある。視線が少しきつすぎるのだ。鏡の前で練習してきたかのように感じられた。

昼食を共にし、宿泊所に戻って私たちは歓談を始めた。「私の話を聞きたいんでしょう」と彼は言い、大きな安楽椅子に身を沈めた。「タバコをもう一本くれませんかね。」

彼がすぐにこうして切り出してきたので、はじめからどことなく彼がこちらを見下しているような雰囲気だった理由がわかった。要するに、私とラトナーが何の見返りもなく彼を助けたいと思っているなんて、彼は信じていなかったのだ。また、彼は興味深い人材として自分に価値があることを知っていて、取引をする気でいたのだ。純粋な愛情から前科者を助けようなどとは誰も思わない。よほどのお人好しでもないかぎり。彼は私たちが新聞社から送り込まれたのだと見て取ると、静かに情報を流し、そして商品を供給する準備を整えた。実際、聞き手が忍耐強く彼から全部聞き出すなら、そこには本一冊分の内容があった。彼が自分で書いてもよかったのだが、その方面の才能は彼にはなかったのだ。「最初に見たときから、あなたが作家だってことはわかってたよ」と彼は私に向かって言った。「そちらの人は」と彼はラトナーのほうに汚れた親指を向けた。「誰が見たって芸術家だってわかるよ。まあ、列車のなかでスケッチをしてるところも見たけど。」

私たちが新聞社の人間ではないことを知ると、彼はひどく驚いた。私たちには彼の話を利用する気はなく、お金もあいにく持ち合わせず、そのためこんなことをしても大して得にはならないだろうと伝えると、彼はさらに驚いた。私たちの旅の主たる目的は、この国を改めて知ろうということなのだと、彼に説明した。数年間海外で暮らしていたのだと。いや、彼が自分の経験について語りたいことがあれば何だって喜んで聞くが、それが主目的ではないのだ。私たちは彼に好感を抱いているのだと、わかってもらいたかった。彼のために何をしてあげられるのかはわからなかったが、とにかく彼を助けたかった――彼が助けを欲していればのことだが。

そう知ると彼は明らかに打ち解けた。そう、彼は助けを望んでいた。助けを望まない者などいない。とりわけ、生まれてからこの方、ずっと貧乏くじばかり引かされてきた身とあれば。彼は仕事を辞めたばかりだった。何の価値もない仕事ではあったが。それを始めたのは、他に選べることが何もなかったからだ。刑務所帰りの男なんて、雇いたいとは誰も思わない。彼はただの「売り子」で終わろうとは思っていなかった。ニューヨークに行きたかったのだ。そこに友人が何人かいて、きっと面倒を見てくれるのだ。特にそのうちのひとりは、ブロードウェーで音楽関連の店を営んでいた。ふたりはどこかで長いあいだ一緒に刑期を務めたことがあるらしい。その友人がすぐに何百ドルか都合してくれるだろうと、彼は確信しきっていた。

たとえ私たちがポケットを空にしても、ニューヨークまでのバス代となるような額を出すことは不可能だと、私たちは彼に断わった。それはいささか説得力に欠けていたようだ。何しろ、部屋には荷物が散らかり、外には車が停まっていて、これから先二万五千マイルも旅しようというのだから。自分たちの状況を説明しながら、私は何だか自分が嘘つきであるような気がしてきた。

こうして思いがけず水を差されても、クローゼンは自分について語り続けた。たとえ何の得にもならなくとも、すべてを吐き出すことは、彼にとって明らかに気晴らしだった。私たちは好意的な聞き手であり、それだけでも彼にとっては大きなことだった。

彼の生涯の物語をここに繰り返すのは、私の本意ではない。それは、特に型破りなわけではなかった。むしろ、ありきたりだった。弱さを見せる瞬間、みんなから総攻撃を受けるような瞬間というのは、彼のほうで一線を越えていたのだ。あちらの世界で暮らしていると、一日一日と過ぎていくごとに、群れに戻ることがますます困難になっていった。必要に駆られての犯罪が、いつしか単なる虚勢の犯罪になった。最初の刑期を務めた後の仮釈放期間に、彼はまったく不必要な罪を犯した——芸術家が腕を鈍らせないためにするような行為だ。刑務所とは、言うまでもなく、すぐれた犯罪の学校である。その学校を出るまでは、まだまだアマチュアに過ぎない。刑務所では友情の絆が結ばれるが、たいていは取るに足らないこと、やさしい言葉、眼差し、餌などがきっかけとなっている。出所した者は、自分の忠義を示すことなら何でも行う。真人間に更生したいと心の底から願っている者ですら、決定的な瞬間が来て、世の中を信じるべきか友人を信じるべきかの選択を迫られた時、後者を選ぶ。世の中には、辛酸をなめさせられたからだ。正義や慈悲を世の中に期待できないことは十分にわかっている。だが人は、本当に欲していた時にしてもらった親切行為を決して忘れない。ブロックハウスを爆破するって？　お安い御用さ、それで友達が助かるっていうのなら。でもそれだと、終身刑か、電気椅子送りになるかもしれないぞ！　それがどうしたというのだ。親切には親切で返すものだ。恥辱にまみれ、拷問を受け、野獣の状態に貶められてきたおまえよ。誰が気にかけたか。誰も。外の人間は誰も、そう、神ですら、中の人間の苦しみを知らない。それを伝える言葉がないのだ。それは人類の理解力を超えている。それはあまりに広漠であるため、理解と移動の力を十全にもつ天使たちですらその全土を踏査することができない。そう、友達が求めるとき、おまえは従わなければならない。神ですらしないようなことを、おまえは友達にしてあげなければならない。それが掟だ。さもなくば、おまえは崩れ落ち、犬のごとく夜空に吼えることになるだろう。

すでに言ったように、彼の違反の性質は重要ではない。それはひどく珍しいわけではないのだ。また、彼を苛んだ拷問の数々にも私は深く立ち入るつもりはない。それは身の毛のよだつものではあったが、時代というものを考慮に入れるなら、やはり珍しいというほどではない。人間にしうることが何かわかっていれば、その崇高さにも下劣さにももはや驚かない。そのどちらの方向にも、明白な限度はないのだ。

むしろ私がより興味深く思ったのは、犯罪と懲罰についてクローゼンが語るときの、抑制の利いた穏やかさである。彼の所作が慎重によく考え抜かれたものだと考えるのを、私はやめた。彼の超然ぶりは本物だと私は思い始めていた。長く、静かで、孤独な幽閉期間のうちに、彼は自分がしてきたことを徹底的に思い返し、自分の生涯を頻繁に生き直し、後悔と発狂を交互に何度も繰り返し、そのせいで、外の世界に放たれたときには、彼の受けた懲戒は、聖人か秘儀の取得者にしか耐えられないようなものとして表現されなければならなかったのだろう。彼の話し方には、何の毒も、悪意も、憎しみも込められていなかった。懲戒係たちについて——明らかに、悪魔が人間の皮をかぶったような奴らだったのだが——彼が話す様子は、あえて言うなら、聖者から溢れ出るような許しの心ではなく、むしろほとんど完璧に近い理解の心をたたえていた。いまになってすら、私は彼に不正を働いていないかどうか確信がもてない。おそらく彼は許す気でいたのだろう——自分が許されたと思えるようになれば。彼はそのすぐ手前まで来ていた。彼はまるで絶壁にしがみつくように根を張る古木みたいだった。すべての根瘤をさらけ出し、嵐と旱魃と無関心と無視のなか奇跡的にそこに立ち続ける老木のごとく、しがみつくという空虚な所作の見本を示していた。そのような意思の所作を永遠化する力は、虚空にしがみつく萎れた根にはあるべくもないはずなのだが。

そんな崩れゆく力の塔に対して、いったいどんな処遇がなしえないというのか！　しばしここで、懲罰は祝福をもたらすものと想定してみよう。では、祝福を受けるための杯はどこにあるのか？　他人を罰しながら、自分でも同じことに耐えようとする者がいるのだろうか？　社会を守るという神聖な使命を果たしたうえで、すべての犠牲者たちが差し出す報酬を受け取ろうという者がいるのだろうか？　われわれは、むやみに罰し、むやみに杯を突き返す。世の中には、犯罪者の研究をする者がいる。犯罪者をもっと人道的に取扱う方法を考案する者がいる。犯罪者から世間が奪ってしまったものを彼らに取り戻そうと、自分の身を捧げる人たちがいる。そういった人たちは、普通の市民が夢見もしないようなことを知っている。状況を取り扱うのに、いまのやり方よりもよい方法を彼らはいくらでも挙げることができるだろう。それでも私からすれば、刑務所での一月の経験は、自由人の十年の研究に相当するように思える。有罪者のねじ曲がった判断のほうが、傍観者の知識に富んだものよりも優れている。有罪者は最後には潔白へとたどり着く。だが傍観者は自分の罪に気づいてすらいない。刑務所で償われるひとつの罪に対して、他人を糾弾する者どもによる一万もの罪が思慮もないままに犯されている。それは始まりもなく終わりもない。誰もがその罪に関与しているのであり、どんなに神聖な者でもそれを免れない。犯罪とは、神から始まるのである。そして人間で終わるのであろう、人間がふたたび神を見出したときに。犯罪はいたるところに、われわれの存在のあらゆる繊維と根のなかに宿る。一分ごとに新たな犯罪が暦に書き込まれる。発見され罰せられたものと、そうでないものをあわせて。罪人が罪人狩りをする。判事が判事を裁く。無実の者が無実の者を拷問する。あらゆる場所、あらゆる家庭、あらゆる種族、あらゆる社会において、犯罪、犯罪、犯罪、犯罪。これに比べれば、戦争は汚れがない。絞首刑執行人は、温和な鳩のようだ。アッティラ、タメルラン、チンギスハーン――ちょっと向こう見ずな自動人形といった程度だ。君の父、親愛なる君の母、麗らかなる君の姉――彼らの胸に醜い犯罪が宿っているのを君は知っているのか？　不正が目前に迫っているとき、君はそれに対して鏡を突きつけることができるか？　君自身の蔑むべき心の迷宮を君は覗き込んだことがあるのか？　悪漢たちの率直さをときには羨んだことはないか？　犯罪の研究は自分について知ることから始まる。君が蔑み、嫌悪し、拒絶し、非難し、懲罰によって改めようとするもののすべては、君自身から生じているのだ。その源泉は、君が外に置き高く超越したものとして敬う神にある。犯罪とは、まず神との同化であり、つぎに君自身のイメージとの同化である。犯罪とはつねに群れの外にあるものであり、欲求と羨望の的だ。昼には、一分に百万のナイフの光を犯罪がきらめかせ、目覚めが夢に変わる夜にもまた繰り返される。犯罪とは、かくも強靭で、かくも巨大な帆布であり、無限から無限へと広がる。犯罪を知らぬ怪物などどこにいるのか。どんな領土に住むというのか。怪物たちが宇宙の灯火を吹き消すのをどうして防げようか。

とある刑務所で、クローゼンはひとりの女と恋に落ちた。彼女もまた囚人だった。ふたりは声をかけ合うことが決して許されず、指先を触れることすらかなわなかった。時折、紙切れに言葉を書いて忍ばせた。そんな状態が五年続いた。女は、自分の子供たちを斧で叩き殺したのだった――それが彼女の犯した罪だ。彼女は容姿ばかりか、心も美しい女だった。子供たちを殺したのは彼女ではなく、鋭利な斧の刃だったのだ。時折、遠くからふたりは目を合わせた。昼も夜も、幾月も幾年も、ふたりの目はどんな障害をも乗り越えて合い続けた。目からは舌が生まれ、さらに唇、耳が生じた。それらはあらゆる思いを、あらゆる衝動を映し出した。そのような状況下では、何と激しく絶望的な苦悶と愛はなり得ることか！　現実から遊離し、気が向くままに世界を徘徊し、あらゆるところへ到達する、自由な、狂人のごとく自由な愛。視線だけで、狂おしいほどお互いに愛し合うふたりの殺人者。それは想像し得るかぎりもっとも巧妙な拷問ではないか？　誰が考案したのか？　それを実証するために彼はそこにいたのか？　計画図のようなものがあるのだろうか？　そう、どこかに……虚空のどこかに、無限から無限へと広がる巨大な帆布のもとに、飽くことを知らぬ愛の精緻な計画図があるのだ。そしてどこかに、犯罪などという言葉も知らぬ天使のような怪物が、飽くことを知らぬ愛の考案者として、身を逆さにしてぶら下がっている。クローゼンにわかることがそこにあった。そしてダイナマイトがそこにあった。ああ、ダイナマイト！　何ともわかりやすい言葉だ。曖昧さも両義性もまったくない。ダイナマイト！　悪魔ですら敬意を抱く言葉。何でもできそうな言葉。爆発する言葉。そして爆発すれば、ワーオ！　キリストだって木っ端微塵にされてしまう。そう、獄中の愛は理不尽である。だがダイナマイト！　ダイナマイトは単純だ。ダイナマイトは、手に取りさえすればことを成す。ダイナマイトには、人間の心に見出すことのできない破壊可能な幸福がぎっしりと詰まっている。それは破壊するばかりか、破壊されるものでもある。ダイナマイトは絶望を癒してくれる。刑務所の一翼を吹き飛ばすときには、鋭い肉切り包丁を手元に用意する必要があるのだとダイナマイトは教えてくれる。切り刻め、右に左に、切って切って切りまくれ。ふたりが刑務所の北側にダイナマイトを仕掛けた日は、何て美しく血生臭い日だったことだろう！　手足がいたるところに散らばり、ときには耳や鼻、首根っこのついた頭部、串刺しになった胴体。フランケンシュタイン風サン・バルテルミの虐殺だ。そう、友よ、君が求めたのだ。私の手はここで血の誓いを立てた。やったぞ！　大狂乱が頂点に達すると、檻のなかには機関銃をもった男がいて、天井からぶら下がって滑車のごとく移動し、銃弾を監房に乱射する。これこそ、狂乱の頂点に達した内部の世界だ。どこか別の場所では、誰かがうんざりした声で、ホットケーキは温かいか、コーヒーは冷めていないかと尋ねている。暗闇では、おそらくまったく故意ではなく、誰かがカブトムシという神の創りしもっとも甲殻をそなえた小動物のうえに足を乗せ、生命を搾り出す。円形演技場でスポットライトを浴びているのは異常なまでに手をきれいにした男で、切断したい腐敗した肉を探すために、生温かい人体の臓器部分をまさぐり始める。千の命を絶するために、ひとつの命が救済される。現実にうんざりしている人々が、国の支出で保護されている。もっとも健康的で、知的で、将来のある人々は、駆り集められて番号を振られ、六十九の列になって公開屠殺場へと送り込まれる。子供たちは母親の腕のなかで餓死する。子供たちに罪はないが、その子たちを救うのはあまりにも大きな問題なのだ。これが外部の世界だ。内でも外でも大狂乱に変わりなく、世界の屋根からは天与の糧の代わりに銃弾が降り注ぐ。世界とはこういうものなのだ。となると、いったいどこにバド・クローゼンは、あるいは君も私も誰でも、身を置けばいいのか？　門はつねに閉ざされており、仮に強力な車で体当たりして壊すことができたとしても、すぐに捕まって連れ戻されてしまう。そうなると、人間の顔をした悪魔どもが、悪魔ならではの狡猾さで審議を始める。生のもっともゆるぎない状態とは何か。互いへの残酷さである。真夜中、苦しみのためにわが命ももはやこれまでと思った瞬間、真の拷問が始まる。これまで耐えてきた苦しみは、これから経験する苦悶のほんの序曲に過ぎない。人間を拷問にかける人間とは、筆舌に尽くしがたい悪鬼だ。暗闇で角を曲がると、そいつはそこにいる。君は恐怖に我を忘れて凍りつく。君の心はまさに知覚麻痺状態となる。だが、そいつから逃げることはできない。次は君の番だ……

ふたたび愛について。看守の歌声に耳を傾けよう。礼儀を尽くすべきなのは覚えているね。お気に召すまま、隠し立てすることは何もございません。何事もすべて人道的に運ばれ、料理さえも……だがセックスはどうか？　セックス？　それはわれわれが考えないようにしていることである。囚人にセックスはない。囚人とは、神に仕える宦官なのだ。それなら、すべては至福と平和に包まれて運ぶか？　詩篇二十三篇のように？　いや、そうはいかない。性の不在はさらなる性を生み出す。産む母がいないのだから、赤ん坊が生まれることなどない。塀のなかでは、ハイエナのメスですら禁句だ。長い刑期のあいだ塀のなかにいると、もっとも単純なのは、想像力を膨らませることだ。無期懲役ともなれば、即座にオナン王に服従しても無理はない。独房の戸が開かれ、皿に盛った裸女が供されることなどあり得ないのだ。同性に恋するのもよいし、女性が存在することなど忘れるのもよいし、いっそテーブルや靴に恋してもよい。他の餓えは認められても、性の飢えだけは認められない。食べ物や空気や娯楽はなしですませても、セックスからは逃れられない――しかも、それを得ることはできない。素行がよければ、たまには女性の姿を拝めるかもしれないが、必ず着衣の姿を遠くから眺めるだけだ。女の言葉で、一カ月は火が点いたままになるかもしれないが、消火器をもってきてくれる者はいない。君は動物同然と見なされ、しかも動物ですらない。動物園の猿にでもなったほうがはるかに優雅だろう。君がまだ名前と天職をもっているとか、この国やあの国の市民だからといって、何だというのか。君は人でもなく、動物でもない。ましてや天使でも幽霊でもない。フィラデルフィア・チキンですらないのだ。アベラールがされたように、夜中に鋭いナイフをもった連中に押し入ってもらえれば、どんなに救いだろう。そう、それは慈悲の行為といえよう。だが、ここには慈悲などというものはないのだ。ここにあるのはただ、拷問の単調な興奮ばかりだ。

拷問《トーチャー》。それは人間のミドル・ネームだ。マン・トーチャー・マン。膨大なる空虚の中心では、永遠の鼓動ですら微弱となるのに、拷問という名の中間状態がそこにはある。これこそ人間の世界の礎石であり、世界の子宮の墓が拠って立つ岩である。これが世界であり、その目的と意味であり、その始まり、進化、目標、そして所産である。拷問。これこそ世界なのだ！　何とも単純で、それは一語に要約されてしまうのだということは、檻のなかに入ってみるまでわからない。この世に生を受けそれを全うするあいだ、覚えるべき言葉はただひとつ、偉大なる人々が口をそろえて言うように、その言葉は**愛**だ。しかし人生という牢獄において、愛はあらゆるまやかしのかたちで立ち現れる。君は苦しんでいるのか、若造よ。

私は苦しんでいるのか？　おぉ、ジーザス、誰がそんなことを尋ねるか？

いったい、君は他人よりも苦しんでいるのか？

そんなことを訊こうとするのは誰か？　君は何者だ？

君の苦しみとはいかほどのものか？

キリスト！　おぉ、キリスト！　私の苦しみとはいかようか？

そう、いかようなのか？　噛み砕いて、われわれに語ってはもらえぬか？

沈黙

自分がいかに苦しみ、何を苦しんでいるのか、説明する術はないものかと、彼は思案している。この広い世界のどこかに、彼が語りたいことを理解してくれるほど心の大きい人は誰かいないものかと。はじめに言っておきたいことが細々とたくさんあるので、最後まで我慢して聞いてくれる人はいるのだろうか？　苦しみとは、ひとつの事象ではない。それは目に見えない無数の原子から成り立っており、そのひとつひとつが、苦痛という大宇宙のなかの小宇宙なのである。彼はどこから始めることもできよう。どんなことからでも、ばかげた一語からでも、たとえば「痴れ言」という言葉からでもよい。そこから彼は圧倒的な次元の大聖堂を築き上げることができ、それはもっとも微小な原子のほんのわずかなくぼみを占拠するに過ぎない。取り囲む環境、立ち昇るオーラ、あるいは海岸線、噴火口、底知れぬラグーン、真珠飾りや羽根飾りについてはいうまでもない。音楽家は楽器を所有し、建築家は設計図を、将軍は兵士を、愚者は愚かさをもつものだが、苦しんでいる者は、この宇宙のあらゆるものを、ただ救済だけをのぞいて手にしている。一億万回でも円周に達することはできるが、円は決して正しいものにならない。彼は直径ならいくらでも知っているが、脱出口を知らない。たとえ一インチ先でも、はるか十億光年の彼方でも、すべての出口は閉じられている。腕と脚で作られた門を君が打ち破っても、耳を小突かれるばかりだ。血まみれの棒切れを拾い上げて振り回しても、終わりの見えない谷底に落ちていくだけだ。空虚の中心に座り込み、人知れずすすり泣くと、星が君を照らす。君は昏睡状態に陥り、ようやく子宮のなかへ帰る道を見つけたと思ったときには、つるはしとシャベルとアセチレンランプをもった連中が君を追い立てる。やつらは、たとえ君が死の場所を見つけたとしても、どうにかしてそこから君を吹き飛ばしてしまうだろう。時間とは、いかに歪んで不貞なものか、君は知り尽くす。千の新しい宇宙の無限の部品を生み出すのにも十分な時間を君は生きた。それらが生まれ、そしてふたたび壊れ去るのを君は見てきた。それでも君はまだ無傷のままで、まるで永久に演奏され続ける楽曲のようだ。楽器はすり減り、演奏者も力尽きても、その旋律は永遠であり、君はもはや不可視の旋律に過ぎず、ほんの微かなそよ風にも音色をかき消されてしまうのだ。

そしてこれはほんの音楽的要素に過ぎない。それは比類のない時間と襲撃と略奪を必要とするものだ。一方でかたち、幻影のようなかたちがあり、あらゆる進化、あらゆる変成、あらゆる発芽、流産の、回折と奇形の、死と再生の、種と羊膜と子宮と後産の萌芽がそこにある。空気と雰囲気、前景と後景、水の深みと星の後退がある。季節、気候、気温がある。範疇と分類、論理の論理、氷のように確かな確実性があるかと思えば、濃霧が広がり、滲出物と漂積物、ヘドロと打ち上げられた海草、あるいは栓のない瓶から漏れ出るオゾンがある。

さらには、これでもまだ足りないといわんばかりに、理体などという概念があり、更新世の記憶があり、胎盤の遁走曲と遁辞がある。毛髪一本で繋ぎとめられ、死に絶えるときにふけを生む記憶。ルミノールに反応して発光し、問題のある細胞にヒステリー性の光を投げかける顔の数々。死を呼ぶ水源へと回帰し、紡がれたハープのごとく共鳴する名前。リンパと嚢胞に嵌め込まれ、どんなダイナマイトにも破砕されることのない言葉。温かな果実のうえに降り注ぎ、はるかアフリカの地で滝となる涙。目と目のあいだに停まってもただ羽を焼くばかりで、壊れた支柱のごとく落下する鳥。動脈から立ち昇り、燐光を発する雲母の織物へと凍結する蒸気。そして羚羊のごとく笑い、欠けた歯か擦り切れた夢のなかを行ったり来たり飛び跳ねる悪魔たち。引き波のごとく吸い寄せ、あるいは懐妊した狒々のごとく鳴く、水面下の怪物たち。甘ったるいゼラニウムに適合させられ、悪臭と煙と譫妄を披露するハンマークラヴィーア。恐怖に青ざめて生まれ、婉曲語法を貪る、エベニーザー・ソックのような王侯たち。さらに多くの同族、さらに連なり、するともはや立体のうえに立体、柱に柱、墓に墓、想像の及ぶ範囲を少し超えてみると。ついに限界が来たかと思いきや、そんなものはない、いや本当に、ない、ない。少し先に浮かび上がるのは愛しき者の顔。さらに大きく、さらにいっぱいに、さらに明るく輝く。空白の天を満たす月光。緩慢に、出家熱のように緩慢に、銀河がやってくる。恐怖の裂け目を覆う恐慌状態に、小さなメダルの数々がちりばめられている。新世界の心の絶壁から、沈み彫り模様がきらめく。笑う口を通じて海洋が存在へと跳躍し、死産した痛みがふたたび泣き叫ばれる。空虚の驚異がみずからの汚辱をさらし、胎児が卓越ぶりを発揮する。言葉のおうむ返しが王位を継承する。網はきつく張り、略奪者が略奪される。張り板は外れ、斧の刃が落ちる。開け放たれた戸のもとの、磨き抜かれた暖炉のうえに飾られた花のごとく、幼い子供たちが散る。前の日の夜の次の日の朝、反復が収まることなく始まろうとしている。それは温かな手首にはめられた銀飾りのブレスレットのようにフィットする。

「シャドウズ」

ニューイベリアに行ってみたいと思うようになったのは、パリにいたころのことだ――正確に言えば、モンパルナスのカフェ・ド・ヴェルサイユで、初めてそう思った。画家のエイブ・ラトナーが、その考えを私の頭に吹き込んだのだ。一晩中、彼は大戦時にカムフラージュ技術者として働いたときの経験を語り続けていた。ところが急に、どういうわけか話が変わり、ラトナーは彼の友人ウィークス・ホールについて語り始めた。その男は、エイヴリーアイランドの近くのニューイベリアという、この世のなかでも実に不思議な場所に住んでいるのだという。友人について、彼の住む家と周囲の田園風景についてのラトナーの語り口があまりにも活き活きとしていたので、あるいは私たちの使った言葉で言えばあまりにも「この世からかけ離れていた」ので、すぐに私は決心を固め、いつの日かルイジアナ州に行って、彼が語っていた驚異の数々を自分の目で確かめてみようと思うにいたった。

戦争が始まる三カ月前に私はパリを離れ、ギリシャで一年間骨休みを取った。そのころは、のちにニューヨークでエイブ・ラトナーに出会い、彼と一緒にアメリカ旅行を企て、さらには実際にいま取り組むことになるとは夢にも思わなかった。彼がこの旅でニューイベリアまで同行可能だったことも、本当に不思議な縁だ！　そういったことをあれこれ振り返ってみると、すべては何かの見えざる力によって仕組まれていたのではないかとすら思えてくる。

「シャドウズ」には、一月のある日、薄暮が迫るころにたどり着いた。主人は家の前の大通り沿いにあるガソリンスタンドで私たちを待っていた。彼の説明によると、私たちを裏手から敷地内に招き入れるために、途中で捕まえようとして待っていたらしい。彼をひと目見た瞬間、友人ラトナーが誠実に語っていたとおりの、感情豊かな好人物であることがわかった。すべては彼の指示通りに進んだが、それは彼が命令的であったからではなく、どんな状況や出来事も最大限に味わい尽くしてもらおうという彼の客への配慮だった。

「シャドウズ」と呼ばれるその家は、ルイジアナの伝統的な建築様式とはまったく異なっている。厳密に言えばローマン・ドーリス様式ということになるのだろうが、しかし本来なら大樹のごとく生気に溢れ、感覚を刺激する美に満ちた家のことを建築用語で語ると、その魅力は台無しになってしまう。おそらくピンクがかった立派なレンガが全体的な雰囲気に暖かな輝きを与えているせいであろう、「シャドウズ」を見て私はすぐにギリシャのコリントスを思い起こした。コリントスを見る僥倖を得たのも、日が終わりかけたころだった。美しい石造りの円柱もまた、とても頑丈そうだが同時に優雅でもあり、威厳と素朴さに満ちていて、コリントスの記憶を蘇らせた。コリントスは私にとってつねに絢爛の同意語であり、夏の盛大な開花の芳香溢れる、バラ色で危険な魅惑そのものなのだ。

　南部を旅していたあいだ、私は過ぎし世の壮大さを幾度となく思い知らされた。大プランテーションの時代は、寒々しく素っ気ないいまのアメリカ的暮らしに色彩と暖かみを伝え残し、それはいろいろな面で、ルネサンスとして知られるヨーロッパの毒々しい強烈な時代を連想させる。アメリカでは、ウィークス・ホールが言うように、大邸宅は大収穫によってもたらされた。ヴァージニアのタバコ、サウスカロライナの米、ミシシッピの綿、ルイジアナの砂糖。それらすべての生命の土台を、血の大支柱のごとく支えていたの

ルイジアナ州ニューイベリアにあるウィークス・ホール邸「ザ・シャドウズ」。本人提供。

は、奴隷たちの労働である。著名な邸宅を形づくるレンガのひとつひとつは、黒人たちの手によって積み上げられた。南部の緩やかな河が流れる風景に沿って窮屈な掘っ立て小屋が点在しているが、その住人たちは、過度なまでに壮麗な世界を作るために汗と血を流してきたのだ。この豪華さから生まれ、円柱の施された大邸宅の無常な廃墟にいまなお残る仰々しさは、もはや朽ち絶えつつあるが、しかし掘っ立て小屋は残り続ける。黒人たちは大地に根を張っている。彼らの生活様式は、大災厄以来ほとんど変わっていない。所有者が名ばかりの変化を続けたとしても、土地の真の所有者は黒人たちなのである。白人たちが何を言おうと、南部は黒人たちの気安く肩肘の張らない労働奉仕なしには存在できなかった。頭部を切り取られたアメリカのこの地域にとって、黒人たちは弱くもしなやかな背骨なのである。

ニューオーリンズからのドライブは心地よいものだった。奇妙なフランス語の、パラディとかデザルマンといった名前の町や村を通り過ぎ、堤防に沿って曲がりくねった危険な道をたどっているうちに、蛇行して流れるブラック川と出会い、さらにはテッシュ川へと至る。一月の初めで、数日前にニューオーリンズに着いたときは肌をつらぬくようなひどい寒さに、私たちは歯をがたがた鳴らしていたものだが、その日は驚くほど暖かかった。ニューイベリアはフランス系のアカディア人たちが移り住んだ地域の中心にあり、ロングフェローの詩『エヴァンジェリン』で知られるセントマーティンビルはほんの数マイルの距離にある。

一月のルイジアナ！　すでに春の最初の兆しが小さな家の庭先に現れていた。フサザキズイセン、ジャーマンアイリス……青白みを帯びた灰緑色の穂状花序の頂きに、白い羽状の花びらがどことなく尊大に鎮座している。沈黙と死の象徴であるヌマスギが、バユーの黒く透明な水のなかに深く根を潜らせ、朽ちることもなく立っている。あらゆる場所に空が広がり、あらゆるものを支配している。旅する地域によって、こうも空は違うものか！　チャールストン、アシュビル、ビロクシ、ペンサコラ、エーケン、ビクスバーグ、セントマーティンビルとのあいだで、何たる大きな変化があることか！　いたるところにライブオーク、ヌマスギ、チャイナボールツリー。どこに行っても沼、開拓地、密林。綿、米、サトウキビ。竹藪、バナナの木、ゴムの木、マグノリア、モクレン、マートル、ササフラス。溢れんばかりの花々……カメリア、アザレア、あらゆる種類のバラ、サルビア、大きなヒガンバナ、ハラン、ジャスミン、アスター。ヘビ、コノハズク、アライグマ。月が恐ろしい大きさに毒々しく膨らみ、水星なみの質量がありそうだ。そして広大な空に対するライトモチーフのごとくあるのは、絡み合ったスパニッシュモスのかたまりだ。これは南部特有の種で、パイナップル科に属する。寄生植物ではなく、着生植物といって、根を張らずに生育し、空気中の水分を吸収する。ライブオークに着生するばかりではなく、枯れ木や電線にも誇らしげに絡み付いて繁茂する。「中国人でないかぎり、誰もこのスパニッシュモスを描きたいとは思わないだろう」とウィークス・ホールは言う。「線と形が織り成すこのとんでもない神秘には誰も到達できないんだ。クワガタソウと同じくらい難しい。ライブオークはこれに絡み付かれているけど、あまり嬉しそうには見えないね。でもルイジアナのヌマスギは、こいつのボディガード役をやりたいみたいだ。おかしな現象だね。」それはまた有益な植物でもあるらしく、ルイジアナではマットレスやソファーの詰め物産業が盛んである。

　頬ひげを生やしたような巨大なライブオークに初めて出くわすと、本当に身の毛がよだつという北部や中西部の人もいる。どこか陰鬱で不気味なものを感じ取るようだ。だがそれを堂々とした樹々の並びでサウスカロライナ州ボーフォードやビロクシあたりの広い土地で見ると――ビロクシでは神格化されているほどだ！――人は慎ましやかな崇拝の念を込めてひれ伏すしかない。それは樹界の最高君主ではないにしても、賢者か魔術師には違いないからである。

　この偉大な樹々の影に覆われながら、私たち三人は建物の裏側を愛でていた。私たち三人というのも、われらがホストは――そしてそこがウィークス・ホールのよいところで私は大好きなのだが――昼でも夜でもどんなときでも立ち止まって自分が住んでいる家を吟味することができるのだ。建物や庭について、彼は何時間でも細部を穿って語ることができる。彼はまるでそれが自分の創造物であるかのように語るが、建物と周囲の樹々は一世紀以上も前からこの世に存在するのである。それはかつて数千エーカーもの大地所を構成していたうちのいまに残された部分であり、その地所には一七九二年にキャロンデレ男爵がディヴィッド・ウィークスに譲渡したスペイン王室譲りの土地ウィークスアイランドも含まれていた〔ルイジアナがスペイン領だった当時キャロンデレ男爵は州総督を務めていた〕。その地所もいまや三エーカーにまで縮小したが、エントランス部はメインストリートに面しており、その道路はさらに九〇号線へと続いている。車で通り過ぎるだけでは、密に繁った竹藪の向こう側に何が隠されているのか、誰にも予測できないだろう。

　私たちが立ち話をしていると、セオフィルがやって来て、数人の女性が正門前にいて庭園の見学許可を求めているとホストに伝えた。「外出中だと言ってくれ」と彼は答えた。そしてラトナーのほうを向くと、しかめっ面をして「観光客め！」と言い捨てた。「蟻みたいに寄ってきて、この場所を覆いつくす。次から次へと、何千人も――伝染病みたいなものだね。」さらに彼は、禁じられているのに、なかの部屋まで見たいと言い張る女性たちの逸話を、いくつも語り始めた。「ちょっとでも許可しようものなら、トイレまでついて来そうだ。こういうところに住んでいると、プライバシーを保つのが本当に難しいよ。」観光客の多くは中西部から来るのだろうと、私は推測した。パリでもローマでも、フィレンツェ、エジプト、上海でも、そういうタイプはよく見かける――特に害があるわけではないが、世界を観光しては、何についてもありったけの情報を集めようと躍起になっている連中だ。この種の名所を私は何度も訪れているが、奇妙に感じる点がある。訪問者の大群のせいで被る苦難にもかかわらず、オーナーたちは一般公開を中止しようとは決して思わないことだ。壮麗な旧跡のなかでひとり暮らすことに対して、彼らはみな罪悪感を抱いているようだ。もちろん、この人の往来がもたらすささやかな収入を足蹴にできない者もなかにはいるだろうが、ほとんどの場合、世間に対する義務感のようなものを、意識的にせよ無意識的にせよ、抱いているのである。

後になって、記名帳に目を通すと、興味深い名前が多く見当たり、ポール・クローデルの名前があったのには少なからず驚かされた。「クローデル、ああ、そうだ！　彼はツバキについていいことを言ってたな――日本では、花びらが落ちるときのことを首切りみたいだと言うそうだ。」彼はツバキのことを語り続けた。彼はいくつか貴重な品種を育てていて、「レディ・ヒュームズ・ブラッシュ」などはアメリカで最大のものである。その希少性はほとんど伝説の域に達するのだと私は教えられた。実際、これほどの大きさとなると、その価値は黒真珠に匹敵する。彼はその色合いについてたっぷりと語った。彼いわく、「レディ・ヒュームズ・ブラッシュ」はもっとも淡いピンクの象牙色で、一方「マダム・ストレカロフ」は桃の花のようなピンク色に赤みがかったバラ色のすじが入っている。びっしりと花弁が詰まった小さな花は、もしかしたらガラスのようなワックスフラワーが生い茂っているもとで生まれたのかもしれないと彼は話した。「新種は豪華だけど、決して美感に訴えるものではない。近寄りがたい美しさだ。賞賛や感嘆など、冷たく突き放す。超然としたピンクの花だよ！」等々。彼は自分の富はもちろんのこと、自分の人生をもツバキの研究に注ぎ込んだかのように私には思えた。だが彼の話を聞けば聞くほど、彼がとても幅広い物事に対して百科事典的な知識を有していることを思い知らされた。知識ばかりではなく、彼が話したい気分になれば、朝から夜まで泉のごとく話を続けることができるくらい、彼には活力がみなぎっていた。手に怪我をしたせいで絵を描くことが困難になったが、しかしそうなるずっと前から彼は大変な話好きだったようだ。最初の晩、料理の皿を片付けた後、私は彼が部屋のなかを行ったり来たりし、次から次へとタバコに火を点けるのをうっとりとして眺めた――彼は一日百本くらい吸うのだ――そして彼は旅について、夢について、自分の弱さと欠点、情熱、偏見、野心、観察、研究、鬱憤について私たちに語り続けた。夜中の三時になって、ようやく私たちはお暇を願ったのだが、彼はまだはっきりと目覚めていて、ブラックコーヒーを淹れると飼い犬にも分けてやり、身支度をすると庭に出て散歩を始め、過去と未来の様々なことについて思いをめぐらすのだ。彼の欠点を敢えてひとつ挙げるなら、真夜中に時折、カリフォルニアでもオレゴンでもボストンでもいいから誰かに電話をかけたいという衝動に駆られることだ。彼の真夜中の衝動をめぐる逸話は、国の端から反対側の端まで及ぶ。電話だけが彼の我慢できない衝動というわけではない。さらに圧巻で奇妙なものもあって、たとえば、実在しない精神薄弱の双子の弟に扮したりもするのだ……

客がいなくなると、彼は犬と交流する。彼らのあいだには、とんでもなく常軌を逸した絆が結ばれている。何という名の犬だったか、私は忘れてしまった――スポットとかクィーニーとか、ありきたりな名前だったと思う。イングリッシュセッターの牝犬で、こんなことを私が言うのを聞いたら飼い主は心を痛めるだろうが、少しみすぼらしくなりかけて、臭いを発していた。このアリスだったかエルジーだったかいう名の犬について、ウィークス・ホールはこう言い張る――彼女は自分が犬であることを知らないのだ。彼によれば、彼女は他の犬に興味がなく、いわば眼中に入らない様子だ。彼女はもっとも美しいマナーを――貴婦人のマナーを――身につけているのだと彼は主張する。きっとそうなのだろう。私には犬の鑑識眼などない。だがひとつだけ、彼に同意できる点がある――彼女は完全に人間そっくりの目をしているのだ。毛並が流水のようになめらかだとか、耳がブラウニング夫人の肖像を思い出させるとか、ふとしたときの物憂げな様子が優美だとか――そういった細かいことは私の理解を超えている。だが彼女の目を覗き込むと、犬についての知識がある人もない人も、この不思議な生き物は一介の牝犬ではないと認めざるを得ない。深い情感のこもった彼女の眼差しは、亡くなった人間がこのもっとも友好的なセッターの体に閉じ込められて四つ足で這いまわることを運命づけられているかのように思わせる。ウィークス・ホールなら、彼女は言葉を発することができないので悲しいのだと言うだろう。だが彼女を見て私はこう思った。彼女が犬ではなく人間であることがわかるくらいに知的な人が主人のほかに誰もいないせいで、彼女は悲しいのだ。私は一度に数秒以上彼女と目を合わせることができなかった。その表情、それは霊感を得ている最中に邪魔をされた作家や画家にしばしば見られる、ふたつの世界のあいだを往来する者の表情であった。見る者を慎重に引き下がらせるような眼差しだ。そのまま見つめていると、肉体と魂の分離は取り返しのつかないものとなってしまうのである。

翌朝、朝食のあと、風に吹かれて閉じていたドアを開けようとしたとき、私はその裏側に何百人もの著名人のサインが、想像し得るあらゆる筆跡で、鉛筆で書かれていたのを見て驚いた。もちろん私たちは、そのコレクションに自分のサインを追加した。私はブロール・シュレッピーというハンガリー人の下にサインしたが、その魅惑的な名はこのドアにまつわる数奇な物語の発端となったものである。現在ある名前は、どうやらすべて最近書かれたらしい。もともとはさらにきらびやかな名前が列を連ねていたのだが、ブロール・シュレッピーのときには、その名前が主人に対してただならぬ響きをもっていたらしく、数日間続いた乱痴気騒ぎのあと、主人は家の状態にうんざりして、すみからすみまできれいに掃除するよう使用人たちに命じた。「目が覚めたときには、埃ひとつなくなっているように」との命令だ。ふたりしかいなかった使用人たちは、そんな短い時間でこれほど広い屋敷をまともな状態にするのは不可能だと彼に訴えようとした。「ふん、それなら手伝いを何人でも雇えばよい」と主人は答えた。そこで大勢が駆り出された。そして主人が目覚めたときには、屋敷は彼が命じたとおりのぴかぴかになっていた。掃除人の熱意がいき過ぎたため、確かにいくつかのものがなくなっていた。本当の衝撃が訪れたのは、観察を続けるなかで、ドアがきれいに洗い落とされ、名前がなくなっているのを見つけたときだ。とんでもない痛手だ。はじめ彼は恐ろしい剣幕で怒鳴りたてたが、気持ちが静まってくると、おもしろい考えが急に浮かんだ。ドアをはずし、箱につめて、著名な客人たちに巡回させてサインを書き直してもらおうというのだ。何たる旅路か！　そのアイデアがあまりにも魅力的だったので、やがて彼は、ドアを送るだけでは飽き足らなく思うようになった——ドアを抱えて自分で各地をまわり、僧侶のように懇願して新たに署名をしてもらうのだ。訪問客のなかには、中国から、アフリカから、インドから来た者もいた。郵便や宅配業者に頼むよりも、自分で管理したほうが確実だろう。彼の知るかぎり、ドアをもって世界中を旅した者など誰もいなかった。大変な偉業、一大事件となるだろう、実際のところ。ブロール・シュレッッピーを探し出すことはかなりの作業となるだろう。彼がどこへ消えたかは、神様しか知らないのである。他の者については、星と同じで、比較的居場所が定まっているだろうと彼は考えた。だがブロール・シュレッッピー——彼がどこへ向かったかは皆目見当もつかなかった。そうこうするうち、彼が旅程を考えていると——数週間続いた楽しみであった——思いがけず、真夜中にグレートデーン犬を三匹引き連れて現れたのは、誰あろう、ブロール・シュレッッピーその人ではないか！　さて、その先を手短に話すと、ドアは蝶番に戻され、ブロール・シュレッッピーはサインを書き直し、ドアを背負って世界中を旅しようという考えは、気まぐれな思いつきがいつもたどる道として、徐々に消えていった。ドアに名前のある人たちの奇妙な点を、私は最後に挙げずにはいられない。彼らの多くは、あたかも無言の召集に答えるかのように、ふたたびサインをするために舞い戻ってきたのである。もちろん、そのうちの何人かは早朝の電話で呼び出されたのかもしれない——誰がその区別をつけられるだろうか。

一世紀以上にわたる時の流れのなかで、この人里離れた牧歌的な地域にも奇妙なことがいくつも起こったに違いない。夜中、天蓋のある大きなベッドの真ん中に横たわり、幕の中央に施された真鍮の装飾を見つめていると、屋敷内の静けさが、人気のない静けさではなく、大家族がそろって深い平和な死者の眠りを眠っているような静けさに思えた。蚊の羽音で浅い眠りから覚めると、私の思いは庭の彫像へ、四季の守護天使たちの彫像のあいだで音楽のように響きあう流動的で静寂に満ちた交感へと、移ろいでいった。ときには起き上がって広いバルコニーへ出て、庭を見渡したりもしたものだ。半裸でそこに立ち、タバコをふかしていると、暖かさ、静けさ、芳しさが私を包み込み、私は催眠術にかかった。多くの驚くべき奇妙な言葉が一日のなかで発せられていた——夜になると、その言葉が私のなかで蘇り、私を苦しめた。些細な表現、たとえば彼が池について発した言葉。「十平方フィートの池は彼らにとって土地全部よりも大切なんだ。透明な神秘だね。」池だって！　その言葉は、いまは廃院となったミシシッピ精神病院のエントランスを飾る水の枯れた噴水を思い出させた。水は狂人にとって、音楽と同様に、癒しとなるものだ。この庭のように、あたりから閉ざされていて魅力のある場所では、小さな池は驚異と魔法の尽きることのない源泉である。ある晩、このように夢見心地で立ちながら、私は池のそばに額入りで掲示されたタイプ書きの説明文のことを思い出した。私は外の階段を降りて、マッチの灯りを頼りに、その文を読み通した。庭についての一文を、まるで魔法の呪文でも含まれているかのように、私は読み返した。それはこうだ——

「屋敷の東にある長方形のフォーマルな庭は短く刈られた竹の生垣で囲まれ、手製の煉瓦が境界に積まれ、四隅には四つの季節の大理石像が配置されているが、それはかつてヘスター・プランテーションの庭にあったものである。長方形の芝生の中央にある古いツバキの木立は屋敷の設立時に植えられた。大理石の日時計にはフランスの格言——『豊潤は倹約と勤勉の娘である』——が刻印されており、一八二七年のものである。」

霧が深く立ち込めてきた。古い積み石は苔で滑りやすくなっていたので、裸足の私は慎重な足取りで歩いた。長方形の反対側の隅にたどり着くと、月の光が一杯に満ちて、そこに祭られた女神の高貴な顔を照らした。私は衝動的に身を投げて、大理石の口に唇を寄せた。それは不思議な感覚だった。私は彫像を順番にめぐり、彼女たちの冷たく貞淑な唇にそれぞれ口づけた。そしてテッシュ川岸に佇むトレリスで囲われたガーデンハウスへとぼとぼと引き返すのだった。私の目の前にあった光景は、中国絵画の世界だった。空と水は一体化していた。世界全体が霧霞のなかに浮かんでいた。それは名状しがたいほど美しく魅惑的だった。自分がアメリカにいるとは信じ難かった。するとすぐ次の瞬間、一艘の川舟が立ち現れ、彩色された照明灯で濃い霧を錯綜させ、幾条もの光の万華鏡へと変えた。霧笛が鳴り渡り、姿の見えないフクロウのホーホーという声がそれに応じた。左手では、吊り上げ式の橋が壊れた橋架をゆっくりと上げ、おぼろげに見える先端が赤や緑のめくるめく光彩で照らし出された。ゆるやかに、白い小鳥のように、川船が私の視界を横切ると、霧がその航路を包み隠し、空へと、ひと握りのおびえた星へ、苔に覆われた樹々のひどく湿った枝へ、夜の深みへと霧は広がり、水音すらかき消した。私は部屋に戻り、ベッドに横たわったが、ただ意識が冴え渡ったというだけではなく、意識を超えた状態で、頭の先からつま先まで、あらゆる毛穴に至るまで活発になっていた。古人の肖像画が壁から私を見つめていた――満州の肖像画で、きれいにたたまれ、しわをのばされた正装をまとっていた。ウィークス・ホールの響き渡る声が私に語りかけてきた。「私が作りたい庭は、昼光のなかの種子カタログではなく、夜に咲く不思議な彫刻のような花だ。樹々のなかに吊り下がり、メトロノームのように動く、幾何学的形状の透明な可塑体、光に照らされ、時間の変動とともに変化するシルエットなんだ。庭って、見世物だろ――それなら、とてつもない庭を作って、いくらでも様変わりする一大見世物にしたいじゃないか。」私は横たわったまま、彼が屋根裏から発掘し、バトンルージュの古文書館に保管した数千もの手紙や文書に思いをめぐらせた。なんて素晴らしい物語になるだろう！　そもそも屋根裏自体が――四十個のトランクのある、三階の広大な部屋！　四十個のトランクは、熊の毛皮の革張りで、ふわふわの毛はいまだに新品同様だ。なかには、一八五〇年代のシルクハットを入れるための大きな帽子箱、マホガニー製の立体鏡と六〇年代に撮られたその写真、フェンシング用の剣、猟銃のケース、古い望遠鏡、昔の婦人用の乗馬鞍、犬籠、応接間の絨毯のうえで踊るのにあうようリングをつけたリネンのダンス衣装、バンジョー、ギター、ツィターが入っている。人形用のトランクと、この邸宅を複製したドール・ハウスもある。どれもが乾いた匂いを放ち、かすかな芳香を漂わせる。年輪の香りであり、塵埃のそれとは異なる。

屋根裏部屋というのが、また奇妙な場所で、大きなクローゼットが十二もあり、天井が邸宅の端から端までにわたって傾斜している。どこかの部屋に行くには、屋敷内のあらゆる部屋を通り抜けなければならなかった。九つのドアが外へと通じている――公共施設としてはあまり見かけないほどの多さだ。ふたつある階段は、もともとは屋外に架設されていた――なんとも奇矯な発想だ。中央玄関にあたるようなものはない。木造の両開き扉が三列同じデザインで一階の正面に据えられ、荘重な雰囲気を醸し出している。

私たちが毎晩語り合った応接室の壁には、顕微鏡並みの微細さで描かれた淡彩の水彩画が一組、黒いエナメルの額装で飾られていたが、それをこの屋敷に残した巡回画家パーザック氏というのが、これもまた奇妙な人物だった。国じゅうを旅していた彼は、とくにテッシュ地方を、南北戦争開戦のほんの数年前に放浪していた。大邸宅の絵を描き、贅沢のかぎりを尽くして暮らしていた。律儀な画家なら、自分の能力を超えた仕事をするとき、雑誌から人物像を切り取って自分の絵に貼り付けたりもするだろう。そんなわけで、彼の大傑作のひとつでは、庭園の門脇に立つ少女の姿がなくなっているのである――手に握られた風船は画面に残っているのだが。こういう旅行画家たちの作品が、私は大好きだ。今日の芸術家たちの暮らしと比べて、何と豊かで好ましいことか。いまの時代の芸術家たちのもったいぶった作品と比べて、何と純粋で共感を呼ぶことか。かつてプランテーションの時代に彼らに供された質素な昼食を思い浮かべてみよう。南部のジャーナリスト、ライル・サクソンが書いた昔のルイジアナについての本から、食事メニューをランダムに拾ってみると、「マーマレードかグアヴァ・ゼリーを塗ったパン一切れとバター、ナツメのペースト添え、レモネードかオレンジフラワー・シロップかタマリンド・ジュースとともに」などとある。舞踏会に招待される僥倖でもあれば、どれだけ歓喜したことだろうか。同書から、その描写を抜粋して紹介しよう。

「……絢爛なる衣装は純正レース……宝石、羽飾り。階段には薔薇の花が三フライト分たっぷりと飾られていた。炉棚や張り出し棚に置かれた花瓶には花々が満ち溢れて芳香を放ち……殿方はスコッチやアイリッシュ・ウィスキーの品定めをしている……夜更けともなれば夜食の案内が告げられ、世話役の女性がダイニングルームへと誘導した。メニューを見れば、冷製肉、サラダ、サラミ、ゼリー添えで震えてみえるガランティーヌ、それに『……風』と銘打たれた品が際限なく続き、サイドテーブルから供された。彫刻の施されたオークの大テーブルにはリネンのクロスとレースが飾られ、銀食器が配されていた。食卓中央の銀製スタンドから各席に置かれたコサージュのブーケにいたるまで、卓上は花で満ち溢れている。フルーツ、ケーキはピラミッド状に積まれ、あるいは幾層にも置かれ、あるいは単体で、冷凍され装飾を施されている。カスタード、パイ、ゼリー、クリーム、ロシア風シャルロット、自家製スポンジケーキはホイップクリームがまるでモンブランのように聳え立ち、レッドチェリーの星がちりばめられ、そのまわりにラズベリージャムが添えられている。ヌガーやキャラメルの塔、シャーベット、アイスクリームが砂糖漬けのオレンジピールで作られた小籠で供され、その上には砂糖をまぶされたバラの葉やスミレが飾られている……カットグラスのデカンタには様々なワインが入っていて、それぞれの首にかけられた銀製の葡萄の葉にはそのワインの名が刻んである。よく冷えたシャンパンがウェイターによって手際よく、金縁のグラスやボヘミアングラスに注がれていく……クリスタルのシャンデリアに立てられた蝋燭が部屋全体を照らし、卓上では銀製の燭台が光彩を添える……夜食の後にはさらに舞踏が続き、夜明けになって客が帰るときには、温かいオクラスープと、一杯の濃厚なブラックコーヒーと、恍惚の思い出が客たちを励まし、それぞれが長い馬車旅の帰路に就く。*」

さて、ムッシュー・パーザックかペルザか、どちらでもかまわないが、そのような時代に生れた君の幸運を私は祝福しよう！　君が次の生を受けるまでのあいだ、豊かで心地よいこの思い出を反芻していることを願う。朝がきたら私は応接室に行って、門の上に浮かぶ風船をもう一度見てみよう。元気があれば、そんな美しい風船を掴んでいるのが似合う小さな子を探して、君が私に望んでいるとおり、絵のなかにその子を貼り付けてあげよう。君が安らかに眠ることを祈る！

古き南部ほど会話の種になる地域はアメリカには他にないだろう。ここでは、口論や言い争いではなく、おしゃべりが行われる。私が思うに、ここは合衆国のどの地域と比べてみても奇人変人が多いのである。南部は人柄を育む地域であり、不毛な知性など生み出さない。数人の人々を例にとってみても、世界から遮断されていることでかえって彼らは開花せざるを得なくなっていることがわかる。彼らは力と磁力を放射し、そのおしゃべりは才知に富み刺激的だ。自分の暮らしを、豊かで静かに送り、環境と調和し、世人の卑小な野心や競争とは無縁である。努力もせずに身を落ち着けることなどとうていなかった。なぜなら、彼らのほとんどが豊かな才能とエネルギーの持ち主であり、それは興味本位に南部に侵入する者には疑いようのない類のものだったからだ。真の南部人は、私の考えでは、北部や西部の人よりも生まれながらに才能があり、先見の明があり、精力旺盛で、創意に富み、そして疑いようもなく、生きることの喜びに溢れている。南部人が世間から隠居することを選ぶとき、それは敗北感のせいではなく、フランス人や中国人と同様に、生への愛が彼に英知を育み、そしてその知恵は放棄のうちにこそ顕現するからなのである。国外離脱者が祖国に帰ったとき、他人との会話に適応することが至極困難に感じられる。最初のうち、会話などないような印象を抱く。誰もおしゃべりなどしない――新聞雑誌から拾い読みした事実や理屈でお互いに叩き合うだけだ。おしゃべりとは人間的なものであり、何らかの価値をもつためには創造的でなければならない。そのようなおしゃべりを聞くために、私はもっと早く南部に来るべきだった。無名の人々と出会い、僻地に暮らす人々と語らって、私ははじめて真の会話と呼べるものを楽しむことができた。

私はある特別な晩のことを決して忘れないだろう。すでに友人ラトナーが退去した後、私はウィークス・ホールに伴って彼の友人宅を訪れた。その男は、自分の家を捨て、かつての住居の背後に手作りで小さな丸太小屋を建てたのだ。邪魔な建物ということはなく、すべてが小ぎれいに仕立て上げられ、まるで船乗りの家のようだった。彼は学校ではなく、自分の人生経験から学んだ。彼は狩猟家だったが、一時的なことと決めてトラックに乗っていた。静かに観察していると、彼には深い悲しみを経験したことがあるような印象を私は得た。彼は物腰とても柔らかで、自分を信じており、明らかに自分の運命を受け入れていた。彼の趣味は読書だ。幅広く、想像のおもむくままに読み、知識を改善しようとか単に時間をつぶそうとはしなかった。むしろ、彼の発言から感じ取ったのは、読書とは夢を見ることの代わりであり、世俗から自分を浮揚させる手段だということだ。会話の始まりは、確かルイジアナの毒蛇で猫みたいな瞳孔をもつ種についてだった。そこからササフラスの木を経てチョクトー族インディアンの風習、さらには様々な種類の竹の話にいたり――食用とその他――そしてサンゴ色の苔の話となり、それはとても珍しく、とても美しくて、樹木の片側にしか生えないといい、そしていつも決まった側だという。さらに続いて、唐突に話題を変え、私はきっとおもしろい反応が返ってくるだろうと見込んで、単刀直入に彼に、チベットについての本を何か読んだこ

＊　ミス・ルイーズ・バトラーからの資料提供。

とがあるかと尋ねた。「私がチベットについて読んだことがあるかって？」と彼は言い、ひと息ついて友人とのあいだで相互理解の微笑を交わした。「まあ、チベットについてなら手あたり次第なんでも読んだね。」この時点でウィークス・ホールはすっかり興奮してしまい、膀胱を緩めるためにいったん場を外さなければならなかった。実のところ私たちはみな興奮していたので、庭に出てみんなそろって緩めることにした。

たとえ心の準備ができていても、誰かがチベットに興味をもっているだなんて知ると、いつも驚いてしまう。同様に言えるのが、私が強固な関係を結んでいない人であるにもかかわらず、この地の驚異と神秘に深い関心を示しているような人には、出会ったことがないということだ。チベットは、世界中のコミュニティで少なくともこの共通点をもつ者にとっての合言葉のようだ――彼らは、権威者とやらによる論理と科学の経験的知識の積み重ね以上のものが生にはあるのだということを知っている。エーゲ海に浮かぶヒュドラ島で、私は同様の経験をしたことを覚えている。次のような話題が上ったときもまた、興味深い――たまたまルドルフ・シュタイナーや、マダム・ブラヴァツキーや、サンジェルマン伯爵の名を口にしたときも同じだ――即座に場は分断し、部屋に残るのは、秘密と人知れないものへの情熱にあたかも取り憑かれたような人々ばかりである。そのような集まりに誰かが突然足を踏み入れたら、そこで使われている言葉がまったく理解できないと思うであろう。英語をほとんど話せない人が私の話を理解し、いっぽうで英語を話す友人たちにはまったく理解されなかった経験が、私には少なからずある。それに私は『ヨーロッパ』の著者ロベール・ブリフォーのような人にもあったことがある。彼の前でたまたまある晩こういったテーマを挙げると、神秘主義という言葉が返ってきて腹が立ったことがあった。

会話のおかげで私たちは高尚な気分になった。「シャドウズ」に戻る途中、ウィークス・ホールは、あの友人がこんなに雄弁だとは思いもしなかったと述べた。「彼はひとり暮らしが長かったので無口になっていたんだ」と彼は言った。「君が会いに行って、彼は大きく変わったようだ。」私は微笑み返したが、彼の変化に私が何の関係もないことはよくわかっていた。私からすれば、この経験は、人は憎しみか、あるいは神秘の感覚に触れることによって、大きく心を駆り立てられるものだという事実の、ひとつの証明に過ぎなかった。

私が自分の部屋に行こうとすると、ウィークスはアトリエから私に声をかけた。彼がまだ私に見せていなかった唯一の部屋だ。「だいぶ疲れたかい?」と彼は尋ねた。「いや、そんなに」と私は答えた。「ずっと君に見せたかったものがあるんだ」と彼は続けた。「いまがいい機会だろう。」部屋に案内されると、そこは外部から遮断されていて、どんな類の窓も通気口もなく、人工照明のみがあった。彼はイーゼルを部屋の中心に移動させ、未使用のキャンバスをそこに置き、それに向けて魔法のランタンのようなものから光線を放つと、光の投影は壁に広がった。イーゼルを調整し、キャンバスの枠を広げたり細めたりすると、カラー写真が映し出され、それは驚異的なまでに多様なフォルムと色調を示した。まるでカリガリ博士と私的な交霊会を催しているみたいだった。平凡な光景や、無害な静物が、この思いもかけない方法で映し出されることによって、もっとも変化に富んで、もっとも調和からは遠い信じられないパターンとテーマを表現することが可能になった。壁には変化する色彩パターンが氾濫し、たとえて言えば色彩オルガン・コンサートのようで、感覚を宥めるかと思えばまた逆撫でもした。

「どうして絵なんか描く必要があるんだ?」と彼は言った。「こんな奇跡を演じることができるというのに。多分、絵を描くことは、私の人生においてそれほど重要じゃない――わからないけど。でも、このやり方は楽しい。絵だと十年もかかるようなことが、これだと五分でできる。それで、よく考えた結果、私は絵を辞めたんだ。この腕のせいではまったくない――はっきり言うとあとになってから、自分でぶち砕いたようなもんだ――これ以上耐えられなくなったときに人が聴覚や視覚を失ったり、発狂したりするようにね。私は自分で言うのもなんだが、悪くはない画家だった。いまでも悪い腕で描くことができる――その気になればば。作品を展示することもできただろうし、たまにはそれを、美術館や個人収集家に売ることもできただろう。才能さえあれば、それはそんなに難しいことではない。むしろ、あまりに簡単で、だから空虚なんだ。展示された絵は、バーゲン品コーナーに集められた商品のようだ。絵というものは、展示しようとするからには、一度にひとつずつ、機を見計らって、適切な条件で見せられなければいけない。このごろは、家庭のなかに絵があるべき場所がない――家は正しい場所ではない。私の考えでは、絵が何かの目的をもっていないかぎり、私はふたたび描くことなど決してないだろうと確信しているし、キャンバスに描く絵は気の抜けたお世辞を集める以外の何の目的ももっていない。それは魚を釣るための人口餌みたいなものだ。キャンバスの絵は、それ自体が無だ――誰の餌にもならない。お世辞を釣るための餌……なあ、さっき話したと思うけど――覚えているかい？」

　彼はさらに続けた。「もちろん、ラトナーのような人は違う。彼は描かなければならない――描くために生まれたのだ。だが彼のような人のなかで、いまごろ大工をしたりトラックを運転しているかもしれない輩は大勢いるんだ。違いはおそらく、生まれながらにして創造を宿命としているか否かだ――十月十日の違いだ。芸術家として生まれたなら、生涯の仕事として――終わることのない労働、研究、観察――単に一枚絵を描くとか、あるいは百枚描くとかではなく、絵を描くことと、いやむしろすべての芸術と、生きることのあいだの関係を理解していかなければならない。自分の全人生をキャンバスに、自分が取り組むキャンバスのすべてに注ぎ込むことだ。それは最も崇高な献身のありかたで、われらが友人エイブはそれを行っている。それで彼が幸せなのかどうかは、私にはわからない。多分、普通の人に比べると、芸術家にとって幸福は大きな意味をもたないのだろう。」

　彼は新しい煙草に火をつけた。いらいらして、行ったり来たり歩きまわった。彼は何かを話したかった……たくさんのことを話したかった……あらゆることを、もし私が忍耐強く逃げ出さずにいれば。彼はふたたび話し始めた。たどたどしく、ぎこちなく、まるで暗く曲がりくねった道を手探りで進むみたいに。

「見ろ、この腕を！」と言って彼はその手を私の前によく見えるように差し出した。「砕けちまった。永遠に治らない。ひどいもんだ。ちょっと前まで腕があったと思ったら、次の瞬間にはぐちゃぐちゃの役立たずのものがそこについてる。本当のところ、この腕はクレーンみたいに使うのが似合っていたんだろう、他の連中の腕みたいに。多分、この腕は器用で賢すぎたんだ。この手のせいで、ギャンブラーがカードを切って配るみたいに私は絵を描いた。多分、私の心は調子ばかりよくて壊れやすいんだ。訓練が足りない。熱心に調査してそれを改善しようという気もないし。本当に絵を描き始めなければいけない日が来るのを回避しようとする、ただの言い訳に過ぎない。そんなことは全部わかっている——だが、どうしたらいい？　私はこの大きな家にひとりで暮らしていて、その大きさに圧倒される。この家は私には大きすぎる。どこかの小さな部屋で、先祖から引き継いだらしいこんな苦労事や責任など何もなしに暮らしたい。どうすればそんなことができるのか？　この部屋のなかに閉じこもっても何の解決にもならない。たとえ誰とも会ったり話を聞いたりできなくても、家の外には人が押し寄せて、なかに入れろとわめき立てるんだ。そしておそらく、私は彼らと会わなければならなくて、話をし、話を聞き、彼らが心配していることについて心配しなければならない。どうして私にわかるか。結局のところ、人々は必ずしも馬鹿ばかりではない。もしも私が自分自身そうなりたいような人物であったなら、多分私はこのドアから足を踏み出す必要もなかったのだが——世界のほうが、私に近寄ってくるだろう。あるいは私は最悪の状況下で絵を描くだろう——そこの庭に出て、観光客たちが私を取り囲み、千一ものくだらない質問を私に浴びせかけるなかで。私が死ぬほどまじめであれば、案外彼らは私をひとりにして、彼らに言葉をかける必要もなく、穏やかな気持ちにさせてくれるのかもしれない。どういうわけか、人々は価値というものにいつでも気がつく。スウェーデンボリを例に挙げてみよう。彼は決して門戸を閉ざしたりしなかった。人々は彼を訪れ、彼の姿を見るや否や、畏れを抱いてその場を立ち去り、彼の邪魔をしないようにしたものだ。なかには何千マイルも旅して来た者もいて、彼に助けと指導を乞い願っていたにもかかわらずだ。」よいほうの手で、彼はけがをした腕をつかみ、まるで他人の腕みたいにそれを見つめた。「人は自分の性質を変えることができるのか？――それが問題だ。まあ、いつかはこの腕も、綱渡りのときにバランスをとる竿のようには働いてくれるかもしれない。バランス――もしそれを自分の内にもっていないのであれば、私たちはそれを外に見つけなければならない。君がここに来てくれて嬉しい……君は私に善の世界を見せてくれた。ああ、君たちがパリについて話すのを聞いていたとき、私はもう何年も味わったことがないような思いを抱いた。ニューオーリンズで君は大したものに巡り合わないだろう、過去以外には。ある画家がいるのだが――ドクター・スーチョンという名だ。彼に会ってほしい……。もう、かなり遅くなってしまったな。君ももう寝たほうがいいだろう。私はもちろん一晩中だって話していられる。もうそんなに寝る必要がないんだ。それに君たちがここに来て以来、私はまったく眠れずにいる。聞きたいことがたくさんありすぎる。私は失ってしまった時間を埋め合わせたいのだ。」

私も寝るとは言いづらかった。昂揚の絶頂に乗り上げた男を置き去りにするのは残酷なことに思えた。彼の豊かさと活力についてはラトナーから聞いていたが、尽きることのない飢餓感については予備知識がなかった。彼のこの飢餓感に私は深く心を打たれた。彼は出し惜しみというものを知らなかった。彼は自分の思うまま、向こう見ずに豊富なまでに人に与えた。彼は徹底的なまでに芸術家であり、疑う余地もなかった。それに彼が抱える問題は普通のものではなかった。彼は物事をあまりにも深く探索していた。このような人物に、名声と成功は何の意味ももたないものだ。彼はどんな定義からも零れ落ちるようなものを追い求めていた。すでに、ある分野においては、彼は学者並みの知識を貯めこんでいた。さらに加えて、彼はあらゆる事柄の関連性を見抜いていた。当然ながら、彼は傑作を描くことでは満足できなかった。彼は絵画をその起源の状態へと戻したかったのだ――純然たる絵画のための絵画だ。ある意味、彼はすでに偉大な作品を完成させたのだといえるかもしれない。彼は家と土地を、創造への情熱によって、アメリカが誇れるもっとも際立った芸術作品のひとつへと改造した。彼は自分の傑作のなかで息をして暮らし、そのことを知らず、その度合いと膨大さにも気づかずにいる。彼の熱心さと寛大さによって、多くの画家たちが彼から影響を受けて活動している――彼がこういった画家たちを生んだのだという人もいるかもしれない。そしてなお、彼は休むことなく、自分自身を確かに完全に表現しようと望んでいる。私は彼のことを崇敬したが、同時に憐れにも思った。私は家中から彼の存在を感じ、何か強力な魔法の液体のように家のなかに充溢しているのを感じた。彼が創造したものが、ひるがえって彼を再創造する。あの外部から遮断されたアトリエ――実際、それが彼の幽閉された自己の象徴的表現でないとすれば、いったい何だったのか。アトリエは彼を収容することができない、家自体そんなことができないように。彼は場所よりも大きな存在となり、境界から溢れ出していた。彼はみずから罪を認めた囚人であり、自分の作り上げたオーラのなかに服役している。いつの日か、彼は目覚め、創造のあとに付きまとう罠や欺瞞から自分を解放するだろう。いつの日か、彼はあたりを見渡し、自分が自由であることに気づくだろう。そして、静穏な気持ちのなかで、このまま続けるべきか辞めるべきか、決断することができるだろう。私としては、彼に続けてほしいと願う。先祖とのつながりの最後のかけらとして、彼は円環を閉じ、そして自分の行為の意義を認識することによって、彼の生涯の円環と外周を無限の次元へと拡張するだろう。

一日か二日経って、彼のもとを去ろうというとき、彼が見せた気配から、彼自身がこの結論に達したのだという印象を私は得た。私は今後いついかなる場所にいようとも、彼のことを即座に見つけることができるのだという思いのうちに、私は退去した。

「真夜中に私に電話をかけてくる必要はないよ、ウィークス。君が安定した心でいるかぎり、私は永遠に君の側にいる。グッバイもグッドラックも言う必要はない。ただ、君自身であり続けてくれ。平和が君とともにあらんことを！」

ドクター・スーチョン——外科医画家

旅をしているうちにアメリカについて印象に残ったことのひとつは、将来性のある人物、悦ばしき知の持ち主、歴史上もっとも陰鬱なこの時代に希望を吹き込んでくれる人々は、十代を卒業したかどうかというくらいの少年か、あるいは七十を超えた少年のいずれかであるということだ。

フランスでは老人男性は、特に農民の家系ともなれば、楽しみと刺激をもたらし、眺めていて飽きない。彼らはどんな嵐でも吹き倒すことのできない大木のようだ。彼らは平和と静穏と知恵を発散している。アメリカで老人男性は基本的に情けない存在であり、とりわけ成功を収めた人物が、人工呼吸器だか何かを使って寿命をたっぷりと延ばしている様子はひどいものだ。彼らは死体保存技師による作品の忌まわしい生きた標本であり、たっぷりと給料をもらいつつ自分の仕事には不名誉を働く連中によって操られた歩く屍である。

その例外は——そしてその差は底知れないが——芸術家たちであり、芸術家という言葉で私が思い描くのは、どんな分野で活動していようと、創造者のことである。たいていの芸術家にとって、新たな展開を示し、個性を発揮し始めるのは、四十五歳を過ぎてからである。この国のほとんどの企業がお払い箱として設定する年齢だ。若いころからロボットとして働いてきた平均的労働者が、その年になるとごみのように捨てられるのを覚悟しなければならないのは、いまさらながら言うまでもない。そして普通のロボットについて言えることはおおむね主人ロボット、いわゆる産業のリーダーにも当てはまるのである。主人ロボットは財産のおかげで、弱々しく消えかかった火に燃料を与え、かろうじて灯し続けることができるだけだ。本当の活力の面で言えば、四十五を過ぎるとわれわれは姥捨て山の住人なのである。

だが、頑丈な部類の男たちも確かにいて、昔気質を残して無骨な個人のままで、流行をあからさまに軽蔑し、自分の仕事に情熱を注ぎ、賄賂や誘惑には目もくれず、長時間働き、報酬や名声を得られずとも気にしない、そんな人々はある共通の衝動に突き動かされている——好きなようにすることの喜びである。そうしているうちにいつか、彼らは他人と隔たっていく。私が言うタイプの男たちは、ひとめでわかる。彼らの風貌は、とてもエネルギーに満ち、実効的な力をみなぎらせ、権力への欲望などはいささかも示さない。彼らは支配することを求めず、自己を実現しようとする。彼らは穏やかさに包まれた中心から働きかける。彼らは進化し、成長し、ただ自分であるということで滋養を与える。

知識と活力との関係というこの問題に私が興味を抱いた理由は、一般的に言われていることとは正反対に、私はかねてからアメリカを若くて活力に満ちた国として見ることができず、早々と年老いた、熟す機会のないうちに腐り果てた果実のようなものに思ってきたからだ。この国家的悪に対して鍵となる言葉は浪費である。そして浪費癖のある人々は賢いはずがなく、若さと活力を保つこともできない。エネルギーをより高度でより繊細なレベルへと変換するためには、まずはそれを蓄えなければならない。放蕩者はすぐに疲弊する。自分が愚かに向こう見ずに弄んだまさにその力の犠牲となるのだ。機械だって、最大の効果を上げるためには熟練の技で取り扱わねばならない。そうでないと、アメリカで見られるとおり、あまりにもたくさんの機械を生産するあまり、古くて使い物にならなくなったわけでもない機械を次から次へとごみ処理場に送り込むことになる。だが、人間をごみのように捨てるとなると、話は別だ。人間は機械のようにはいかない。多産性とごみの山には、奇妙な相関関係がある。四十五歳という早い段階で役に立つ時期が終わると、生殖への欲求も潰えるようだ。

この踏み車を逃れられる者はほとんどいない。たとえ罠から逃れても、単に生きているだけでは何の違いもない。動物や昆虫は、優秀な種が絶滅の危機に瀕したときに生き延びる。境界を越えて生き、働くことの喜びのために働き、自分の能力と熱意と自尊を保ったまま優雅に老いるためには、烏合の衆が支持するのとは異なる価値観を人は築き上げなければならない。この突破口を切り開くために芸術家は存在する。芸術家は、まず何よりも、自分自身を信頼する者である。彼は通常の刺激には反応しない。彼はアリでもキリギリスでもない。彼は自分を表現するために生き、そうすることによって世界を豊かにするのだ。

いま私が思い浮かべている男、ニューオーリンズのドクター・マリオン・スーチョンが、まったくその典型だというわけではない。実際、彼は奇妙な例外であり、そのために私はますます彼に興味を抱いてしまう。成功と名声をほしいままにし、当年七十歳となるこの外科医は、六十にして真摯に絵を描き始めた。そうすることで、それまでの慣行を捨てることもなかった。五十年前、父に倣って医学の勉強を始めたとき、彼はスパルタ式養生法なるものを始め、それ以来ずっと欠かさずに実践している。養生法、と私は呼ばなくてはなるまいが、それは彼に三、四人分の仕事をこなすことを可能とし、なおかつ彼を元気いっぱいで楽観的に保つのである。五時に起きるのが彼の習慣であり、軽い朝食を摂って診療室に向かい、さらにオフィスでは保険会社の役人としての事務仕事を片付け、手紙の返事を書き、患者を受け入れ、他の病院を巡回するなど、仕事は尽きない。昼食の時間までには、一日分の激務を彼は終わらせてしまう。この十年間、彼は毎日わずかな時間でも見つけては、絵を描き、他の画家の作品を鑑賞し、彼らと交流し、まるでぽっと出の二十代の若者みたいに自分の技法の研究を積み重ねている。彼は職場を離れてアトリエに行ったりはしない――彼はオフィスで描くのだ。書物と塑像が並ぶ小さな部屋の片隅に、覆い隠された楽器のような物体がある。ひとりとなるや否や、彼はこの物体のもとに行って覆いをとり、作品に取りかかる。彼の画材道具一式は、この神秘的な黒いオルゴール箱のなかにすべて収まっている。日が落ちれば、人工照明で続ける。このようにして、一時間のときを過ごすこともあれば、四、五時間のときを得られることもある。連絡があれば即座に彼は、イーゼルから向き直り、繊細な外科手術を執刀することができる。粗末な仕事は決してしないが、芸術家としては、そのやり方はごく控えめに言っても、決して正統的ではない。

もう残された歳月も限られているだろうに、絵画を唯一の仕事に絞ろうと思ったことはないのかと私が尋ねると、彼はその考えを否定してこう答えた。「働くことと飽きないことの大きな喜びをつねに新鮮に保つためには、別の仕事をもっているほうがいいんです。」しばらくして、何度も彼に会った後で、私は同じ質問をあえてしてみた。彼ほど絵に情熱を注ぎ、あきらかに二十年かかる仕事を四、五年に詰め込もうとしている人なら、こんな二重生活、いや多重生活のせいで何か困難を感じたことがないとは私には思えなかった。もしも彼が下手な絵描きか、あるいは藪医者であったら、片方に秀でて片方が道楽だったなら、私はこの問題に固執していなかっただろう。だが彼は言わずと知れた現代の名医のひとりであり、絵について言えば、疑う余地もなく、とりわけ他の賞賛すべき画家たちからの評価で、彼は偉大な芸術家であり、その作品は日を追うごとに重要性を増し、驚くべき速さでなおも進歩を続けている。とうとう彼は私に胸の内を明かした。最近感じ始めているのは、「この絵というやつは、心を揺さぶる、頭をひねらせる、時間を食う、すべてが骨の折れるもので、人の生活をすべて奪い取り、ついには他の関心をすべて追い払ってしまう」ということだ。「そう」と彼は物思いにふけって付け加えた。「絵は私の人生のパターンをすっかり崩してしまい、私を新たな旅へと向かわせたということは、素直に認めましょう。」

その言葉こそ、私が聞きたかったことだ。このことをもしも彼が認めなかったら、私は彼についてかなり違った考えをもっていたはずだ。彼が二重の生活を続ける理由については、私が感じることなどどうでもよいことだった。

「もう一度人生を生きるとしたら」と私は尋ねた、「かなり違ったものになりそうですか？　つまりその、医学ではなく芸術を優先しますか？」

「私はまったく同じことを繰り返すでしょう」と彼は一瞬の躊躇もなく答えた。「医術は私の天命です。私の父は著名な外科医でしたし、よいお手本でした。外科とは科学と芸術が融合したものであって、そのおかげでとりあえずは芸術への欲求を満たすことができました。」

絵に夢中になることが、人生の精神的な面に対する興味を研ぎ澄ましたのではないかと、私は彼に聞きたくなった。

「こんな風に答えましょうか」と彼は言った。「人生のあらゆる面が私の生涯の課題だったのですが、絵はその一部を拡大したものにすぎませんでした。医者として私が成功したといえるなら、それは人間性に対する知識を私が重視していたからです。私は体を診るのと同じくらい人の心を診てきました。絵を描くことは、診察によく似ているわけです。両方とも肉体を扱いますが、はるかに大きな影響と力をもつのは精神的なものなのです。患者にとって絵という言葉は、画家にとっての色彩、線、フォルムといったものと同じ意味をもちます。ただの言葉や点や線に過ぎないものが、個人の人生を形成し、それに大きな影響を与えるなんて、本当に驚くべきことです。そうではありませんか？」

会話のなかで、私はもうひとつの発見をし、それは私の直感が正しかったことを裏付けたのだが、それはつまり、幼少のころから彼は絵を描きたい欲求を抱いていたということだ。二十代のときには水彩画を嗜んでいた。三十年ものブランクを経て彼は粘土や木で人物造形を始めた。後年の気晴らしの作品例は彼の小さなオフィスに散乱しているが、そのすべてが歴史上の人物であり、彼の幅広い読書歴のなかで魅了された人々だった。これもまた、彼の情熱と徹底ぶりを示す一例である。世界中を旅することに備えて、彼は歴史と伝記を読み始めた。不本意ながら旅は実現できなかったが、熱意と勤勉をもって彼が読み漁った書物が壁に並んでいる様子は、彼があらゆるものに対して情熱を注ぐ性格であることをよく表していた。

　その晩、彼のオフィスから帰るとき、私は心に思った。このような人々こそ、俗世界にいながらにして賢者や聖者と接するための近道なのである。後者のごとく、彼らは集中、黙考、専心を行う。完全に心をひとつにして仕事に打ち込むのだ。彼らの仕事の成果は純粋で妥協がなく、それは創造主に対して毎日捧げる祈りの行為である。彼らの活動する領域や手段の違いだけが彼らを偉大なる宗教者と分け隔てているのだ。

　スーチョン先生と出会えたのは、ニューイベリアのウィークス・ホールのおかげである。ホールは彼の後援者にして大先達であり、彼の芸術活動の最初期から微妙なかたちで彼を指導してきた。わが友ラトナーと私がニューオーリンズに到着して十五分後にはもう先生と出会うことになった。道路脇に停めた車に荷物を置いたまま、私たちは泊まる宿を探しもせず、この機会に乗じた。昼下がり、ホイットニー・ビルにある彼のオフィスを私たちは訪れた。そのとき、彼が大切な仕事に取りかかっていたことは、疑いようがなかった。だがそんなことはおくびにも出さず、私たちを迎え入れてくれた。彼に会った瞬間、電気ショックを受けた。最高レベルの仕事を行ってきた者の明晰な頭脳と判断力をもって、彼は私たちをもてなし、私たちのどんな些細な願いも注意深く見抜いていた。

　わが友ラトナーに対する歓迎の仕方は、私にとって記憶に残る出来事であり、スーチョン先生の魂の偉大さの証であった。「もう二十年もあなたのことをお待ちしていました！」と彼は感嘆の声を上げながら、ラトナーを引き寄せ、親愛を込めて抱擁した。「あなたのことを知ってから、ずっとあなたの作品を追いかけてきました。あなたの絵は全部覚えています——何年も一緒に暮らしてきましたからね。すごい画家だ、あなたは！　もし私にあなたの才能と、その眼力があったら、いま私にいられない場所なんてどこかにあるのでしょうか？」こんな調子で彼は続け、ラトナーに賛辞を浴びせかけたのだが、すべては謙虚で心から誠実な言葉だった。「お話をお聞かせください」と彼は言った。「あなたに聞きたいことが何百もあるんです。ニューオーリンズにはいつまでいらっしゃるんですか？　私の作品を見てもらえますか？　私のやっていることが間違いではないか、教えていただけませんか？」などなど、次から次へと熱狂的な言葉を発し、さながら敬愛する巨匠を前にした若者のようであった。

ラトナーといえば、謙虚を絵に描いたような男で、むしろこの国では自分の作品がけなされ貶められるのに慣れていたので、混乱して戸惑っていた。彼はこのような率直で温かで惜しみない称賛を、とりわけ画家仲間から、受けたことがないのだろうと私は思う。また、芸術家にありがちなことだが、熱烈な賞賛の言葉の後に、長々と気に入らない点について語るということも、スーチョン先生にはなかった。反対に、彼はこの機会を利用して、ラトナーの確かな知識と幅広い経験からできるかぎり多くのことを学ぼうとした。彼もまた謙虚と相手への敬意をつねに忘れない男で、繰り返し言うが、それは真に偉大な魂のしるしなのである。自分の作品に誇りをもってはいるが、自分の価値に幻想を抱いたりはしない。実のところ、直面するどんな問題に対しても大胆な確信をもって取り組むというのに、作品を展示する場面になると、彼は自分が抱えていた臆病さと困惑を露わにしなければならなかったので、私はかなりの驚きを覚えた。だがそれは明らかに、芸術においても医術においても、彼が開かれた心を保つ能力を有しているということなのだ。彼の自我は、決して覆い隠されることがないが、成し遂げなければならない仕事に対して完全に従属している。彼はまるでローラースケートで滑走するように、目標へ向かってまっしぐらと進む。彼は物事を決定する法則について問い尋ねる。彼は自分の限界を極めた最初の人物なのである。話のあいまに、世界史上の偉大な人物のなかで誰をいちばん尊敬するかと尋ねてみたのだが、彼は即座に答えた――「モーゼですね。」なぜ？「十戒は文明社会を律する法の土台であり、同時にまたあらゆる宗教の基盤をなしているからです。」

最初の会談で私たちはおそらく十作を超えるくらいの代表作を見たが、それだけで十分に私のなかで、ラ

「屋上」，ドクター・マリオン・スーチョン画。本人提供。撮影者不詳。

トナーと偉大なる魔法使いジョン・マリンをのぞけば、この人こそアメリカでもっとも楽しく生き生きとした興味深い画家であるという事実が確立された。初期の作品は因習的で、明快さに欠け、ぎこちない面もあるが、そこからの進歩は稲妻のようだ。ニューヨークのジュリアン・レヴィ・ギャラリーで数年前に彼の作品を見た人は、それから彼が成し遂げた躍進、とりわけ色彩面での進歩に思いもよらないかもしれない。当時、ジョージ・ビドルは誤って彼を素朴な素人画家と称したが、もしもスーチョン先生がそれで満足していたなら、画廊に足しげく通う好事家たちに彼は媚びへつらっていたことだろう。アメリカ素朴派の一時的な大流行は、結局のところ俗物的で気楽な、「絵画を嗜む」アメリカ人の態度を反映したものにすぎず、彼らはおしゃれに絵を楽しむことはあっても、絵から衝撃を受け、心を揺さぶられることが決してないのである。スーチョン先生はかつてもいまも素朴派ではなく、ただ「具象絵画の民間の巨匠たち」と似ているのは、誠実、熱情、大胆、さらには率直と単純を彼がさらけ出している点であり、おそらくそれは世間から認知されていない者のみが表現できるのである。素朴派と同様、スーチョン先生の作品にもユーモアとファンタジーが強く脈づいており、それは政治的社会学的理論をまったく無視することによって強調される。もうひとつ言えるのは、主に記憶を頼りに絵を描くという点であり、豊かな経験と展望と夢を素材に、何年も自分の記憶の片隅にしまい込まれていたものが解き放たれ、純然たる想像力の産物のみがもつ特性を宿すのである。彼が直観主義者であるとしても、まさか未開人やゴリラであるわけではない。彼がもっとも自然で何も制約を受けないとき、彼はもっとも鋭く感受性を研ぎ澄ませる。誰からの影響をも感じさせない作品においてこそ、スーチョン先生はヨーロッパ芸術の偉大なる伝統のなかにみずからを位置づけるにいたる。彼は現代の画家ではセザンヌがいちばん好きだと私に打ち明けたが、どう控えめに見ても、あの疲れを知らない灰色の天才の魂に似たようなところは彼の作品にはまったく見当たらない。彼が明らかに影響を受けたのは、ヴァン・ゴッホ、トゥルーズ＝ロートレック、ルオー、マティス、スーラ、ゴーギャン、といったところだろうし、色彩の面では、エイブ・ラトナーを加えなければならない。彼がクレオール人として生まれフランスに行ったことがなければ、他の時代の歴史に興味をもつことがなければ、いまごろスーチョン先生は物腰柔らかな教養ある紳士で、現代の文明がもつあらゆる問題を気に病んでいたことだろう。彼の活力と熱意は、際限ない好奇心から生まれる。彼が若さと新鮮さを失わず、陽気で楽観的なのは、過去ではなく未来を見つめているからだ。そして毎日、自分がしようと決めたことを成し遂げているからでもある。毎日が白紙の状態で始まる。だからこそ、彼がいかなる種類の失敗も経験したことがなくとも、驚くには足らない。彼の絵が即座に認められることがあっても、同時にまた嘲笑と侮蔑を引き起こす可能性はいくらでもあったのだ。

ある晩のディナー席で、誰かが「成功」という話題を切り出したときの彼の振る舞いを、私は決して忘れることがないだろう。彼の並外れた成功について、もっとはっきりとした言辞を彼から引き出そうと企んだ者がいた。答えとして、彼は両手を口元に挙げ、それぞれに口づけながら、うやうやしくフランス語で言った。「Je dois tout à celles-ci.（すべてはこの両手のおかげなのです。）」あまり答えにはなっていなかったが、その仕草は自分の手で活動する芸術家に特有の謙虚さと没我を表していた。そのとき彼が考えていたのは、巧みな外科医療技術であり、それは長く困難の絶えない修行によってもたらされたものだ。だが驚異的な細やかさで手と指を使いこなすその能力はまた、さらに興味深い精神傾向を示すものでもあった。すなわち、世の中で自分の道を切り開いていくためには、自分自身の力に頼るしかない、もっとはっきり言えば自分の両手の強さと技術に頼るしかないのだという確信に、彼は若いころから取りつかれていたのだ。

このディナーに関しては、私が言葉にならない喜びを感じた出来事がもうひとつあった。給仕がメニューをもって来たとき、スーチョン先生は私たちのほうを向いて言ったのだ。「そんなものは無視してください——どうか見ないで。皆さんが召し上がりたいものを、ただ私におっしゃってください。何でも好きなものをお出ししましょう。」そんなことを誰かが言うのをこれまで聞いたことがあったか、私には思い出せない。それは王の指環のような効力を発揮し、私がどんな下手物を頼んだとしても、その励ましの言葉の後では美味しく味わえたことだろう。そのときその場で私は決意した。仮に将来私に、食べ物の値段を気にも留めなくなるような日が訪れたら、私は彼が私たちにしてくれたのと同じくらい寛大に振る舞おう。私はいつもタクシーに乗り込んで運転手にこう言ってみたかった。「ちょっとその辺を走りまわってくれないか、まだどこに行きたいか決めていないんでね。」安楽と自信の甘美な感覚が味わえるに違いない。

もちろん、ニューオーリンズの人々はもてなしの心を極めて大切にしている。個人宅で味わった食事はどれも忘れがたい。私の知るかぎり、もっとも愛想のよい都市であり、その理由は主に、この荒涼とした大陸もようやくこの地まで至ると官能的な喜びがそれに見合うだけの重要性を帯びてくるからだと思う。よい酒、よいおしゃべりとともに長々と食事を楽しんで、さらにはフレンチ・クォーターをでたらめに歩きまわり、文化人の気分を味わえるだなんて、こんな都市はアメリカには他にない。

件のディナー後、スーチョン先生は私たちのことを彼の親友チャールズ・グレシャムにゆだねた。彼はロイヤル・ストリートで小粋な画廊を経営している。クォーターを私たちに案内してくれているあいだ、グレシャムはまるで彼自身数年ぶりであたりを見たかのように振る舞った。過去のミニチュアであるこの世界に対する彼の愛は、私自身がパリの街で行っていた彷徨を否応なく思い出させた。そのような冒険にもいずれは飽きがきてしまったのではあるが。彼は道の一インチ単位まで記憶しているようで、過去の秘密の層まで奥深く夜な夜な探求して街を歩きまわる者のみができる仕業だった。交差点で時折立ち止まりながら、彼に好きなだけ話させているうちに、私は突然、彼の言っていることが耳に入らなくなった。これとほとんど同じ状況に、ある晩パリのラテン・クォーターの真ん中でアメリカ人を案内していたとき遭遇したことを鮮明に思い出したのだ。案内していたといっても、実際にはその男が私を連れまわしていた。彼にとっては初めてのパリだった――そのときはマニラに行く中継点だった――それで彼がパリにいられるのはそのひと晩だけだった。夕食の席で彼は私に言っていた、彼はフランス革命に関する戯曲を書いていて、調査のためにパリの地図を徹底的に読み漁ったので、本物のパリジャンみたいに私のことを町中案内する自信がある、と。実際、すぐにわかったのだが、彼は普通のパリジャンよりも街のことをよく知っていた。だが、彼が徘徊していたのは死んだ街だった。ことあるごとに彼の目に飛び込む本当の、生きたパリについては、彼はほとんど気がつかないようだった。彼の観察は、かび臭い書物のページに載った日付と数字に頼るばかりだった。正直に言って、この歴史狂の目を通してしまうと、パリはすっかり生気を失い、つまらないものになり果ててしまった。ノートルダム寺院の背部は、夜に訪れるとどんな饒舌な間抜けでも言葉を失う場所だというのに、そこでも相変わらず彼はフランス革命の死んだ人形たちについて弁舌を打っているので、私はうんざりしてしまい、疲れたからもうこれ以上は一緒に行けないと彼に告げ、何事もなかったかのようにそこで解散した。おそらく、人はわくわくするような歴史劇を、現地を訪れずとも書くことができるだろうが、生きている街のドラマに対して鈍感なうえに、現在の街を歩きながら過去しか見ていないような人間は、私にとっては何の魅力もなく、たとえばシェラ・レオーネにいるときにウィーンのガイドブックが何の役にも立たないのと同じなのだ。

スーチョン先生のオフィスで次に会ったとき、彼の作品に対する私の評価はさらに高まった。私たちはさらに十数点、五、六年の期間にわたる作品を見た。グレシャムとの話で私の見方は鮮明になったようだ。あの晩フレンチ・クォーターを歩いたことで、ルイジアナが生きたものとなり、その素晴らしさはいまでも心にくすぶっている。ジャクソン・パークに立っていると、アメリカにはあまりない独特な雰囲気を感じ、その場所がどうして私を魅了するのか、突如として理解した。公園の脇にはアパートの列が並び――アメリカ初のアパートだという――なんと不思議なことに、それは私がパリでもっとも愛した場所――プラース・デ・ヴォージュ――を取り囲んでいた小さなホテルを思い出させた。公園の近くには有名なフレンチ・マーケットがあり、もう一方の近くにはバスティーユ監獄がある。ともに静寂に満ちて隔離された雰囲気をもつが、石を投げればすぐに喧騒に満ちた日常生活に届く場所なのである。フォーブール＝サンタントワーヌ通りの中心に位置するプラース・デ・ヴォージュの雰囲気ほど尊大で誇り高いものは他にありえないだろう。ジャクソン・パークにはまさにそれと同じ趣きがある。そこがアメリカであるとはまったく思えないのだ。

スーチョン先生の絵もまた、ルイジアナの全雰囲気と同じなのだ――それはアメリカ的であり、アメリカ的ではない。彼の絵の多くはフランス現代作家の作品のようであったかもしれない。主題ではなく、感覚とアプローチがである。どの作品にも、賢明で陽気なところがあり、ときには、中国の画家たちが自然に対してもつ精神にも比類する。「夢を見ていると夢のなかで思うと、目覚めは近い」という考えを人によみがえらせるようだ。彼のこういった想像の産物ときたら、グラント・ウッド風の青ざめた不毛な様式化や、トーマス・ベントン風の発作的なネアンデルタール式労働から、いかに完全にかけ離れていることだろう！　アメリカ絵画とは、なんてうわべばかりで実のない、物真似の世界なんだろう！　素朴派たちと、ジョン・マリンという、その存在が私たちのなかで奇跡の現象となっている魔法使いをのぞけば、蝋燭立てみたいに量産されるキャンバスの堆肥のなかで、価値や意味があるものとして取り上げられるものなんていったい何があるだろうか。ビジョン、個人的特性、勇気と冒険心といった、「衰退した」ヨーロッパ人たちが示しているものは、いったいどこにあるのか。アメリカのピカソ、アメリカのヴァン・ゴッホ、アメリカのセザンヌ、マティス、ブラックはどこにいるのだ——あるいは単純で正直なユトリロは？　アメリカはルオーやクレーを生むことができるのか、イタリア、スペイン、オランダ、ベルギー、ドイツ、フランス、等々、そういった国が生んだ過去の巨人は言うに及ばないことだが。そういった問いかけにはいつでも同じ答えだ——われわれはまだ若い国なのだから！　今後いったい何世紀にわたってそんな言葉にすがりつくつもりなのか。ブッダが生涯でなしえたことについて考えてみるがよい。アラブ人たちは、ムハンマドの出現後の数十年間で、どれだけのことをなし遂げたか。ギリシャは一世紀という範囲内でどれだけ大量の天才を生み出したか。ある民族の天才が、暮らしが政治的にも経済的にもユートピアのような状況に落ち着くまで行動を差し控えた例などこれまでにない。庶民が置かれた状況は、どの時代をとってみても、つねに嘆かわしいものだった。実際、もっとも偉大な芸術の時代とは、一般庶民からすればもっとも悲惨で苦しい時代に相当するといってもよいくらいだろう。今日、仮に四分の一のアメリカ人たちが標準をはるかに下回る生活水準で暮らしているとしても、一億人もの人々がなお、過去のいかなる時代にも知りようのない快適さと便利さを享受しているのである。そんな人々に、才能を隠す理由など何かあるのか？　それとも、われわれの才能は別の方向へ向いているのか？　アメリカでは、成人の最大の目標とはビジネスマンとして成功を収めることなのか？　あるいはただ「成功」というだけで、どんな形態をとろうとも、どんな目的や意義があろうと関係なく、ただ成功のうちに成功によってその成功自体が顕現するとでもいうのか？　もはや私にとっては疑う余地もない、芸術とは私たちの生活を占める物事のなかで最後に来るものなのである。若者が芸術家になりたいという素振りを見せれば、変人扱いされるか、怠け者の役立たずとみなされるのが関の山だ。その着想を追い求めるなら、飢えと屈辱と嘲笑に耐えなければならない。自分の天職で生計を立てようとすれば、自分が軽蔑する作風の芸術を作らなければならない。画家になりたいのなら、生きていくのにいちばん確実な方法は、間抜けな肖像画をさらに間抜けな連中のために描くか、あるいは広告を牛耳る大会社に仕事を売るかだが、こういった会社は私の知るかぎり、芸術を滅ぼす最大の要因なのである。公共建造物の壁面装飾こそその一例だ――そのほとんどが商業芸術として分類される。それらの多くは技法面でも構想においても、「アロー・カラー」のワイシャツ広告画がもつ美的水準にすら達していない。最大の関心は大衆を喜ばせることであり、大衆の好みなんてマックスフィールド・パリッシュの多色刷り版画の、とにかく「ウケる」のがねらいというポスターのせいで麻痺しきっているのだ。

もしもマリオン・スーチョン先生が二十五か三十そこらでこれらの絵を世に出していたなら、芸術活動で生計を立てていたなら、きっと彼は食べるものにも困り果て、ゴムまりのように蹴り飛ばされていただろう。批評家たちは彼の作品を笑い飛ばし、アカデミーに入会してデッサンから学ぶようにとアドバイスしただろう。画商たちはあと十年は我慢しろと言っただろう。彼の成功はある意味――彼が悪いわけではないぞ！――彼が変人で世間を騒がせる者として利用されてしまうということに帰する。それこそまさに、今日のアメリカ素朴派たちが甘んじている境遇だ――愚民向けの絵画版笑劇とでも言おうか。だがそのまさに同じ奇人変人による絵画作品が、質、構成、出来栄え、どの面からみても数多のアメリカ芸術家を凌駕しているのである。同じことが、精神病院に収容された狂人たちの作品についても言える。その作品の多くは、アカデミーの巨匠たちには逆立ちしても描けないものなのだ。

連邦刑務所を訪れたとき、アイルランド系の司祭がチャペルの解説を私にしてくれて、囚人のひとりが作ったというステンドグラスの窓を見たことがある——彼はその窓がとんでもない冗談であるかのように言うのだ。彼のお気に入りは、彼が言うところの「絵心のある」囚人たちが葉巻箱に描いた聖書にまつわるイラストだった。私が遠慮せずに彼の意見には賛成できないと述べ、窓を仕上げた男がいかに控えめながらも誠実に仕事を行ったかについて敬意と熱意を込めて語り始めると、司祭は実は芸術のことなど何も知らないのだと打ち明けた。彼が知っていたことは、片方の囚人がデッサンを習ったことがあって、もう片方はないということだった。「芸術家であるということは、手足が描けて、人間の顔が描けて、頭のうえには上手に帽子を乗っけられるっていうことなんですか——そういうことですか？」と私は尋ねた。彼は困り切って頭を掻いた。明らかに彼はこれまでそんな問いが頭によぎったことなどなかった。「その人はいまどうしてるんですか？」と私は尋ねた。もちろん窓を作った人のことだ。「彼？　ああ、彼には雑誌から模写するように指導している。」「どんな様子ですか？」「興味がないようだ」と司祭は答えた。「学ぼうという気がないらしい。」

馬鹿たれ！　私は心に思った。監獄のなかでさえ芸術家を滅ぼそうというのか。刑務所で私の心に残ったのはそのステンドグラスの窓だけだった。それは残酷、無知、倒錯から解放された人間精神のひとつの顕現だった。それなのに刑務所は、この自由な精神、信心深く控えめで、自分の仕事を愛する男を捕まえ、教化された無能に作り変えようとしている。進歩と啓蒙だと！　優秀な囚人を未来のグッゲンハイム賞候補に仕立て上げるんだって！　ワーオ！

「収入手段をもたない芸術家がどんな経験をするかと思うと、胸が痛みます」とスーチョン先生は言った。

「それよりひどい地獄なんて思い浮かびません。」アメリカの大都市はどこも同じだが、ニューオーリンズには餓死寸前の、あるいは半分餓死した芸術家がたくさんいる。彼らが住み着いた区画は、産業界からきた野蛮な略奪者たちの砲火を浴びて、着実に粉砕されていく。われわれはフン族や、かつての敵国ドイツの蛮行を罵るが、この国の真ん中で、アメリカに建築学上残された最後の避難地で、われわれがみずからの手で破壊した世界の庭園で、じわじわと破壊行為が続いているのだ。この調子でいけば、あと百年もするとわれわれが生み出すことのできた唯一の文化の痕跡も、この大陸にはほとんど見られなくなるだろう――南部の豊かな奴隷制文化のことだ。ニューオーリンズは過去を崇拝するが、未来の野蛮人たちが意地悪に冷酷に過去を埋葬しても、ニューオーリンズは無感情で眺めている。美しいフレンチ・クォーターも消え去り、過去とのつながりがすべて断たれると、そこにあるのはきっと、清潔で無菌のオフィスビル、おぞましい記念碑や公共建造物、油井、煙突、空港、刑務所、精神病棟、慈善病院、食料受給者の列、黒人たちの灰色の掘っ立て小屋、輝くブリキの車のおもちゃ、流線型の列車、缶詰食品、ドラッグストア、ネオンに輝くショーウィンドーが芸術家の絵心をくすぐる――いや、どちらかといえば、芸術家の自殺衝動を煽るであろう。絵筆を取るのに六十歳まで待てるほど肚の据わった者など、ほとんどいないだろう。ましてや外科医になるチャンスに恵まれる者など、さらに少ない。著名な歯科医が大胆にも、労働者にとって歯――自分の歯――は経済的には贅沢品だ、と言い放ったとき、われわれはどんな局面を迎えているのか? すぐに内科医も外科医も言い出すだろう。「生きる意味がないなら、どうして命を延ばす必要があるのか?」すぐに、まったくの人道的親切心から、彼らは安楽死協会を設立し、現代社会の恐怖に適応できない人々を片っ端から処分するだろう。戦場が産業界と手を組んで患者を供給し、医者たちは仕事に事欠かないだろう。芸術家は、インディアンと同じく、政府の保護対象になるかもしれない。あてもなくぶらぶらしていても、芸術家は許されるだろう、なぜなら、インディアンと同じく、ただちに殺さなければならないほどではないからだ。あるいは社会に対して「有益な奉仕」を行ってからでないと、芸術活動が許可されないかもしれない。私には、それほどまでの袋小路にわれわれは行き詰まっているように思える。すでに死んだ芸術家の作品だけがわれわれにとって魅力があり、価値があるかのようだ。裕福な者はいつでも言われるままに新しい美術館のために金を出す。アカデミーはいつでも番犬とハイエナを供給してくれるものとして信頼される。批評家たちは新鮮な活力をもつ者の芽を摘むことによってその腕を買われる。教師たちは芸術の意味について若者に誤謬を与えることで活力を得る。略奪者たちは強力で不穏なものを破壊するようにそそのかされる。貧しい者は食費と家賃のことしか頭にない。富める者は、芸術家の汗と血を吸い取る喰鬼が選んだ安全な投資品を買い集めては悦に入る。中流階級は、口をぽかんと開けたり批判したりするために入場料を払い、浅はかな芸術に対する知識をひけらかすが、臆病すぎて心のなかで畏怖を感じる人々を擁護することができない。彼らは上にいる連中に媚びへつらわなければならず、それを敵だとは思っていない。彼らにとっての真の敵とは、意気地のない中流階級の彼らが支持することを強いられているシステムの腐敗を、言葉であれ絵画であれ、暴き立てようとする反逆者のほうだというのだ。いまのところ、苦労に見合った分の報酬をたっぷり受け取っている芸術家は、香具師だけだ。こういった連中は、諸外国からやって来た輩ばかりではなく、この国の生まれでも、本当に大切なことが問題になったときにうまく煙に巻く術を身に着けている。

自分に見えるものではなく感じるものを描きたいという者は、この国には居場所がない。刑務所か精神病棟に送られるのが関の山だ。さもなければ、スーチョン先生のように、外科医として三、四十年も社会に貢献することで、自分の正気と健全さを証明しなければならない。

これが昨今のアメリカで芸術が置かれた状況である。どれだけそれが続くのだろうか？　もしかしたら、戦争は天の恵みが偽装して現れたものかもしれない。もしかしたら、もう一度血の海をくぐり抜ければ、強欲、競争、憎悪、死、破壊などとは別の観点で人生に取り組もうとする人々に、われわれは耳を傾けるようになるかもしれない。もしかしたら……「Qui vivra verra（生き延びる者が見届ける）」と、フランスのことわざが言っている。

アーカンソーと偉大なピラミッド

アーカンソーは偉大な州である。それはそうだろう、さもなければ、南西部で発見されるはずのものすべてを発見したスペインの探検家デ・ソトも、そこを通り過ぎ、見落としていただろう。ピルグリム・ファーザーズがプリマスに上陸するより九十年前、スペイン人たちが、これも白人だったようだが、この地に突入していた。デ・ソトの死後百年を経て、ふたたび白人たちがこの地に足を踏み入れ、一八三六年にようやく州として合衆国に承認された。当時、州全土には約六万人の人がいた。今日、その人口は二百万人である。アーカンソーは南部連合側で戦ったが、それもまた美点のひとつだ！　リトルロックには一八三六年に建てられた古い州会議事堂がいまも残り、アメリカでもっとも精巧な建築物の一例として見学することができる。それを十分に鑑賞するためには、アイオワ州デモインの醜悪さを見ておく必要がある。アメリカが誇る喜劇俳優ウィル・ロジャーズは、いまやマーク・トウェインやエイブ・リンカーンに匹敵するほどの名声を得ているが、アーカンソーに随分と配慮したのか、自分と同じ名の町アーカンソー州ロジャーズに住むベティ・ブレイクを妻に迎えた。アーカンソーを際立たせる事実や数字はいくらでもある。ざっと以下のことを確認しておこう――世界最大のスイカ、七〇キロにも及ぶようなものがホープで収穫される。合衆国唯一のダイヤモンド鉱山が州南西部のマーフリーズボロ近くに発見される。世界一の桃園（一万七千エーカー、百五十万本もの果樹）もまたここにある。ミシシッピ郡は世界一の綿生産量を誇る郡である。九十九パーセントの州民は純粋なアメリカ開拓者の家系であり、ほとんどがアパラチア山脈から移住してきた。ゲイル山から南に二マイルほどの、いまは博物館になっている小屋で、かつてはアルバート・パイクが学校を開いていた。ここまで多くの興味深い事柄について駆け足で触れてきたが、ここでふたりの人物について少し詳しく述べたい。ふたりとも亡くなっているが、アメリカ人でもおそらくあまり聞いたことのない人物かもしれない。アルバート・パイク准将、ある時期には合衆国南部司法管轄区の古式承認スコティッシュ儀礼フリーメイソンで最高司令官を務めた男、そして〝コイン〟（ウィリアム・ホープ）・ハーヴェイ、アーカンソー州モンティネに決して建てられることのなかったピラミッドの建設者である。

リトルロックのマケイニー判事の家で私は初めて〝コイン〟・ハーヴェイの名を聞いた。〝コイン〟という異名は、ウィリアム・ジェニングス・ブライアンが「銀の自由鋳造」を唱導したときに、彼との関わりからつけられたのだ。ハーヴェイはどこから見ても、奇人で自主独立の精神をもつ自由思想家で、勇気をもって自分の所信を断行するタイプの人間だ——アメリカではすぐに絶滅にいたりそうな種である。彼は『本』（ママ）というタイトルの本（緑色背表紙の小型本、イラスト付き、二百二十四ページ、価格二十五セント）を執筆し、その売り上げでひと財産を築いた。本の主題は「この文明の誕生から現在にいたるまでの政府機関に対する」高利率の影響、さらには「合衆国、ならびに世界における『高利率』（いつでも高利率はカギ括弧つきだ！）にもとづく金融システムの破壊的影響」についてであった。一九三〇年代前半、彼は既存の二政党への信頼をまったく失い、新しい政党を結成するために党大会を招集した。「集合ラッパ」という新聞が年間購読料二十五セントで売られ、そこには、私の勘違いでなければ不発に終わった即席全国会議についての興味深い記事が掲載されている。ハーヴェイは、新党の全国大会の開催地はミシシッピ川の西側に集中すべきだという考えだった。とても重要なことだと私には思える。また、この国における東部と西部のあいだの絶えず増幅し続ける分裂をよく示すものでもある。大会宛ての委員たちの委任状によると、ハーヴェイはかなり独自のアイデアをもっていた。「いかなる社交団体、組織への参加申し込み、あるいは公務員規則のもとでの職務の遂行には、試験による許可を必要とする」と彼は「集合ラッパ」で主張した。「大会に委員として参加申込する者には試験を受ける時間がないだろう。それよりも、試験の代わりに署名入り文書で、申込人が個人試験で問われる事柄について十分な知識をもっていることを認定するほうが現実的だろう。」そこでハーヴェイは賢明にも、当該委員は試験の代わりに彼の本『本』を読むことで資格を得られるものと定めた。「それはわれわれの知識を満たす唯一の本である」と彼は説く、「こういった歴史的データ(『高利率』と文明の盛衰についての)を豊富に示しているからだ。申込人が『本』を読了すれば、その者がこの分野において大会参加にふさわしい知識を有することは明々白々である」。

言うまでもなく、大会は失敗に終わった。だが私は、〝コイン〟・ハーヴェイが失敗者だったとはまったく思わない。なるほど、彼の名はすでに忘れられ、ピラミッド建設の構想は、「ピラミッド・ブックレット」と題された二十五セントのかび臭い小冊子のなかに跡を残すのみだ。ロジャーズでたまたま親切な紳士と出会ったおかげで、私は三、四部しか現存していないというこの驚くべき文書を、多少の発掘作業の末に一冊入手することができた。この小冊子を大いに活用し、私はハーヴェイの計画を説明しよう。ピラミッド自体は建設されることがなかったとは言え、彼の計画が十分に理解されてはいないと私は指摘せざるを得ないのだ。

穏やかな春の日の朝早く、私は計画の候補地を訪れてみた。私の心は、ハーヴェイは決して愚かでも変人でも空想家でもないという思いに、激しく襲われた。それとともに、どこか憂鬱な考え、多分いまから百年もすれば、この頓挫した企ての目的と意義が真の重要性を帯びてくるのだろうという考えが湧いてきた。

ピラミッドの目的とは何か？　彼自身の言葉を引用する。「ピラミッドの目的、それは世界の人々の関心を集め、文明とは盛衰を繰り返すなかでつねに幾百万もの民衆の語られることのない苦悩を伴うのだということ、そしていまやわれわれの文明は危機に瀕している――崩壊寸前である――のだということを知らしめんがためのものとする。ピラミッドが世界に発するこの警鐘が、人々の考慮を促し、利己心を捨てさせ、この文明を救済し良化するために取られるべき意識の段階へと導くことを望む。もしこれがなされずとあらば、すぐにでも時がこの文明に対して、文字にもならない忘却と野蛮の言葉で墓碑銘を刻み込み、完全なる混乱が訪れるであろう。」

「ピラミッド完成の暁には」と彼は続ける、「そこに放送局を設立し、世界と通信を重ねることによって、完全無欠の文明の創生に向けて世界中の行動力と思考力をもつ人々の関心を惹起することを絶えず主眼に置くものとする」。

もともとハーヴェイは自分で資金を調達するつもりでいたが、一万ドルを投資した時点で彼は経済的に困難になり、寄付を募ることにした。一ドルから五十ドルといった額の寄付金が世界中から寄せられ、彼が小冊子を書き上げたころには、総額で千ドルまでに達した。ピラミッドが完成し調印となると、その総費用はおよそ七万五千ドルであった。

ハーヴェイの心をつかみ、彼を駆り立てたものは、彼の言葉によればこうなる。「まだ発見されていない余所の国へと逃げ込むことなどできない！　真実と虚偽、善と悪、神と悪魔が、いまや世界のいたるところで激しく衝突している。過去の没落した文明が経験したのとまさに同じ危機だ！　各自の勝手な利己心ばかりが国々の法律に反映され、民主主義と共和制を破壊し、独裁と暴政の根源となっている。制御を失った利己心は、政府の枢要を癌のごとく貪り尽くし、腐敗、偏見、虚栄、矮人、栄養失調、そして虚血症の民族をもたらす。われわれはいかようにこの危機と向かい合うのか？　世界の人々はいかようにこの危機と向かい合うのか？」

ピラミッドは四十メートルの高さとなり、三・七平方メートルの土台に載る予定だった。その北側には千人収容可能なコンクリートのロビーかテラスが設計された。土台部分は冷たく澄んだ湖のなかにあり、そこにコンクリートの島がセメントの調度品を装備して実際に建設された。ポートランド・セメント組合の専門家が個人的な意見として述べたことには、表面を防水加工で仕上げれば、「ピラミッドは百万年以上——ほぼ無限の耐久性をもつだろう」。

建設予定地があったモンティネは、山脚から延びた峡谷の端に位置する。オザーク山地が浸食作用によって四千二百メートルから四百二十メートルにまで低くなっていることを知ったハーヴェイは、対策として、山頂までの高低差が七十三メートルしかない場所を予定地に選んだ。「もし仮に」と彼は記す、「これから長い年月をかけて浸食作用によって谷がふさがり、その周辺の山地が低くなるとするなら、四十メートルの高さをもつピラミッドは、大地から聳え立つように見えるだろう。地質学的にみて、この山地には地震や火山噴火の危険性はまったくないと断言できる。さればピラミッドは、いついかなるときも安全に屹立するのである」。

もっとも耐久性が高いとされる金属で組まれた軸部の天辺には、次の記載があるプレートが設置される予定だった。「これが読まれることあれば、下に降りて、先の文明の死の記録と原因を探せ。」

同様のプレートがふたつの地下室とひとつの部屋の外壁に設置されるはずだったが、「下に降りて」は「中に入りて」となる。軸部の土台にある大きな部屋とふたつの地下室のなかには本が置かれ、それは「この文明の起源と繁栄を記録し、その崩壊へと至る危機を示し、差し迫る死の原因をめぐる様々な論説を収録する書物である。それは三百ページを超す革表紙の本となり、ニューヨーク市の製紙専門家による検査を経た紙に印刷され、各ページは透明な紙で保護されている。昨今ではそのような紙が、読書に支障を及ぼさずにインクの退色を防ぐ目的で製造されている。大部屋と地下室の入口閉鎖をのぞいて、ピラミッドが完成に至れば、一年が乾燥に費やされる。そしてその年のうちに（ママ）書物が執筆され、三巻が印刷され、建物内部への配置準備が整うであろう」。

　小冊子はさらに、この書物が気密性の高い容器に入れられること、本の売り上げによる収益は施設の修復と管理人の費用に充てられることなどを説明する。他の書物もまたピラミッドに保管されるはずだった——産業、科学、発明、発見等々に関する書物だ。聖書も、それに百科事典と歴史書。さらには、様々な文明の発展段階における人々や動物の図版。大部屋に置かれるはずだったのは、「家庭や工場でわれわれが普段使っている様々な小品で、大きさは針や安全ピンから蓄音機にまで至る」。

　先見の明だったのは、鍵となる書物を英語に設定したことであり、「ピラミッドの発見探索時にどんな言語が話されていようと、英語が翻訳に役立つであろう」。これに続く次の一節が私は特に好きだ。

「この文明が灰となった跡から立ち昇る新しい文明は、ゆっくりと興り、この文明がそうだったように、人間の理性によって促された発見を少しずつ行い、われわれが発見したものについて、有史以前の文明の発展段階については、われわれがいま知る以上には知る由もないものと推定される。新しい文明の時代は、その人々によって鋼とダイナマイトが発見されたときにこそ訪れ、それによってついにピラミッドのなかに突入可能となろう。すると、ピラミッドのなかで見つけたものを正しく評価する知性が彼らには必要となる。部屋とふたつの地下室がそれぞれ他のふたつの区画の存在を示唆するようになっているので、仮にダイナマイトの爆発で最初に入った部屋の内部が部分的に破壊されたら、他のふたつに入る際にはさらなる注意を要するであろう。

　われわれが発掘してきた古代文明の記録は、これら諸文明の長所と短所や、人々の苦闘や、なぜ彼らが没落したかについては、一切語らない。ここに建てられようとするピラミッドは、そのような記録をすべて含むものであろう。ピラミッドに進入して内部にある文書を読むことにより、数千年後の人類は、鉄道、電信、ラジオ、蓄音機、電話、植字印刷、飛行船について学び、人間の体内をめぐる血液の循環について、過去四百年のあらゆる発明について知ることになろう。この文明が手探りで進んだ五千年のなかで、地球が丸いことが知られたのはたかだかこの五百年のことである。球体の世界地図が、ピラミッドに入る者の目に留まるであろう。

宇宙に関する知識と、人体解剖学や産業に応用された諸科学において、この文明は素晴らしい発見を成し遂げてきたが、政治手法においては比較的少なく、科学としての文明研究においては皆無といえる。後者に精通することによってこそ文明は成熟の域に達する。精神と霊魂の構造における後者の達成こそ、このすべて重要で神聖な知識をもたらす。

かくてピラミッドの目的はすでに述べたとおりであり、何人もその中に埋葬されることはない。そこには自我や虚栄心を表すものは一切なく、その外部には誰の名も記されることはない。金属プレートに書かれる言葉が唯一の文字表記となろう。」

しかしながら、人の虚栄心に対する皮肉な譲歩がひとつだけあり、資金不足に悩まされたハーヴェイとしてはそうするのが賢明と考えたのだろう。先の叙述のすぐ後にこう続く。

「ピラミッド基金への寄付者全員の名前と住所々（ママ）が羊皮紙に記され、空気を抜いたガラスの容器に入れられて大部屋中央の台座に置かれるであろう。寄付者の名は先述の公けとなる書物にも記載される。ピラミッドの完成と封鎖を早めるであろうこのような援助に感謝を捧げる。」

結びに、財務を担当するアーカンソー州ロジャーズのファースト・ナショナル・バンクの言葉が添えられている。――「歴史的にも考古学的にもそれが世界的に重要な企てであると私たちは信じ、その建設に喜んで協力する。私たちはハーヴェイ氏と直接の親交がある。彼は当行の貴重な預金者であり、貞節と信頼において素晴らしい評判を有する紳士である。」云々、云々。

この小文も、最良の羊皮紙に書かれ、ガラスのベル状カバーで覆われ、他の文書とともに封印されピラミッドに入れられるべきだったと、私には思える。千年先の人々が、奇跡的に英語を読み解く鍵をもっていたとして、鋼とダイナマイトを作るための知識をふたたび手に入れたとき、果たして「紳士」という語の意味を明らかにすることができるのだろうかと、疑わずにはいられない。この絶滅した生き物を理解しようとして脳みそを絞っている人々の姿が私には思い浮かぶ。大量の写真と絵で人間、機械、衣装、動物、鳥、発明、その他もろもろの彼が印象的な記録を残そうと考えたものの数々に対し、「紳士」という呼称が未来の人々にとってはまったく意味をもたない言葉だという考えは、どうやらハーヴェイ氏の心には生じなかったらしい。遠い未来のいつかピラミッドを開ける人々が、ハーヴェイ氏が体現していた人物像についてのほんのわずかながらの概念をも有しているかどうかは、私にはひどく疑わしい。二十五万年前に存在していたと推定される文明のこの特異な保存庫の中身を分析する学者の論文を読むことは、仮にできたとしたら、きわめて興味深いことであろう。私たちの時代の何とか学者たちがあらゆる研究領域で戯れている様子を見ていると、目もくらむようないつとも知れぬ時代に来るべき人々の解釈については確かに懐疑的にもなろう。そんな時代を目撃しようと願うのはポートランド・セメントのみだ。そう、ポートランド・セメントだ！　学校を出てから最初の数年を、私はセメント会社の窒息するような雰囲気のなかで過ごした。そのときの暮らしでいま覚えていることといえば、「f・o・b」（本船渡し）という言葉だけだ。その意味は、私は座って必要事項を記入している高い椅子から飛び降りて、階段ふたつ下に駆け下り、ペンサコラ、長崎、シンガポール、オスカルーサへの船便の送料を調べなければならない、ということだった。セメント会社で働いていた三年間、私は一度もセメント袋を見たことがなかった。私が見たものといえば、副社長室の壁にかかっていたセメント工場の写真くらいで、それもごくまれにその聖所に入室させられたときにかぎられた。セメントは何でできているのか、私は不思議に思ったものだ。それに、時折送られてくる怒った顧客の手紙から判断すると、すべてのポートランド・セメントが同じ高品質ではないようだった。あるものは明らかに大量の雨には弱かった。だがそれは、ここではどうでもよい話だ。ピラミッドの話題を終える前に私が言いたいのはつまりこういうことだ――私のつまらない意見に過ぎないが、新婚旅行に出ようという若いカップルたちは、梅毒診断を適切に受けたのち、ナイアガラの滝行きのチケットなどをとる代わりに、モンテネに行くとよいだろう。可能であれば、出発前に『本』を読んで予習しておくとよい。そしてモンテネを訪れるならロジャーズに泊まるのが当然だが、その際はハリス・ホテルに宿泊するべきだ――そこは合衆国全体でみても最良かつリーズナブルなホテルのひとつだ。何の留保もなく、私はそこを勧める。

アルバート・パイクについて述べることにするが、彼は人間の向上心と福祉全般に等しく関心を寄せる人物である一方、いささか変わった気質と展望の持ち主でもある。私はカンザスシティに行くまでパイクのことを知らなかったが、私はそこへ、パリ時代の友人である画家に会いに行ったのだった。何よりもまず、わが友はフリーメイソンだった。カフェ・ドームからモンパルナス墓地を越えてフロワドヴォー通りまでの夜の散歩のあいだ、彼はフリーメイソンやその他の興味深い話題を私に話してくれたし、フロワドヴォー通りの彼の住まいに、私が食べるものや寝る場所に事欠いたときはしばし私を泊めてくれた。当時、私は彼のことをかなり怪しい輩だと思った。そのとき彼が話したことの多くは、私には何が何だかさっぱりわからなかった。実際、私は陰ではふざけて彼のことを馬鹿にしていたが、あとになってそのことを後悔し、誠意を示すためにも、千マイルも寄り道してカンザスシティに行き、彼に挨拶することで償いをしようとしていたのだ。もちろん、私は心境の変化については一言も触れなかった。ただ行動によって語るように努めた。思いもかけず受け取った報酬は、別れ際、彼が本を貸してくれたことで、それは私が読みたくて仕方がなかったものだが、彼が一瞬たりとも手放すとは思えなかったものであり、彼はいつも私のことをかなり無責任な人間と思っていたのを私も知っていたので、なおさら意外だった。その本は『不死鳥』という題で、オカルティズムと哲学についての図鑑と称されている。著者はマンリー・ホール。一九三一―三二年発行の版だ。いずれにしても、リトルロックに着くはるか前に――そこで私はもうひとりの立派なフリーメイソンから大いなる歓待を受けるのだが――私はその本の中身を貪り尽くしてしまった。見た目はオカルト本というよりもアトラス判の扱いづらい大きさのこの本のページを息もつかずに読み進むうち、私はアルバート・パイクの家がリトルロックにあったことすら忘れてしまった。ほとんど何もわからないうちに私はまっすぐ古式公認スコットランド儀礼の「法院」に駆け込み、その数時間後にはマケイニー判事の説話に耳を傾け、この卓越した世界市民アルバート・パイクの偉大なる功績について学んでいた。法院のなかを案内してくれたガイドの口からこの人物の名をすぐに聞くことができたのは確かに運が良かった。この物悲しいガイドの心は――おそらく彼なりに慎ましくもフリーメイソンの一員なのだろう――打ち捨てられた過去の統計で散乱状態にあったが、中国の僧正はその話に興味を示したようで、ガイドも陰鬱な建物のなかを僧正に案内していることに過度なまでの誇りを抱いているようで、それが私を冷ややかにするばかりか、沈んだ気持ちにまでさせた。壁を飾る石版刷りの絵のなかでも特にスウェーデンの絵が、それがスウェーデンであるという理由で、より優れていると彼は思いこんでいた。講堂に着くと、彼は忍耐強く配電盤から舞台裏まで動き回り、あらゆる強さと種類の照明をつけて、醜悪でけばけばしい光景に詩と神秘の趣きを与えようと試みた。哀れなツアーがしばしば無味乾燥な数字で中断され、大食堂では一度に何人の人が食事できるかとか、第三位階から三十二位階に昇格するのに何日を要するかとか、そんな話が続いた。私がいちばんおもしろく感じたのは衣裳部屋で、そこではきれいに整理されたロッカーのなかに、驚くばかりの種類の衣装が隠されており、もっとも際立っていたのは「貧者」と書かれた衣装だった。もっときらびやかなものはアジア風の装いだった。

地元消防員みたいな押しつけがましい感じさえなければ、ほとんどチベット的と言ってよかった。察するに、ヨーク儀礼というのがユダヤ人と「その他」（その他って誰だろう？）の人のためにあって、スコットランド儀礼がパイクによって広められた。私はマスクを見るとすぐに興味をそそられた。だが私が質問を始めた途端、彼は私がフリーメイソン員ではないことに気がつき、まるで無分別な罪を犯したみたいに、素早くマスクを隠した。一体全体、この意味のない、奇術まがいのあれこれが、アルバート・パイクの才能と何の関わりがあるのか、私は煙に包まれた思いだった。まともな質問を口にしたところで、ガイドはこの馬鹿げた茶番の世界に精通しきっていたので、無駄なことだった。彼はある部屋に至ると待ってましたとばかりにそこを「億万長者クラブルーム」と名指したが、彼のちょっとした冗談で、それは貧しい会員が日々の終わりない退屈を紛らすためにほんの数時間を過ごすビリヤード室だった。

その晩、宿に戻ると私はマンリー・ホールの本を取り出し、偉大なるアメリカのフリーメイソンについての彼の澄明で的確なエッセイを読み直した。本を開くと、こんな文章がすぐに目に入って私は愕然とした

――

「アルバート・パイクによるフリーメイソンの思想はあまりに広大であるため、みずから想像の翼を広げて理性界へと舞い上がった者でなければ理解できない。アルバート・パイクは真のフリーメイソン入会者だった。彼はその仕事の尊さと深さを感じた。彼は創造主が行うごとき天からの召命を心得た。未来のヴェールをその予言的眼差しで貫き、彼はプラトンやベーコンとともに、知恵によって制御された世界と黄金時代への回帰を夢見た。」

ホールの説によれば、パイクが世界に対して明らかにしようとしたことは、フリーメイソンは一宗教ではなく、フリーメイソンこそが宗教なのだ、ということだった。「フリーメイソンは」とホールは言う、「他の信教集団をやり込めることを主たる目的としているらしい個々のいかなる信仰組織とも関わりをもたない。

フリーメイソンは宇宙の神と世界の善を崇拝し尊ぼうという人間の自然な衝動を育むために寄与する。それは信条を超えたものであるゆえ、いかなる人の信条も妨げはしない。些細なことで無駄に争うことから会員を解放し、宇宙の創造者に対して調和のとれた敬愛を築き上げるように彼らを促す。それは人々を理論から実践へ、無為な思索からあの偉大なる道徳的倫理的真実の適用へと導く、なぜなら、その真実こそ人間性の完成への拠り所であるからだ」。

パイクについては、身体も、頭脳も、心も、魂も、あらゆる面において巨人なのだと述べられていた。彼はありとあらゆるこの世の儀礼をつかさどった。最高司令官としての三十二年間の職務を通して、彼は世界中の重要人物たちから表敬訪問され、相談を受けた。「もしかしたら」と彼の崇拝者のひとりは言う、「アルバート・パイクはプラトンがよみがえってこの十九世紀の時代を闊歩しているのかもしれませんよ」。彼は様々な異名をとったが、例えば聖アルベルトゥス・マグヌス、アメリカのホメロス、マスター・ビルダー、真の司祭頭、フリーメイソンの託宣者、近代アジアのゾロアスターなど。ギリシャ語とラテン語の学者であるばかりか、独学で多くの言語と地域語に通じ、その知識たるや、サンスクリット語、ヘブライ語、古サマリア語、カルデア語、ペルシャ語、そしてアメリカ・インディアン語にまで及んだ。サンスクリット語は彼が七十歳を過ぎてから学んだのだ。「最高評議会の図書館が保管する彼の未出版の原稿は」とマンリー・ホールは言う、「フリーメイソンの象徴主義に対する研究成果としては、知られるかぎりもっとも重要な集成となっている」。

ここでパイク自身の崇高な言葉を引用し、彼の性格と構想を的確にまとめてみたい。「メイソン的象徴主義」に関する彼の論考から引く。

「しかしその位階を案出した者たちはソロモン王の神殿が建てられるより何世紀も前に使われていた遠い古代のもっとも神聖で重要な象徴を採用し、一方で俗衆に対しては神と宇宙と人にまつわるもっとも深玄で神秘的な教義を包み隠した。そしてその位階を案出してこれらの象徴を採用した者たちは、これらを同様に神聖で宗教的な教義の表現として用い、われわれが現在支部で解釈しているのとはまったく異なる意味としてこれらを解釈していた。少なくとも私は、長年にわたる根気強い調査と熟考の末にこのような確信に至った。私は疑いなく心に思い、また自分の信念の根拠をいつでも示すことができるのだが、すなわちフリーメイソンの主たる象徴の数々はすべてがとても古くからあり、それらは広く行きわたった偉大なる宗教哲学の原理的教義を相乗して教え、神の存在と顕現と活動について、宇宙と創造的言語と聖なる知識の調和について、人と自然における精神的、知的、物質的な意味での神と人との結合について、そういった物事についてのある深遠な理念を謎めいた調子で伝えるものであり、そしてそれらの事柄はすべての宗教において再出現する問題で、あらゆる時代にわたって偉大な哲学の学派によって考究されているのである。フリーメイソンの古えの象徴は深遠なる宗教的真理と教義を教えるのだが、私が思うに、現実において、それら真理と教義はまさにフリーメイソンそのものなのである。それが何の宗教的信条や教義も教えていないと考える者たちとは私はまったく意見を異にし、それはそれが教える宗教哲学のなかにこそ存するのだと固く確信している。そして己がために象徴を正しく解釈する者のみが真のフリーメイソン員だといえるのである。」

マンリー・ホールが指摘するように、「パイクはここで決然たる態度で形而上学と神秘思想の基本原理に取り組んでいる。すなわち、外的な象徴と宗教奥義のもとにこそ自然と人間存在の目的の秘密を解く深遠な鍵があるのだ」。

読み進むうちにとうとう私は、パイクがメイソンの同胞たちに残したメッセージ（そして法院のなかで私が口に出すことのなかった問いに対する答え）に行き当たった。それは芸術家たちに対して、とりわけ言葉を扱う芸術家で、自分ではほとんど気づくことがなくとも、選りすぐられた神の代理人たちよりもよっぽど新入会員たちに近い、そんな人たちに対して訴えかけるはずのメッセージである。

「そして宗教は衰退し、怠惰な形式と無意味な言葉による無言劇へとなり果てる。象徴は残り、深層から打ち上げられた貝殻のごとく、大海に面する砂浜の上で微動だにもせず死せるままである。そして象徴が声も生ももたないのは貝殻と同じである。フリーメイソンについても、つねに同じことが言えるのだろうか。あるいはそれが原始信仰ともっとも古い儀礼から引き継いだ古えの象徴が、陳腐化とつまらぬ誤解釈から救い出され、その古代の高度な状態へと復元され、ふたたび哲学的宗教的真実の聖なる託宣――われわれの思慮深い祖先が受けていた神智の啓示――となるのだろうか。それにより、フリーメイソンの卓越性が、その形式を猿真似しその象徴を戯画化する現代の儚いすべての組織に対して圧倒的に真のものとして示されるのであろうか。」

オザーク山地のような辺鄙な場所で、通俗な物質主義がはびこった世紀に、アルバート・パイクのような人物が現れたのはほとんど信じがたい――独学にして独行、威風堂々たるひとつの人格のなかに、詩人、法律家、軍事指導者、学者、賢者、カバラ学者、秘術者、フリーメイソンの大御所、といった優れた資質を併せもつ者。彼の写真を見ると、ホイットマンという、十九世紀のもうひとりの偉大なる長老的人物が思い浮かぶ。両者ともに強い肉感性をともなっていた。パイクは美食家だったといわれている。「身長六フィート二インチ、彼はヘラクレスの体格とアポロンの美を有していた。頭部は大きく堂々として、どの点からみても、彫刻家が夢見るギリシャの神を思わせる。」ある同時代人は彼についてそのように記している。また別の者は次のように書く。「彼の広い額、穏やかな顔貌、そして力強い骨相は、はるか遠い時代の人物を私に思い起こさせた。ありきたりなアメリカ人向けの服装は、このような傑出した人物には似つかわしくないようだった。そのような顔と体型には古代ギリシャの衣装こそ相応しいものであったろう――プラトンが、アテネのアカデミーの木立を歩きながら、燦然と降るギリシャの陽光のもと、弟子たちに神聖な哲学を説いたときに着たような衣服だ。」

他のアメリカ人からは旧式の遅れた人々が住むとみなされている（悪いが、それは本当である）地域から、ピタゴラス、プラトン、ヘルメス・トリスメギストス、パラケルスス、孔子、ゾロアスター、エリファス・レヴィ、ニコラ・フラメル、ラモン・リュイ、などといった人々の教えを叡智と品格をもって論ずることのできる、かくも真に高貴な人物が世に出ることになるとは、驚くべきことである。

さらに驚異的なのは、神秘的なものの調査研究にどちらかと言えば不向きな環境のなかで、この人物は、その著書『道徳と教義』において、他の著名な学者が分厚い学術書でも説明できなかったことを、たったの一段落で説明してみせたことである。「カバラの聖域を洞察する者は」と彼は書く、「感嘆に満ちた思いで、その教えがいかに論理的で、単純であり、それと同時に絶対的であるかを知る。理念と記号の必然的な結合、原初の文字によるもっとも根源的な現実の聖化。言葉、文字、数字の三位一体。アルファベットのように単純で、言葉のように深遠で永遠の哲学。ピタゴラスよりも完璧で明瞭な定理。十指で数えられる神学体系。幼子の手のなかに収まりきる「無限」。十個のセフィラと二十二個の小径、三角、四角、円――これらがカバラの全要素である。これらが聖書の基礎原理であり、神が話した世界を創造した言葉の反映なのである！」

ラファイエットへの手紙

ウィスコンシン州の町ケノーシャに住むダッドリーとフローがいなかったら、私は自動車を利用することなんてきっとなかっただろう。ダッドリーは私がこの本のなかで語ることを最初に約束した何人かの天才のひとりだ。ダッドリーとラフィよ、だって、もしもラフィがいなかったら、ダッドリーは子宮のなかで死んでいたかもしれないし、そうなると『ラファイエットへの手紙』が書かれることもなかったのだ。

ダッドリーによれば、始まりは舟漕ぎ運動器だという。「僕は帝国を夢見る」云々。だが私からすれば始まりは深南部で、サルヴァドール・ダリと彼のカリガリ博士〔ダリの妻を指すと思われる。ミラーは一九四〇年に出版者カレス・クロスビーが所有するヴァージニア州の大邸宅でダリ夫妻に会っている〕がやってくる直前のことだった。いや、それよりももう少し前か——『ジェネレーション』は死産に終わったが、これからの大いなる友情を予感させた。具体的に言えば、こういう話だったのだが……午前四時ごろ、私の友人がケノーシャからの、いやあるいはデモインだったかもしれないが、電話を受けた。ダッドリーという若者（ドラマーのジョー・ダッドリーとお間違いのないように）とラファイエット・ヤングというこれも若者が、ともに生まれもよく、健康そのもので、どことなく意気揚々として何だか酩酊したような調子で、ヘンリー・ミラーさんが町に来ているならお会いできないか、と電話で聞いてきたのだ。ひと月もすると、ふたりはおんぼろのフォードに乗って、小さな黒いトランクひとつとレコードの束とその他の必要品をもってやって来た。単刀直入に言うと、私たちは一瞬で友達になった。彼らは胚胎中の作品『ジェネレーション』を携えていた。『ジェネレーション』のあとには当時まだ存在しなかった本『ラファイエットへの手紙』が来るが、ラファイエットはまだ若くてラフィとだけ呼ばれていて、デモインのラフィ・ヤングだった。数週間経つと『ジェネレーション』は破棄された。だが『ラファイエットへの手紙』は試練を生き延びた。実際、それは苔のように生え始めていた。夏になると私たちはいつの間にか南部の大邸宅で同じ屋根の下にいた。私たちというのは、ダッドリーと、彼の妻フローさんと、それに私である。ラフィははっきりとしない状態で、いつの日かやってくると約束していた。そしてある夜、午前三時になるころ、思いもよらない訪問客が来て、私たちはみな一目散に逃げ出した。それはまた別の話で、そのことを書くにしても、誹謗中傷を含むことになるので死後の出版になるだろう。

ふたたび私たちが会ったのは、ダッドリーとフローが住むケノーシャでのことだった。ラフィはそのときデモインにいて、親指をしゃぶっていた。私にとって嬉しかったのは、ダッドリーが『ラファイエットへの手紙』に取り組み始めたことだった。彼はそれを短くなった鉛筆で、大きなノートに顕微鏡がないと読めないような文字で書いていた。それはもう夢ではなく、太く頑強な現実となった。謎めいた黒いトランクの中身がぶちまけられた屋根裏部屋に、舟漕ぎ運動器があるのを私は見たばかりだった。「僕はもう一台車をもっているんです」とダッドリーは言った――「自動車廃棄場に捨てられていた車を救い出して――僕の帝国です。僕はここでじっとしたままどこにでも行くことができる。車輪も、モーターも、ライトも、牽引もない。僕はジャングルを、河を、沼地を、砂漠を行く――マヤ族を探して。僕たちは、自分の父を、名前を、住所を見つけようとしているんだ。」

この最後の一文を聞いたとき、私は跳び上がった。彼は鍵を見つけたのだとすぐにわかった。数カ月前彼は混乱していて、戸惑い、ピアノマンのイメージを払拭しようともがいていた——強迫的で偏執的なイメージで、彼は何百ものドローイングにそれを描き続け、あまりに雄弁にそれについて語るので、私までピアノマンにとり憑かれそうになったほどだ。

「大いなる病いといったところです」とダッドリーは、ついに着手した『手紙』について言った。「自分の人生と文学も同時に洗い上げたいんです。その本は、悪夢と、撤退と、イメージの完全なる浪費で始まるのです。」

またもや言葉が私をとらえて離さなかった。想像してみてほしい、ケノーシャの若者が、まだ一行も書いたことがないのに、「イメージの完全なる浪費」から始めると言うのだ！

先ほど述べたように、ラフィはまだデモインにいて、トイレに座り込み、そこを仕事場に変えていた。ラフィは手紙を書くことでは名手で、熟練の徒といったところだ。「すべては青に染まりゆく」と彼は書く。「僕は辞する。退く。放棄する」。あるいはまた、「僕は信仰する——死を」。言葉はまるで嵐に巻き上げられた落葉みたいにページに散乱する。いつでもそこには、緑の風が、緑の枝が、春のさざめきが、タムタム・ドラムのビートが、計算機を叩く音が、狂人の鼾がある。「すべてが岸辺に打ち上げられていく」と彼は書き、すると次に話すことはスタヴローギン、サド、ヴィヨン、ランボー、あるいは彼がダンテとウェルギリウスとともに地獄を経めぐったとき氷の下に一瞥した小さな藁人形についてだ。「手紙って何だ？」とラフィは言う。「百語くらいの言葉、何枚かの紙、豚肉の塊、あちらこちら公共の場に巻き散らかされた吐瀉物。おまえなんかいらない。僕は退く。辞する。」云々。彼は人のお尻の下で焚火を始めるような男だ。彼は幽霊たちが住む町にある精神病院のなかで、大公の暮らしを生き抜くほかにすることがなく、頭に思い浮かぶあらゆる気まぐれな奇想に浸り、また行動面では彼が条虫のごとく貪る書物に現れる敬愛する登場人物たちの振る舞いを実行する。ほどなくラフィは荷物をまとめてメキシコに行き、そこでノーマン・ダグラスだかヘンリー・ミラーだかについての本を書き、それもたったの二刷りだけ印刷し、一冊は論じた相手に、もう一冊は家族に送るのだろう――ただ自分にまったく価値がないわけではないことを示すために。「親愛なるラファイエットよ」とその本は始まる――翌朝のアトリエで。どこのアトリエだって？　聞かないでくれ！　フローは熱を出して寝込んでいる。彼女は預言づいている。あらゆる方向へと消えゆく。儀式ばった独白がある。「僕はここから始める」とダッドリーは言う。「僕の人生における最低地点で。行きつ戻りつ書き進む――対位法だ。そう、無限のジャム・セッションなのだ。僕はそれを永久に書き続けるだろう。決して終わることはない。永遠に続く生命の書だ。それはプロセスだ、そう、まさにそれだ。」（ラジオのクイズ番組「インフォメーション・プリーズ」を聴くような人の耳にはこれがどれだけスリリングに響くか、想像に難くないだろう。）

　そもそもの始まりは、彼がシカゴのもぐり酒場である晩出会ったピアノマンだ。その男を彼が描いたドローイングを何枚も見て、私は心を奪われた。彼はその男の石鹸彫刻も作っている――つねに「孤独なエゴ」として。その男が着るために小さなスーツを彫り、小さな椅子を彫り、小さなトイレ、小さな情婦を彫る――すべて小さな男、彼のエゴのために。ピアノマンはダッドリーにとって、この世の最後の芸術家の象徴となった。「彼は子宮のなかで窒息している」と彼は言う。「彼は薬漬けになって、催眠的であるとともに催眠術にかけられていて、とり憑かれている。彼はそのうえすべての進化形なのだ。」（この「そのうえ」というのも見事な特異語法である。）彼は孤独なエゴを理想化し続ける、この忘れられた男、半分猿で、半分黒人の、進化の車輪が置き去りにした残骸の真ったただ中、水面下の子宮で演奏しているピアノマンのことを。ときに彼は骸骨となる――あるいは蛍光に輝く貴族といったところか。ときには彼は神経系だ。あるいはまた神であり、ダッドリーの概念世界における神である。結局、砂と、すべてに吹きつける緑の風以外に何もないとき、彼は蛸になって真珠貝の殻をかき鳴らすのだ。素晴らしい点は、ダッドリーの言葉を借りれば、彼は夢をプロセスにしているということだ。最後の芸術家として、彼は夢の具現となる……ラフィなら言うだろう——「うへっ、これこそそれだよ！」そのうち、形が明らかになり、託宣は預言と混ざり合い、イメージが浪費されると、誰かが階上で眠っているようで、その眠りの深さはマルク・シャガールの有名な絵の前面で強硬症《カタレプシー》を発症している人物のようである。ひとりの男が、あるいは女かもしれないが、ヴェローナへ向かう途中、本道から外れてゲイリーで一夜を過ごし、ポケットにはサンドウィッチ、唇には銃を当てている。その男は二度と会うことのない誰かへ向けて手紙を書いている、住所のない男、たとえ消防隊員が発動してもどんな人工呼吸器でも蘇生することのできない父親をもつ男へ向けて。ひとりの男が、手短に言おう、精神病院から退院したばかりだ。だからこそ、すべてを定義し、再定義しなおすことが必要なのだ——生、芸術、人間関係、鳥と犬の習癖、植物の種と属、水生動物、潮の満ち引き、海流、地面の隆起、隕石の流れ、等々。遠近法までもが分け前を要求し、さらには沼草、坑内ガス、錆と腐植土。「僕は作家じゃない」と彼はいつも繰り返す。「僕は話しているだけだ。失われた魂。僕は自分が知っているひとりの男と会話をしている。僕は盲目的に話している。」話は行ったり来たりして、カサンドラが横たわって預言をするアトリエのことから、チッカモーガの公立図書館からすべての本を盗んだあとで死ぬために入る穴を林のなかに掘ったことまでに及ぶ。テーラーメイドのスーツの話もあるが、稀で予想もつかないつながりの品だ。すべてが独特で、目的をもたなければならなかったダニエル・ブーンの時代のようだ。ノスタルジックな理髪店の絵が芝生のうえにあって、そのときフローさんは大鋏を振るい、サムソンは頭髪を失う。それが四分の二拍子で進行し、安定した半音下がりで引き延ばして、シカモアの樹の下で大興奮状態になる。

ときにはステンドグラスのように澄明な文章が現れることもあって、たとえばネリー、アーカンソー州アーカデルフィアに住むネリーが、とある町の金持ち未亡人とブリッジに興じようとする場面。あるいは、アメリカ在郷軍人会のパレードがとある銀行のまえを通り過ぎて、ラフィとダッドリーがついに初めて会う場面。あるいはラフィが流線型の列車に乗ってケノーシャに到着したとき、ブルーのデニムの上下に、大きなブーツ、べっこう眼鏡、長髪に山羊ひげといった出で立ち。彼が杖を突いて歩き出し、強烈な目つきであたりを見回す。それをどう思う？（何でもよいから）するとラフィが言う。「すごい。わけがわからないくらいすごい！」あるいは別の場面では、ロレンス・ヴェイルが直腸から出血している鳩を連れてきて、ラフィはいたく心配し、鳩を抱き上げ、うやうやしく見つめ、そして彼らしいわけがわからない流儀で、鳩の首を絞めると、わけのわからない一言を口にするのだ――痔出血！

私が見るところ、この『ラファイエットへの手紙』は洪水であると同時に箱舟となるだろう。気象学的条件は整っている。誰かがレバーを引いて、天の水門を開けなければならない。ダッドリーがその役だろう。そうでなければ、誰か他の天才がそれを行うのだ。アメリカの若者たちは自暴自棄になっている。自分たちにはもうチャンスがないとわかっているのだ。それは単に戦争が日増しに近づいてるということではなく、戦争が起きようが起きまいが、物事は暴力的な結末を迎えなければならないということなのだ。

ケノーシャ、オシュコシュ、ホワイトウォーター、ブルーアース、あるいはタスカルーサなどといった町に生まれた者には、モスクワ、パリ、ウィーン、ブダペストに生まれた者と同じ特権が与えられる。だがアメリカ白人は（インディアン、黒人、メキシコ人は言うに及ばず）一抹のチャンスももたない。才能がある者は、遅かれ早かれそれをつぶしてしまう運命をたどる。人を賄賂で誘惑し、売春婦へと貶めるのがアメリカ式のやり方だ。さもなくば黙殺し、飢えさせて服従させ、取るに足らない者へと変えてしまう。世界からわれわれを切り離しているのは海ではない――アメリカ式のものの見方だ。実用的事業とやらをのぞけば、何も実を結ぶことがない。数千マイルを車で走っても、芸術世界の存在にまったく気付くことがない。目にするものといえば、ビール、コンデンス・ミルク、缶詰食品、ふかふかのマットレス、等々で、傑出した芸術に関することなど一切見も聞きもしない。アメリカの若者で、ピカソ、セリーヌ、ジオノなどの名を聞いたことがある者がいれば、私にとっては奇跡以外の何物でもない。彼らの作品を見るためには死に物狂いで戦わなければならず、そうやってヨーロッパの巨匠たちの作品にじかに触れたところで、いったい何がそれを生み出したのかを知り、理解するなんて、どうしたらできるのだろうか。感受性の豊かな者なら、ヨーロッパの成熟した作品に接するころにはすでに、半ば発狂しているだろう。この国で私が出会った才能ある若者の多くは、どことなく狂人のような印象をまわりに与えている。当然ではないか。彼らは、ゴリラのおつむをもつ人々、食べて飲むことにとり憑かれた人々、成功に憑かれた人々、便利品開発者たち、宣伝好きの人々らに囲まれて生きているのである。ああ、もしもいま私が若ければ、そしてわれわれが作り出してしまった世界に直面してしまったら、私は脳みそを撃ち抜いてしまうだろう。あるいはおそらくソクラテスみたいに、人の集まる市場に行き、そこで自分の種を地面に撒くだろう。本を書いたり、絵を描いたり、音楽作品を作曲しようとは夢にも思わないだろう。誰のために？　ほんのひと握りの絶望した魂の持ち主たち以外に、誰が芸術作品を理解できるというのか？　自分の人生を美に捧げた者は、自分の力で何ができるのだろうか？　拘束服を着せられて残りの人生を過ごすかもしれないなんて誰が望むだろうか？

「西へ行け、若者よ！」とかつては言ったものだ。今日ならこう言うに違いない。自分の頭を撃ち抜け、若者よ、君には希望などない！　なかには辛抱を続けて頂上まで――ハリウッドのことだ――登りつめた者もいるが、言ってみればサーカス小屋の天井みたいなものだ。つい先日もある若者と話をしていたのだが、その男は腹が減ったときに野原にいた子牛を殺して、家まで引きずって帰り、密かに食べたのだという。サンタモニカの浜辺を歩いていたとき、彼はその話をしてくれた。その少し前に私たちは元映画スターの豪邸のまえを通り過ぎたのだが、彼女は愛犬の犬小屋の床に寄せ木張りのフローリングを施して、かわいいペキニーズ犬の足に泥がついたり痒くなったりしないようにしていた。道の向かいに住む裕福な未亡人は、あまりにも肥えすぎて階段を上り下りできなくなり、それで屋内にエレベーターを取り付け、それに乗ってベッドと食卓を行き来していた。ある日のこと、別の若い物書きが手紙で知らせくれたことによると、彼は出版者から家の小間使いとして働くように言われて、一日十四時間働いてタイプし、帳簿をつけ、小包を郵便に出し、ごみを捨て、車を運転し、等々しているのだという。彼の出版者は大変な大金持ちなのだが、その若者を天才だと崇めている。何かきちんとした仕事をすることは若者にとってよいことなのだと彼は言う。

ダッドリーや他の連中のよいところは、きちんとした仕事などこれっぽっちもする気はないと、よくわきまえていることだ。それよりはむしろ、物乞いし、借り、盗む。六カ月も働けば彼らは教訓を得る。ダッドリーはその気になればアートディレクターにでもなれただろう。ラフィは保険会社の社長になる道を選ぶこともできた。彼らはそうならないことを選んだ。沈むか泳ぐか、が彼らのモットーだ。彼らは自分の父や祖父を見て育ったが、みな輝かしい成功をアメリカのでたらめな世界で収めた人々だ。そんなものよりは、彼らはゲス野郎にでもなったほうがましだと考える。素晴らしい！　彼らに敬礼する。彼らは自分が何を望んでいるのかをわかっている。

「親愛なるラファイエット、僕はここに、若いころの僕の死骸とともに座っている……」書き出しがどうだったか私はもう覚えていないが、とにかくよい始まり方だ。過去の遺物に満ちた、糞化石みたいな小さな黒い箱とともに始まる。ゲイリーの町はずれの空き地から始まる。化学薬品の、潰えた希望の、カビの生えた約束の悪臭とともに始まる。海から突出する油井から始まる。防衛計画とセメント船の一団から始まる。自由国債とフィリピン人の死とともに始まる。黒人の悲惨、抑圧、退屈にまみれた砂漠のなかのいかなる地からも始まる。発電機を稼働せよ。ピアノマンをピアノ席に座らせ、マリファナを与えよ。今年身体を不自由にされ死なされた五万八千九百四十六人の人々をアスファルトの舗道のうえに連れ戻し、保険金を回収せよ。ウェスタンユニオン電報会社に電話して、ハッピー・バースデーを歌え。パッカードを六台と旧式スチュードベーカーを買え。電気プラグはきれいにしておけ。ラジオのダイアルを九六七五に合わせて、ビング・クロスビーやドロシー・ラムーアを流せ。麦わら帽子を漂白して白のズボンにアイロンをかけろ。君がユダヤ教の戒律からみて清浄なら、ユダヤ教式埋葬サービスがあるか確認しておけ――他のサービスと比べて高くつくことなどない。板ガムを買うのを忘れるな、息が爽やかになるぞ。何でもしろ、何にでもなれ、思いついたら何でも言え、だってもうすべてが狂っているんだから誰にも違いなんてわからない。広大な土地のカウンターにはいまや九千五百六十七種類の雑誌がある。金切り声でヒステリックに叫ぼうが、ひと声ももう気づかれることはない。ベストセラーはいつまでも同じく売れ続けている。戦争のせいで今年はクリスマスが早めにやってきそうだ。来年にはプラチナ製の脚も手に入るだろう、ただし、政府が飛行機の翼を作るためにプラチナ供給を統制しなければの話だが。好きな歌を歌ってダンスを踊れ――時間がないのだ。一九四三年までにはわれわれは頂点に立っているのだ、もしも「汚らわしき共産主義者たち」が許してくれるのなら。イギリスに投資せよ、そうすれば第二のインドを生き延びさせるだろう。銃剣訓練を受けるときは、つねに肉の部分を狙うようにして、骨や軟骨を避けろ。急降下爆撃隊員になったら、パラシュートに異常がないか確かめておけ。退屈したときは、映画館に行って重慶の爆撃の映像を見ろ――雑音と煙があってもそれはとても美しい。もちろん、爆弾を落とすなら正しい相手に落としたいと思うものだろう、チンコロじゃなくてジャップに、英国兵じゃなくてドイツ野郎に、等々。もし人々が苦しんで叫びを上げ、恐怖が君の耳を覆っても、それは敵が叫んでいるだけなんだ、それを忘れるな。今年はアメリカのビジネスマンにとってよい年になるだろう。元気が出る見方だ。賃金は爆発的に上昇するだろう。三百四十九の新しい小説が書かれ、六千八の絵画が描かれ、どれもがはっきりとした成功者の手によるもので、しかも新たに作られるものが必ず前の作品よりも優れている。新しい精神病院も年内に何軒か開業するだろう。さあ、舟漕ぎ運動器に乗るんだ、ダッドリー、ダッドリー、そして死ぬほど漕ぎまくれ。どう考えても今年は画期的な年だ。

ダッドリーからもらった最後のメッセージは、彼は『ラファイエットへの手紙』のせいで気が変になりそうなので、自転車旅行に出かけるつもりだという話だった。フローさんは居残って、神経症の治療室を開く予定だった。もしもダッドリーがいなかったら、私は車を買うことはなかっただろう、その話をするはずだった。あちらこちらへ行くのに何度か乗っているうちに、私はダッドリーの一九二六年型フォードに魅了されていった。とりわけ偉大なるサルヴァドール・ダリ様御一行を迎えに行った空前絶後の旅で、彼の荷物を鳥籠とオルゴール型インク壺以外はすべて無傷で宿に運んでからは、ますますその車に夢中になった。私とダッドリーは、何もすることがない夜には道の終わりまで歩いては引き返し、そのあいだ徹底的に語り合った。宇宙についてとか、物事の調和についてだ。ダッドリーは指の先まで芸術家なのだと私にはわかった。彼を偉大なるサルヴァドール・ダリと比べると、さらにそれが感じられた。ダリはいつでも仕事をしていた。仕事を終えると彼は空っぽになり、布巾みたいに絞ったとしても一滴の水も出なかった。ダッドリーは仕事をすることができないようだった——その当時は。彼は頭のなかで練っていた。話すときには彼は突然、緊張して汗をかきながら話し始めた。彼のことを神経症だと見なす人もいた。ダリはほとんど彼に気がつかなかった。ダリは何ひとつ気がつかなかった。彼は言っていたが、どんな場所にいようと彼にとっては違いがなかった。たとえ北極にいようが変わらずに仕事ができたのだ。ダッドリーは感受性が強かった。どんなものでも彼を驚異と好奇心でいっぱいにした。あまりに深く停滞気味にならないように、時々私たちはフレデリックスバーグに出かけ、イタリア料理を食べた。何も起こりはしなかった。私たちはただ食事をして話をした。あらゆることについて話し合った。気持ちが高揚した。私たちは何の結論も出していなかった。次の日は正午になるといつも、日陰でも四〇度を超えた。私たちは下着姿で過ごさなければならず、座ってコカ・コーラを飲んだものだが、そのあいだもダリは仕事をしていた。私たちは芝生を眺めたり、トンボを見たり、大きな樹、働く黒人たち、ハエが羽音を立てるのを眺めた。カウント・ベイシーを朝食、ランチ、ディナーのときに聴いた。黄昏時にはジン・フィズか、スコッチのソーダ割を飲んだ。さらにおしゃべり。さらに倦怠と怠惰。ふたたび宇宙について。私たちはスイス時計みたいに宇宙を細かく分解した。そのころにはダリは少なくとも三平方インチ分のキャンバスを仕上げていた。彼は体が椅子に糊付けされているみたいだった。私たちのテーブルにやってくると、彼は私たちのことを楽しませるのを義務のように考えていた。ダッドリーはダリのおふざけに合わせて笑うのが苦手だった。彼はそんな風に馬鹿をやりたくはなかったのだ。「シェップズ」という店に行って、シェップとそのお連れ合いのソフィーに会うほうが、私たちには楽しい時が過ごせた。ふたりには八人か九人の子供がいて、いつもおなかを空かせていた。たまに私たちが蓄音機をもっていくと、子供たちは歌って踊った。偏執的イメージなどどこにもなく、ただシェップと家族だけだった。帰り際、ダッドリーは物憂げに話した。彼はいつでも「イメージの完全なる浪費」で話を彩った。彼は私たちを酔わせ、聞き入らせた。私たちが疲れると、彼は地下室に降り、アトリエにしているその部屋で六十種類の姿勢のピアノマンを描いた。まるで炭鉱に降りていく坑夫のようだった。彼は鉱石を掘っていた。時折、見事な石を掘り当てると、きっと彼はそれを大きなコートのなかに隠してしまうのだ。そのコートを彼はあと十年は持たせるつもりだった。彼は価値のあるものは何でもコートのポケットに入れた。他に何もすることがなくて、時間を浪費するのにも飽きたときには、もっている鉛筆を全部削り始めるのだが、その鉛筆の種類といったら驚くほどのものだった。ときには車に歩み寄り、ボンネットを開け、大事な部品がすべて無事かどうか確かめた。ときにはつるはしとシャベルをもって出かけ、道路の補修をすることもあった。ダリは彼のことを無能だと思っていたに違いない。だが彼は無能ではなかった。彼は構想を練っていたのだ。本当に退屈したとき、私たちは向かい合って座り、ラフィが小さな町で切手を買う様子を真似した。ダッドリーはラフィの精神状態のことならどんな些細な面も知っていた。彼は身長を十五センチくらい低くして、ラフィが真新しい最新の時刻表を手に入れる様子を真似することだってできた。それもマンネリになってくると、奥歯を取り出して、ダリがスペイン語でマッシュドポテトを噛んでいるみたいな音を立てることもできただろう。あるいは芝生のうえで身体を思いっ切り伸ばし、フロリダ州セントピーターズバーグでかつて自殺を試みたときのように落葉に身を埋めることもできただろう。彼は空を飛ぶこと以外なら何でもできた——翼がないから飛べないのではない、飛びたくなかったからだ。彼は地面を深く深く掘り進んでいきたかったのだ。いつの日か、モグラになって、マグネシウムや塩化カルシウムを産出したかった。もちろん、いつでも彼は父を探していた、かつてフットボールのスター選手だった父を。そうして少しずつ、すべてを書きとめるべきときが来て、彼は始めた——「親愛なるラファイエット……」それは人が誰かに書いた手紙のなかでも最高のものになるだろう、ニジンスキーがディアギレフに書いた手紙よりも優れたものになるだろうと、私にはわかる。そして彼が言うように、それは永遠に続くだろう、なぜならこのような手紙は、一週間、一月や一年では書けるものではなく、際限のないものであり、果てしない労苦と果てしない啓発をともなう。ラファイエットは最後の一行を読むまで生きられないかもしれない。それは誰にもできない。その本は自動小銃によって自動で書き進められる。視界に入るものをすべて殺戮してしまうだろう。身の毛もよだつ亡霊に憑かれたこの地をまっさらにしてくれるだろうから、後世の者は解き放たれ、自由に食べ、遊び、空想にふけることができるだろう。それはマーダー・デス&ブライト株式会社をきっぱりと解体してくれるだろう。奴隷たちを解放してくれるだろう。ダッドリーに幸運あれ、それからラフィ君にも！　さあみんな、座ってもう一通の「ラファイエットへの手紙」を書こう。アーメン！

エドガー・ヴァレーズとともにゴビ砂漠で

世界は目覚める。人道の行進。何ものも止めることはできない。一個の、意識の高い人間性、搾取することも憐れむこともできない。行進！　進む！　行進する人々！　何百万もの足がドンドンと、コッコツと、音を立て、大股に進む。**リズム**は変化する。速く、**遅く**、スタッカート、引きずるように、ドシッと、コツコツと、大股で。**進め**。最後のクレッシェンドが与える印象は、確固として、情け容赦なく、行進は決して終わることがないかのようだ……みずからを宇宙へと解き放つ……

空中の声、あたかも見えない魔法の手が不思議なラジオのスイッチのオン・オフを切り替え、すべての空間を満たし、十字に交差し、重なり合い、互いを貫通し、切り離し、上に載り、互いに反発しあい、衝突して、崩壊する。キャッチフレーズ、スローガン、発声、唱和、宣言——中国、ロシア、スペイン、ファシスト国家と対立する民主国家、すべてが麻痺した仮面を打ち砕いている……

いったいこれは何の宣言なのか？　怒り狂ったアナーキストか？　戦いに赴くハワイ先住民たちか？

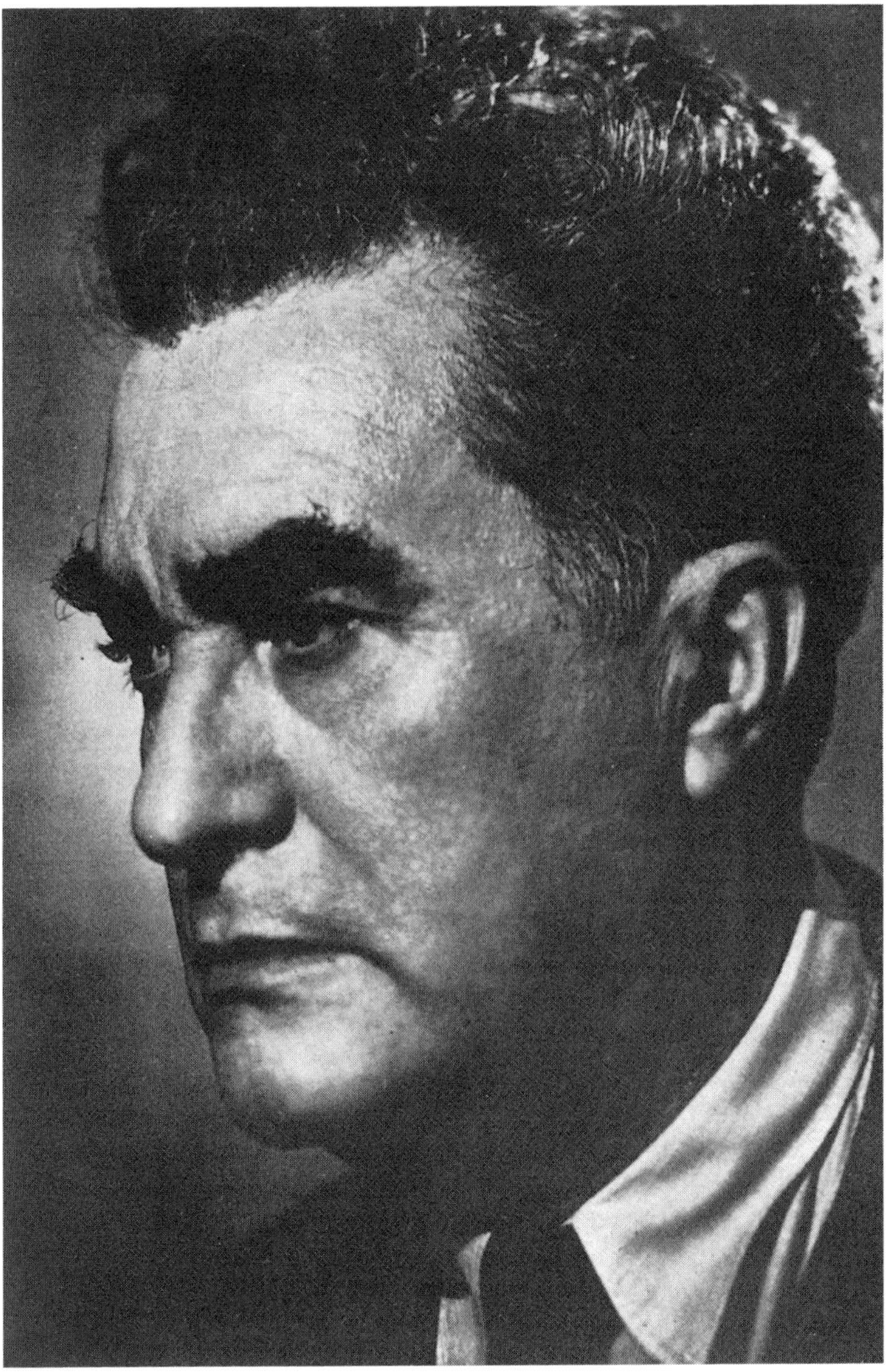
エドガー・ヴァレーズ。ロビン・カーソン撮影。

いや、よく聞いてくれ、これは作曲家エドガー・ヴァレーズの言葉なのだ。彼は進行中の作品の主題を掲げているのだ。まだまだ言いたいことがあるらしく……

「避けるべきもの――プロパガンダ的調子、それから時事的な出来事や政策に対するジャーナリスト調の考察。私が欲しいのはこの時代の叙事的なインパクトであり、一切のマンネリと俗物根性を廃棄する。そこかしこに、アメリカ、フランス、ロシア、中国、スペイン、ドイツの革命期の言葉の断片を散りばめてみよう。流れ星のごとく、あるいは繰り返し鳴り響くハンマー音のような言葉。勝ち誇った、予言的ですらある調子が望ましい――呪文のような、それでいてむき出しの、余分なものをはぎ取られた行動のための文章。加えて、民話からもいくつかの引用――人間的で、地に根を張った性質をもたせるために。私はあらゆる人間的なものを包含したい、もっとも原始的なものから最先端の科学にいたるまで。」

こんな言葉が生み出す反応は、私にはすぐに見当がつく。「こいつは狂ってる」といったところだろう。あるいは、「何者だ、こいつは――変人か？」そして――「一体全体このエドガー・ヴァレーズってのは誰なんだ？」

何百万人もの無学なアメリカ人が、今日では得意げに次のような名前を並べ立てるだろう――ピカソ、ストラヴィンスキー、ジョイス、フロイト、アインシュタイン、ブラヴァツキー、ダリ、ウスペンスキー、クリシュナムルティ、ニジンスキー、ブレンハイム、マイネルヘイム、メッサーシュミット、等々。シャーリー・テンプルが誰か、知らない者はいない。多くの者がレミュの名前まで知っている。ラーマクリシュナとなると――おそらく十万人にひとりでもその名を聞いたことがある者はいないだろうし、生きているあいだに聞くこともなさそうである――この本がベストセラーにでもなれば話は別だが、そうはいかないだろう。

何が言いたいのかって？　つまりこういうことだ――あらゆる民主国家のなかでも最高というこの国において、重要な情報が広まるときに何かが歪められる。アンドレ・ブルトンのような、シュルレアリスムの父と呼ばれる男がマンハッタンの街を歩いても、誰も彼を知らないし、気づきもしない。何百万ものアメリカ人がいまや、ボンウィット・テラー〔マンハッタン五番街にあるデパート。ウィンドー・ディスプレイにアーティストを起用することで知られる。一九三九年、ダリがディスプレイを担当した〕のおかげかでシュルレアリスムという言葉に慣れ親しんでいる。シュルレアリスムとは何か、近くの適当な人物に尋ねたとするなら、答えはサルヴァドール・ダリだ。現在は情報化の黄金時代である。過去の人物について知りたければ、ラジオ番組「学びへの招待」を聞けばよい。世界の出来事について誤った情報を手に入れたいなら、新聞を買え——あるいは格式ばらない些細な演説をするときのローズヴェルトの話を聞け。こういった大量の情報と誤情報をすぐに呑み込めないというなら、リーダーズ・ダイジェストを買え——誰でもそうするだろう。

　エドガー・ヴァレーズに関する真の情報なら、詩的な文章になるが、ポール・ローゼンフェルドの「トワイス・ア・イヤー」最新号に掲載された論考をお勧めする。「トワイス・ア・イヤー」はニューヨークのマディソン通り五〇九番地でドロシー・ノーマンが年に二回発行している文集だ。アルフレッド・スティーグリッツもそこに城砦をかまえている。それは「アメリカン・プレイス（アメリカの場）」〔二九二頁参照〕だということなので、身がまえる必要はない。

　ヴァレーズの音楽についてはローゼンフェルドがあまりに細を極め、理解をもって記しているので、私が何か言葉を選んでみても冗漫に響くだけだろう。私がヴァレーズに興味をもつのは、彼の声が世間にまったく届かないようであるからだ。彼が置かれた地位は、ジョン・マリンが五十年の活動歴を経て、もしも偉大な親友アルフレッド・スティーグリッツの誠実と献身がなかったらいま陥っていたであろう地位にほぼ等しい。ヴァレーズをめぐる状況があまりにも不可解である理由は、彼の音楽がまさに未来の音楽であるからだ。そして未来はすでにここにあるのだ、なにしろヴァレーズ自身がここにいて、彼の音楽を作り上げ、わずかな聴衆に知られているのだから。確かにそれは、大衆を即座に惹きつけるような音楽ではない。

ある種の人間は、そしてヴァレーズもそのひとりだが、ダイナマイトのようだ。それだけで十分、警戒と尻込みのもとに彼らが扱われる理由となるのだろう。いままでのところ、音楽が検閲を受けたことはないというが、いくつかの傑作が検閲を免れたのは驚くべきことだと音楽評論家のジェームズ・ハンカーがどこかに書いていたのを私は覚えている。ヴァレーズについては、私は心から本当に思うのだが、もしも彼に活躍の場が与えられたなら、彼は検閲を受けるばかりか、去勢を施されるだろう。なぜか？　きわめて単純な理由として、彼の音楽は異なるからだ。美学的な面ではおそらくアメリカ人は世界でもっとも保守的だろう。われわれは躊躇してからでないと解放を得られない。すると今度は、大喜びで、罪に問われることもなく、お互いの頭を叩き潰しあう。あまりに精確に――あるいは鈍角に――そう教え込まれているために、われわれは新しいもの、異なるものを楽しむ能力を失い、まずはそれが何なのか説明を受けなければならない。われわれは自分の五感を信用していない。批評家と教育家に頼ってばかりいるが、創造の領域においては彼らはみな落伍者なのだ。

要するに、盲人が盲人の手を引いているのだ。それが民主主義のやり方だ。だから未来は、いつでも切迫したものなのに、頓挫して失敗に終わり、隅に追いやられ、窒息させられ、切り刻まれ、ときには壊滅状態となり、魚でも鳥でもないアインシュタイン的世界のお決まりの幻想を生み出し、有限カーブの世界が墓へと導き、あるいは救貧院へ、精神病院へ、強制収容所へ、あるいは民主・共和党の温かい保護のもとへと導く。だから狂人たちが立ち現れて、斧を振るって法と秩序を回復しようとするのだ。何百万もの命が失われたとき、ついにわれわれが彼らを見つけ出し斧で切り倒すとき、ようやくわれわれは少し安心して独房のなかでひと息つけるのだ。そんな状況だからこそ、モーツァルトがトスカニーニのような天才催眠術師の業にかかっているのを聴けば、確かに新鮮で気持ちがよい。もしあなたが裕福で、一日十ドルから二十五ドル、あるいは五十ドルでも使って誰か辛抱強い人を雇い、自分の悩みを聞いてもらうことができるなら、狂った物事にも自分を順応させ、クリスチャンサイエンスの信者になるという屈辱から免れることもできよう。お望みとあらば自分の自我を、イボか腫れものみたいに刈り込んで除去できる。そうすればこれまでよりもずっとモーツァルトを楽しめるようになる――テトラッツィーニのソプラノでもビング・クロスビーの子守歌でも何でも。音楽は美しい麻酔剤だ、あまり深入りせずに付き合えば。

覚醒した世界！

一日五回これを繰り返し唱えるだけで誰でもアナーキストになれる。どうやったら世界を覚醒できるのか――もし音楽家だったら？　錆びた缶切りのためのソナタを作るか？　そんなことを考えたことがあるか？あるいは眠ったままでいるのか？

意識の高い人類！

それが何を意味するか想像しようとしたことがあるか？　正直であれ。人生のなかで一分でも立ち止まって、人類にとって完全に意識的であることとは何か、奪い取るべきでも憐れむべきでもないということは何を意味するか、考えたことがあるか？　何物たりとも意識の高い人類の推進を妨げることはできない。何物も。

どうやって意識を高めるのか？　とても危険なことだ。それは自動車を二台所有して自宅にパイプオルガンを設置するといったようなことではない。それは、君がさらに苦悩することを意味する――まずはそのことに気づかなければならない。だが君は死なない、君は無関心にならない、君は無感覚にならない、君は警告に怯えたりしない、君はびくびくしない、君は腐った卵を投げない、なぜなら君は理解していないからだ。君はすべてを理解する必要があるだろう、たとえ不愉快なことでも。君はさらに多くのことを受け入れなければならないだろう――たとえ敵意のある、邪悪な、威嚇的にみえるものでも。そう、君はもっともっと神のようになるのだ。どうしたら神と会話ができるのかを知るためには、君は新聞の広告に返事をする必要はない。神はいつでも君とともにある。そしてもし私が何を言っているのか私自身がわかっているとするなら、君はさらにもっと聞き、話すのは控えるだろう。

到着とは出発である

ジョーダン氏とどれだけ長く付き合うかは君次第だ。素早く進化する者もいれば、カタツムリのように進む者もいる。「進むの他になし」とヴァレーズが言うとおりだ。それは宇宙の法則だ。君の律動を宇宙の律動に合わせられないと、君は退歩し、逆行し、植物かアメーバか、サタンの化身となる。

モーツァルトを窓から放り出せとは誰も君に言わない。モーツァルトを保持していなさい。大切にしなさい。モーゼも保持していなさい、それからブッダと老子とキリストも。彼らを心のなかに保持していなさい。だがそれ以外のためにも心に余地を残しておきなさい、これからやって来る者、すでに窓ガラスを擦っている者たちのために。

たとえ民主主義であろうと、ファシズム、仏教、あるいはニヒリズムと呼ばれようと、現状維持ほどに死んだ状態はない。もし君が未来の夢をもっているなら、それはいつの日か叶うのだと知っておきなさい。夢は叶う。夢とはまさに現実をつくる材料なのだ。現実とは、法や布告や勅令や大砲や艦隊などで保護され守られるものではない。現実とは絶えず死と分裂から芽生えるものである。それに対して君は何をすることもできない。足すことも引くこともできず、ただもっと覚醒することができるだけだ。部分的に覚醒しているのが創造者たちだ。完全に覚醒しているのは神々であり、彼らは静かに人知れずわれわれのなかで動いている。芸術家は創造者のほんの一種に過ぎないが、その役目はわれわれを覚醒することにある。芸術家はわれわれの想像力を刺激する。（「想像力が最終的決定だ」とヴァレーズは言う。）彼らはわれわれに現実の一部を垣間見せ、われわれが普段は閉ざしている扉をこじ開ける。彼らはわれわれを当惑させるのだが、特にその度合いが強い者もいる。ヴァレーズもそうだが、ある者は私に、単独で突き進み、侵攻してくる戦車にも対峙するよう訓練された、あのロシア人たちを思い起こさせる。彼らはあまりにもか弱く無防備に見えるが、的を得たときには計り知れないほどの大打撃を引き起こすのだ。われわれ眠っている者は、彼らのことを恐れて当然だ。彼らがもたらす光は、啓蒙もすれば殺しもする。ただ理念だけで、ときにはたったひとつの理念だけで武装した孤独な人物たちが、われわれがミイラのように包み込まれている時代を木っ端微塵に吹き飛ばす。強力な者にいたると、死者を生き返らせることすらできる。いつの間にか忍び寄り、われわれに魔法をかける者がおり、それを振りほどくのには数世紀をも要する。われわれの愚かさと怠惰のために、われわれに呪いをかける者もいて、神さえもそれを解くことができないかのようだ。

　あらゆる創造の背後にあり、アーチのようにそれを支えているのは、信仰である。熱狂などはどうでもよい。それは来たと思ったらすぐに去る。だがもし人が信じるなら、奇跡が起きる。信仰は利益とはつながらない。つながるとしたら、予知とだ。知識と信仰をもつ者たちは未来を予見できる。彼らは何かをわからせようとはしない――何かをわれわれの下に配置しようとするのだ。彼らはわれわれの夢に確固たる支援を与えることを望む。世界が回っているのは、それが儲かる仕事だからではない。（神は一セントも儲からない。）いつの時代も、少数の人々がそれを完全に信じ、疑いなく受け入れているからこそ、世界は回るのだ。彼らは自分の命を懸けてそれに署名をするのだ。自分を理解してもらおうとする苦闘のなかで、彼らは音楽を生み出す。人生の不調和な要素を利用して、彼らはハーモニーと意味のパターンを紡ぐ。ごく少数の創造的な人々による、人間のうちにある現実感覚を拡張しようとするこの絶え間ない苦闘がなければ、世界は文字どおり死に絶えてしまうだろう。われわれは議員や軍事研究家によって生かされているのではない、それはあまりに明白だ。われわれは信仰をもつ人々によって、未来を見とおす人々によって生かされている。彼らは生成変化の終わりない過程における重要な微生物のようだ。ならば、この生命を与えてくれる存在へ、場所を与えよう！

「われわれが生きるこの革命的な時代は」とある同時代人が言う、*「ふたつの小さな文化的サイクル、いわゆるうお座とみずがめ座のあいだでの移行を単に示しているわけではない。それはさらにもっと大きな始まり、数十万年にもわたるかもしれない時代の発端となるような門の開放を表している。おそらく、さらに長い歳月であろう……」

「音楽空間」の話題で、同じ著者はこんなことも言っている。

「西洋クラシック音楽は、音楽の枠組み、いわゆる音楽形式というものに対して事実上その全霊を注いできた。それは音響力学の法則の研究を怠り、音楽を実際の音存在として、生命そのものであるエネルギーとして直観的にとらえることをしてこなかった。かくしてそれは多くの場合、絢爛なる抽象的な額縁ばかり作り上げ、そのなかには絵画が見当たらないのである。だから東洋の音楽家たちはしばしば西洋音楽のことを穴の音楽と呼ぶ。西洋の音符は断層の、空虚な深淵の連なりである。メロディは断崖から断崖へとジャンプを繰り返す。それは飛翔することも滑空することもない。生きている大地とのつながりを、それはほとんどもたない。それはミイラの音楽であり、保存され標本化された動物が見た目は十分に生きているようでも、実際には死んでいて動かないのと同じだ。内部空間が空っぽなのだ。音存在が死んでいる、なぜなら音エネルギーが、音血液が空っぽだからだ。それは骨と皮だけだ。それを『純粋音』と呼ぼう。あまりに純粋なので、動いて危害を与えることもない！——人類にとって本当の宗教的理想である。システィーナ教会の歌手、創造能力を欠いた人々。これが西洋クラシック音楽の、純粋音楽の徴である……

だがいまいわゆる無調理論が現れ、エドガー・ヴァレーズが言ったように『音楽は音がしなければならない』という認識が広まり、生きている人間による実際の音体験が不可欠だという考えとともに、われわれはゆっくりと躊躇いながらも、ヨーロッパの反動的な新古典主義ではなく、音の充満感覚にもとづく新たな音楽性へと向かっている。あるロシア人はそれを『汎音響性』と呼び、アメリカでは数年前に『トーンプレロマス』と名付けられ、モダニストのヘンリー・カウエルが自身の『トーン・クラスター』という概念を用いてそれを表現しようと試みた。」

音楽空間を論じたこの文章で、もっとも強調が置かれているのがトーンである。「実際に聞かれるすべてのトーンは、様々な要素が互いにある種の型をもつ関係を示しながら様々な形で配列されて構成された複雑な実体である。つまり、トーンとは音楽における分子なのであり、それ自体はさらに音の原子と電子という構成要素へと分解可能で、最終的には宇宙のいたるところで照射している音響エネルギーの圧倒的な波としてこそ示されうる。最近発見された宇宙線に似ているが、興味深いことに、ミリカン博士はそれを『単純な要素——ヘリウム、酸素、珪素、鉄——の産声』と呼んでいる。」

だがそれは音楽なのか？　それはヴァレーズの名を出すならばつねに避けられない問いだ。ヴァレーズ自身はその問いを次のようにかわしている——彼の最近の論考「音声映画のための組織された音」から引用しよう。

「『音楽』という言葉の意味が、徐々に縮小して本来の意味をまったくもたなくなっているなか、私はむし

* デイン・ルディヤール『力の解放としての芸術』。

ろ『組織された音』という表現を使って、単調な問い――だがそれは音楽なのか？――を避けることにしたい。『組織された音』は音楽のふたつの側面、ひとつに芸術科学として、とりわけ最近の実験室での発見がわれわれに音楽の無条件解放への期待をもたらしていることを含意し、さらには私自身の制作中の音楽とその必要条件を異論の余地なく表していることで、よりよい言葉だと思える。」

だがそれは音楽なのか？　何とでも呼べばよい、名前を付けて分類することができないと、人は正気を失うのだ。未知なるもののまえでは、いつも不安で、いつもうろたえる。他の形式の芸術でも同じ類いの叫びを聞きはしないか。だがそれは文学なのか？　だがそれは彫刻なのか？　だがそれは絵画なのか？　明らかにそうであるし、そうではない。確かにそれは、水道配管ではないし、鉄道工学でも、ホッケーでも、円盤飛ばしゲームでもない。新しい作品や新しい芸術形式で何だかよくわからないものをすべて分類しようとすれば、結局のところその事例ごとに、音楽、絵画、彫刻、文学のどれかに近づいていくものなのだ。ウルゼイ判事がジョイスの『ユリシーズ』に歴史的判決を下したときは大騒動となった。だが、この本を擁護する際、ご立派な老判事が強調したことは、その魅力がごく限られた少数の者にしか理解されず、全体的には難解な作品であり、それゆえその猥褻な個所が危害を与えるのは善良な市民のなかでも取るに足らない数の者に過ぎない、という点だったことをわれわれはつい忘れがちだ。これは実に臆病で用心深いやり方で、賛否両論を生む作品に直面したときの判断基準を下げている――あまり賢明なやり方ではないと言わざるを得ない。「問題の作品がどんな損害をもたらすのか」と問うくらいなら、こう問うべきではないか――「どれだけ素晴らしいのか？　どれだけ喜びをもたらすのか？」タブーは、世間から認められずとも、強い力をもつ。人々はいったい何を恐れるのか？　自分が理解できないものをだ。この点では、文明人は未開人と微塵たりとも違わない。新しいものはつねに侵害と冒瀆の念をもたらす。死んだ過去のものは神聖だ。新しい、つまり異なるものは、邪悪で、危険で、破壊的だというのだ。

初めてヴァレーズの音楽を聴いたときのことを私は鮮明に覚えている――最上級の録音装置でだ。私は圧倒された。あたかも強烈なパンチ一発でノックアウトされたみたいだった。気を取り戻して、もう一度聞いた。すると、最初に味わった情感が、その新奇さと、さらに新奇さが次から次へと途切れなく続くために、何だかよくわからずにいたものが、今度は理解できたのだ。私の感情は最高潮に達し、その衝撃は自分の顎への一撃となった。後にヴァレーズと彼の新作について話し合ったとき、合唱の部分でいくらか歌詞を私に書かせてもらえないかと尋ねた――「魔法の言葉」とヴァレーズは言った――それまで私が聞いた彼の言葉が、すべて二倍の力と重要性をもって返ってきた。「私が欲しいのは、ゴビ砂漠みたいな感覚のものだ」とヴァレーズは言った。

ゴビ砂漠！　私は目が回り始めた。これほど正確に、彼の組織された音の音楽が私の心に生み出す最大限の効果を説明するイメージを、彼は他に使うことができなかっただろう。ヴァレーズの音楽の不思議な点は、それを聞いた後、沈黙に陥るということだ。人が思うほどセンセーショナルではなく、畏敬の念を呼ぶものだ。音楽は心を安らかにするものであるべきだと考える人にとっては、確かにそれは破壊的だ。メロディがすべてだという人には、そう、それは耳障りだ。不協和音を最終的に解消しないという考えに耐えられない人には、そう、それは神経に対する拷問だ。だが、こういった不安な、肯定できそうにない要素を念入りに取り除いた結果とは、これまでいったい何だったのだろう。われわれの音楽は平和、調和、霊感を反映しているのか？　ブギウギ以外に自慢できる新しい音楽がわれわれにはあるのか？　指揮者たちがわれわれに毎年提供しくれるものは何か？　新鮮な死骸に過ぎない。きれいに防腐処置が施されたソナタ、トッカータ、シンフォニー、オペラに合わせて、公衆はジルバを踊る。昼も夜も、ラジオは何の制限も受けず、吐き気を催す豚の餌みたいな感傷的な歌を垂れ流す。教会からは死んだキリストへの物悲しい埋葬歌が流れるが、腐ったカブほどにももはや神聖とはいえない音楽だ。

ヴァレーズは真に宇宙規模での動乱を引き起こそうと望む。もし彼がボタンひとつでエーテル磁波を操り、すべてを爆破して地図から消すことができたなら、彼は恍惚のうちに死ぬだろうと思う。彼が新作とともに何を達成しようとしているのか語るとき、地球とその不活発で薬物漬けの住人について語るとき、彼はそれを尻尾から掴んで頭のまわりで振り回そうとしているのが見てとれるだろう。彼はコマみたいにそれを廻したいのだ。殺戮と異常性交と搾取を加速し、きっぱりとそれを終わりにしてしまいたいのだ。「君は目も口も耳も不自由なのか？」と彼は問いかけてくるようだ。確かに今日、音楽はある――だがそこに音はない。確かに殺戮は続いている――だがそれは何の効果も上げない。確かに新聞の見出しには悲劇があふれている――だが涙はどこだ？ それはゴムの小槌で叩くゴム製品の世界なのか？ それはクロッケーか、はたまた宇宙論的洗眼水か？ 死と死んだ状態とは別のものなのだ。

苦悩で叫び声をあげる人の声が聞こえないなら、いったい何を聞くことができるというのか？ 毎日私はソノトーンという五番街の医療施設のまえを通り過ぎるが、そこでは人々が無料で聴覚テストを受けることができる。ついにわれわれも耳を大切にするようになったのだ。だからといって、われわれの聴覚が改善するわけではない――憂慮すべきものの大量のリストに新たな項目が単に加わったというだけだ。いずれにせよ、いまや数百万人ものアメリカ人が聴覚を失っているか失いつつあるのだということがわかる。統計上われわれほど身体に不自由を抱え、内部を毒され、手足を失った人間が、いかに持ち応えるのかは奇跡としか言いようがない。いまわれわれは耳が聞こえなくなろうとしている。すぐに言葉も出なくなるだろう。

空から爆弾が降り始めれば、ヴァレーズお気に入りのあのけたたましい中国の銅鑼でさえ聴衆には何の効果ももたらさなくなるだろう。電子器械だけが残る、というのが真実だ――この器具のねじを巻いて、悪魔的強度まで高めることもできる。だがそれでもなお、急降下爆撃機の騒音に対抗するには何かに頼る必要がある。『クーカン』というドキュメンタリー映画を視聴した人ならだれでも、あの日本機の群れが重慶の上空を襲来するときの音を一生忘れないだろう。そしてそれに次ぐ火炎のうねりもまた忘れがたいものだ。そして続く静寂——われわれが経験したことがあるものとはまったく異なる静寂だ。ひとつの都市が衝撃にさらされ打ちひしがれている。何と悲惨な静寂が生まれるものか！　もしニューヨーク、サンフランシスコ、ロサンゼルス、その他のアメリカの大都市が同じ運命に直面したら、どうなるのか想像してみよ！　それは音楽のようには聞こえないだろう、当然だ。だがそれは、音なのだ。静寂ですら音に満たされているのだろう。それは感覚を失ったわれわれの魂の空虚を埋める、一種の室内楽となるだろう。

明日になれば、われわれが当然と思っていたもののすべてが新しい顔を見せるだろう。ニューヨークは呪われたアラビアの古代都市ペトラのような様相となるだろう。トウモロコシ畑は砂漠と化すかもしれない。大都市の居住者たちは森に追いやられ、獣のごとく這いつくばって食物を漁らなければいけなくなるかもしれない。それはあり得ないことではない。むしろ大いにあり得るのだ。自己破壊の精神が支配してしまえば、この地上で毒されずにすむ場所などどこにもないのだ。社会という巨大な組織は、分子と原子に分解される。集団と呼べるような社会的形態は一切残らないであろう。われわれが「社会」と呼ぶものは、分断されたひとつの不協和音となるかもしれず、それを解消する和音は決して見つかることがない。それも大いにあり得ることだ。

地球上の人間の歴史について、われわれが知っているのはほんのひとかけらのことにすぎない。それは長く退屈で痛ましい災厄のごとき変化の記録であり、ときには諸大陸がまるごと消え去ることもあった。われわれが歴史を語るとき、人間を自然の常軌を逸した予測もつかない変革に対する罪なき犠牲者として、無力な参加者としてとらえる。おそらく過去にはそうだったのだろう。しかしこれからは違う。今日、この地球に起きることはすべて人間の行いである。人類はあらゆるものの主人であることを誇示してきた——母なる自然をのぞいて。昨日、人類が自然の子供であったなら、今日、人類は責任のある生き物である。もはや人類は自分に対して嘘をつくことが許されない意識状態にまで達している。破壊とはいまや、慎重で、自発的で、自らに起因するものなのだ。われわれは節目を迎えている。前に進むことも、逆戻りすることもできる。われわれはいまでも選択する力をもっている。明日には、もたないかもしれない。その選択を拒んでいるために、われわれはいいいいいいいいは罪に支配されているのだ、戦争を推し進める者も、それをしない者も、等しくわれわれすべてが。われわれはみな殺戮に満ち溢れている。われわれはお互いを忌み嫌う。互いに目を覗き込み合い、見えたものを憎み合うのである。

この現在に、魔法の言葉となるのは何か？ ヴァレーズの音響作品のゴビ砂漠的な部分に対して、私は何を提供すればよいのか？ 平和？ 勇気？ 忍耐？ 信仰？ こんな言葉はもうどれも役に立たないのだろう。これらの言葉はあまりに無意味に人口をかすめるためにすっかり擦り切れてしまった。心が宿らない言葉にいったいどんな美点があるというのだ。

われわれの言葉はすべて死んでしまった。魔法は死んだ。神は死んだ。死者がわれわれのまわりに積み重なっている。そのうち死者どもは川を塞ぎ、海に溢れ、谷と平原を洪水に沈める。おそらく砂漠だけが、死臭に毒されずに呼吸することを人間に可能にしてくれるのだろう。ヴァレーズ、君のせいで私は板挟みの状態だ。私にできることといったら、君の新作に脚注を添えることくらいだ。では、やってみよう……

コーラスよ、生存者たちを代弁せよ。ゴビ砂漠よ、避難の場所となれ。砂漠の周縁には頭蓋骨が堆積し、無敵のバリケードとなれ。静けさが世界に訪れる。人はあえて息をしようともしない。聞きもしない。誰もがおとなしくなった。絶対的静寂。心臓が鼓動するだけだ。崇高な静寂のなか鼓動する。ひとりの男に立ち上がらせ、口を開けさせよう。音を出すことに失敗させよう。もうひとりの男に立ち上がらせ、同じように失敗させよう。すると、白い種牡馬が空から降り立つ。死んだような静寂のなか、馬は飛び跳ね回る。尻尾を振り回す。
静寂がより一層深くなる。静寂がほとんど耐え難いほどになる。ダルウィーシュが躍り出て、コマのように廻り始める。空は白くなる。冷気がほとばしる。突然、ナイフがきらめき、空には閃光が走る。青い星がどんどん近づいてくる——目もくらむばかりの綺羅星。すると、女がひとり立ち上がり、叫び声をあげる。またひとり、またひとり。甲高い叫び声で空気は満たされる。突然、巨大な鳥が空から落ちてくる。それは死んでいる。誰もそれに近づこうとしない。かすかにセミの鳴き声が聞こえる。そしてヒバリの歌声が響き、モッキングバードがそれを真似する。誰かが笑う——胸を裂くような狂気の笑いだ。
女がすすり泣く。別の女も嘆き始める。
ひとりの男から大きな声——俺たちは捨てられた！
女の声——私たちは救われた！
スタッカートの叫び——捨てられた！ 救われた！ 捨てられた！ 救われた！

静寂

巨大な銅鑼の音が響きわたり、すべてを飲み込む。

もう一度、もう一度、もう一度。

そして強烈な静寂。もうこれ以上は耐えられないというころにフルートが聞こえる——姿の見えない羊飼いのフルート。音楽が、はかなく、単調で、繰り返しながら——ほとんど狂気のごとく——いつまでも続く、いつまでも。風が吹き荒れる。

フルートの音が消えた瞬間、金管楽器隊が力強いおたけびをあげる。

魔法使いの登場

天空に両手を掲げながら彼は清澄で均質な声で、高くも大きくも鋭くもなく、語り始める。よく届く、心を静める声だ。彼はこのように言う――

「これ以上信じるな！　もう望むな！　もう祈るな！　よく目を開け。まっすぐ立て。恐怖をすべて吐き出せ。新しい世界が生まれようとしている。それはおまえたちのものだ。いまこの瞬間からすべてが変わる。魔法とは何か？　おまえたちは自由なのだと知ることだ。おまえたちは自由だ！　歌え！　踊れ！　飛べ！　人生はたったいま始まったばかりだ。」

銅鑼の音！

舞台は暗転。

会場を出ると、耳慣れた街の喧騒がわれわれを襲う。これは金の梯子を素足で上るときの音ではない。それは人間の階級制度を縛る金の鎖が軋む音ですらない。それは死が軋む音だ。まえに進むことを拒み、自分を待ち受けているものを自分のものにしようとしない人々は、精霊の原理を受け入れずに死に絶えようとしているのだ。喉のなかのこの軋み、この異常呼吸、溺れる者の身の毛もよだつような嗚咽音は、敗者の室内楽だ。

われわれはいまカデンツァを聴いている。それは廃物と砥石車でできている。弾丸の穴が開いていて、喝采の幻影を添えている。音楽？　そうとも、一風変わった、時代錯誤の埋葬行進曲みたいなものだ。題名は『なしくずしの死』。

私が空地を右に見ながら歩き進むと、それがどうやらゴビ砂漠のようで、私は冷たい月のもとで新たに虐殺される百万か二百万の人々のことを思いながらヴァレーズに向かって言う――「さあ、思いっ切り喇叭を吹いてやれ！」

冷たく死にかけた世界で、何たる音を出すのか！　それは音楽なのか？　私にはわからない。わかる必要すらない。最後の不発弾は抹消された。西部、東部、南部、北部戦線、すべて異状なしだ。われわれはとうとうゴビ砂漠にいる。合唱だけが残っている。それと元素だ――ヘリウム、酸素、窒素、硫黄、等々。時は巡りゆく。空間は折りたたまれる。人間に残されるのは、純粋な人間だけだ。古いものが消えていく一方、オークランドのWNJZラジオ局からは「ティペレアリの歌」が流れ出す。ヴァレーズはくしゃみをする。

「よっこいしょ！」と彼は言い、われわれはなおも続ける……

モビールの夢

ある夜、食事をしたくても金がなく、私は公立図書館に行って、ある有名な本の一章にあたることにした。ワシントンの友人と、いつかそれを読む約束をしていたのだ。その本は『東方見聞録』。杭州という都市の叙述にあてられた章だ。この壮麗な都市について読むことを薦めてきた男は学者だった。彼はたくさんの本を読んでいるし、これからも死ぬまでにたくさんの本を読むのだろう。ある日、昼食のときに彼は私に言った。「ヘンリー、私は住みたい街をようやく見つけたよ。それは十三世紀の杭州だ。」そんな会話をしたのは一年くらい前だ。私はそれをすっかり忘れていたのだが、空腹の夜に思い当たった。それで私は肉体的滋養を摂る代わりに精神的祝宴を催すことに決めた。

正直に言って、マルコ・ポーロにはがっかりしたと言わざるを得ない。退屈で仕方がない。三十年前にもこれを読もうとして、同じ結論だったことを思い出した。だが今回は、ジョン・メイスフィールドによる序文がおもしろかった。「マルコ・ポーロが東洋を訪れたとき」とメイスフィールドは書く、「中央アジア全体は、壮麗雄大で、様々な民族と諸国王による喧騒に溢れ、人心が抱くひとつの夢のようだった」。私はこの文を何度も読み返した。心が揺さぶられる。自分でもこんな文章を書いてみたいものだ。ほんの数筆を走らせただけでメイスフィールドは、マルコ・ポーロ自身が目の当たりにしていながら再現することのできなかった、東洋の壮麗雄大な光景を惹起するのだ――私にとっては。

この素晴らしいメイスフィールドの序文からもう数行引用することにしたい。それは私の合衆国旅行とも大いに関わりがある――それからアラバマ州モビールに対して抱く私の夢にも。

「地球の反対側で、見知らぬ人のなかを歩きながら野営の火の側でその地の糧を口にするのは奇想天外なこととみなされる。このような行いには奇想があるが、自居に座して暮らす者は行動に対して誤った嗜好をもち、彼らは奇想を過大評価しがちである。マルコ・ポーロは見知らぬ人のなかを歩きまわった。だがそれは、(勇気と移動能力をもつ者なら)誰にでもできることだ。みずからの内側を歩きまわることは単なる放縦にすぎない。人知の蓄えに寄与するか、あるいは異国の地の想像的事物を他者に与えるのでなければ、それは有害な習癖である。知識の獲得、事実の集積は、そのような土塊を天上の永遠なる金に変える錬金術を身につけた、ごくわずかな者にのみ貴重なのだ。〔……〕驚異的な旅人だけが驚異を目撃するのであり、世界史上ではたった五人の旅人しか驚異を見ていない。他の旅人たちは鳥と野獣、河と荒野、大地と(それぞれの地域の)豊かさを見ている。五人の旅人とは、ヘロドトス、東方の三博士カスパーとメルキオールとバルタザール、そしてこのマルコ・ポーロである。マルコ・ポーロの驚異とは――彼はヨーロッパ人の知性にとってのアジア像を作りあげたのだ。〔……〕」

叔父たちとともにヴェニスを発ったとき、マルコ・ポーロは十七歳だった。十七年後、彼は襤褸をまとってヴェニスに戻った。休む間もなく彼はジェノバ戦争に従事し、捕虜となって、獄中で本を書き、ついに彼の旅を不滅のものとした。何とも不思議じゃないか？ 彼の心理状態を考えてみたまえ、壮麗雄大な夢のなかで暮らした後に土牢に閉じ込められただなんて。「マルコ・ポーロが東洋を訪れたとき……」その一節が歌の文句のように繰り返される。「人心が抱くひとつの夢のようだった……」バルボアを、コロンブスを、アメリゴ・ヴェスプッチを想起せよ！　夢を見し者、そして夢を現実にした者たち。驚異と、熱望と、恍惚に満ちた男たち。未知のものへとひたすらに航海し、発見し、現実化し、そして帰還後には拘束着に包まれる。あるいは蜃気楼の只中で熱病に死す。コルテス、ポンセ・デ・レオン、デ・ソト！　狂人。夢想家。狂信者。驚くべきものを探して。奇跡を追って。殺人、強姦、略奪。青春の泉。金。神。帝国。壮麗雄大だ、そうとも——だが同時に、熱病、飢餓、渇き、毒矢、蜃気楼、死。憎悪と恐怖の種をまく。白人の毒を撒き散らす。白人の怖れと迷信を、強欲を、嫉妬を、悪意を、不安を、世界に巻き散らかす。

スペイン人が大西洋を航海したとき……それはまた別の話だ。

ゴールドラッシュ。猪突猛進。ガダラの豚。その後継者アメリカ人たちによって続編が繰り広げられる。失われしは壮麗雄大。発電機と工場の笛の合図でいまやかまびすしいばかりだ。驚異は絶滅し、探求は終了した。金は大地に戻され、どんな爆弾も届かないほど深くへと埋められた。われわれはこの世にあるものをすべて手にしたが、それはすでに腐敗しており、誰にとっても価値がなく、とりわけそれを保有し命がけでそれを守ろうとする者にとっては、いささかの価値もない。

「マルコ・ポーロが東洋を訪れたとき……」この一節を唱えさえすれば、豊饒な大地が目の前に開ける。その文が終わりもしないうちに想像力は溺死する。アジア。ただアジア、それだけで心が震える。欠けたアジア像を完成させることができるのは誰か。マルコ・ポーロはたくさんの細部を示してくれたが、それも氷山の一角に過ぎない。それから人がどんなことを達成し、どんな奇跡を呼び起こしたとしても、アジアという言葉はそれを圧倒する壮麗雄大さで人の記憶に氾濫を起こす。予言者、学者、賢者、神秘家、夢想家、狂人、狂信者、暴君、皇帝、征服者、それらすべてにおけるヨーロッパが知る以上に優れた人物は、アジアが輩出している。宗教、哲学、寺院、宮殿、壁、要塞、絵画、織物、宝石、薬物、酒、香料、衣服、食糧、調理術、金属、偉大なる発明、偉大なる言語、偉大なる書物、偉大なる宇宙進化論、これらはすべてアジアで生まれた。星ですらアジアから生まれたのだ。神々と半神たちがいた——幾千万もの。そして超人たち。神の化身。先駆者。アジアは神の啓示を受けた。アジアはいまでも啓示を受けている。もし十三世紀にアジアは人心が抱くひとつの夢のようだったのなら、今日、それはますますそうである。アジアは尽き果てることがない。モンゴルがあり、チベットがあり、中国があり、インドがある。これらの場所、そこに住む人々、彼らがもつ知恵、彼らに生気を与える精神、彼らの努力、目標、達成に関してこれまでわれわれが積み重ねてきた知識はほとんど無に等しい。西洋の冒険家や探検家たちはそこで道に迷い、学者はそこで困り果て、伝道師と熱狂家と偏見家はそこで無価値になり下がり、植民者はそこで腐り果て、機械はそこでちっぽけな無用物と化し、軍隊はそこで飲み込まれる。広大で、多種多様で、多言語で、解き放たれたエネルギーに沸き立ち、いまでは不活発で、用心深くなっているとはいえ、永遠に威嚇的で、永遠に神秘的な、そんなアジアのまえでは世界が小さく見える。われわれは巨大な杉に絡みつこうとする蜘蛛のようなものだ。われわれが蜘蛛の巣を張っても、アジアという巨人のほんのわずかな振動が数世紀にわたる作業を破壊してしまう。われわれは勇気を奮い、天命に身を任せるが、アジア人たちは巨大な海の乳房のうえを泳ぎまわり、疲れを知らず、終わりを知らず、果てることを知らない。彼らは偉大なる大地の流動とともに行動する。われわれは潮流に逆らって無駄にもがく。われわれはすべてを破壊に捧げる。彼らはすべてを生命に捧げる。

さて、モビールだ……ところでみなさんが私だとして、パリに住んでいて残りの生涯をそこで過ごすことに満足していたとしよう。毎晩、仕事場に戻ると、帽子とコートを身につけて立ったまま数分過ごし、大きくて太い鉛筆を手にもち、大きな本に何でも思いつくことを書き留めたとしよう。当然のことだが、頭に都市の名がちらついたままベッドに向かえば、現実離れした夢を見ることになるだろう。ときには、目を開けたまま夢を見ているのに気がついて、ベッドのなかにいるのか大テーブルを前に立っているかわからなくなることもあるだろう。またときには、目を閉じてもっとも甘美な夢の感覚に身をゆだねることを願っていたのに、いつの間にか悪夢と格闘していたこともあるだろう。古典的な例をこれからお見せしよう……

あなたが自分だと思っている人物が鏡を覗き込んでいる。彼には誰だかわからない顔が映っている。それは愚者の顔だ。彼は恐ろしくなり、するとすぐに、自分が強制収容所にいることに気がつき、サッカーボールみたいに蹴りまわされている。彼は自分が誰だったのかを思い出せず、自分の名前も、住所も、さらには自分の容貌すら忘れてしまっている。ただわかるのは、自分が狂人だということだ。何年もの不愉快きわまる拷問の末、彼は突然出口にたどり着くが、銃剣を突き付けられて檻に戻るかわりに、世間に放り出される。そう、奇跡によって、彼はふたたび自由となる。彼の感情は言葉に言い表しようがない。だが次に、あたりを見回してみると、いったい自分がどこにいるのかまったく見当もつかない。クイーンズランドかパタゴニアか、ソマリランドかローデシアか、シベリアかスタテンアイランドかモザンビークか——はたまた知らない惑星の片隅か。彼は迷子になった、かつてないほど完璧なまでに迷った。人が近づいてきたので、自分の苦境を説明しようとするが、文を発する前に言語も失っていたことに気がつく。幸運にも、このとき彼は目が覚める……

もしこの種の悪夢を経験したことがないなら、いつか試してみるとよい。髪の毛が逆立つこと、この上ないだろう。

モビールの夢はまた別の話で、どうしてふたつが結びついたのかよくわからないが、私の心のなかでは何かはっきりとしない理由でそれぞれが互いに結びついている。知ったかぶりのフロイト信奉者ならきっと答えを用意するだろう。彼らは他人のことなら何でも解明するが、自分個人の難題は解決できないのだ。

モビールや、他の私が行ったことのないアメリカの町を夢みるとき、わが友人アルフレッド・ペルレスがいつも示した異常なまでの好奇心は本当に私にとって驚異だった。ときに彼は私の袖をつかみ、目に涙を浮かべて私に訴えかけ、もし帰国したなら彼をそこに連れて行くように約束を求めるのだった。アリゾナは彼が特に熱狂した場所だった。深南部、五大湖、ミシシッピ川流域について夜通し話せば、彼は座って目を剥き出し、口を大きく開け、額に汗を滴らせ、見るからに没頭し、完全に我を失っていたものだ。話が終わると、彼は溌溂としてこう切り出す。「さあ、アリゾナの話を聞かせてくれ！」夜も半分が過ぎて、私も疲労困憊し、酒もたっぷり飲んだので、私がこう答えることもあった——「アリゾナなんて知るか、俺はもう寝る。」「わかった」と彼は答え、「ベッドに行こう。ベッドのなかでも話せるさ。君がアリゾナのことを話してくれるまで帰らないぞ」。「でも、もう全部話したじゃないか」と私は抗議する。「そんなの関係ないさ、ジョーイ〔ふたりは互いを「ジョーイ」と呼び合っていた〕」と彼は言い返す。「もう一度最初から聞きたいね。」まるでスタインベックの『二十日鼠と人間』に出てくるレニーと相棒の会話みたいだった。彼はアリゾナ中毒患者だった。いま彼は「スコットランドのどこか」に王国軍調査団と一緒にいるらしいが、神に誓って言えることは、もしそんな最果ての地で彼がアメリカ人に遭遇しようものなら、まず最初に彼が口に出す言葉は決まっているだろう——「アリゾナの話を聞かせてくれ！」

自分が知っている場所について、これほどまであからさまな熱狂を示されると、疑問が湧いてくるのも当然だろう、はたして自分は本当に知っているのかと。アメリカは広大な土地であり、そのすべてを知り尽くした人などいるとは思えない。ある場所に住み、その場所のことを何も知らないということもあり得る。知りたいと思わないからだ。ある友人が新婚旅行でパリに来たときのことをよく覚えている。パリが自分の好みに合わなかった彼は、ある日私のところに来て、草稿があったらタイプで打たせてくれないかと申し出た——することが自分で見つけられなかったのだ。

いくつかの場所については、モビールも含めて、ペルレスのまえで私は決して口に出さなかった。私が知るモビールは完全に想像上のものだったので、私はひとりだけでその想像を楽しみたかったのだ。詮索好きな彼の好奇心にひそかに抗うことは、私にとって大きな喜びだったと言ってもよい。まるで若妻が夫をじらして、妊娠したことをすぐに言わないでいるみたいだった。私はモビールを子宮のなかにしまい、鍵をかけ、するとモビールは日に日に成長し、本物の胎児みたいに四肢をもち、髪が生え、歯、爪、睫毛が伸びていった。それはきっと素晴らしい分娩となっただろう、私がそれに耐えられたとしたら。毛の生えそろったひとつの町が、男の腹から生まれてくる様子を思い浮かべてみよう！　もちろん、そんなことは起こらなかった。それは死産に終わった。栄養不足のせいか、あるいは私の愛が他の町へと移っていったからかもしれない——ドム、サルラ、ロカマドゥール、ジェノバ、等々。

どうやって私はモビールを思い描いたのか？　実を言うと、いまとなってはまったく朦朧としている。朦朧、ぼやけて、形を失い、崩れゆく。その感覚を取り戻すために、私はデヴィッド・ファラガット海軍大将の名を挙げなければなるまい。ファラガット大将のモビール湾への進軍だ。子供のころどこかで読んだに違いない。喉に何かが引っ掛かったみたいに、それは私の記憶に残った。今日でもそれが事実なのか虚構なのか私にはわからない——南北戦争期、ファラガット大将はモビール湾の機雷をものともせず全速前進命令を出したというのだ。そのときはそれを本当のことだと思ったし、多分それでよかったのだろう。ファラガット大将はその姿以外にあり得ないのだ。彼はすぐに消えていく。そのイメージから残されたものは、モビールという言葉だ。モビールとは人を欺く語だ。軽快に響く語である割には、イモービリティ（不動）をも思わせる——ガラス状のどんよりとした感覚。それは流動性の鏡であり、閃光を反射し、催眠性の樹木と薬物漬けの蛇を映し出す。その名前が表すのは水、音楽、光、そして鈍麻だ。その響きはまた、遠く、大切にしまわれ、かすかに異国趣味で、仮に色があるとしたら間違いなく白だ。音楽に例えるなら、私はそれをギター的と呼ぼう。多分そこまで共鳴はしないだろうから、マンドリン的と呼ぶべきか。いずれにしても弦楽器だ——伴奏は果物の破裂とかすかにのぼる煙の筋。踊りはないが、塵と梁の踊りならありだ、上昇と蒸発のはかないビートに乗って。過剰な湿度にもかかわらず、肌はつねに乾燥している。スリッパがパタパタと音を立て、半分引かれたブラインドには人物のシルエットが映っている。波打つシルエット。

モビールという言葉と結び付けて作品を書こうと思ったことは私には一度もない。誰も書きはしない。貝殻に取り囲まれた町、過ぎ去りし祭りの虚ろな貝殻に。いたるところに旗、砕けやすい昨日の祭りの残骸。陽気さはいつでも引き下がり、いつでも消えていく、まるで鏡をかすめる雲のように。このグリッサンドの中心にあるのがモビールそのもので、つんと取り澄ました、南部も非南部も、物憂げながら正立し、自堕落だが威厳ある、輝かしいが悪意はない、モビール。モーツァルトによるマンドリン曲。バッハを優しくつま弾くセゴヴィアではない。優雅とか繊細とかいうよりも、記憶喪失だ。熱の涼しさ。麝香。芳しき灰。

夢のなかで、モビールへ車で入っていく自分の姿を私は決して思い描かなかった。ファラガット大将のように、モビール湾に蒸気船で、自家発電しながら侵入する自分が見えた。パナマシティ、アパラチコラ、ポート・セントジョンなどといった場所を通り過ぎるとは思いもしなかったし、バルパライソとバグダッドとの至近距離に入るとか、ミラーズ・フェリーを越えるとポンセデレオン・スプリングスに近づくとは、思っていなかった。金を夢みたという点においてはスペイン人たちの方が私よりも先だった。彼らはきっと、熱を出した虱みたいにフロリダの沼と森を通り抜けたに違いない。そしてボンセクールにたどり着いたときには、完全に頭がいかれていたに違いない——フランス語で地名を付けるほどに。メキシコ湾を航海するのは魅惑的だ。すべての水路は、こんな言い方が可能なら、表皮が剥がれていく行程だ。メキシコ湾は光と蒸気の壮大なドラマだ。雲は豊饒で、夢のカリフラワーのようにいつも花咲いている。時折、胞子のように空で破裂し、塩化水銀の沈殿物を生じる。時折、細くかすかな煙のすじを残して水平線を越えていく。ペンサコーラで、私は狂ったホテルの狂った部屋に泊まった。フランスのペルピニャンに帰ったのかと思った。夕暮れにかけて、窓の外を眺めると、雲たちが争っているのが見えた。雲たちは、まるで壊れた飛行船みたいにぶつかり合い、絡み合った残骸を空に残した。まるで私はフロンティアにいて、そこではふたつのまったく異なる世界が支配を争っているかのようだった。部屋のなかには巨大なポスターが飾ってあり、ミシンの時代までさかのぼる代物だった。ベッドに横たわると、子供のころに私の無垢な視界を襲ったポスターアートの怪物たちが、叫ぶようにいがみ合うように次々と脳裏に浮かんだ。ふと、ドリー・ヴァーデン〔チャールズ・ディケンズの小説『バーナビー・ラッジ』の登場人物〕のことが思い浮かんだ——どうしてかは神のみぞ知る！——すると、すべて演劇的で感傷的な名前の数々が完璧な雪崩となって私に襲いかかった。エルシー・ファーガソン、フランシズ・スター、エフィー・シャノン、ジュリア・サンダーソン、シリル・モード、ジュリアン・エルティンジ、マリエ・カーヒル、ローズ・コフラン、クリスタル・ヘーム、ミニー・マダーン・フィスク、アーノルド・デイリー、レスリー・カーター、アンナ・ヘルド、ブランチ・ベイツ、エルシー・ジャニス、ウィルトン・ラッケイ、カイラル・ベリュー、ウィリアム・コーリアー、ローズ・スタール、フリッツ・シェフ、マーガレット・アングリン、ヴァージニア・ハメッド、ヘンリー・ミラー、ウォーカー・ホワイトサイド、ジュリー・オップ、エイダ・リーアン、セシリア・ロフタス、ジュリア・マーロウ、アイリーン・フランクリン、ベン・アミ、ベルタ・カリチ、ルル・グレイザー、オルガ・ネザーソール、ジョン・ドリュー、デヴィッド・ウォーフィールド、ジェイムズ・K・ハケット、ウィリアム・フェイヴァーシャム、ジョー・ジャクソン、ウィーバー&フィールズ、ヴァレスカ・スラット、スナッフィー・ザ・キャブマン、リチャード・カール、モンゴメリー&ストーン、エヴァ・タンギー、ザ・グレイト・ラファイエット、マキシン・エリオット、デヴィッド・ベラスコ、ヴェスタ・ヴィクトリア、ヴェスタ・ティリー、ロイ・バーンズ、チック・セイルズ、ナジモヴァ、モジェスカ、ザ・デューズ、イダ・ルビンシュタイン、レノア・ウルリック、リチャード・ベネットと彼のもっとも愛らしい美しい妻、その名前を忘れてしまったが、私がラブレターを書いたことがある唯一の女優だ。

それはタラファックス・ホテルだったか？　もう思い出せない。とにかく、そこはペンサコーラであり

──そしてまた、ペンサコーラではなかった。そこはフロンティアであり、大気のドラマが繰り広げられ、その結果、大地は暴力的な色合いに包まれた。舞台のスターたちが私のまぶたのうえを重い足取りで行ったり来たりし、ある者はタイツを履き、ある者は肩をあらわにし、真っ赤なかつらを被る者、レースで飾られたコルセット、パンタロン、恍惚とする者、憂鬱な顔、燻製ハムのような肢体、挑発的な態度、辛辣な態度、様々な者がいたが、全員がポーズをとり、ジェスチャーをして、声高にしゃべり、お互いを舞台から押し出そうとしていた。

モビール湾での船旅を夢想するとき、私はそれほどまでに食欲をそそられる晩餐会を思い浮かべたことがなかった。それはまるで地獄の辺土にいるような、夢の境目での空中浮揚だった。前日かその前の日か、私たちはスワニー川を渡っていた。パリにいたとき、私は船に乗ってオケフェノキー湿地帯を航行し、その川の水源をたどることを夢見ていた。それは不可能な夢だった。もしも私があと五十年どころか、もう百年生きるとしたら、それもできるかもしれないが、時は残り少なくなっていく。ほかに訪れたい場所がいくつもある──イースター島、パプアン・ワンダーランド〔ジャック・ハイズによるパプアニューギニア探検記のタイトル〕、ヤップ、ジョホール、カロリン諸島、ボルネオ、パタゴニア──チベット、中国、インド、ペルシャ、アラビア──そしてモンゴル。先祖たちの魂が私を呼んでいる。もうこれ以上先延ばしにできない。「ヘンリー・ミラーがチベットへ旅立ったとき……」未来の伝記作家が百年後にそう書く様子が思い浮かぶ。ヘンリー・ミラーにいったい何が起こったのか？ 彼は姿を消した。彼はチベットへ行くと語った。たどり着いたのだろうか？ 誰も知らない……そんな風になるだろう。謎の失跡。旅行鞄ふたつとトランクいっぱいのアイデアをもっての失踪。だがいつの日か、私は再び姿を現すだろう、別の肉体をまとって。素早くそれを行って、みんなを驚かすかもしれない。ある程度世間から遠ざかっているうちに、人は何かを学ぶものだ。ある者は他よりも早く学ぶ。私はとても素早く学ぶ。私は自国ですべき仕事をすべて終えた。私は地球が丸いことを知っているが、そんなことは口に出すまでもないまったく意味のないことだとも知っている。地球の地図があって、アメリカという国を指し示しているのを私は知っている。それもまた、あまり重要ではない。あなたは夢を見ますか？　あなたのちっぽけな「失われた地」から離れて、地球の他の住人たちと交流しますか？　あなたは他の地球を、どんな名前の星であれ、訪れますか？　星のせいで痒くなることがありますか？　あまりにも低速で制限された飛行機を見つけましたか？　あなたはミュートした弦をつま弾く放浪者ですか？　あるいはあなたはドスンと大地に落ちるココアの実ですか？　私は人の希望を調査して、それをその人の実際の行いと比べてみたい。私は一日だけでも天国の主になって、人間に特有の夢と欲求と希望をすべて雨のように降らせたい。それらが、永劫の時の流れのなかでゆっくりとではなく、ただちに地に根付くのを見たい。神よアメリカを救いたまえ！　それもまた私の言いたいことだ、だって、他に誰がそんな芸当をできるというのだ？

さて、モビールから立ち去ってパスカグーラへと向かうまえに、あなたにニューオーリンズの豪華ホテル「ザ・ラファイエット」からの挨拶を差し上げよう——


この部屋に入るゲストの皆様へ、このホテルを経営する私たちから心より歓迎の辞を差し上げます。お目にはかかれないかもしれませんが、それでも皆様に感じていただきたいのは、ここが「人間の家」であり、魂の抜けた施設ではないということです。

たとえ一日でもひと晩かぎりでも、ここはあなたの家です。

人間がこの家のオーナーです。

ここでは人間があなたのお世話をし、ベッドを整え、部屋を掃除し、電話に答え、ご用をお伺いします。フロントには人間がいて、人間があなたのお鞄をお持ちします。わがスタッフは、あなたと同様に血と肉でできております。彼らはみなそれぞれ自分なりの関心をもち、好き嫌いがあり、大望と夢と落胆を抱いております。あなたと同じように。

もちろん代価は付き物です。どんな場所にでもそれはあります。ですが、どんな業務取引においても大切なものは、それに見合う人間の関心の流れです。

私たちはあなたのお世話をします。ここにある規則はどんなものでも、あなたをお守りし、あなたの快適さを確かなものとするために定められたものであり、あなたのお邪魔は決していたしません。ホテルにとってのよい規則とは、他の業種でも同じですが、次の黄金律です――己の欲するところを人に施せ。私たちはお客様の身になって考えます。私たちは「もしも自分がホテルに泊まっているなら、何をしてもらいたいだろうか」と自問しております。

だからお客様にも、私たちの身になっていただけたらと存じます。ご批判を下さるまえに、どうかご一考ください、「もしも自分がホテルを経営していたら、どうするだろうか」と。

その基準に及んでいない点が私たちにございましたら、どうかお知らせください。

当ホテルに宿泊されるすべての男性は紳士であり、すべての女性は淑女だと考えております。平均的なアメリカ人はみな礼儀正しく、穏やかで、法を遵守し、不要なトラブルを避け、他人を思いやり、快く支払いを済ませてお帰りになるものと存じます。

当ホテルの屋根のもと、皆様が健康であり、なんの悪事も降りかからないことを願います。

当ホテルを便利に思い、気持ちのよい雰囲気を感じ、ご滞在の日々が成功に満ち溢れることを願い、それによってあなたのご宿泊が幸せな思い出となることをお祈りいたします。

あなたにお泊りいただいた小さな空間のためにも――そして私たちはこれらの考えをご理解いただけるように願います――神があなたをお守りし、あなたの心が欲するものをあなたへと届けてくれますように。そしてお帰りの際には、少しばかりの感謝の気持ちを当ホテルにお残しいただければ幸いと存じます。

（いつくしみ深き友なるイエス〔讃美歌の題〕！　私はわが目から流れる真珠のような涙をぬぐい、大量の唾を吐き、一一三号室の痰壺に残してきたゴキブリのはらわたを静かに抜き取る。ウスペンスキーの『ターシャム・オルガヌム——第三の思考規範　世界の謎への鍵』を再読するように心のなかでメモを取る。顔について！）

私はパリ第十四区に戻り、私が横たわっている小舟はモビール湾へと蒸気を立てて進む。排気管は全開、舵柄は操作中。私の下には亜鉛と錫時代の甲殻類、雑食性のイソギンチャク、溶けかかった海氷、牡蠣場、タチアオイ、そして巨大なハムの塊。ルフトハンザ機はハッティズバーグへの巡航を行っている。ファラガット大将が死んでもう百年になる。きっとデヴァチャン〔ブラヴァツキー夫人の神智学の教えによる「神の住処」〕にいるのだろう。すべては馴染み深いものだ、跳飛するマンドリン、灰の芳香、波状のシルエット、鏡のように穏やかな湾からの凝視。進みも旋回もせず、バブルもトラブルもない。カノン砲が凹地を見下ろし、凹地は語らず。町は聖墓のごとく白い。昨日は万霊節だったので歩道には紙吹雪が散らばっている。歩き回っている人々は白いズック製ズボンをはいている。熱波のせいで彼らの歩行は斜めになり、音波は地震計のように動く。ドンドン、という太鼓の音はなく、ピシャッピシャッ、ピシャッピシャッという音ばかり。鴨たちが湾に浮かび、その嘴は金色と虹色だ。アブサンが、スコーンとはじけたパパイヤの実とともに、ベランダで供される。落ちた屑をカラスとムクドリモドキが拾い集める。サウルの時代と同じように、コロサイ人の昼とエジプト人の夜と同じように、いまがまさにそうなのだ。南にはホーン岬、東にはボスポラス海峡。東へ西へ、時計回り反時計回り、モビールはアストロラーベのようにゆっくりと回転する。バオバブの木陰を知った男たちはハンモックのなかで怠惰に揺れる。尻を付けてしゃがんだり腰を浮かせたり、赤道地帯の骨のないブロンズの女たちがのんびり歩く。モーツァルト的な何かが、セゴビア的な何かが、空気をかき回す。メイン州がその純潔をささげ、アラビアがスパイスを差し出す。それはまったく動かないメリーゴーラウンドだ、人に優しいライオンだ、飛行態勢をとるフラミンゴだ。アロエの乳液にクローヴとブランデーを混ぜて飲めば、モビールの精神万能薬の出来上がりだ。何かが違うなんてことは一時間たりともないし、同じでない日は一日もない。それはポケットのなかにあり、光でハチの巣状にされ、かき鳴らされたマンドリンのようにひらひらと飛ぶ。それは可動式《モビール》で流動性で固定されているが接着はされていない。それは答えを出さないし、質問もしない。それは穏やかで心地よい戸惑いを与えてくれる、まるで初めての中国語の授業か、初めての催眠術師からの施術みたいに。出来事は一度にあらゆる方向へと逸脱する。拡散した出来事は決して結合しない。ゴグでないものはマゴグである——そして九時にはいつもガブリエルが角笛を吹く。だがそれは音楽か？　誰が気にするか。鴨は羽をむしられ、空気は湿っぽく、潮は引き、山羊はしっかりとつなぎ留められている。湾から風がそよぎ、牡蠣は泥から出される。マンドリンの音をかき消すほどに刺激的なものなど何もない。ナメクジたちが板から板へと動く。彼らの小さな心臓は激しく鼓動し、脳は味噌でいっぱいだ。夕暮れ時になれば湾上には月光が降り注ぐ。ライオンたちはいまでも人に優しく、鼻を鳴らしたり唾を吐いたりいきり立ったりシューシュー音を立てたりするやつのことは、みなきちんと制御してある。それはメリーゴーラウンドの死だ、芽キャベツの甘い死だ。

ある日、公園で

ハリウッドで私は鮮やかなまでにパリのことを思い起こす。その理由は、通りに子供がまったくいないからだ。実際、いま思い返してみると、私が子供を見かけたのは南部のどこかの都市の黒人居住地域以外に記憶がない。特にチャールストンとリッチモンドだった。チャールストンで八歳くらいの黒人少年が、生意気そうにふんぞり返って歩いていたのが印象的だった。寸詰まりで、上から叩き潰されたみたいなチビが大人の真似をして、火のついていない煙草を口にくわえている。私がドラッグストアで飲み物をとっていると、彼がぶらりと入ってきて、サム・ラングフォード〔黒人プロボクサー。一八八三―一九五六〕のミニチュア版みたいにあたりを見回した。最初、私は小人かと思ったが、いや、ただの子供で、七、八歳程度なのだとわかった。大人ぶったハットをかぶっていた割には、頭はカウンターの上まで届かなかった。そして私たちのことを見上げているのにもかかわらず、私たちのことを見下げているような印象を与え、新鮮な野菜か何かを見るかのように私たちを品定めしていた。カウンターに近づくと、そこに立っていたソーダ水係の男に向かって、マッチをくれとクールに言った。男は怒っているふりをして、大きな虻でも扱うかのように、彼を追い払おうとした。だが少年はその場に立ったまま彼を見上げ、おどけた態度で反抗した。片手はポケットに入れ、もう片方の手では糸でまとめられた鍵の束を無造作に回していた。カウンターの男がその態度を威嚇的に感じ始めたので、少年は穏やかに背を向けて、雑誌の置かれた棚へと向かった。「コミックス」という名の雑誌が、ちょうど彼の頭の上の低い棚に無数に置かれていた。彼は商品を下ろし、タイトルにゆっくりと目を通した——惑星、ヒーロー物、スリリング、スピード、大当たり、ジャングル、エキサイティング、闘い、翼、驚愕、実話、魔法、不思議、等々——同じタイトルで、様々な版が無尽蔵にありそうだ。ついに彼はひとつを選び取り、悠長にページをめくった。それが気に入ると、彼はそれをわきの下に抱え、そしてカウンターへとゆっくり戻るのだが、そのとき床にマッチ箱が落ちているのを見つけ、身を屈めてそれを拾った。カウンターへ行くと彼はコインを空中に高く投げ上げた。コインはカウンターではねて向こう側に落ちた。そのやり方が芸人のように型通りで自慢に満ちていたので、店員はひどく腹を立てた。すると彼はふたたび私たちのことをじろじろと、彼らしい生意気な態度で見まわし、カウンターの大理石板にマッチを擦りつけて煙草に火を点けた。店員の方を見もせずに手を差し出してお釣りを求める態度は、お釣りなどという些細なものに気づかないほど他のことに没頭しているビジネスマンのようだった。手に小銭を感じ取ると、彼は頭を少し動かし、床に唾を吐いた。これにはもちろん、店員は怒って彼に飛びかかろうとしたが、かわされてしまった。少年はすでに扉口に滑り込んでいた。そこで彼はしばし立ち止まり、みんなに向かって不遜に笑い、鼻先に指を当てて広げて私たちを挑発した。そして彼は脱兎のごとく逃げ去った。

その後、ラトナーとふたりで黒人居住地区をぶらついていたら、ふたたび彼に出くわして、今度は街灯柱に寄りかかって先程買ったばかりの「コミックス」誌を読んでいるところだった。彼は完全に没頭していて、まわりに気がつかない様子だった。ハットは後頭の方にずれ上がり、口には楊枝をくわえていた。取引所でせわしない一日を終えたばかりのブローカーみたいな風情だった。私は彼にスコッチのソーダ割りでも注文して、気を逸らさないようにうまくそれを彼の手の届くところに置いてやりたい気持ちにかられた。いったい何を読んだらあんなに夢中になれるのか、不思議だった。表紙には半裸の娘が欲情したゴリラの腕に抱かれている場面が毒々しく描かれている「ジャングル」の号を彼は選んでいた。私たちは数フィートしか離れていないところで立ち止まって彼を眺めた。彼は一度も目を上げなかった。まわりのことなど完全に忘れていた。

アルバカーキで出会ったブルースとジャクリンと比べると、何て大違いなんだ！　ブルースは六歳でジャクリンは四歳くらいだっただろうか。ふたりはローウェル・スプリンガーと妻ローナの子供で、私は彼らのモーテルに数日間滞在していたのだ。ローウェルは町の西端にあるスタンダード・ステーションで働いていて、ローナはモーテルの入り口でソーダを売っていた。単純素朴で、生きているだけでも幸せそうな人たちだった。ふたりと話ができたのは喜びだった。ふたりとも知的かつ繊細で、ごく普通の人だけがもつ上品さをたたえていた。特に若い夫ローウェルのほうに気を惹かれた。彼は私にとって、これまで出会ったなかでもおそらくもっとも親切心にあふれた人物に思えた。他の性質も彼がもっているかなんて気にも留めなかった――彼の親切心は一服の強壮薬のようだった。子供たちに対して驚くほど忍耐強く優しく接するので、私は感心した。昼夜を問わず一日中働いているように見えたが、どんなに忙しくても彼は、子供たちの無数の問いに答え、玩具を修理し、うるさくせがむ子供たちに飲み物を運んでやるようにいつも時間をとっていた。

子供たちはいつも、日中はモーテルの敷地内で遊んでいた。しばらくして、私の部屋のドアが開いているのを見かけると、ふたりは私と打ち解け、部屋を訪れるようになった。すぐにふたりは近くに公園があることを私に知らせ、そこにはライオンと虎がいて、ブランコと砂場があると訴え始めた。ふたりはあまりにもお行儀がよかったので、はっきり私に連れて行ってとは頼めず、子供ながらに遠回しにほのめかした。「おじさんは毎日ずっと働かなければならないの？」と私は訊かれた。「いや、そのうち一日休みをとるから、そうしたらライオンと虎を見に行こうね。」そう答えるとふたりはひどく興奮した。十分後には小さなジャクリンが戸口に頭を突っ込んできて、私が今日これからまだ仕事を続けるのか尋ねた。「おじさんの車に乗ろう」と彼女は言った。「きれいな車ね。」

車に乗せるのは怖い気がしたので、私はローナに、公園まで歩いて行っても大丈夫かと尋ねた——そんなに遠くまで歩けるのだろうか？「まあ、全然平気ですよ」と彼女は答えた。「私よりもたくさん歩けるくらいですから。」

私は戻って子供たちにお出かけの用意をするように言った。「もうできてるよ」とブルースが答えた。「おじさんのこと、待ってたんだから。」その言葉とともにふたりは両手で私を掴んで、モーテルの外へと私を引っ張り始めた。

公園はたっぷり一マイルは離れていたが、私たちは道中、道に迷ったふりをしてはまた元の道に戻ったりして、大いに楽しんだ。ほとんどの間ふたりは私のまえを走り、草の生い茂った場所を抜けて近道をした。「急げ！　急げ！」と叫ぶ子供たち。「ライオンの餌付けが始まっちゃうよ。」

風変わりな木立から黄金色の光が漏れている様子は、私がアルバカーキで見かけるとは思いもよらなかった光景だった。アンドレ・ドランの風景画を思わせる、見事な黄金色の伝説的な光景だ。私が芝生に身を投げ出すと、子供たちはアクロバットのごとく転がりまわった。遠くでライオンが吠えているのが聞こえた。喉が渇いたジャクリンは、一所懸命私を引っ張ってソーダ売り場に連れて行かせようとした。ブルースはライオンの餌付けを手伝いたがった。私はただ単に、黄金色の光の湖のなかで永久に横たわって、濃い新緑が樹々の透明な葉のなかで水銀のように動いているのを見ていたかった。子供たちは勤勉な小人の精みたいに私に働きかけては、私を恍惚から覚まそうとした。とがった葉で私の耳をくすぐり、太った河馬でも扱うみたいに私を押したり引いたりした。私はふたりを体のうえに引っ張り上げ、動物の赤ん坊みたいに転がし始めた。

「水が飲みたい、ヘンリー」とジャクリンが頼んだ。

「ヘンリーじゃないよ、ミラーさんだよ」とブルース。

「ヘンリーって呼んでくれ」と私。「それが本当の名前なんだ。」

「僕の名前知ってる?」とブルース。「ブルース・マイケル・スプリンガーっていうんだ。」

「それであなたの名前は?」とジャクリン。

「ヘンリー・ヴァレンタイン・ミラーっていうのが私の名前だ。」

「ヴァレンタイン! 素敵な名前だね」とブルース。「僕のお父さんはローウェル——お母さんの名前はローナ。まえはオクラホマに住んでたんだ。何年もまえ。それからアーカンソーに引っ越したんだ。」

「それからアルバカーキ」と小さなジャクリンが言いながら、私の袖を引っ張って立ち上がらせようとした。

「ここにはラクダとか象はいるの?」と私は尋ねた。

「ゾウ? ゾウって何?」とブルース。

「虎が見たい」とジャクリン。

「よし、ゾウを見よう」とブルース。「怖くない動物?」

私たちは遊び場に移動し、子供たちは喜びながら手を叩いて私のまえを走っていた。ジャクリンはブランコに乗せて欲しがった。ブルースもだ。私はふたりをブランコに座らせ、そっと揺らし始めた。「もっと高く!」とジャクリンが叫んだ。「高く! 高く!」片方からもう片方へと私は走り回り、思い切り強く押した。ジャクリンが手を放しはしないか心配だった。「もっと強く!」と彼女は叫んだ。「僕を押して!」とブルースが叫んだ。

もうふたりをブランコから降ろすことはできないのではないかと私は思った。「空に触れそうだったでしょ?」とブルースが言った。「お父さんなら空を触れるんだ。むかしは毎日お父さんがここに連れてきてくれたんだ。お父さんは……」彼は父親の話を続けた。お父さんがこうした、お父さんがああした。

「じゃあローナは？」と私が言った。「ローナはどうなの？」

「ローナは僕のお母さんだ」とブルース。

「私たちの、でしょ」とジャクリン。

「そうだよ」とブルースが言った。「お母さんもたまに来るよ。でもお父さんほど強くないんだ。」

「すぐ疲れちゃうの」とジャクリン。

私たちは鳥と動物の広場へ向かうことにした。「ピーナッツが欲しい」とジャクリンが言い出した。「ピーナッツ買ってちょうだい、ヘンリー」と猫なで声で言った。

「お金はもってるの？」と私は訊いた。

「ううん、お金ならヘンリーがもってるでしょ？」と彼女が言った。

「お父さんはたくさんお金をもってるんだ」とブルースが言った。「昨日僕に二セントくれたんだ。」

「それはどこにあるの？」と私は訊いた。

「使っちゃったよ。お父さんは毎日お金をくれるんだ――欲しいだけ。お父さんはたくさんお金を稼いでるんだよ。ローナよりもたくさんさんね。」

「ピーナッツが欲しい！」とジャクリンが言いながら足を踏み鳴らした。

私たちはピーナッツとアイスクリームとゼリービーンとチューインガムを買った。子供たちはまるで飢えていたかのように全部同時に口にした。

私たちはヒトコブラクダのまえに立っていた。「彼にアイスクリームをちょっとあげたら」と私はジャクリンに言ってみた。彼女はあげなかった。ラクダにあげたら病気になると言った。ブルースが慌ててアイスクリームを食べ切ろうとしているのに私は気づいた。

「それじゃあビールでもあげてみようか」と私は言った。

「そう、そう」とブルースがその気になって言った。「ビールをあげようよ。」まるでそうするのが当たり前であるかのように。それから少し考えた。「酔っぱらわないのかな？」と彼が訊いてきた。

「もちろん」と私は答えた。「べろんべろんになるんだよ。」

「そうしたらどうなるの？」うれしそうに彼は尋ねた。

「きっと両手で逆立ちしたり、あるいは……」

「手ってどこにあるの？」と彼は言った。「あれが手なの？」と彼は前足を指差した。

「手はいまポケットに入れてるんだよ」と私は言った。「お金がいくら入っているか数えているんだ。」

ジャクリンはその発想を面白がった。「ポケットはどこ？」と彼女は訊いた。「どうして彼はお金が欲しいの？」とブルースが訊いた。

「君こそどうしてお金が欲しいんだ？」と私は言い返した。

「キャンディーを買うんだ。」

「なら、彼だってキャンディーを買いたいんだと思ったことはないのかい？」

「でもしゃべれないじゃないか！」とブルースが言った。「何を注文すればいいのか彼にはわかんないよ。」

「彼はしゃべれるよ！」とジャクリンが言い出した。

「ほらね！」と私はブルースに向かって言った。「彼は口笛だって吹けるんだよ。」

「そう、口笛だって吹けるんだよ」とジャクリンが言った。「私、聞いたことがある。」

「それならいま吹かせてみろよ」とブルース。

「いまは疲れてるんだ」と私。

「そう、いまはとっても疲れてるの」とジャクリン。

「口笛なんて吹けるはずないよ」とブルース。

「口笛も吹けるよ」とジャクリン。

「吹けない！」とブルース。

「吹ける！」とジャクリン。「そうでしょ、ヘンリー？」

私たちは移動してクマとキツネとピューマとリャマがいる場所へ行った。私は立ち止まってブルースのために一字一句解説を読んでやらなければならなかった。

「インドってどこ？」ベンガル虎について読んでいると、彼が尋ねた。

「インドはアジアだよ」と私は答えた。

「アジアってどこ？」

「アジアは海の向こうさ。」

「とっても遠い？」

「うん、とっても遠い。」

「どれくらい時間がかかる？」

「そうだな、三カ月くらいかな」と私。

「船で？　飛行機で？」と彼。

「いいかい、ブルース」と私は言った。「月に行くにはどれくらいかかると思う？」

「わかんない」と彼は言った。「二週間くらい。ねえ、月に行く人っているの？」

「たまにね。」

「帰ってこれるの？」

「これないこともあるよ。」

「月にいるのってどんな感じ？　行ったことあるの？　月って寒い？　ここみたいに動物がいるの——芝生と木も？」

「月には何でもあるよ、ブルース、ここみたいに。ピーナッツだって。」

「じゃあアイスクリームは？」とブルース。

「あるけど、ちょっと変わった味だよ。」

「どんな味？」

「チューインガムみたいな味だな。」

「溶けないってこと？」

「そう、全然溶けない」と私。

「変なの」と彼は言った。「どうして溶けないの？」

「ゴムみたいにできてるんだ。」

「こっちのアイスクリームのほうがいいな」と彼は言った。「溶けるのがいい。」

　私たちは移動して鳥類が集められた場所へ行った。鷲やコンドルが小さな籠に閉じ込められているのを見ると哀れな気持ちになった。鳥たちはあたかも自分の羽が退化してしまったことを知ったかのように、悲しげに止まり木に留まっていた。チャガシラヒメドリのような、見事な羽毛をもって地面を跳ね回っている鳥がいた。彼らは遠く離れた世界から来て、彼らがいた場所と同じくらい異国情緒に溢れていた。クジャクもいたが、信じられないくらい見栄っ張りで、社交界の女性たち同様、自分の卑俗さを誇示するくらいしか世の中に対してすることがないみたいだった。ダチョウはもっと面白かった——タフ野郎、とでも言うべきか——強い個性とたっぷりの悪意があった。彼らの長い筋肉質の首を眺めていると、指貫や割れたガラスや、その他の食べられない物が思い浮かんだ。私はカンガルーとキリンを見逃してしまった、あの孤独な、われらの子宮内での生活に深く結びつけられた生き物たちを。キツネももちろんいたのだが、動物園のなかで見たせいか、あまりキツネらしく感じられなかった。そしていよいよ私たちはジャングルの君主たちが偏執狂者みたいに休むことなく行ったり来たりしている場所へたどり着いた。ライオンや虎が檻に入れられているのを見るのは、私にとって、世界でいちばん残酷な光景だった。ライオンはつねに無表情で哀しげで、立腹しているというよりも途方に暮れている様子だった。檻を開けて彼を解き放ちたい欲求に駆られてやまない。檻に入れられたライオンは、どういうわけかいつも人類を卑劣で狭小なものに感じさせる。ライオンや虎を動物園で見ると必ず私は、人間にも檻を作るべきだと思う、それぞれその人に合った設定のものを。司祭には祭壇、法律家には分厚くくだらない法律書、医者には拷問用具、政治家には現金袋と大げさな公約、教師には低能帽、警察官には棍棒と拳銃、裁判官には女物の法服と小槌、等々。結婚したカップルには隔離した檻を用意し、結婚の喜びとやらを感情抜きに公平無私な態度で観察できるようにしよう。われわれが展示されたら、どんなに滑稽に見えるだろう！　クジャク人間！　そのうえ、小心者の彼には飾り羽なんてないのだ！　笑い者になるだけの生物、それがわれわれ人間なのだろう。

家に帰らなければならない時間が来た。私は子供たちを優しく引き離さなければならなかった。帰り道もまた、黄金色の光のなかに立つ樹々の鮮やかな新緑のもとを歩いた。近くにはリオ・グランデが流れていて、川岸には大きな石が散らばって光り輝いていた。アルバカーキの広い平野のまわりを大きな丘が取り囲んでいて、夕暮れ時になるとそれは様々な色合いを帯びて魅了する。そう、魔法の国だ、目に見えるもののせいでそう言うのではなく、不毛の荒野に隠れたものがそう言わせるのだ。この際限のない空間をふたりの子供たちと歩いていると、私は不意に南米の作家・詩人の作品を思い出した。子供を誘拐して、月の絢爛たる雰囲気のなか、大草原を旅する奇妙で幻想的な話だ。ブルースとジャクリンを引き連れて残りの旅行を続けたら、どんな旅になるだろうかと私は空想した。まったく違う経験となるのだろう！　何て楽しい会話になるのだろう！　そう考えれば考えるほど、私は両親からふたりを借り出したい欲望にとり憑かれていった。

　ほどなくして、私はジャクリンが疲れてきたことに気づいた。彼女は岩に腰かけ、切なそうにまわりを見た。ブルースは先を走っていて、先導役のようだった。「おんぶしてあげようか」と私はジャクリンに訊いた。「うん、ヘンリー、おんぶして、疲れちゃった」と言ってジャクリンは両手を差し出した。私は彼女を背負い、小さな腕を私の首にかけさせた。次の瞬間、私の目に涙が溢れた。私は幸せと悲しみを同時に抱いた。子供をもたずに生きることは、偉大な感情の領域を自分から消し去ることである。かつては私もこんな風に自分の子供を背負った。ローウェル・スプリンガーと同じように、私は彼女の気まぐれをすべて楽しんでいた。子供にノーなんて言えるだろうか？　自分の血肉を分けた子供に対して、奴隷にならずにいられるだろうか？

　家までは長い道のりだった。私は何度か彼女を下してひと息つかなければならなかった。彼女はいまやはにかんだ様子で、ほとんど媚びを売るような感じだった。私が彼女の言いなりなのを、彼女はわかっていた。

「この先は歩けないかい、ジャクリン」と言って私は彼女を試した。

「ダメ、ヘンリー、すごく疲れた。」そしてまた彼女は訴えるように両腕を伸ばした。

　彼女の小さな腕！　それを首に感じると、私は完全にとろけてしまった。もちろん彼女は疲れているふりをしているだけで、そんなに疲れてはいなかった。彼女は女の魅力を使うことを私相手に練習しているだけだったのだ。家に着き、私が彼女を下すと、彼女は仔馬のように跳ねまわり出した。家の裏で、なくなっていた玩具が見つかった。自分でも完全に忘れていたものが見つかって、彼女は魔法にかかったように元気を取り戻した。古い玩具は、新しいものよりはるかによいのだ。それで遊んだことのない私ですら、それに秘密の魅力を感じた。幸せな時間の記憶がそのなかに埋め込まれているようだった。擦り切れてぼろぼろになっていることがかえって温かく優しい感覚を生み出していた。そう、ジャクリンはいま、ものすごく幸せだ。

私のことなど完全に忘れていた。彼女は昔の愛を見つけたのだ。

私は彼女を見つめて恍惚となった。こんな風に、あることから別のことへと何の考えも躊躇もなく移っていくのは、完全に正直で正しいことに思えた。それは子供がもつ能力であり、とても賢い人々もそれをもっている。忘れる能力。無関心になる能力。私は部屋に戻り、座りながら小一時間夢を見ていた。しばらくすると連絡係がきて、私は金を受け取った。それですっかり私は現実の世界へ、人間の価値観によるごまかしの世界へと引き戻された。金！ 私には、その言葉は狂っているように響いた。ごみの山のなかの壊れた玩具のほうが無限にもっと価値があり、意味があるように思えた。突然私は、アルバカーキが店と銀行と映画館のある町だということに気づいた。他と変わりのない町。魔法はそこから消え去ってしまった。山は観光客向けに見え始めた。雨が降り出した。この時期、アルバカーキは雨が降らない。それでも雨が降った。降り注いだ。あの子供たちがよく遊んでいた小さな空き地には、いまや巨大な水たまりができていた。すべてが変わってしまった。私は療養所と空気を抜かれた肺のことを考え始め、それから航空会社が座席の脇に便利に置く小さなコップのことを考えた。部屋と部屋のあいだを雨水が絶えることなく斜めに落ちていた。子供たちはおとなしく、もう見えなくなっていた。遠足はおしまいだ。喜びも悲しみも残っていなかった――虚脱感だけが残った。

自動車のパッサカリア

自動車というものについて、ちょっとパッサカリア〔スペインやフランスの古い舞曲形式〕を奏でてみたい気分だ。車を売り払おうと決めたときから、彼女は優美に走り続けている。まったくこの車ときたら、淫らな女みたいに振舞うのだ。

アルバカーキにいたとき、車の調子がすっかり悪くなり、私は自動車専門工のヒュー・ダッターに会った。オクラホマとテキサス飛び地地域を走っていたときずっと追い風にさらされていたので、それが原因だったのではないかと私はときどき思う。私を溝に突っ込ませようとした酔っ払いの話はもう書いただろうか？彼のせいで、私はジェネレーターをなくしたかとほとんど思い込んでしまった。彼が言うように、本当にジェネレーターがないのか、誰かに尋ねるときは、当然私は少し恥ずかしい思いをしたが、それから私は修理工と会話をする機会にはいつでも、ジェネレーターの話題を持ち出し、それがいったいどこに隠されているのか工員が教えてくれることを何よりもまず期待し、それからさらに、そんなものがなくとも車は動くのかどうか教えてくれることを願った。私は何となくおぼろげに、ジェネレーターはバッテリーと関係があるのかと思っていた。関係ないのかもしれないが、いまでも私はそんな認識でいる。

修理工たちと会って私が面白く感じるのは、それぞれの話が食い違うことだ。医療や、文芸批評の領野によく似ている。答えを見つけたと思った瞬間、間違っていることに気がつく。小柄な男が一時間ばかり機械をいじくりまわし、恥ずかしげに小金を要求してきたとして、彼が正しい処置をしていようといまいと、車は走るし、かと思えば大きなサービス・ステーションに行くと何日間も入院させられて、車は分子と原子のレベルまで解体され、結局また、数マイル走って故障する。

大陸を移動する旅を考えている人たちみんなにアドバイスしたいことがひとつある。ジャッキとモンキーレンチと金梃子を忘れないように。多分、レンチがナットに合わないこともあるだろうが、それは問題ではない。何かをいじくりまわしているふりさえしていれば、誰かが車を止めて、手を貸してくれるのだ。ルイジアナの沼地の真ん中で車輪がぬかるみにはまったあとになって、私は工具がひとつもないことに気づいた。半時間ほど考えた末、もしあるとしたら、フロントシートの下に隠れているだろうと思いついた。それとも誰かが通りがかって、次の町に立ち寄って誰かを助けによこすと約束しても、信じてはいけない。次の人にも頼み、その次の人にも、またその次の人にも頼むことだ。つねに誰かが続いているようにしておかないと、この世の終わりまで道端に座り込む羽目になってしまう。それから工具をもっていないなどと言わないこと。疑わしく聞こえるので、盗んだ車かと思われてしまう。なくしたとか、シカゴで盗まれたとか言うとよい。もうひとつ、前輪に空気を入れてもらったとしても、それできっちり入っていると思い込まないこと。次のスタンドに行って空気が入っているかを確認してもらえば、真夜中に前輪が外れることもないと安心できるだろう。たとえどんなに天才であろうと、検査した五分後にその車がばらばらに壊れないと保証できる者はいないのだと思っておくほうがよい。車とは、スイス時計よりもはるかに繊細なものなのだ。そのうえ、もっと魔性に満ちていることも、わかっていただけるだろう。

車に詳しくない人なら、車の調子が悪くなったときには大きなサービス・ステーションにもって行きたくなるのは仕方のないことだ。もちろん、大きな間違いだが、それでも伝聞よりは経験から学ぶほうがよいだろう。怠け者にしか見えない小男がもしかしたら魔法使いかもしれないなんて、誰にもわからないのだから。

いずれにせよ、サービス・ステーションに行ったとする。すぐに肉屋のスモックを着た男に出くわし、そいつは手にメモ帳をもち、鉛筆を耳にかけ、見た目はとてもプロらしく用心深い面持ちで、修理をしても車は完璧な状態に戻るとは決して完全には保証せず、それでもサービスは非の打ちどころがなく、最高レベルの技術だとか、そのような類のことをほのめかしてくる。こういった自動車業界の起業家たちは、誰もが外科医みたいな雰囲気を身にまとっている。たとえば、ほとんど手遅れ寸前になって来やがって、などと言わんばかりだ。私たちは奇跡を起こすことはできませんが、二、三十年の経験がありますから、最善の処置を施すことはできます。それから、ひとたび車を彼の無垢な手に委ねると、本当に外科医みたいに、真夜中に電話をかけてきて、エンジンを分解して部品を全部並べてみたら最初に思っていたよりもはるかに強烈に悪い部分が見つかった、などと言い出してくるのだ。深刻な問題がある、だって！　肺が悪いことから始まって、最後には虫垂を切除しましょう、胆嚢も、肝臓と精巣も、となる。請求額はつねに正確で言い争う余地もなく、恐ろしいほど高額だ。明細にはすべてがびっしりと書きこまれているが、主治医の頭脳の質については何もない。直感的に、その請求書を大切にしまっておこうと思うだろう、次にまた車が壊れたときに別の病院でそれを見せられるように。車のどこが悪いのか最初からわかっていたと、証明できるようになりたいと思うだろう。

この種の経験を何度か重ねると、人は慎重になるものだ、とりわけ私のように、飲み込みが悪い人の場合は。しばらくのあいだ町に滞在し、慣れてきて、まわりが友好的に思えてきたなら、探りを入れてみることだ。大きなサービス・ステーションから角を曲がったところすぐに、ちょっとした人物がいるという情報が得られ（その場所を聞けばいつでも他のある場所の先だと言われるので、見つけるのが難しい）、その人は修理の天才だというのに、代金はあきれるほど安い額しかとらないというのだ。彼は誰に対してもそのように接する、たとえ「外国の」ナンバープレートの持ち主であってもと、みな口々に言うだろう。

さて、それがまさにアルバカーキで私に起きたことで、それも外科医で美食家のピーターズ博士と交わした友好関係のおかげだ。ある日、これといって他に何もすることがなく——片っ端から電話をかけまくったり、歯の洗浄に行ったりするような日のことだ——とにかくある日、土砂降りのさなか、私は名匠にして自動車界のペインレス・パーカー〔二十世紀初頭、サーカス団を率いて巡回歯科治療を行い、無痛治療を謳った歯科医師〕なる人物に相談しに行くことに決めた——ヒュー・ダッターだ。それほど致命的に悪い個所があったわけではなく、ただいつも高温になってしまうのだった。サービス・ステーションの工員はそれを大した問題とは考えず、標高とか車の経年数とか、そういったことが理由だと言った。どうやら彼らにはもうこれ以上修理したり部品交換したりはできなかったのだろう。だが寒い雨の日に走って温度計が八十度くらいまで上がるなんて、どこかおかしいに違いないと私は考えた。標高千五百メートルでそんなに高温になるなら、二千メートルとか三千メートルになったらいったいどうなるのだろう？

私は修理店の戸口に立ち、ダッターが戻るまで一時間くらい待つことになった。彼は友人たちと食事に出かけていて、こんな土砂降りの日に客が来るとは夢にも思っていなかったのだ。アシスタントがカンザス出身で、私を楽しませようとしてカンザスで洪水のなかを車で走った話をしてくれた。雨が降ったら、ポンコツ車でこの危険な行動を起こすくらいしか人々にはやることがないかのような話だった。バスが川の源流にはまり、転覆して、下流に流されて見つからなくなったことがあったそうだ。彼は雨が好きだ——故郷が恋しくなるのだった。

しばらくしてダッターが現れた。彼が棚のところでアクセサリーを整えているあいだ、私はさらに待たされた。私が気弱に自分のトラブルを説明すると、彼はゆっくりと頭を掻き、車のほうを見もせずに言った。

「まあ、そんな風に高温になるのは、いろんな理由が考えられるでしょう。ラジエーターを焦がしたことはありますか？」

あると私は答えた――テネシー州ジョンソンシティでのことだ。

「どれくらい前に？」と彼が訊いた。

「ほんの数カ月前です。」

「なるほど。てっきり、数年前と言うのかと思いましたよ。」

車はなおも雨に打たれている。「見なくていいんでしょうか？」と私は、彼が興味を失ってしまっては困るので言った。

「なかに入れるのはかまいませんよ」と彼は言った。「見て悪くなることはありません。十中八九ラジエーターです。多分、クリーヴランドの人たちはちゃんと修理をしなかったんでしょう。」

「ジョンソンシティです！」と私は訂正した。

「まあ、どこでもいいですが。」彼はアシスタントに車を乗り入れるように指示した。

彼はそんなに気乗りしているようには見えなかった。別に、私が破裂した胆嚢とか象皮病で膨れあがった脚を持ち込んだという風でもなかった。私は心のなかで考えた――しばらくのあいだ彼に任せておこう、少しいじくりまわしてみれば、彼にも少しは興味が湧いてくるかもしれない。そこで私は外出することを告げ、軽い食事でもとることにした。

「すぐに戻りますから」と私は言った。

「いいですよ、急がずに」と彼は答えた。「点検には数時間かかることもありますから。」

私はチャプスイを食べ、戻るときも少しぶらぶらと時間をつぶし、彼が正確な症状を掴めるように余裕をもった。時間を少しつぶすために、私は商工会議所に立ち寄り、メサ・ヴェルデまでの道路状況について尋ねた。私はすでに学んでいたのだが、ニューメキシコでは、地図を見ただけでは道路がどんな状態かまったくわからないのだ。たとえば、深い泥土にはまって五十マイルか七十五マイルくらい搬送してもらうことになったら、いったいいくら払わせられるのか、地図は教えてくれない。それに砂利道と舗装道では天地の差なのだ。ニューヨークの自動車クラブで、ある人がつやつやの赤鉛筆をとって、合間に電話二本に答えて小切手を現金に換えながら、メサ・ヴェルデまでの道順を私に書いてくれたことがある。

「公式には、五月の半ばくらいまでメサ・ヴェルデへは通行止めなんだ」とその人は言った。「私ならあえて危険は冒さないね。暖かい雨でも降ったら、何が起こるかわからないよ。」

私はアリゾナへ行くことに決めた、しもやけの症状でも出ないかぎりは。それでも私は、シップロックやアステカ族を見られないかと思うと、少しがっかりした。

ガレージに戻ると、ダッターがエンジンに向かって身を丸め込んでいた。彼は医者が肺の聴診をするみたいに、耳をモーターに向けていた。重要な部分から長いワイヤーにつけられた電球がぶら下がっていた。電球を見るといつも私は安心する。それは本気で作業中だということだ。いずれにしても、彼は車の内臓のなかに入ってどこかに行こうとしていた——そんな風に見えた。

「悪いところはわかりましたか?」私は恐るおそる尋ねてみることにした。

「いえ」と彼は言い、何だかわからない精密な機械が音を立てている雑然とした状態のなかへ手首を突っ込んだが、その機械は自動車をまさに自動車たらしめている重要な部品のようだった。車を走らせている部分を見るのは私にとって初めてだった。それは機械としてとても美しかった。蒸気オルガンが油桶のなかでショパンを奏でている光景が思い浮かんだ。

「スピード調節のタイミングが合ってないんだ」とダッターは言ったが、私を見るために首をそらしていても、熟練した外科医みたいに、器用な右手はなおも作業を続けていた。「そんなことは調べるまえからとっくにわかっていたんだが。そういう場合、他の原因よりもずっと速く車が熱くなるんだ。」そして彼は、車の内部深くからタイミングがいかに作用するか私に説明し始めた。いま私が覚えているかぎりでは、八気筒のエンジンは一方のカムで二、三、五、七気筒に着火し、もう片方が三、四、六、八気筒に着火する。数字は間違っているかもしれないが、カムという言葉に私は興味をそそられた。それは美しい言葉で、彼がそれを私に指さしてみせたとき、私はさらにそれが好きになった——カム。ピストンとかギアのように、それには地に足がついた性質がある。私のような無学の徒でも、ピストンは、その音の響きからして推進力に関わりがあり、乗り物の走行と密接に結びついているのだとわかる。私はまだピストンそれ自体を見てみる必要があるが、たとえそれが冷たく他の部品から分離されているのを見る機会がなくとも、ピストンなるものが存在することを私は信じる。

しばらくのあいだ彼はタイミングの調整に当たった。四分の一度の差でどれだけ違うか彼は説明した。彼はキャブレターの調節をしていた、私の勘違いでなければ。私はこの説明を、他の説明のときと同様に、質問を返すことなく受け入れた。次第に私は「はずみ車」とか、その他の神秘的なメカニズムにとって多かれ少なかれ必要な部品について、理解を深めていった。車に関するほとんどあらゆる部品は、ついでに言ってしまえば、多かれ少なかれ必要な物なのである。シャシーの下のナットだけはのぞいて。それは緩くなって、年寄りの歯みたいに抜け落ちるが、たいしたダメージはない。私は普遍的な話をしているわけではない——それは別問題だ。だが車をジャッキで上げたときに落ちるのが見えるあの錆びたナット——実のところそれは何の意味もない。最悪の場合ステップ板が落ちるかもしれないが、ステップ板が取れたことを知ってさえいれば、たいした損害にはならないものだ。

何かのついでに思い出したのか、彼は突然私にサーモスタットを何度に設定しているのか尋ねた。私は答えられなかった。サーモスタットのことは何度も聞いていたし、車のどこかにそれがあることも知っていたが、しかしそれがどこにあり、どんなものなのかは知らなかったのだ。その話題に触れることを私は精一杯巧妙に避けた。またもや私は、その器具がどこにあってどんなものなのかを知らずに恥ずかしくなった。ニューヨークを出発する際、サーモスタットの機能や不機能について簡単な説明を受け、私は温度計が八十度か九十度になったらボンネットが自動的に飛び開くのだと思い込んでいた。私にとって、サーモスタットとは鳩時計の鳩のようなものだった。私の目は温度計の針に釘付けになり、八十度になるのを待ちわびた。そのときはラトナーが助手席にいて、私が針を見てばかりいるのを見て少し苛立っていたものだ。私のこの執着のせいで、私たちは何度も車を止めなければならなかった。だが私は、いつか透明人間が現れて仕掛けを解き放ち、鳩が飛び出し、そしてビンゴ！　ボンネットが開き、空気が足元を循環して、エンジンが音楽のような快調な音を立て始めることを、いつでも期待していた。もちろんボンネットなんて、まったく飛び開くことはなかった。そして針がついに九十度を指したとき、次に私が知ったのはラジエーターが焦げついていて、いちばん近い町まで四十マイルあるということだった。

さて、タイミングを矯正し、ポイントを調節し、キャブレターの目盛りを合わせ、アクセルの調子を上げ、あらゆるナット、ボルト、ネジの類いをそれぞれの適切な位置へと細心の注意を払って戻し終わると、ダッターは試運転に私も同行するよう誘ってきた。彼はテヘラス・キャニオンまで走る気になっていたが、そこには大きな勾配があるというのだ。彼は時速五十マイルで走り続け、私は少し不安になった。大きなサービス・ステーションの機械工に、あと二千マイル走って車に余裕が出てくるまでは、スピードを控えめにするよう言われていたからだ。針はゆっくりと八十度まで上がり、順調に峠に入ったときには九十度に達し、さらに上がり続けた。

「焦げつくとは思えないね」と彼は言い、マッチを擦って煙草に火を点けた。「こういった場所では原則として、本当に焦げつくまでは何も心配しないことだ。ここでは車は人と同じで、気まぐれに動くものさ。天気のせいかもしれないし、エンジン室の大きさかもしれない……いろんなことがあり得る。それに結局は標高かもしれない。ビュイックは車の大きさの割にはラジエーターを大きく作らなかったんだ。」こういった話は私にとって楽しかった。まるで良心的なフランスの医者みたいだ。アメリカの医者はいつでもすぐに言い出す——「X線写真を撮ったほうがいい。奥歯を全部抜いてしまおう。義足に変えよう。」切り刻んで血まみれにしておきながら、喉の様子すら診ていない。寄生虫が湧いただけの場合でも、アメリカの医者の診断では、幼少期以来の遺伝性角膜容器収縮症ということになる。酒でも飲んで、寄生虫でもどんな病気でもほったらかしにするしかない。

ダッターは穏やかで実際的な調子で新旧ビュイックについて語り続け、圧縮が強すぎるとか、車内が狭いとか、部品の部品を買うよりも全部品をまとめ買いしたほうがいいとか話し、シボレーやダッジについても語った。ビュイックがよい車ではないというわけではない——いや、すごくいい車だ、でも、どんな車にだって欠点はあるのだ。エスパニョーラからサンタフェへ行くときに何度もラジエーターを焦がした話を彼はした。私もそこで同じことをしたので、共感して聞いた。頂点近くまで行き、引き返して湖岸に下り、気分転換しようとしたときのこと思い出す。一気に暗くなり、透明な湖水などまったく視界に入らなかった。するとトカゲたちがいっせいに囁き合い始め、数マイル走ってもその囁きが聞こえ、それがしばらく続く、まったく荒涼とした場所だった。

帰り道、ダッターは部品や、部品の部品について話し始め、それは私にとっては少し複雑だった、とりわけポンティアックの部品とプリマスやダッジの部品の部品を比較し始めたときには。ダッジは素晴らしい車だと彼は考えていたが、彼自身の好みを言えば、昔のスチュードベーカーがよかった。「スチュードベーカーのいいやつを買ったらいいじゃないか」と私は尋ねた。彼は怪訝そうに私を見た。どうやら、スチュードベーカーは数年前に市場から撤退してしまったらしい。そこですかさず私はランチアとピアスアローの話を始めた。それらがまだ製造されているのかよくわからなかったが、つねに評判のよい車だったことは知っていた。車中での気晴らしになるなら、私は喜んで車の話をするのだと、彼にわかってもらいたかった。だが彼は、この発言については話を逸らし、技術的な解説を始め、ラジエーターのコアがどうやって鋳造されるのかとか、厚すぎたり薄すぎたりしないようにアイスピックでテストすることを教えてくれた。これが終わると彼はさらに補足して変速機と差動装置の話をするのだが、あまりに難解な話題だったので、彼が何を言っているのか私にはひとことも理解できなかった。針を見ると、八十度以下に下がっていた。旅の残りをダッターのような男を同行者に雇って過ごせれば、どんなに快適だろうかと私は心に思った。たとえ車が完全に壊れても、彼が部品について語るのを聞くのは勉強になるし楽しいことだろう。他の人々がおそらくしているように、すべての部品について詳しく知ってみると、人々がどうして車に執心するのかが私にも理解できた。

修理場に戻ると、彼は建物内へ温度計を取りに行った。そしてラジエーターのキャップを外し、沸騰しているラジエーターに温度計を突っ込んだ。間隔を置いて彼は目盛りを読んだ——神学者が聖書に対してするような、比較的手法だ。針の数値と温度計の数値では、十度の差があることが判明した。その差は私にとってよいことだと彼は言った。その言葉で彼がいったい何を意図していたのか私には正確にわからなかったが、とにかく私はそれを記憶にとどめた。車は哀れにも喉から温度計を突き出した人間みたいに見えた。扁桃腺炎かおたふく風邪にかかっているみたいだった。

酸化物の膜がどうとか、いかに精緻な作業だったかとか、彼がひとりでつぶやいているのが聞こえた。塩酸という言葉も飛び出した。「ぎりぎりの最後までそんなことはしないでください」と彼は厳かに言った。

「何をするって?」と私は聞き返したが、彼の耳には届かなかったようだ。

「酸性のものが車に触れたら何が起きるかわかりません」と彼は口のなかでもごもごと言った。

「ではいいですか」と彼は、深刻なトラブルがないことがわかって満足し、言葉を続けた。「あのサーモスタットに小さな木切れを挟んで少し開くようにしましょう――それに新しいファンベルトを入れて。最初に八ポンドほど張力をかけて、四百マイルくらい走ったら自分で試してスリップしていないか調べてください。」彼は頭を掻き、少しのあいだ黙考した。「もし私があなただったら」と彼は続けた、「あのサービス・ステーションに戻ってタペットを少し緩めるように頼みますね。エンジンには千分の〇・〇〇一と書いてありますが、ここら辺では千分の〇・〇〇八でも大丈夫でしょう――あのおかしな音がしないかぎりはね、あのカチカチいうやつですよ――ブレスレットが鳴るみたいな。エンジンが冷めるまえにその異音をチェックしようとしたんですが、聞こえませんでした。私はあの小さな音を聞くのがいつも好きなんですが、あの車はそれほどきつくないようでした。いいですか、あそこには青い炎が燃えていて、バルブをきつく締めすぎると、あっという間に炎がバルブを焦がしてしまうんです。それもエンジンが熱くなる原因です！よく覚えてください――タペットですよ！」

　私たちはヨーロッパで起こっている大殺戮について少しのあいだ友好的なおしゃべりをしてこの取引を切り上げ、最後に握手を交わした。「もうトラブルが起きることはないと思います」と彼は言った。「でもタペットを緩めてもらったらもう一度必ずここに来てください、私が音を確認しますから。あれはなかなかいい車ですね。あと二万マイルは走れますよ――最低でも。」

　私は大きなサービス・ステーションに戻り、タペットを調整してもらった。至極丁寧な扱いを受けたと言わざるを得ないほどだった。今回は料金を取らないという。変な話だと思った。帰ろうとしたら、肉屋のスモックを着た工員が悪魔のような慇懃さで、私が気にかけている小さな異音はバルブの堅さ緩さとは何の関係もないのだと私に告げた。それは何か別の原因だというのだ。「あまり緩くするのはお勧めしませんが」と彼は言った。「それがお望みだというのでそうしておきました。」

私は彼に異議を唱えようにも、ヒュー・ダッターみたいな知識で自分の意見を武装することができなかったので、とにかく車を洗車してワックスをかけてもらい、遠回りしながら彼がどういうつもりなのか考えてみることにした。

車のもとへ戻ったときには、所長がやって来て礼儀正しく、出発前に私がやっておかなければならない大切なことがあとひとつあると告げた。「何ですか？」と私は訊いた。

「クラッチにオイルを差さないと。」

いくらかかるのか私は知りたかった。彼が言うには三十分ほどかかって、一ドルもしないという。「いいでしょう」と私は答えた。「クラッチにオイル。手あたり次第何にでもオイルを差しておいてください。」

三十分かけて近所をまわり、料理屋に立ち寄ったりして、戻ってみると若い工員からクラッチにオイルを差す必要はなかったと言われた。

「どういうことなんだ？」と私は言った。「あの人はどういうつもりでオイルを差せって言ったんだ？」

「誰にでもそう言うんです」と工員はにやにやしながら言った。

車をバックさせて出ようとするとき、彼はいたずらっぽく私に、車がひどくヒートアップすることはないかと訊いた。

「少しね」と私は言った。

「まあ、それは気にしなくていいですよ」と彼は言った。「燃焼するのを待てばいいです。超スムーズに走る車ですね、そのビュイック。そんな古くてかっこいい車、見たことないです。またのご来店をお待ちしてます。」

さて、ここが大事なところだ。沿岸砲兵隊に従事したことがある人なら、方位を定めることがどういうことなのか知っているだろう。まず微分法とあらゆる対数を使った高等三角法で狙いを定める。砲尾に砲弾を込めるときは指をしっかりと全部外してから砲尾を閉める。車も同じことだ。簡単に言えば、馬みたいなものだ。熱をもたらすのは興奮と悩みだ。きちんと餌をやり、よく水を飲ませ、疲れたときにはなだめてやれば、何でも言うことを聞くようになる。自動車とは、われわれがどうすればお互いに対して忍耐強く優しくなれるかを学ぶために発明されたものだ。正しく扱いさえすれば、部品とか、ましてや部品の部品とかはどうでもよく、形式や年式も問題ではない。反応してくれることを車は望んでいる。差動装置の緩さは摩擦を引き起こすかもしれないしそうではないかもしれないし、たとえロールスロイスだろうと、ユニバーサルジョイントがなければ車は走れないのだが、他のすべてが同等なら、排気管の圧があるとかないとかは何の問題でもない――乗り手がどう車を扱うかが問題であり、時折優しい言葉をかけ、忍耐と寛容の心をもつことが大切だ。汝が他人に欲することを他人に施せ、とは自動車工学の原理である。ヘンリー・フォードはこのことを最初からわかっていた。だから彼は統一賃金制《ユニバーサル》を行ったのだ。彼は険しい段階制を作るために会社の財務を細かく指定していた。どんな自動車を運転する際にも覚えておくべきことがひとつあり、それはこういうことだ――車が回旋病みたいな症状を示し始めたら、車外に出て前から銃弾をぶち込んでやるべき頃合いだ。われわれアメリカ人はつねに地上の動物やその他の生き物たちに対して優しく接してきた。汝のビュイック、汝のスチュードベーカーに優しくあれ。神はこの恩恵を、自動車会社を豊かにするためにわれわれに与えたもうたのだ。われわれが簡単に平静を失うのは神の意向ではなかった。このことが明確になれば、われわれはニューメキシコ州ギャラップまで走って車を交換することもできる、飛節内腫にかかった騾馬とでも……

その男が腰を下ろした瞬間にもう私は、彼が砂漠の住人であることを見て取った。物腰は静か、控えめで無口、潤んだ青い眼に、蒼白の唇。白眼が充血していた。おそらく日差しの強烈な場所で暮らしているのだろう、そんな印象を与える眼だった。だが、まず最初にその眼について尋ねると、それは麻疹の症状だという返答で、私は意外に思った。失明寸前までいったところで、彼は一度に大量のバターを、百グラムを超すほどの量のバターを食べてみようと思い立った。それ以来、ずいぶん眼はよくなっているとのことだ。彼の考えでは、バターに含まれる天然の油脂が効いたのだという。

互いに気負うこともなくスムーズに話が始まり、数時間続いた。私がこの男と熱心に話しているのを見て、ウェイトレスはかなり驚いていた。最初彼女は、私の卓に彼を相席させることに躊躇していたのだ――彼はみすぼらしい服装で、見るからに不潔そうだったからだ。ここブライト・エンジェル・ロッジの客の大半は、近頃流行りのワイルドな西部風ファッションに身を包んでおり、女性よりもとりわけ男性がそうだった。グランドキャニオンに着くなりすっかり西部人の気分で、レストランに行くにも大きなソンブレロ帽をかぶり、ブーツにチェック柄のシャツという出で立ちだ。ご婦人方はズボン姿にご執心で、とりわけダイヤモンドの指輪をはめて、足には魚の目や腫れ物がある肥満の女性に人気のスタイルだった。

この話を始めるまえにまず言っておくべきことだが、私があまりにも長く滞在するつもりでいるので、ロッジの経営者は驚いているようだった。たいていの客は一日か二日泊まるだけで、それより短い客も珍しくなく、人によっては、巨大な割れ目を覗き込んで、はい見学しました、と言うだけなら三十分もあれば充分だった。私は十日間くらい滞在した。一攫千金をねらってカリフォルニアのバーストーからやって来たこの男と会話を始めたのは、九日目のことだった。アルバカーキを発って以来、私はガソリンと水を注文する以外にはまったく人と話をしていなかった。それほど長いあいだ沈黙を保つとは、驚異的だ。峡谷のはずれを漫然と歩いていると、あまりにも奇妙な会話の断片が耳に入ってきた。この場所の特質とはあまりにもかけ離れた話題だったので驚かされた。たとえば、つまらない若い娘が、ホピ族インディアンのずんぐりとした男と戯れ合っている後ろを歩いていると、こんな会話が聞こえてきた――

女：「どうせあなた、陸軍に入っても……」

男：「陸軍じゃないよ！」

女：「ああ、そうそう、海軍だったよね。」それから女は、軽佻浮薄に話し続けた。「あなたは水とか……船とか……そういうものが好きよね？」それはまるで、こういわんばかりの調子だ。「もし好きなら、海軍の大将とか少将とかが、あなたに好きなだけ水をプレゼントしてくれるよ……波でも何でもありの、最高の塩水。海を見るのを楽しみにしてね――一滴も残らず、全部本物の水よ。それにもちろん、大砲だってたくさん撃てるし……飛行機やら何やらとか。ほんとにワクワクするね。この国ではいつでも戦争があるから、軍に入る男はみんなキリっとしてるし。絶対気に入るよ！」

別の晩のこと、ヤヴァパイ・ポイントからロッジに帰るとき、アイスクリームのカップをもった中年女性が、みすぼらしい大学教員風の連れに向かって、スプーンを舐めながらこんなことを言う。「全然たいしたことないわね？」時刻は七時ごろ、彼女はクリームが滴るスプーンでキャニオンを指していた。あきらかに、夕景は彼女の期待したほどではなかったということだ。それは天国から滴り落ちるオムレツのような金色には輝いていなかった。むしろそれは、穏やかで控えめな夕焼けで、キャニオンの遠い縁にかすかな炎の端を見せているだけだった。だが、もしも彼女が自分のすぐ足元に眼を向けていたなら、美しいラヴェンダーやオールドローズの色に染まった大地を観察できたのかもしれない。そしてさらに眼を上げ、高台を構成する薄い地層を支えている岩の最上辺を見たなら、それが類稀な黒の濃淡で、詩的なまでの黒の色調であることにも気づいたかもしれない。河の流れか、露に濡れた樫の樹幹か、あるいは躍動する雲に満ち溢れた空の下、ジャクソンヴィルからペンサコラまで走るあのもっとも完璧なハイウェイにも喩えるべき、その黒の色調に。

最高の発言は、間違いなく、私がそこで過ごした最後の晩に偶然聞いた言葉だった。三人のチンピラを引き連れた若い娘が、キャニオンじゅうに響き渡りそうな声で唐突に言う。「今日の新聞、見た？」彼女が言っているのは、新聞の見出しが「せむしの殺人鬼」と名づけた一九四一年のサンバーナディーノの事件のことだった。「変なのよ」と彼女は言った。「私が出かけた後すぐに友達が何人も殺られたのよ。ヴァイオレットって娘、覚えてる？　家に連れてきたこともあるわ。」そして彼女は、まるでメガホンを通じて話しているみたいに大きなはっきりとした声で、ヴァイオレットだのレイモンドだのジェシーだのと、確かそんな名前だったたと思うが、話を続けた。すべてが彼女にとっては変に思えるらしく、お友達とやらのひとりの「せむしの殺人鬼」が連続殺人事件を起こす前にサンクエンティン刑務所で務めていた刑期まで変なものらしかった。「あの人、絶対狂ってたのよ！」と何度も繰り返し叫んでいた。そばに座っていたズボン姿の社交界のご婦人が、若い娘のふざけた軽口にひどくショックを受けている様子で、私はその表情を観察した。「このおぞましい連中はいったいどこから来たのかしら？」と自問しているようだった。「ほんとうに、このまじゃいけないわ。経営者に言わないと。」気温五十度を超す砂漠で軋り音を上げている壊れかけのエンジンみたいに、彼女の心の中で大爆発音が鳴り響いているのが聞こえるようだった。

それから次に、骨董品屋のせがれ。私がつい最近ここに来たばかりだと思ったらしく、ある朝早く私に声をかけてきて、望遠鏡で何でも覗いてみるようにと迫ってきた。「あそこの竿にぶら下がっている、あのシャツ――なかなか興味深い逸品です。」そのシャツのどこが興味深いのか、私にはわからなかった。だが彼にとっては、キャニオンの反対側にあるホテルにしても何でも、すべてが驚異的で興味深かった――何しろ、望遠鏡を使えばはっきりと見えるわけだから。「キャニオンを大きく描いた絵が親父の店に置いてあるんだけど、もう見ましたか？」私が帰ろうとしたときに、彼が尋ねた。「驚異的な作品ですよ。」私はきっぱりと、父上や店に対して悪気はないがそれを見るつもりはないと答えた。彼はいかにも気分を損ね、傷ついた様子で、自然を人の手が模倣したもっとも偉大な作品のひとつを私が見ようとしないことに驚愕していた。

「もう少し頭がさめたら、あなたもそんなにすばらしいとは思わなくなるかもしれませんね」と私は言った。

「望遠鏡の使用料はいくらですか？」

彼の不意をつく言葉だった。「使用料？」と彼は繰り返した。「なに、そんなのただですよ。お役に立てれば光栄です。もしフィルムがなくなったら、親父の店に買いに行けばいいですよ。どんなフィルムでも取り揃えて……」

「カメラはもってませんので」と言って、私は立ち去りかけた。

「えっ！　カメラをもってない？　いまどきそんな人が……」

「ないものはないし、私は絵葉書も毛布も小隕石も買わない。私はキャニオンをこの眼で見に来ただけだ。それではさようなら、ますますのご発展をお祈りいたします。」そう言って私は踵を返し、散策を続けた。

いい若い者が、朝っぱらから父親の店のために観光客相手の客引きをする以外にやることがないのかと思うと、私は腹が立ってきた。望遠鏡を修理したり磨いたりするふりをして、次には「神の創造物を模倣する人間」などとたわ言を繰り出す——所詮、キャンバスに描かれただけのものであり、目の前では神そのものが、人の助けも仲介も必要なくその崇高さを最大限に披露しているというのに。ただ化石や数珠やカメラのフィルムを売ろうとするばかり。聖地ルルドのバザーを思い出させた。どんなに汚らしくても、コニーアイランドのほうが誠実だ。誰も海の塩がどうのなんて喚き立てない。そこを訪れる者は暑さで汗だくになり、世界一熟練したペテン師たちから誠実にペテンにかけられるのだ。

さて、大事な話に戻ろう。砂漠の住人は、笑みを浮かべながら、自動車の呪いについて説いていた。自動車は確かによい面ももたらしたと彼は認めた。すなわち、人々の閉鎖性を打ち破ったことである。だが一方で、それは人々を根無し草にした。すべてがお手軽になった——誰ももはや奮闘努力などしたがらない。男たちは軟弱になっている。もう何があっても満足しない。いつでもスリルを求めている。彼にわからないのは——いったいどうしてあんなに軟弱で腰抜けな連中が、一方では死を恐れようとしないのだろうか。スリルさえありゃあ、何が起ころうが気にしねぇんだよ。彼はたったいま道の向こうで、女性の団体客を見かけたという。そのうちのひとりが首の骨を折った。カーブでスピードを出しすぎたんだ。彼は静かにあっさりと、まるで些細な出来事だというように話した。時速百マイルや百十マイルというスピードで砂漠に突っ込んで横転する車を、彼は飽きるほど見ていた。「それでももっとスピードを出したいらしい」と彼は言った。「カリフォルニア州の制限速度は四十五マイルなんだが、誰もそんなスピードじゃ走らない。どうして誰も守らないような法律をわざわざ作るのかね。馬鹿げとるよ。安全運転しろってぇなら、どうして七十五だ八十だ百だってスピードが出る車を作るんだ？　わけわからんよ。」

彼は砂漠でひとり暮らしをすることの美徳について語り始めた。星と岩とともに暮らし、大地を観察し、自分の心の声に聞き入り、天地創造に思いをめぐらす、といった類のことだ。「ずっとひとりでいると、たくさん考えるようになるもんだ。俺はあんまり本は読まないけどね。俺のもってる知識は、全部自分で学んだことだ――この眼と耳で、自分で経験したことだ。」

いささか愚問ではあったが、砂漠はどこが始点になると思うかと彼に尋ねた。

「まあ、あくまで俺の考えだけど」と彼は答えた。「全部砂漠だ、この国全体が。そりゃあ草木はどこにでも生えてて、砂だけってわけじゃない。薮みたいなのがあって、水を撒いて土を肥やせば農地にもなる。みんなパニックになるんだよな、砂漠に来ると。喉が渇いて死んじまうんじゃないかとか、夜になったら凍え死ぬんじゃないかとか。そりゃあたまには死ぬこともあるが、ほとんどは恐怖のせいさ。もっと気楽に構えて、余計な心配をしなけりゃ、砂漠だって平気なものさ。死んじまう奴ってのは、パニックが原因なんだ。一日や二日くらい水を飲まなくても、なんてことはないさ――死にゃあしねぇ――余計な心配さえしなけりゃ。俺はもう、よその場所には行きたくないね。アイオワに帰れって言われたって、金もらっても御免だよ。」

私はキャニオン付近の悪地について、ほんとうに土壌改良できないものかと尋ねた。ペインテッド砂漠に行ったとき、地面がなんだかすでに死に絶えたように見えて印象的だった話をした。ほんとうにそうだったのか――この地帯にはもう手の施しようがないのだろうか?

どうしようもない、というのが彼の考えだ。何百万年もそのままかもしれない。地中にはいくつか化学物質があって、酸性状態を生み、そのような場所では農耕は不可能なのだった。「だが言っておこう」と彼は付け加えた。「その傾向も、反対方向へ向かっていると俺は思う。」

「どういうことです?」と私は訊いた。

「つまり、大地は死が進行するよりも早く治癒しているってことだ。その変化に気づくには、何百万年もかかるかもしれんが、着実に続いている。大地に滋養を与えるものが大気のなかにある。太陽光線とか……大気のなかに漂ってるものって、いろいろとあるだろ。何かがつねに土に戻っている……ほんの細かな粒子が、土壌を肥やす。さて、ペインテッド砂漠か……あそこなら、かなりの部分を通ったことがある。害になるようなものはあそこには何もない。もちろん、すみからすみまで探査されつくしたわけじゃないが。インディアンたちだって全貌は知らんものだ。」彼はさらに、ペインテッド砂漠の地層が織り成す色彩についてや、その色彩が地面の冷却によって作られたことを語った。岩のなかに刻み込まれた有史前の生命体について、飛行士が発見した砂漠内の台地に小さな馬がたくさん棲んでいたことについて、彼は語った。「スペイン人たちが何年か前に連れてきた小馬だという話だが、俺が思うに、水か草が足りないせいで成長が妨げられているんじゃないか。」その馬のイメージを彼がとても鮮明に伝えてくれたので、私は心のなかで、始新馬とかアケボノウマとか呼ばれる有史前の生き物のことを思い描き始めた。その馬がタタール平原を自由奔放に走りまわっている姿を私はいつも夢想していた。「別におかしなことじゃない」と彼は言っていた。「たとえばアフリカなら、ピグミーとか象とか、そういったものがいるだろ。」ゾウだって？　私は不思議に思った。多分、ほかの生き物のことを言いたかったのだろう。象がどんなものかくらいは彼も知っていたようだ。というのも、すぐに彼は、かつてこの地を歩きまわっていた大動物の骨や骸骨について話し始めたからだ——ラクダ、象、恐竜、サーベルタイガーなどが、みな砂漠やその他の地域で掘り出されたのだ。彼はシベリア、アラスカ、カナダで見つかったマストドンの凍った化石に生肉があったことについて、地球が不可思議な十二宮の新しい軌道に入り込み、その軌道軸のまわりをのた打ち回っていることについて話した。大規模な気象変動、突然の破壊的な変化が、時代のすべてを呑み込み、熱帯の海を砂漠に変え、かつて海だった場所に山を築き上げる、云々。尽きることなく、魅力たっぷりに語るその様子は、まるで不老不死の体を手に入れてどこかの高みから、そのすべてを自分の眼で目撃したかのようだった。

「人間だって同じだ」と彼は続けた。「神秘というものに人間があまりにも近づきすぎると、自然には人間を退治する力があるんじゃないかな。もちろん、人間は毎日賢くなっているけど、物事の根底にたどり着いたわけじゃないし、今後もできないだろう。神様には、そんなことをさせる気はなかったのさ。何でも知っているつもりでいても、所詮は型にはまった考えから抜け出せないのが人間だ。インテリさんたちが、ほかの連中より頭がいいなんてことはない。やつらは本をうまく読むコツを勉強しているだけだ。慣れない状況に放り込まれたら、あたふた大騒ぎよ。順応性がないんだな。教えられたとおりの考え方しかできないんだ。そんなのは頭がいいとは言えねえよ、まあ、俺の考えじゃ。」

さらには昔ロサンゼルス沖のカタリーナ島で出会った科学者の一団の話を始めた。彼らはインディアンの埋葬塚に関する専門家だったという。彼はそこで浚渫工事に関わっていたのだが、科学者たちは水際で発掘された骸骨の山を調査するためにやってきた。彼らが立てた仮説では、遠い昔のいつか、近くに住むインディアンたちがハマグリを食べ過ぎ、食中毒のせいで大勢が死に、その死体が乱雑に積み重なって巨大な山となったとのことだ。

「そんなこと考えらんねえ!」と彼は大学教授のひとりに言った。たっぷりと彼らのたわごとを聞かされたので、ついに我慢ができなくなったのだ。

教授たちは彼を睨みつけ、あたかもこう言わんばかりだった——「誰がおまえに意見を言えと言った? この問題についておまえに何がわかるというのだ?」

ようやくしてひとりの教授が、どんな考えがあるのかと彼に尋ねた。

「まだ話すわけにはいかんよ」と彼は答えた。「まずはあんたたちが、自分で調べてみて何がわかるというのか、教えてもらいたいものだね。」

そう言われて、教授たちはもちろん腹を立てた。一呼吸おいて、彼は教授たちに質問を浴びせかけた——ソクラテス的問答で、さらに彼らは苛立った。ずっとインディアンの埋葬塚の研究ばかりしていて、こんな風に積み重なった骸骨を見たことがあるなら、教えてもらいたいもんだ。「ここら辺でハマグリの貝殻なんて見つかったのかい？」と彼は問いただした。いや、生きたものであれ死んだものであれ、一匹のハマグリも見たことがなかった。「俺も見たことがないよ」と彼は言った。「ここら辺にはハマグリなんていたためしがないんだ。」

次の日、彼は灰の山によく注意するよう教授たちに忠言した。「これだけの灰を出すには、よっぽどたくさんのハマグリを焼かなきゃならんだろ？」と彼はひとりの教授に言った。木の灰と火山灰とでは大きな違いがあることを彼は私に訴えた。「木は脂っぽい煤を出すんだ」と彼。「どんなに時間が経っても、煤は脂でべとべとしている。骸骨が埋まっていた灰は火山性のものだった。」彼の説では、火山が噴火し、インディアンたちは海に逃げようとして、火の雨に呑み込まれたのだった。

学者たちはもちろん彼の説を一笑に付した。「言い争いはしなかったけどね」と彼は言った。「また怒らせてもしょうがないから。俺はただ事実をつなぎ合わせて、思ったことを言っただけだ。一日か二日して、先生がたは俺んところにきて、俺の考えは理にかなっているって認めた。その線で調べてみるって言ってたな。」

彼は続けてインディアンたちについて話し始めた。インディアンたちと暮らしたことがあって、少しは彼らの風習を知っていた。彼らに対して深い敬意を抱いているようだった。

西部に着いて以来、私はナバホ族のことをよく耳にしていたので、彼に尋ねてみたくなった。ナバホ族は驚異的な勢いで人口を増やしているというのは本当だろうか？　もしも増加を阻止する不都合なことが何も起こらなければ、百年のうちにナバホ族はわれわれ白人と同じくらいの数に増えるだろう、という専門家の言葉が引かれていたこともあった。風説によれば、彼らは一夫多妻制をとっていて、男たちは三人の妻をもつことができるのだという。いずれにせよ、その増加は驚異的であった。インディアンたちは力を取り戻し、ふたたび強大な勢力になるのだと彼が言ってくれることを私は期待していた。

答えとして彼は、何か巨大な災厄のせいで白人たちが没落することを予言した伝説がいくつかあると言った――火災、飢饉、洪水、といった類の災厄で。

「単に強欲と無知のせいではないのか？」と私が口を挟んだ。

「そのとおり」と彼は答えた。「時が来れば、屈強でしぶとい者のみが生き残るだろうと、インディアンたちは信じている。彼らは、俺たちの生き方を受け入れることがなかった。どんな面においても、俺たちが彼らよりも優れているなんて思ったりはしない。俺たちのことを大目に見ている、というだけのことさ。どんなに教育されても、彼らは必ず自分の部族に戻っていく。単に、俺たちが絶滅するのを待っているだけなんだろう。」

そう聞いて私は嬉しくなった。もしいつの日か、彼らが数のうえでも優勢になって立ち上がり、われわれを海に追い払い、われわれが盗んだ土地を取り戻し、われわれが作った都市を取り壊すか、祝祭場にでも使うようになれば、素晴らしいことだろうと私は心に思った。ほんの一晩前、日課の散歩としてキャニオンの外縁を歩いていたとき、深い淵の端に新聞の漫画欄（ハロルド・フォスターの劇画「ヴァリアント王子」だった）が落ちていたのが眼に留まり、私は奇妙な感慨を抱いた。グランドキャニオンのような壮大で神秘的な光景をまえにして、日曜版の新聞漫画ほど無益でくだらなく、無価値なものがほかにあろうか。そこに落ちていた漫画は、興味のない読者によってぞんざいに投げ捨てられたものであり、ほんの微かな風ですぐに宙に舞い上げられ、跡形もなく消え去るのである。この毒々しいカラー紙面を作り上げるには、無数の人間のエネルギーと、様々な自然資源と、甘やかされた子供たちの愚かな欲望が必要となるだろう、そしてここには、西洋文明の真骨頂が余すところなく表れていた。漫画欄、軍艦、発電機、ラジオ放送局、といったもののあいだに、私は価値の違いを見出すことができない。それらはすべて同工異曲で、落ち着きのない統制を欠いたエネルギー、刹那的なもの、死と崩壊の表れに過ぎない。数えようのない年月のあいだに自然が多様な岩の層から彫琢して作り上げた大円形劇場、コロシアム、神殿に立ってキャニオンを覗き込みながら、どうしてこの壮大な造形が、人間の手によっては作られようもなかったのかと、私は自問した。なぜアメリカにおいて、偉大な芸術作品はことごとく自然の営みによって作られるのか？　摩天楼なるものも確かにあるし、ダムや橋やコンクリートのハイウェイもある。すべて実利優先だ。ヨーロッパの大聖堂、アジアやエジプトの寺院に匹敵するようなものは、アメリカのどこを探しても見つからない――信仰と愛と情熱によって作られた不朽の記念碑などは。興奮もなく、熱意も熱情もない――ただ実務機会を増やし、交通機関を発達させ、開発地域を無情に拡大しようとするだけだ。その結果は？　すみやかに衰退していく人々、その三分の一ほどが極貧にあえぎ、頭がよくて裕福な連中は産児制限してみずからの人口を減らし、敗者はさらに無法者と化し、犯罪傾向を増し、あらゆる面で腐敗堕落していく。ひとにぎりの無謀で野心に満ちた政治家たちが、これこそ文明化のための最後の手段なのだと大衆を説得しようとするが、よくも言ったものだ！

　わが砂漠の友人は、「大いなる秘密」という言いまわしを頻繁に使った。私はゲーテの有名な言葉を思い浮かべた――「公然の秘密」！〔「自然からその公然の秘密を打ち明けられ始めた人は、自然のもっともふさわしい解釈者たる芸術に対して抑えがたい憧憬を抱く」ゲーテ〕　科学者たちはその秘密を読み解きはしない。彼らは謎を解こうとして、何も見抜くことはなかった。ただ逆戻りさせて、さらに不可解なものにしてしまった。未来の人々は、この時代の遺物を、われわれが石器時代の出土品を見るのと同じような眼で見ることだろう。精神面において、われわれは恐竜なのである。鈍感なためにまわりの奇跡にも気づかず、想像力を欠いて、重い足を引きずりながら鈍重そうにのそのそと歩いている。われわれの発明と発見はすべて自滅へと向けられている。

　そうしているあいだにも、インディアンたちは、彼らがいままで生きてきたように、なおも大いに生きるのである。われわれがよりよい生活を彼らに提示しているなどとはまったく思わずに。自己破壊の活動が完了するのを禁欲的に待っている。われわれが完全に柔弱で堕落したものになり、内部で壊滅したとき、われわれが躍起になって荒廃させてきたこの土地を彼らが引き取るのである。「不可触民《アンタッチャブル》」のための「居留地」などとわれわれが定めた悪地から抜け出して、かつては自分たちのものであった森林と小川を再生する。われわれがいなくなれば、世界はふたたび静けさを取り戻すだろう。醜悪な工場も、溶鉱炉も、煙突もなくなるだろう。人間は千里眼を取り戻し、精神感応力を勝ち得るだろう。われわれが生み出した道具は、かえってみずからの脚を不能にする松葉杖に過ぎない。われわれの発見と発明によって、われわれはさらに慈悲深くなったのではなく、より冷酷になっただけである。だからこそ、われわれは滅亡しなければならない。われわれが除け者のように扱ってきた「劣等」人種に取って代わられねばならない。彼らは少なくとも大地との接触を失うことがなかった。彼らは地に根を下ろしており、文明の菌が取り除かれるやいなや生き返るであろう。確かに、この国は世界の一大坩堝《るつぼ》かも知れない。だが融合はまだ始まっていないのである。赤色人と黒人、褐色人と黄色人が、真に平等に、真の友情と尊敬を互いに抱いて、地上の白人と結合するとき、はじめて坩堝はその役割を果たすであろう。数千年の先のことであろうが、そのときわれわれは、この大陸に新しい生活秩序が訪れるのを見るのではないか。だが、それにはまず白人は屈辱と敗北を味わわねばならない。謙虚になり、慈悲を求めて泣かねばならない。おのれの罪と怠慢を認めねばならない。自分が創造することのできなかった、人類の新しい偉大な友愛団体に自分も加えてもらえるよう、懇願しなければならないだろう。

ふたりは戦争について語り合った。「そんなに悪いことでもなかろう」とわが友は言った。「戦争をやりたがってるやつらが、実際に戦うならの話だが。しかし、心に憎しみなどをもたない人々、無垢な人々に、殺戮をやらせるのはひどい話だ。戦争では何も達成されない。間違ったもの同士が争って、正しいものが生まれたためしなどない。俺があんたをやっつけて抑えつけたとしよう——あんたはどう思うだろうか？　寝首を掻いてやろうと、隙を窺うんじゃないか？　人を抑えつけても、平和は続かない。人が望むようにしてやらないと――望む以上にだ。寛容で親切にならないと。本当に戦争をやめたい気があるなら、明日にだって戦争は終わるはずさ。」

「そうは言っても、残念ながら一カ月もしないうちに戦争になるんだろう。ローズヴェルトは国民を巻き込むつもりだ。やつは、次の独裁者ってわけだ。やつが合衆国最後の大統領になるって言ったのを覚えてるかい？　これまでの独裁者たちはどうやって力を得たか？　まずは労働者組織を味方につけただろ？　どうやら、ローズヴェルトも同じことをやってるようだ。もちろん、やつが任期を満了できるとは、俺は思っていない。リンドバーグが暗殺されないかぎりは――それも起こりそうだが――リンドバーグが次の大統領だろう。アメリカの国民は戦争に行きたがっていない。平和を望んでるんだ。合衆国大統領が、リンドバーグのような男を売国奴扱いするなら、国民に革命を起こせと扇動してるようなものだろ。俺たち国民は、よその国と揉め事なんて起こしたくないんだ。自分の国のなかのことだけ心配して、慎ましくやっていきたいんだ。ヒトラーがこの国を侵略するだなんて怖がったりもしていない。ヨーロッパを侵略している俺たちのほうこそ――どうしてそんなことができるんだ？　ヒトラーがヨーロッパの征服者ってことにして、俺たちはやつが自滅するのを待てばいい、それが俺の見方だ。たっぷり紐をわたしときゃ、勝手に首を吊るって、俺はいつも言ってるんだ。戦争を終わらせる方法はひとつしかなくて、それはヒトラーがやってるのと同じことをすることだ――小さな国を全部食らい尽くして、そこから武器を巻き上げ、世界の警察になることだ。俺たちにはそれができるってわけさ！　俺たちが自分よりも他人を大事にするなら。だが、何よりもまず、すべての人に平等を与えなければいけないだろう。ヒトラーみたいに、征服者としてそれをしようとしても、できないだろう。それじゃ、うまくいきはしない。俺たちは全世界のことを考慮に入れて、男も女も子供もみんな、公平に扱われる権利があるってことを頭に入れとかなきゃいけない。何かポジティヴなものを世界に提供できるようにならないと――イギリスみたいに自分の身だけを守って、文明を擁護してますっていうふりをするんじゃなくて。もしも俺たちがほんとうに世界のために何かを、自分のためではなく他人のために、やり始めたら、俺たちは繁栄するだろうと思う。だが、どうせそんなことはしないのだろう。そんな努力をする気持ちを国民に起こさせるような指導者がいないからだ。大企業だの、国際貿易だの、そんなものばかり救おうとしている。俺たちがしなければいけないのは、まずは自分のなかにいるヒトラーやムソリーニを殺すことだ。世界を救おうだのというまえに、自分の家をきれいにしなければいけない。そうすれば、世界の人々も俺たちのことを信頼してくれるようになるだろう。」

　彼は長広舌を振るったことを陳謝した。教育というものをまったく受けていないので、言いたいことをうまく表現できないのだと言った。そのうえ、しばらく人と話すこともなくなっていて、ずっとひとりで暮らしていた。どうしてこんなにたくさん話したのか、自分でもわからないという。いずれにしても、自分には考える権利がある、たとえその考えが正しかろうが間違っていようが、よかろうが悪かろうが、考えるのは自由のはずだ。自分の考えを話すことは大切なことだ。

「頭がすべてだ」と彼は言った。「頭さえちゃんとした状態に保っておけば、体は勝手に調子を整えるものさ。年齢ってのは、自分が思っているだけのものに過ぎない。俺はいま、二十年前と同じくらいか、それよりもずっと、若く感じる。俺は何も悩んだりしない。長生きする人ってのは、シンプルに生きてるんだよ。金があったって長生きはできない。金は心配や悩みを生むだけだ。ひとりで、静かにしているのがいい。自分の考え事をすることだ。星はいいよな。俺はいつも星ばかり見てる。そして俺は、どんなことも、長く考えすぎない。型にはまりこまないように心がけてるんだ。誰だっていつかは死ぬんだから、わざわざ自分で自分の首を絞めることはないだろ？　少しをもって満足できるなら、それが幸せだ。大事なのは、自分とともに生きることができるってこと、ひとりきりでいたくなるくらいに自分のことが大好きになるってことだ――いつでも誰かがそばにいてほしいとは思わないように。まあ所詮は、俺の考えだけどな。そんなわけで、俺は砂漠で暮らしてるんだ。それほど物を知ってるわけでもないだろうが、とにかく俺の知識ってのは、自分で身につけたものなんだ。」

別れのときが来て、私たちは立ち上がった。「オルセンって名前だ」と彼は言った。「お会いできて嬉しかった。もしバーストーに来ることがあったら、遊びに来てくれ——また話ができるといいね。有史前の魚の化石をもってるから、見せてやるよ——それから、二、三百万年もまえの、海綿とか羊歯とかをね。」

グランドキャニオンからバーバンクへ

暖かな日の午前九時ごろ、私は雲間から海面の高さへの、荘厳で美しい急降下を期待しながら、グランドキャニオンを発った。いま振り返ってみると、バーストーに行ったのがニードルズのまえだったか後だったか思い出すのが難しい。かすかに覚えているのは、キングマンに着いたのは日が暮れるころだったことだ。心の和らぐエンジン音は、ぞんざいに扱われた小さなブレスレットがたてる音みたいで、私がエンジンに関していちばん好きなものなのだが、それが恐ろしいほどガタガタいう音に変わってしまって、まるでクラッチ、リアエンド、差動装置、キャブレター、サーモスタットにあらゆるナット、ボルト、ボールベアリングがいまにも外れてしまいそうだった。私はゆっくりと進むようにしていて、二、三十マイル走るごとに車を止めてエンジンを冷まし、冷却水を足していた。誰もが私を追い抜いていった。大型トラック、ポンコツ車、オートバイ、スクーター、牛の群れ、馬、ネズミ、トカゲ、さらにはカメやカタツムリまで。キングマンを発つとき、前方に砂漠がこちらを招くように広がっているのが見えた。私はスピードを上げ、少なくとも太陽が隠れるまでにはニードルズに着こうと決めた。山道のふもとに差しかかったとき、オートマンのあたりだが、ラジエーターが沸騰し始めた。私はもう一杯コーラを飲み——その日の十五か二十杯目だ——車のステップに腰かけ、エンジンが冷めるのを待った。峡谷では銃の発砲がものすごい光を放っていた。サービス・ステーションの近くで酔っ払った老人がうろついていた。彼はおしゃべりを始めた。ここはハイウェイ六六号でも最悪の場所だと言った。十二マイルしかないのに、とてもひどい。私は道が危険かどうかは心配していなかったが、峠の頂上に着くまでに冷却水が蒸発しきってしまわないかが不安だった。上りは長く続くのか、それとも短い急坂なのか、私は探りを入れた。「ギアが高速じゃどうにもなんねぇな」と彼は繰り返し言い続けた。そんなのは私には無意味だ、何しろ他の車が高速ギアに入れるところを私は一速で走らなければならないこともあるのだから。「もちろん下りだって大変さ」と彼は言った。「頂上まではほんの四マイルくらいだね。もし仮にあんたが乗り切ったなら、まあ大丈夫ってことだろう。」普通なら、もしとは言わないところだが、彼はそう言った。私はその「もし仮に」が気に入らなかった。「どういうことなんだい?」と私は尋ねた。「ひどく急な道なのか?」いや、それほど急じゃない――走りにくいってだけだ。崖っぷちからはみ出しそうになって、誰もが怖くなるらしい。そのせいで衝突事故が起きる。私は太陽がどんどんと沈んでいくのを眺めた。ライトはひとつしか作動しないが、持ち応えられるだろうか。私はボンネットを触って冷めているかどうか確かめた。まだまだ溶鉱炉みたいに熱かった。まあ、下りは八マイルあったはずだ、と私は計算した。もし仮に頂上まで行ければ、あとは惰性で下ればいい――それで冷却できるだろう。

私は車をスタートさせた。車はひどい騒音を上げ、人間的な騒音で、まるで傷ついた巨人が痛みに苦しんで叫んでいるみたいだった。あらゆる兆候が低速で走るように警告していた。それにもかかわらず、私はアクセルを踏み込んだ。私はギアを高速に入れて走り、そのまま走り続けてトップに入れるつもりだった。幸いにも、通りがかった車は二台だけだった。視界の端で私は崖下の光景を掴もうとした。それはすっかり霞んでいた――さかさまになった大地が液状の炎のなかを泳いでいる果てしのない一塊の光景だった。頂上に着いたとき、針は九十度を差していた。水は八リットルの缶で携行していたので、なくなる心配はない。「さあ、下るぞ」と私はひとりつぶやいた。「すぐに冷めるさ。」山道を下り切ったところに広がっていた町はオートマンだと思う。それは世界の果てだったのかもしれない。素晴らしいところだとしても、どうしてそんなところに人が住むのか私にはわからなかったが、ゆっくり慎重に下降しているときですら私にはあまり深く考えている余裕がなかった。歯車が外れているように感じた。一速に入れている割には、スピードが出過ぎていた。ヘアピンカーブを曲がるときと町を囲むほぼ垂直の壁を下るときは、とにかくブレーキを利かせるように努めた。どうやっても車を正常に保つことができなかった。唯一まともに動いたのはクラクションだ。いつもは小さな音しか出ないのに、いまは急に大きくなって力強い音を立てている。私はかすかに光るライトをひとつ点灯し、必要なかぎりいつでもクラクションを鳴らした。日はすっかり暮れていた。私は大分下って長く緩やかな坂道に差しかかっていたのだが、その下り坂を利用しても時速三十マイル以上に上げることはできなかった。空を飛んでいるつもりだったのだが——沿道を見ていると——実際には水中にいるみたいな、何か奇妙なタイプの屋根のない潜水艦を操縦しているような錯覚に駆られた。雨が降っていたが暖かく、心地よい夜の温もりが毛孔から染み入り、穏やかな気持ちになった。私は愉快になってきた。夜ひとりで私が運転するのは三、四回目のことで、視力はかなり悪いし、夜間運転とはニューヨークで教習を受けたときに私が習い忘れた技術だった。何か謎めいた理由で、他車は私から広く車間距離をとった。時折、他の車がほとんど停止するくらいに速度を落として私を先に行かせてくれた。たったひとつのライトのことも私は忘れていた。月が出ていてとても明るく、ライトなしでも走れるように思えた。前方はほんの一メートルほどしか見渡せなかったが、もともと私の視力ではそれくらいしか見えないのだから、すべてはきわめて正常に思えた。

ニードルズに近づくと途端に、まるで温室にでも入っているみたいな気がした。空気は圧倒的に香しく、気温は上がっていた。水の溜まったところ、おそらく湖だろう、そこに着くとすぐ、制服の男が道の真ん中にかけだしてきて、車を止めるように私に命令した。「停止しなさい」と彼は静かに言った。「ブレーキをかけなさい」と、少し断固な調子になった。カリフォルニア検査局だった。「するとここはカリフォルニアなのか？」と私は言い、ひとりで嬉しくなった。それに答えて彼は言った。「どこから来たんだ？」しばらくのあいだ、私は考えつかなかった。どこから来た？　どこから来た？　時間稼ぎに私は彼がどういうつもりなのか尋ねた。「今日どこから来たかですか――それとも何か？」と訊いた。彼が今朝のつもりで言っているのは、強調を置くときの嫌悪の調子から明らかだった。突如として私は思い出した――グランドキャニオンだ、今朝早く私が出発したのは。ああ、思い出すことができて、私は幸せだった。この手の連中は、記憶が曖昧だと恐ろしく疑い深くなるものだ。「ひとり旅ですか？」と彼は尋ねた。探照灯を空っぽの車内にかざしながら、彼は次の質問を続けた。「あなたはアメリカ市民か？」それは完全にばかげた質問に思えた――朝からずっと私が経験してきたことを思えば。私は理性を失って彼に面と向かって噴き出してしまった。「はい、アメリカ市民です」と私は感情を抑えて静かに答え、身分証明書だのその他のばかげた書類だのを提示しなくてよいことをひどく嬉しく思った。「ニューヨーク生まれ、だな？」「はい」と私は答えた。「ニューヨーク生まれ。」「ニューヨーク市？」「イエス・サー、ニューヨーク市です。」それから彼が、昆虫、キャベツの葉、シャクナゲ、クサイハナ、ホルムアルデヒドについて訊いてきたような気がしたが、すべてに対して私は直感的にノー・サー、ノー・サー、ノー・サー！　と答えた。それはまるで教理問答のようだったが、とにかくここはカリフォルニアで、大きな湖か何かが道のわきにあり、針はまた上昇して百度近くを指していた。

「ライトが切れてるのは知ってるのか？」と彼が言った。

「えっ、まさか」と私は天使のように純真に答え、エンジンを切って車外に出て確認した。

「これからどこへ行く？」と彼は言った。

「ニードルズです。かなり遠いですか？」

「ほんの数マイルだ」と彼は言った。

「よかった。それならもうすぐ着く。大変感謝します。」

私は車に乗り込み、エンジンをブンブン、ガタガタいわせながら走り去った。数メートル走ると、またもや車を止められた。懐中電灯をもった男が、少し酔っているようで足元もおぼつかず、車のわきに寄りかかってきて私の腕を掴み、何とかかんとかはどっちだと、私が生まれてこの方聞いたことのない町の方向を訊いてきた。

「左だ」と私は、一瞬も考えることなく答えた。

「本当にか？」と彼は言い、驚くほど柔軟に頭をハンドルのうえで揺らした。

「絶対に」と私は言い、エンジンを始動した。

「キングマンには戻りたくねぇんだ」と彼は言った。

「いや、間違うことはない」と私は言って、アクセルを思い切り踏み、彼の首がとれるくらいに威嚇した。

「最初の角で左だ――ほんの数メートル道なりに。」

私は彼を道の真ん中に置き去り、ぶつぶつつぶやいているのも放っておいた。酔っ払い特有の上機嫌さから彼が私を追いかけてこないことをただひたすら願った、あのテキサスの男みたいに私を溝に突っ込ませないようにと。ある日ヴェガの近くで出会ったその男は、私の車がおかしいと言い張り――ジェネレーターがないと言うのだ――隣町まで私についてこようとして、そのおかげで私はひどい目に合った。あいつの本当のねらいは酒だったのだ。真夜中に酒を求める酔っ払いに捕まるなんて滑稽な話だ！　五人の子連れの妊婦に轢かれたほうがずっとましだ、実際それはある友人が経験したことなのだが。

ニードルズでは夕食をとってすぐに就寝し、翌朝は五時に起きる予定でいた。だが三時半には鶏の声が聞こえて、気分も爽快になったのでシャワーを浴び、夜明けには出発することに決めた。朝食をたらふく食べ、四時半には車を出した。涼しい時間帯だった――二十四度か七度くらいだろう。針は八十度を指していた。本格的に熱を出すまえにバーストーに着きたいと私は考えた――午前九時くらいがいい。時折、狂った鳥が一羽車のなかを飛びまわっているようで、奇妙な鳴き声を私はオザーク山地を発って以来聞き続けていた。その音楽は、ボルトがきつすぎたり緩すぎたりしたときに出る音にも似ていた。はたして車のせいなのか空飛ぶ生き物のせいなのか私にはよくわからなかった。もしかしたら後部座席に鳥が入り込んで出られなくなり、渇きとメランコリーで死にそうになっているのではないかと私は思ったりもした。

町を離れるころ、ニューヨーク・ナンバーの車が私の隣に近づいてきて速度を落とし、興奮した女が大声を上げた――「ハーイ、ニューヨークさん！」彼女はところかまわずヒステリーの発作に駆られる不安定なタイプの人間だった。女の車は時速四十五マイルくらいのゆったりとした速度で走っていたので、私はただその後ろを走っていようと思った。三マイルほどくっついて走ると、針が九十度まで上がってきているのが目に入った。私は歩く速さまで速度を落とし、頭のなかで計算を始めた。アルバカーキで、自動車修理の魔法使いヒュー・ダッターに会ったとき、針が指す数値と温度計を使った数値が異なることを私は学んだ。十度くらいの差が私にとってプラスになるはずだったが、実際には決してそんな風にうまくはいかなかった。ヒュー・ダッターはありとあらゆる手を尽くして発熱トラブルを解決してくれた――ラジエーターの焼け付き以外は。だがそれをやったのは私だ。私は彼に四千マイルくらいまえにやってしまったことを話した。アリゾナ州ジョゼフシティに着いたばかりのとき、私は車をもう一度すっかりきれいにするよりほかに打つ手がないと思っていたら、年老いたインド人の商人に出くわした。ブッシュマンという名のその人は、親切にもウィンスローまで同乗して、私を確かな腕をもつ人のもとへと案内してくれた。そこで私が会ったのは彼の義理の息子で、彼もまた自動車に関しては魔法使いだった。四時間くらい待っているあいだに、ラジエーターを沸騰させ、タイミングを再調整し、ファンベルトを交換し、ポイントをいじくり、バルブを緩め、キャブレターの目盛りを合わせ、等々のことをしてくれた。これだけのことをしてたったの四ドルだという。その作業のあと、午後の暑さのなかフラッグスタッフまで走っても、メーターの針は五十度を指しているだなんて、本当に素晴らしいことだった！　自分の目が信じられなかった。もちろん、一時間後には、キャメロンへ行く途中の長い上り道に差しかかり、かなり寒くなってきたときに、そいつは焼け付いてしまった。ところが森を抜けて誰も住まない土地に入ると、山々はワインカラーに染まり、大地は黄緑色、段丘はピンク、青、白、黒の装いを見せ、するとすべては快調だった。四十マイルくらいは人の居住地域を通らなかったと思う。だがそれはもちろん西部の大都市ではよくあることだ。ただここでは、恐ろしい感じがした。三台の車とすれ違い、あとはただ沈黙と空白が広がり、すべての人間生命が、植物の生命が、そして光までもが失われた断固たる不吉な光景だった。不意に、どこからともなく、三人の馬乗りが五十メートルくらいまえで道の真ん中へと疾駆してきた。まるで、突如として形を与えられたみたいだった。しばしのあいだ、彼らは強盗だろうかと私は考えた。だが違い、彼らはほんの一瞬道の真ん中で前肢を上げ、私に手を振り、黄昏の茫漠とした空虚へと馬を駆り立て、ほんの数秒で姿を消してしまった。彼らが方向感覚をもっているようなので、私は驚いた。あきらかに行くところがないはずなのに、まるでどこかへ行くような素振りで馬を疾駆させていたのだ。キャメロンに着いたとき、私はうっかり通り過ぎてしまいそうになった。さいわい、道路沿いにはガソリンスタンド、数軒の小屋、ホテルが一軒、ナバホ族の住居がいくつかあった。「キャメロンはどっちですか？」と私は、それが橋の向こうにでも隠れているのではないかと思って尋ねた。「ここですよ」とスタンド員が答えた。ホテルの内装のあまりの不気味さに私は呆然とし、部屋をとるまえにリトルコロラド川まで歩いて峡谷をよく眺めてみることにした。前の朝ペインテッド砂漠を発ったというのに、次の朝にはそのそばでキャンプをすることになるとは、思いもよらなかった。ただ私は、自分がどこか確固とした最終地へ、世界の隠された臍へとたどり着いたのだ思った。そこでは川は消え、熱いマグマが花崗岩をピンクがかった岩脈へと送り込み、まるで測地学的痔核みたいに腫れ上がらせているのだ。

さて、とにかく、話を戻そう。何の話だった？　どういわけか、トゥクムカリに着いて以来、私は完全に道に迷ってしまった。ニューメキシコのナンバープレートにはこう書いてある。「魅惑の国。」まったくその通りだ！　巨大な長方形が四つの州――ユタ、コロラド、ニューメキシコ、アリゾナ――をほぼ包み込み、それは確かに魅惑、魔術、幻術、錯視術以外の何物でもない。おそらくアメリカ大陸の秘密は、この野性的で、人を寄せつけない、一部はまだ未開の地域に宿っているのだろう。それは特にインディアンたちの土地だ。すべてが催眠的で、地底的で、超天上的だ。ここでは自然が、老いた爺ちゃん父ちゃんみたいになっている。人間は単なる闖入者にすぎず、イボかニキビみたいなものだ。人間はここでは必要とされていない。赤色人種なら求められていようが、しかし彼らはわれわれが人間と見なすものからあまりにも遠くかけ離れているので、まるで別種の生物のようだ。岩には彼らの絵文字や象形文字が刻まれている。恐竜やその他の図体の大きい古代の獣たちの足跡は言うまでもない。キャニオンの端から端までは、ざっと十から十八マイルに過ぎないが、横断するには徒歩か馬に乗って二日間かかる。郵便が一方の側から反対側まで届くのには四日かかる。夢のような旅じゃないか、自分の手紙が四つの州を通るだなんて。動物や鳥が断崖を渡ることはほとんどない。ある台地と別の台地では木や植生が異なる。最高地点から最低地点まで行けば、実質的にこの地球上の、北極と南極をのぞいたすべての気候変化を体験することができる。ふたつの岩層のあいだには、科学者たちが言うには五億年の間隔がある。狂ってる、完全に狂ってる、だが同時にあまりに壮大で、崇高で、幻覚のようで、初めてそこに来た人は崩れ落ちて喜びにむせび泣くだろう。少なくとも、私はそうだった。三十年以上ものあいだ、私はこの地上に空いた巨大な穴をわが目で見ることを切望していた。フェストス、ミケーネ、エピダウロスといったギリシャの地と同じく、そこはすべての期待に応えてくれるだけでなく、それをはるかに上まわる、地上でも稀有な場所のひとつだ。わが友人ブッシュマンは、ここで何年もガイドを務めているのだが、グランドキャニオンにまつわる奇想天外な冒険譚を私に聞かせてくれた。誰が何を言おうと私は信じてしまうだろう、それが地質学上の時代区分や累層のことだろうと、造化のいたずらによる奇妙な動植物のことだろうと、あるいはインディアン伝説だろうと。実にぴったりの名前がつけられたタワーオヴセット、ケオプシズ・ピラミッド、シヴァ・テンプル、オシリス・テンプル、イシス・テンプル、等々の高台や断崖や盆地が、実はさまよえるエジプト人、ヒンドゥー人、ペルシャ人、カルデア人、バビロニア人、エチオピア人、中国人、チベット人たちの創造物だと言い出す人がもしもいたなら、私は信じて耳を貸すだろう。グランドキャニオンは謎であり、どんなにたくさん学んでも、その真実の極致を知ることはできないのである……

話を戻すと、私はニードルズとバーストーのあいだにある砂漠地帯に入るところだった。砂漠の朝の涼しさのなか、午前六時、私は車のステップに腰かけ、エンジンが冷めるのを待っていた。二、三十マイル走るたびに定期的な間隔でこれを繰り返していたのは、すでに述べたとおりだ。五十マイルくらい走行すると、車が勝手にスピードを落とし、自然なリズムとでもいうべきものを掴むので、そうなると私には何をやってもペースを変えることができなかった。私は時速二十から二十五マイルで這いずりまわるように縛られてしまった。確かアンボイという名前の町だったと思うが、そこで私はある砂漠の住人と気持ちのよい胸のすく会話を交わした。彼は平和、静穏、博愛の生まれ変わりだった。「いらいらしなさんな」と彼は言った。「ちょうどいいときに着けるだろう。今日じゃなければ明日でどうだ。大した違いじゃない。」夜のうちに彼のピーナッツ自動販売機が盗まれてしまった。それでも彼は一切気にかけていなかった。彼はそれを人間性に帰するものとした。「王様みたいな気分を味わわせてくれる人もいれば」と彼は言った、「虫けら以下の人間もいる。車が通りすぎるのを見ているだけでも、人間性についてたっぷりとわかるもんだ」。彼は私に警告をくれた、これから広がる四十マイルは、私がこれまで走ったなかでももっとも長い四十マイルに思えることだろうと。「私は何百回も走ったがね」と彼は言った、「それでもいつも、延々と次のマイル、次のマイルと続く気がするよ」。

そして何と、彼の言うとおりだった！　彼と別れるや否やそれが始まっていたに違いない。五マイルほどしか走っていないのに、私は道端に車を止め、八つの福音を実行しなければいけなくなった。私はブリキのボンネットを開けて、辛抱強く親指をひねった。なかには象形文字のようなエンジン専門用語が書かれていた――故障して車をヒートアップさせてしまう部品だ。この象形文字によると、あまりにもたくさんのものが熱と下痢を引き起こすらしく、いったいヘンリー・フォード機械悪魔学スクールの卒業証書でも先にもらわないかぎり、どうやったら人はトラブルに対処できるのか私には見当もつかなかった。そのうえ、壊れやすい厄介な部品は全部すでに手をつけられて処置済みだったのだ、私の「大型車」の場合は。年数だけが問題を占めているようだった。もはや私自身の体がまともに機能していなかった。私は人に言われるほど旧式モデルではないはずなのだが。

まあ、少しずつやろう。「いらいらするな！」私は自分に言い聞かせ続けた。新型車が次々と時速七十五マイルから八十マイルで通り過ぎていった。きっとエアコン付きだ。そういった車にとって、砂漠を横断することくらい何でもなかった――二時間程度のことだ――ラジオでビング・クロスビーやカウント・ベイシーを流しながら。

私は七転八倒しながらラドローを通過した。大きな光る金塊があちこちに横たわっていた。混じり気のない練乳のような湖は夜のあいだに凍結していた。ユッカの樹があり、ユッカでなければナツメヤシか、ナツメヤシでもないならココナッツか——そしてセイヨウキョウチクトウ、湿地には縞模様のシーバス。熱が斜めに立ち上っていた、まるで歪んだ鏡に映して見たヤコブの梯子のように。太陽は血まみれのオムレツになって、みずからをカリカリに焼いていた。蝉がクリケットに興じていて、後部席の不思議な鳥はいつの間にか私の足元のクラッチとブレーキのあいだまで来ていた。すべてが遅々として進まず、おまけにミニチュアピアノと蒸気オルガンまでが、昨夜の水中旅行のあいだにユニバーサルジョイントに引っかかってしまった。それは熱と当惑の一大不協和音だ、エンジンはオイルまみれでアンティーク楽器のように沸騰し、タイヤは死んだカエルみたいに膨張し、ナットは年寄りの歯みたいに抜け落ちていた。最初の十マイルは百マイルのように感じられ、次の十マイルは千マイルのようで、残りの道のりとなると、もはや人間には計測不能だった。

ダゲットだったかどこかひどい場所で植物とシラミと野菜の検査官にまたもや尋問を受けた後、バーストーに着いたのは午後一時くらいで、私は午前四時から何も食べていなかったが、何の食欲も感じなかった。私はステーキを注文し、そのひと切れを飲み込み、アイスティーに飛びついた。私がそこに座ってあらゆる言語で著述し証言していると、ふたりの女が目に入り、ブライト・エンジェル・ロッジの宿泊客だと私は気づいた。彼女らは朝グランドキャニオンを出て、多分これからカルガリーかオタワでディナーをとるのだろう。私は自分が熱を出しすぎたナメクジみたいに思えた。私の頭蓋から蒸気が立った。オルセンのことはもちろん頭になかった。私は頭を絞って、いったい自分はフラッグスタッフかニードルズか、あるいはウィンスローから出発したのかどうかを思い出そうとした。突然、私はあの日行った小旅行のことを思い出した——三日前だったか？——メテオクレーターへの。メテオクレーターってどこだったんだ？　私は軽い眩暈を覚えた。バーテンダーがグラスに氷を注いでいた。そのうち、レストランのオーナーが水鉄砲を取り出して、網戸の外の蠅を撃ち殺し始めた。その日は母の日だった。ということは日曜日だ。私はバーストーの薄闇のなかで静かに座り、太陽が沈むのを待っていたかった。だが、飲食もしないでレストランに何時間も居座ることはできない。気持ちが落ち着かなくなった。電報局に行って、既製の母の日用カードをバーストーから送ることにした。外は焼けるように暑かった。通りはフライドバナナのごとく、ラム酒とクレオソート油で炎をあげている。家々はぐったりと萎れ、崩れかかり、溶けてニカワか水飴になってしまいそうな兆候を示していた。ガソリンスタンドだけは耐え切ることができそうな気配だった。涼しげで、能率的で、人を惹きつけていた。それは非の打ちどころがなく、嘲笑に満ちていた。それは人間の生活には何の関わりもなかった。ガソリンスタンドには苦悩というものがなかった。

電報局は駅のなかにあった。私は電報を送ると、薄暗いベンチに腰かけ、一九一三年に思いを巡らせた、同じ月、多分同じ日に、列車の客室から初めてバーストーを見たときのことを。列車はいまでも駅にあり、まるで二十八年前に帰ったみたいだった。何も変わっていなかった、私が自分の屍を世界半周させてそれから帰ってきたことを除けば。もっとも鮮明に覚えているのは、奇妙なことだが、木に実ったオレンジの匂いと光景だった。とりわけ匂いだ。それは初めて女性に近づいたときみたいだった――あまり会いたいとは思わないような女性だ。他にも思い出したことがあり、それはオレンジよりもレモンに関わりがあった。チュラビスタの近くで私が就いた仕事、焼けつく太陽のなかで一日中ブラシを焼却していた。サンディエゴの壁に貼られたポスターが、エマ・ゴールドマンの連続講演があることを広告していた――私の人生を大きく変えた出来事だ。サンペドロあたりの牛の放牧場で職を探して、もう書物にもうんざりしていたのでカウボーイになるつもりでいた。毎夜、牧場労働者の宿泊小屋の玄関に立って、ポイントローマのほうを見ながら、はたして自分はブルックリンの図書館であの奇妙な本を理解していたのだろうかと考えた――『密教』。二十年後にパリでふたたびそれに当たると、すっかり夢中になってしまった。そう、何も根本的には変わっていなかった。幻滅よりも確信、確証だ。十八歳にして私は将来の自分に劣らぬ哲学者だった。心はアナーキスト、無党派精神、自由に考え行動していた。篤い友情、篤い憎悪、中途半端と妥協をことごとく嫌悪した。まあ、そのときはカリフォルニアが好きではなかったし、いまでも好きにはならないだろうという予感があった。ある熱狂は完全に冷めてしまった――太平洋を見たいという欲求だ。太平洋への関心はもうない。いずれにせよ、その一部はカリフォルニアの岸に打ち寄せている。カリフォルニアのヴェニス、レドンド、ロングビーチ――いまだに私は訪れていないが、数分もあればそこへ行くこともできる、セルロイドシティ・ハリウッドでこうして正確無比の年代記的脱線を行う瞬間にならぬ。

さて、車は冷めたし、私も少しは冷めてきた。実際のところ、少し物思いにふけりすぎたようだ。さあ、サンバーナディーノを目指そう！

バーストーから先の二十マイルは洗濯板みたいにでこぼこした砂丘のなかの道を走り、ブルックリンのベルゲンビーチやカナージーを思い起こさせた。しばらくすると農園や樹々が現れ、緑に染まった大木が微風に揺れている。突然、世界は人間性を取り戻した――樹々のおかげだ。ゆっくり、少しずつ、上り道が始まる。そして樹々と農園と家々も一緒に上る。三百メートル走るごとに標高を示す大きな標識がある。風景が温度計のようになる。まわりにはごつごつした連山がそびえ立ち、真昼のうねり立つ熱波のなかでほとんど消滅してしまいそうだ。実際、山々のうちのいくつかは完全に視界から消え、天空にピンク色の雪だけをかすかに光らせている――さながらアイスクリームコーンのコーン抜きだ。他の山は張りぼてみたいな前面をさらしている――その実在を誇示するために。

神と、羽をもつその従者たちのほうへと一マイルくらい上ったあたりで、ありとあらゆるものがこちらに覆いかぶさってくる。すべての山が突如としてひとつに収斂する――派手な宣伝行為のようだ。すると次には緑が爆発し、それは想像の及ぶかぎりもっとも激しく濃厚な緑色で、あたかも、疑惑の影を振り払い、カリフォルニアが自称するとおりの「楽園」であることを証明しようとするかのようだ。海以外のあらゆるものがこの標高一マイル時速六十マイルのサーカスに詰め込まれているみたいだ。興奮を覚えたのは私ではなかった――私のなかのひとりの人間が、この道を徒歩や馬に乗って通った先人たちの想像上の興奮を捉えなおそうとして興奮していた。そのような情景が人の胸にもたらす感情を、車内に座し、日曜午後のばかげた喧騒に囲まれていたのでは確かに経験しがたい。私はその道、ケイジョン・パスを引き返したい――徒歩で、恭しく手に帽子をとり、創造主へ敬意を捧げながら。できることなら冬、地面の雪を光が包むとき、ジャン・コクトーが子供のころ乗っていたようなそりを駆って。腹這いでそりに乗り、サンバーナディーノまで滑り降りてみたい。そしてもしもオレンジが熟していたなら、それはきっと神が親切にも手の届く範囲に配置してくれたのであり、私は時速八十マイルでその実をもぎ取り、貧しい者に与えることができるだろう。もちろんオレンジといえばリヴァーサイドだが、軽快なそりと薄く乾いた雪の面さえあれば多少の地理的混乱などどうでもよいのだ！

　覚えておくべき大切なことは、カリフォルニアが空中一マイルのケイジョン・パスから始まるということだ。それに先立つものはすべて些末な前置きに過ぎない。バーストーはネヴァダ州みたいなものだし、ラドローは作り話か蜃気楼だ。ニードルズなんて、それは別の時代、おそらく第三紀か中生代の海床のうえにある町だ。

　バーバンクに着いたころにはすでに暗く、そこには製造初期段階の飛行機がたくさんあった。機械工見習いの集団がメイン・ストリートの縁石に腰かけ、ぱさぱさのサンドイッチに食らいつき、コカ・コーラで流し込んでいた。私はルーサー・バーバンク〔アメリカの植物学者。多くの植物の品種改良を行った〕に敬意を表して献身の気持ちを奮い起こそうとしたが、道路がとても混んでいて車を停める場所もなかった。私はルーサーと彼にあやかって名づけられた町とのつながりがわからなかった。あるいはきっと、別のバーバンク、ソーダ水かポップコーンかラミネート加工済みバルブの名前からつけられたのだろう。私は薬局に立ち寄り、ブロモセルツァーを手に取った――「単純な頭痛向け」の薬だ。本当のカリフォルニアが頭をもたげ始めた。私は吐きたくなった。だが公共の場で嘔吐するには許可証が必要だ。それで私はホテルまで車を走らせ、きれいな部屋を借りたが、そこにあったラジオ装置は汚れたリネンの保管所みたいに見えた。ビング・クロスビーが甘い声で歌っていた――チャタヌーガでも、ボズウェルズ・タヴァーンでも、チッカモーガでも、その他の場所でも、同じ古い歌を何度も聞いた。コニー・ボズウェルがよかったのだが、このところ彼女の歌はまったく流れていなかった。私は靴下を脱ぎ、ダイヤルにそれをかぶせて音を消した。八時だったが、五日前の夜明けからずっと寝ていないような気がした。ゴキブリもシラミもいなかった――コンクリートの路上を走る車の音だけが間断なく聞こえた。それにもちろんビング・クロスビーが、外のどこかさびれたところで、安物雑貨屋が所有する目に見えないラジオ波に乗って流れていた。

ハリウッドの夜会

初めてのハリウッドの夜。あまりにも典型的だったので、私のための演出かと思えるくらいだった。とにかく、まったくの偶然から私は、きれいな黒のパッカードに乗って、大金持ちの家に行くことになっていた。私はまったく見知らぬ人からディナーを招待された。ホストの名前も知らなかった。いまになってもわからないくらいだ。

まわりに紹介されたとき、まず驚いたのは、裕福な人々に取り囲まれたことであり、死ぬほど退屈している人々で、八十代の人たちも含めてみなすでにかなり聞こし召していた。ホストとホステス役は喜んで酒を注ぎまわっているようだった。誰もがお互いに違う話をしているので、会話についていくのは至難の業だった。とにかく席に着くまえに酩酊してしまうことが肝心だった。ある風変わりな老人は、最近ひどい交通事故から快復したばかりなのに、五杯目のオールドファッションドのカクテルを飲んでいた——彼はそのことを得意がって、まだ体の一部が動かないというのに若者みたいにがぶ飲みできることを自慢していた。誰もが彼には驚いていた。

魅力的な女性はあまり見当たらなかったが、私をこの場所へ案内してくれた女性だけは違った。男たちはビジネスマンのようで、ひとりふたりだけ年配のストライキ破りのように見えた。かなり若い夫婦がひと組いて、三十代くらいではないかと思う。夫は典型的なやり手タイプで、学生時代はフットボールをやっていて広告とか保険とか株取引の業界に入るような、格好をつけたいかにもアメリカらしい職業をして自分の手は決して汚さないタイプの男だった。彼はナントカイースタン大学の卒業生で、かなり優秀なチンパンジー並みの知性をもっていた。

それが舞台だった。誰もが適当に酔っぱらうと、ディナーが宣告された。細長いテーブルに着くと、優雅に装飾が施されていて、それぞれの皿の横にグラスが三つも四つもあった。氷がたっぷりとあったのは言うまでもない。給仕が始まると、十数人の使用人たちが馬に群がる虻みたいにそばでせわしなく動き出した。あらゆるものが過剰なまでに出された。貧乏人ならオードブルだけでも満足しただろう。食事のあいだ、人々はとりとめのない議論にどんどん熱中していった。タキシードを着た、ゆでたロブスターみたいな顔色をした強面の年寄りが、労働運動家に対して毒づいていた。彼の家系は宗教家だというので私は大いに驚いたが、どちらかといえばキリスト系というよりも迫害者トルケマダ系だった。ローズヴェルト大統領の名前を聞くだけで彼は卒中の発作を起こしそうになった。ローズヴェルト、ブリッジズ、スターリン、ヒトラー――すべて彼にとっては同階級だ。つまり、教会の呪いの対象だったのだ。彼はとんでもないほどの食欲をもっていて、そのおかげで副腎が刺激されているようだった。肉料理が出てきたころには、ある種の人々には絞首刑でも優しすぎるなどと彼は話していた。彼のそばに座っていたホステスは、しばらくすると、反対側の人ととりとめのない気軽な会話をし始めた。彼女はかわいいダックスフンドたちをビアリッツに、あるいはシエラレオーネだったかに、残してきたので、彼女の話を真に受けるなら、彼女は犬たちのことがとても心配なのだそうだ。こんな時代になると、彼女が言うには、人々は動物のことなど忘れてしまうのだ。人々はとても残酷になるのだ、とりわけ戦争のときには。北京では使用人たちが逃げ出してしまって、彼女は四十個のトランクに自分で荷物を詰め込まなければならなかった——ひどい話だ。カリフォルニアに戻ってこられて本当によかった。神が住む国、と彼女はカリフォルニアを称した。戦争がアメリカに広まらないことを彼女は願った。やめてくれ、こんなときに、いったいどこへ行けばいいというんだ？　どこに行っても安全には思えない、おそらく砂漠の真ん中にでもいないかぎりは。

元フットボール選手はテーブルの遠い端のほうで誰かと大声で話していた。相手はたまたま英国女性で、彼は人目もはばからず彼女をひどく侮辱していたので、この国にいるイギリス人たちに対して同情を駆り立てるばかりだった。「イングランドに帰ったらどうだ」と彼は最大に声を荒げて叫んだ。「ここで何をしてるんだ？　おまえたちは邪魔だ。俺たちは大英帝国を維持するために戦ってるんじゃない。おまえたちは邪魔だ。この国から追放されちまえ。」

女性は実はイギリス人ではなくカナダ人だと言おうとしたが、大喧騒のなかで声が届かなかった。八十代が、シャンパンの試飲をしながら、自動車事故の話をしていた。誰も彼に注意を向けていなかった。自動車事故などありきたり過ぎた——その場にいた誰もが一度や二度は衝突を起こしたことがあった。よほど頭が弱くないかぎり、誰もそんなことを言い立てたりはしないものだ。

ホステスは狂ったように手を叩いていた——彼女はかつてアフリカへ探検旅行に行った際の経験について少し話をしたかったのだ。

「えっ、そんな！」とフットボール選手が叫んだ。「知りたいね、われらのこの偉大な国が、もっとも深刻な局面において、いったいどうして……」

「お黙り！」とホステスが叫んだ。「あなた、飲み過ぎよ。」

「そんなこと関係ないさ」と大声が響いた。「ここにいるのは百パーセントアメリカ人なのか——もし違うならどうしてなのか。このなかに裏切り者がいるんじゃないか」と彼は言い、それまで私がまったく会話に加わっていなかったので、酔っ払った視線をじっと私に向け、私に何か言わせようとした。私は微笑むことしかできなかった。それが彼を激高させたようだ。彼の目は挑発的にテーブル上を徘徊し、ついには倒しがいのある敵を見つけて、年配のフロリダの日に焼けたストライキ破りに彼は視線を合わせた。その相手はそのとき静かに隣の人と彼の親友何某枢機卿の話をしていた。その枢機卿は、いつでも貧しい人々に親切にしているのだと彼が言っているのが聞こえた。とても優しい勤勉な男だが、汚らしい労働運動家の戯言には耐えられないだろう、あの革命を唱えて階級憎悪を扇動しアナーキーを説く連中の戯言には。高貴な聖人の枢機卿のことを話しながら、彼は口角にどんどん泡をたてた。だがどれだけ怒っても彼の食欲には何の影響もなかった。彼は蛇のごとく肉食で酒好きで不満げで口やかましく毒に満ちていた。怒張した血管に癇癪が溜まっているのが見えそうなくらいだった。貧困者の救済、と彼は称したが、そのために彼は何百万ドルもの公共の金を使っていた。実際に彼がしようとしたのは貧困者が権利を守るために団結して戦うのを妨害することだった。銀行員みたいな恰好をしていなければ、彼は煉瓦職人にでも見えたことだろう。彼が怒り出すと、顔が赤くなるだけでなく、体全体がグアバの木のように振動した。自分の毒に酔い痴れて、ついには一線を越え、よりによって彼はローズヴェルト大統領のことをペテン師で国賊だと罵倒し始めた。客のなかの女性が抗議の声を上げた。するとフットボールの名選手が立ち上がった。目の前で合衆国の大統領を侮辱するのは誰にも許さないと彼は言った。会場全体がたちまちのうちに大騒動になった。私のそばの使用人が大きなグラスに極上のコニャックを満たしてくれていた。私は一口すすって、笑みを浮かべながら座りなおし、いったいどんな決着を迎えるのかと思いを巡らせた。口論が激しくなればなるほど、私は幸せな気分に包まれていった。「新しい宿舎はいかがですかな、スミス君?」マッキンリー大統領が秘書に向かって言うのが聞こえた。毎晩、大統領の私設秘書スミス氏は、マッキンリー氏の自宅に赴き、日々の書簡から彼が選び抜いた楽しい手紙を大統領のために読み上げたのだった。重大な国務に追われていた大統領は、暖炉のそばの大きな肘掛け椅子に座り、無言でそれを聞いたものだ。それが彼の唯一の反応だった。最後に必ず彼は尋ねた、「新しい宿舎はいかがですかな、スミス君?」職務にあまりにも疲弊しきった彼は、この降霊会の終わりに際して他に言うことをまったく思いつかなかったのだ。スミス氏が宿舎を出てホテル暮らしを始めてからも、マッキンリー大統領は言い続けた。「新しい宿舎はいかがですかな、スミス君?」それから博覧会があり、チョルゴッシュは、大統領がどれだけ呆けているのかも知らず、彼を暗殺した。マッキンリーのような人を殺すなんて、ちょっと無残で納得のいかないことだ。私がその出来事を覚えているのはただ、その当日私の叔母が馬車を引くのに使っていた馬が暈倒病にかかって街灯柱にぶつかり、叔母を見舞いに病院に行ったときにはすでに号外が出まわっていて、幼いながらに私は大きな悲劇が国に生じたのだと理解したからだ。そのとき私はチョルゴッシュに同情した——事件に対して奇妙な反応だ。どうして彼に同情したのかわからないが、きっと罪によって得られる利益に対して彼になされる処罰が割に合わないものだと何となく理解していたからなのだろう。そんな幼いころから、私は人を罰することこそ罪だと感じていた。私にはどうして人が罰せられなければいけないのか理解できなかった——いまだにそうだ。どうして神が人間の罪を罰する権利をもつのかさえわからなかった。そしてもちろん、後になってわかったのだが、神は人を罰しない——人が自分を罰するのだ。

そんな考えを頭に浮かべていると、急に人々が席を立ち始めたことに私は気づいた。食事はまだ終わっていなかったが、客たちは帰っていく。私が物思いにふけっているあいだに何かが起こったようだ。南北戦争前だな、と私は心に思った。幼稚な思考がまた大手を振り始めた。もしもローズヴェルトが暗殺されたら、リンカーンの再来と呼ばれるのだろう。ただし、いまの時代は奴隷が奴隷のままだ。すると誰かが、メルヴィン・ダグラスなら素晴らしい大統領になるだろう、と言っているのが耳に入る。私は聞き耳を立てる。メルヴィン・ダグラスって、映画スターのことか? どうやらそのとおりのようだ。彼は心が広い、と女性が言っている。それに性格。それに機転も利く。心のなかで私は思う。「では、誰が副大統領になるのか、お聞きしてもよろしいですか？　もちろん、で、あなたはジミー・キャグニーだとお考えではないですか？」だが女性は副大統領のことまで心配してはいない。彼女は数日前に手相判断を受けて、おもしろいことを知ったという。生命線が切れていたのだ。「考えてみて」と彼女は言った、「ここ数年、生命線が切れてるなんて全然知らなかったわ。どうなると思います？　戦争ってことかしら？　それとも何か事故に合うのかしら？」

ホステスはかまびすしく走りまわっていた。ブリッジのゲームをするのに頭数をそろえようとしている。死に物狂いの女、数々の戦利品に囲まれている。「あなたは作家なんですってね」と彼女は、バーへ行く途中、隅にいた私に出くわして言った。「お飲み物はいかが——ハイボールか何か。本当、みんな今日はどうしちゃったのかしら。あんな政治談議を聞かされるのは嫌だわ。あの若者は本当に無礼ね。もちろん私だって大統領を公共の場で侮辱するのは認めないけど、それにしても彼ったらもう少し気を利かせてくれないと。それに引き換え、何とかさんは大人だわ。あの人、立派だと思いません？　あら、あれは何とかさん！」彼女はやって来たばかりの映画スターのもとへ駆け寄り、挨拶を始めた。

先ほどからずっとよたよた歩きまわっていた年寄りが、私にハイボールを手渡した。私は断ろうとしたが、彼はどうしても受け取れと言った。私と話がしたいと彼は言い、まるで何か機密事項でも伝えたいかのようにウィンクした。

「私の名前はハリソン。H—a—r—r—i—s—o—n」と彼は、あたかもそれが覚えるのに難しい名前だと言わんばかりにスペルを言った。

「あなたのお名前をお聞きしてもよろしいかな？」

「私の名はミラー——M—i—l—l—e—r」と私はモールス信号で彼にスペルを教えた。

「ミラー！　へえ、それは覚えやすい名前だな。近所にその名前の薬剤師がいますよ。もちろんね。ミラーか。うん、よくある名前だ。」

「そうですね」と私は答えた。

「それで、ミラーさんはここで何をなさってるんですか？　こちらにお住みではなさそうですが？」

「そうですね、滞在中です」と私は言った。

「お仕事ですか？」

「いえ、まったく。カリフォルニア観光です。」

「そうですか。それで、どちらからいらっしゃったんですか――中西部？」

「いえ、ニューヨークです。」

「ニューヨーク市？　それとも州北部？」

「市ですね。」

「こちらにはもう長くいらっしゃる？」

「いえ、ほんの数時間です。」

「数時間？　おやおや……それはおもしろい。大変おもしろい。それで、この後は長くいらっしゃるのですか、ミラーさん？」

「わかりません。場合によります。」

「なるほど。どれだけここが気に入るかによる、ってことですね？」

「そのとおりです。」

「まあ、世界中でもこんな壮観な場所はなかなかないでしょう。カリフォルニアみたいな場所は他にない、と私はいつも言ってます。もちろん、私はカリフォルニア生まれじゃありませんが。それでももう三十年はここに住んでます。素晴らしい気候。それに素晴らしい人たち。」

「そうでしょうね」と私は答え、彼をからかってやろうと思った。この間抜けは死ぬほど無意味な話をいつまで続けるつもりなのか興味が湧いてきた。

「お仕事ではないとのことで？」

「そうですね。」

「休暇旅行ということですか？」

「そういうわけでもありません。私は鳥類学者なんですよ。」

「何？　それはおもしろい。」

「大変」と私は厳かな調子で言った。

「するとほんのしばらくここにいらっしゃるというわけですか？」

「何とも言えません。一週間かもしれないし一年かもしれない。場合によります。どんな種を見つけるか次第です。」

「なるほど。おもしろい仕事に違いない。」

「大変！」

「カリフォルニアには以前にもいらっしゃったんですか、ミラーさん？」

「ええ、二十五年前。」

「ほお、ほお、そうですか？　二十五年前！　また帰ってきたと。」

「ええ、帰ってきました。」

「前回来たときも同じことをしていたんですか？」

「鳥類学のことですか？」

「そう、それです。」

「いえ、そのときは溝を掘っていました。」

「溝を掘る？　それはつまり――溝を掘ってたわけですか？」

「そのとおりです、ハリソンさん。溝を掘らなきゃ飢え死にするところでした。」

「それはまあ、あなたがもう溝を掘ることがなくてよかった。そんなに楽しいことじゃないでしょう――溝を掘るのは？」

「そうですね、特に地面が固いときは。あるいは背中が痛いとき。あるいはその逆もまたしかり。あるいはあなたの母親がたったいま精神病院に入れられて、目覚まし時計があまりにも早すぎる時間に鳴り出したり。」

「ちょっとすみません。何とおっしゃいました？」

「物事がうまく進まなかったら、と言ったんです。おわかりでしょう――腱膜瘤、腰痛、腺病。いまはもちろん違いますけど。私には鳥たちと他のペットがいます。毎朝、私は日の出を眺めます。それからロバに乗って――私は二匹飼っていて相棒は三匹……」

「カリフォルニアでの話ですよね、ミラーさん？」

「ええ、二十五年前。サンクウェンティン刑務所で刑期を終えたばかりのころ……」

「サンクウェンティン⁉」

「ええ、自殺未遂で。私は本当に愚かでしたが、そんなことは取り合ってくれません。そうですね、父が家に火を点けたとき、飼い馬の一頭が私のこめかみを蹴ったんです。私は失神しやすくなり、しばらくすると発作的に自殺したくなり、とうとう自殺癖になりました。もちろん、拳銃に弾が入ってただなんて知らなかったんですが。私は妹を至近距離から、ちょっとふざけて撃ったんですが、さいわい当たりませんでした。

裁判官にそのことを説明しようとしても、全然聞いてくれません。私はもう銃には一切触りません。身を守らなければならないときはジャックナイフを使いますね。いちばんいいのはもちろん、膝蹴りを食らわすことですが……」

「すみません、ミラーさん、何とかさんと少し話をしなければいけなくて。大変おもしろいお話でした。大変おもしろい、本当に。もっとお話ししたいのはやまやまですが。ちょっと失礼します……」

私は気づかれないようにして館を抜け出し、丘のふもとまで歩き始めた。ハイボール、赤と白のワイン、シャンパン、コニャックが私のなかで下水溝みたいにごぼごぼと音を立てていた。私は自分がどこにいるのか、誰の家にいたのか、誰に紹介されたのか、まったくわからなかった。多分酔っ払った強面は元州知事だったのだろう。多分ホステスは元映画女優で、永遠に帰らぬ過去の光だ。誰かが私の耳元で囁いたのを覚えていた、何某は中国でのアヘン取引でひと財産をなしたのだと。ホーホー卿のことだろう。馬面の英国女性は著名な作家だったのかもしれない——あるいはただの慈善活動家か。私はわが友人フレッドのことを思った、いまやアルフレッド・ペルレス兵卒、番号一三八〇二〇二三、第一三七先発工兵部隊だか何かに所属している。フレッドだったらあの宴席でローレライを歌ったか、もっとよいブランドのコニャックを欲しがったか、ホステスに渋面を示していただろう。あるいはグロリア・スワンソンに電話をかけて、オルダス・ハックスリーかウィンブルドンのチャトー&ウィンダス社のふりをしていたかもしれない。フレッドはディナーが惨事に終わることを絶対に許さなかっただろう。他のすべてが失敗に終わっても、彼はつやつやの手を誰かの胸元に滑り込ませ、いつもと同じく言っていただろう——「左のほうがいい感じだ。出してみせてくれないかな？」

国中を移動してまわっているあいだ、私は頻繁にフレッドのことを考えた。彼はいつも本当にアメリカを見たがっていた。彼が思い描くアメリカはカフカのそれに似ていた。彼をがっかりさせては不憫だろう。だがどうしてそう言えるか？　彼は大いに楽しむかもしれない。彼は自分が選んだもの以外は何も見ないかもしれない。彼の街ウィーンを訪ねたときのことを思い出す。それは確かに私が夢に見たウィーンとは違っていた。そして今日でも、ウィーンのことを思うとき、私に見えるのは私が夢に見たウィーンであり、シラミと壊れたツィターと下水の臭いのウィーンではない。

私は峡谷の道をよろよろと歩き続ける。何だかとてもカリフォルニア的だ。低木の茂る丘、枝垂れる樹々、砂漠の清涼感が好ましい。空気にはもっと香気が漂っているものと期待していた。

星が満開に輝いている。道を曲がると、眼下に街が広がるのが目に飛び込む。街の灯りはアメリカのどんな都市よりも夢幻境に近い。赤の光がひときわ目につくようだ。数時間前、黄昏時に、丘の上に住む女性の寝室の窓から私はその光景を見た。化粧台の鏡から見たその光景は、さらに魔法のようだった。まるで密牢の小窓から未来を覗き込んでいるみたいだった。マルキ・ド・サド侯爵がバスティーユの独房の鉄格子からパリの街を眺めている姿を想像してみよ。ロサンゼルスは私が知るかぎり、もっとも強く未来の感覚を与えてくれる都市だ。悪い未来もあるだろう、フリッツ・ラングのお粗末な想像力による映画みたいな。チップス先生、さようなら！

ネオン街を歩く。店のウィンドーにはナイロンのストッキング。ウィンドーのなかには、水の入ったガラスの脚か、重たい空気のなかを羽みたいに浮き沈みしているタツノオトシゴくらいしかなかった。なるほど、シュルレアリスムが世界中の隅から隅まで広まったのもこれで納得できる。ダリはいまごろヴァージニア州ボーリンググリーンにいて、高さ一メートル長さ五メートルのひと塊のパンを構想しているのだろう、みんなが寝ているあいだにこっそりとオーブンから取り出し、用意周到に大都市の、たとえばシカゴやサンフランシスコの大広場に置くつもりなのだ。ただのパンの塊で、巨大であることは言うまでもない。存在理由なし。プロパガンダもなし。そして次の夜には二斤のパンが、ふたつの大都市、たとえばニューヨークとニューオーリンズに同時に置かれる。誰がそこに置いたのか、何のためなのかは誰にもわからない。そしてまた次の夜、三斤のパン――今度はベルリンかブカレストだ。そしてまた、と永遠に続く。途方もないことじゃないか？　一面から戦争のニュースを追い払うだろう。それこそダリが考えることだ、いずれにしても。大変おもしろい。大変おもしろい、いいいいいい、本当に。すみませんが、角にいる女性と話があるので失礼させていただきます……

明日はサンセット・ブールバードを探検してみよう。快いリズムのダンス、社交ダンス、タップダンス、芸術写真、普通の写真、下手な写真、電気熱療法、内部洗浄療法、紫外線療法、雄弁術のレッスン、読心術、宗教機関、占星術の実演、手相が読まれ、足にはマニキュア、肘のマッサージ、顔の若返り術、イボの除去、脂肪除去、足の甲の蘇生、コルセットの調整、バストの振動、魚の目除去、髪染め、眼鏡調整、ソーダ販売、二日酔い治療、頭痛治療、腹の張りの拡散、事業改善、リムジンのレンタル、未来は明快になり、戦争も理解可能になり、オクタン価は上がりブタンは下がり、ドライブインで消化不良になり、腎臓を洗浄し、安い洗車に行き、覚醒薬を飲んで睡眠薬を飲み、中国の薬草は体によいのです、コカ・コーラがない暮らしなんて想像がつきません。車窓から見える光景は、まるでストリッパーが舞踏病にかかって踊っているみたいだ――陳腐な踊りだ。

木星を見た夜

さて、私はどこにいたのか？　ああ、そうだ、路上の絵描きと別れてから、私はカフェンガ・ブールバードに出て、山のほうへ向かって歩いていたのだ。星を見上げていると、車が私の後ろに現れて街灯柱に激突した。全員即死だった。「無関心」と言われようとも私は歩き続けた。破片すら食らうことなく回避できて、いかに自分が幸運であるかという実感が、星を見れば見るほど湧いてきた。パリでの出来事だったが、私は星を見ていて首の骨を折りそうになったことがある。イヴァール通りだった思うが、そこにある寺院の階段に座って私は黙想を始めた。ヴィラ・スーラのあの狭い脱出路についてだったと思う。

時折、幸福の絶頂に登りつめたりすると、私は自分が優れた免疫力をもっているように思えてくる――病気、事故、貧困、さらには死に対してですら免疫があるのだ。ある日、わが友人で占星術師のモリカンドと素晴らしい夕べを過ごした後、オルレアン通りを曲がってアレジア通りに入ろうとしていたとき、私はふたつのことを同時に考えていた。（a）座ってビールを一杯飲む。（b）この正確な時間の流れのなかで木星がどこにあるか空を見上げて探す。ちょうどアレジア通りにあるカフェ・ブーケに通りがかり、そこは教会に面していて、閉店にはまだ少し時間があったので、テラスに座ってひとり静かにビールを飲まないわけにはいかなかった。教会はいつも赤く輝いていて、それが私には魅力だった――同時に、私が座った場所からはわが慈悲の星、木星が見えた。土星や火星がどこにあるか見ようと思ったことはない。さて、そんな風にして座って、内も外も素晴らしく感じていると、私の階下に住む夫婦が偶然現れた。握手を交わすと、ふたりは隣に座って一緒に少し飲んでもかまわないかと私に尋ねた。私はとても機嫌がよかったので、夫のほうが死ぬほど退屈な人物――イタリアからの亡命者――だったにもかかわらず、こう答えた――「ええ、そんな素晴らしいことはない。」それから私は彼らにすべてがいかに驚異的であるかを話し始めた。夫は私が少しいかれているとでもいうように私を見た。なぜなら、まさにそのとき、世の中ではすべてが腐っていて、とりわけ歴史的事件や経過について書くことを生業としている彼にとっては特に腐っていたからだ。どうして私がそんなに上機嫌なのか彼が問い詰め、私が特に理由を言わないと、まるで私が彼に個人的侮辱を働いたかのように、彼は私を見つめた。それでも私は少しも怯まなかった。私はさらにドリンクを注文したが、酔いたかったたからではない。ビールなどでは効かないし、それに私はすでに酔っていた、高揚感に酔っていたのだ。それよりも、たとえ世の中で起こることが腐り果てているときでも、ふたりにはもう少し元気を出してほしかったのだ。さて、私はビールを三杯飲んだかと思う――そして帰ろうと言った。ヴィラ・スーラまでは歩いてすぐだったが、その短いあいだでも私はますます晴れやかな気持ちになっていった。馬鹿みたいに私は彼らに訴えた、私はあまりに崇高な存在の状態になってしまったので、仮に創造主自身が思召しても、私を害することは不可能だと知るだろう。そんなことを言っているうちに私はふたりと握手し、階段を上って仕事部屋に入った。

服を脱ぎながら、屋上に上がって最後にもう一回木星を見ようかと思った。暖かな夜で、私はスリッパ以外に何も身につけていなかった。屋上に行くには、仕事場のバルコニーへとつながる垂直の鉄の階段を上らなければならなかった。さて、手短に言えば、私は木星をたっぷり堪能した。私はすぐに寝るつもりだった。

灯りは消してあったが、月の光がバルコニーのうえの長窓から差し込んでいた。私は恍惚として鉄の階段へと歩き、無意識のまま足を出したが、階段を踏みはずし、下のガラスのドアを突き破って転落した。落ちながら、空中へ後ろ向きに落ちることがどんなに甘美なことかと思ったのをはっきり覚えている。私は起き上がり、鳥のようにピョンピョンと跳んで、どこか骨が折れていないか確かめた。跳んでも平気だったが、喉がからからになっていて、まるで誰かに背中からナイフを突きつけられたみたいだった。背中に手を伸ばすと、大きなガラス片が刺さっていたので、すぐに引き抜いた。背中にもうひとつ刺さっているのを感じたので引き抜き、それから足の甲にもあった。すると、笑いが込み上げてきた。私が笑ったのはあきらかに、自分が死ななくて、鳥みたいに跳ねまわることがまだできたからだ。床にはかなりの血が落ちていて、どこに足を置いてもガラスの破片があった。

私は階下のイタリア人を呼んで具合を見てもらおうと決めた。切り傷には包帯を巻いてもらう、等々。ドアを開けると、彼が階段を上ってくるところだった。彼は衝撃音を聞いて、私に何かあったのではないかと心配していたのだ。以前にも、ある日私たちがテーブルについていたとき、ウサギが一匹屋上から落ちて、天窓を割って私たちのテーブルを直撃したことがあった。だが今回はウサギではないと彼にはわかったのだ。

「医者を呼んだほうがいい」と彼は言った。「あちこち傷だらけじゃないか。」

それはやめておくと私は彼に言った——アルコールとコットンがあれば傷口を消毒できる。ひと晩寝れば治る、そんなにたいしたことじゃない、と私は言った。

「でもひどい血だ」と彼は言い、狂ったように手をもみ始めた。

彼は通路向かいに住む人を起こし、医者に電話するように頼んだ。残念。一方が、「この人を病院に連れていってくれ」。もう片方は、「もう遅い時間だ、もう寝ちまったから、誰々に言ってくれ」。

「フランスの医者なんてまっぴらごめんだ」と私は言った。「アルコールをもってきて、傷口に包帯を巻いてくれ――それで大丈夫だ。」

イタリア人たちがようやくメタノールと脱脂綿を見つけてきてくれた。私はバスタブのなかに立つと、彼らがスポンジで拭いてくれた。

「まだ血が出ているじゃないか」と彼は言ったが、どういうわけか彼は血を見るのが苦手のようだった。

「絆創膏を当てて、コットンで傷口を塞いでくれ」と私は言った。血が私の脚を滴り落ち、そんな風に血が無駄になるのを見るのはいい気持ちではなかった。

さて、彼らはできるかぎりのことをやり尽くすと、私をベッドに送り届けてくれた。ベッドに触れると、体中が傷だらけなのがわかった。私は動けなかった。すぐに眠りに落ち、一時間以上は寝たと思うが、突然目が覚め、ベッドのなかがベタベタしているように感じた。シーツを触ってみると、血で濡れていた。私ははっとした。ベッドを飛び出し、灯りをつけ、布団をひっくり返した。自分が血の池に横たわっていたことを知って愕然とした。何てことだ！　自分の血が、下水みたいに自分から流れ出てるなんて。私は正気に返った。隣の部屋に駆けつけてノックした。「早く起きてくれ！」と私は叫んだ。「出血で死にそうだ！」

幸いにも隣人は車をもっていた。私は服を着ることもできなかったが、身体はこわばり傷だらけで、あまりにも慌てていたので気にも留めなかった。バスローブを引っかけ、ヌイイにあるアメリカ病院へ車を飛ばせてもらった。もうすぐ夜が明けるころで、誰もが明らかに眠っていた。インターンがやって来て傷の手当てをしてくれるまでの時間が何時間にも思えた。

私のあちらこちらを彼が縫い合わせ、骨と靭帯を触診しているあいだ、私たちはシュルレアリスムをめぐって奇妙な会話をし始めた。彼はジョージア出身の若者で、パリに来るまではシュルレアリスムなんて聞いたこともなかった。彼はそれがどんなものか知りたかった。まあ、通常の状況ならシュルレアリスムが何かを説明するのは難しいことだが、たっぷりと血を失って抗破傷風の注射を受け、ひとりの男が直腸を縫合しようとしているときに別の男がこちらの顔を覗き込み、どうして叫んだり失神しないのかと訝っているとき、古い論理体系を適切に機能させることはほとんど不可能である。私は少しシュルレアリスム的な説明をしたが、すぐに彼にとっては無意味だとわかり、それで私は目を閉じ、うたた寝をしているうちに、彼は職務を終えた。

シュルレアリスム的な感覚は車に戻った後に訪れた。私の若き友人はスイス人だったが、それにしてもとても神経過敏で、突然朝食を食べたい欲求に駆られて逃れられなくなった。彼はシャンゼリゼにあるカフェに私を誘った、極上のクロワッサンがあるというのだ。コーヒーは私の体によいだろう、と彼は言った、少しコニャックを垂らして。

「でも、こんなバスローブ姿でどうやったら入れるんだい？」と私は訊いた。私はパジャマのズボンももっていなかった――やつらは全部はぎ取るんだ、医者ってのはいつもそうだが、わけがわからない。やつらは服をはぎ取るとゴミ箱に放り込む、簡単に脱がせて洗濯にまわすことが可能なときでも。

友人アルノーは、バスローブ姿でシャンゼリゼで朝食をとることを、これっぽっちも奇妙に思わなかった。「事故に合ったのは見ればわかるよ」と彼は言った。「バスローブが血まみれだ。」

「それで大丈夫なのか？」と私は尋ねた。

「俺は大丈夫だ」と彼は言った。「向こうがどうかは、俺は知らねぇ！」

「君がよければ」と私は控えめに提案した、「家のそばまでもどってからのほうがいいな。」

「でもクロワッサンがおいしくないよ」と彼は言い、不機嫌な子供みたいに意固地になって自分の意見に固執した。

「クロワッサンなんてどうでもいい！」と私は言った。「私は弱っているし、寝たいんだ。」

とうとう彼は渋々と私の提案に同意した。「でもあのおいしいクロワッサンを食べる気分にすっかりなってしまって」と彼は言った。「腹減った……死にそうだ。」

トンブ・イソワール通りで私たちはビストロに立ち寄り、朝食をとった。バーの立ち席だった。私はクロワッサンを半分食べたところで崩れ落ちそうな気がした。仕事に行く人たちが入ってくると、私たちが夜通しばか騒ぎをしていたのかと考えた。体格のよい男が愛情をこめて私の背中を叩きそうになったが、考えただけでも失神してしまいそうだった。アルノーはゆっくりとクロワッサンをひとつ、またひとつとむさぼった。意外と悪くない、と彼は言い放った。そろそろ帰ろうかと思うと、彼はコーヒーをお替りした。私が苦痛にもがいて立っているあいだ、彼はゆっくりとそれを啜った——熱くてひと息では飲み込めないというのだ。

自分の部屋に戻ると、私は血だらけのシーツを床に捨て、静かに体をマットレスのうえに横たわらせた。傷はあまりにも痛くて、もはや快感となって私は呻いた。深い眠りに落ちた——昏睡だった。

気がつくと、友人モリカンドがベッドの横に座っていた。アルノーが電話をくれたのだ、と彼は言った。私が話すことができるので彼は驚いたようだった。

「夜中の一時半から二時のあいだに起こったんじゃないか？」と彼は尋ねた。

確かに、そのくらいの時間だと思った。どうして？　私は知りたかった。彼は何を言うつもりなんだ？

彼は真剣な顔をした。すると厳かに、ポケットのなかから一枚の紙を取り出した。「これは」と彼は、紙を私の目の前にかざしながら言った、「占星術による事故の図だ。僕は不思議でね。君は昨晩帰るとき、あんなに上機嫌だったのに。まあ、これを見て……」そして彼は身を乗り出し、黒と赤の線が彼にとっては重大な意味をもつことを説明した。

「死ななかったんだから、君は運がよかった」と彼は言った。「部屋に入ったとき、血だらけなんで、本当に君が死んだと思った。昨晩のその時間はあらゆるものが君に反対していた。すぐに寝ていれば避けられたかもしれない。その代わり他の人が死んでいたのは確実だ。でも君は、僕がいつも言っているように、とても運がいい。君には舵がふたつある。ひとつが壊れると、もうひとつが働きだす。君を救ったのは木星だ。木星は、君の星占いでは悪い相をもたない唯一の星だ。」彼はその仕組みを事細かに説明してくれた。それは壁のなかに閉じ込められることによく似ていた。すべての扉が閉ざされていたなら、私は死んでいただろう。彼はバルザックの死の図を私に見せてくれたが、驚くべき運命の略図であり、チェスの詰め問題のように美しく厳粛だった。

「ヒトラーの死の図は見せてくれないのか？」と私は弱々しく笑いながら言った。

「そりゃ、君」と彼は素早く応答した、「できるなら、本当に楽しいことだろうね。残念ながら、まだ彼には何も破局的な相は見られない。でも彼が没落するときは、よく聞いてくれよ、彼はすぐに消える――光みたいにね。いまのところ彼は上り調子だ。頂点まで登りつめたとき、それはほんの短いあいだで、そこでバーン！　そんなもんさ！　いやな日々がこれから待ち受けている。みんな大惨事に合うだろう。僕にも君みたいに木星があればいいのに。でも僕にあるのは忌々しい土星だ。僕には希望が見えない……」

スティーグリッツとマリン

「まずすべきことは」とデーン・ルディア〔フランス生まれのアメリカ作家・作曲家〕は言う、「あらゆる芸術の中身の刷新だ」。「新しい音楽はコンサートホールでは滑稽で無意味に響く。新しい芝居は新しい劇場を必要とする。新しい舞踊は新しい環境と、音楽と演劇的行為に対しての自由な関係を切望する。それでもなお、上演の実態は社会的財務的見地からみて、悲劇的なほどお粗末である。商業主義が芸術への献身の精神を、上演への真の参加精神を、粉々にまで破壊した。公衆はセンセーションを求めて参加するのであって、芸術としての人生、芸術を通じての人生を経験しようという心構えをもたない。新しい芸術がもっとも必要としているのはおそらく新しい公衆だ。芸術家たちにもっとも必要なのは公衆と真の関係を結ぶ意識だ。芸術家はみずからを、精神の糧の提供者、ダイナミックな力の喚起者としてとらえることをやめてしまった。自分の立場を「公職」と、自分を司祭者と見なすことをやめてしまった。ただ己を表現することのみ、己に扱いきれない力を解放することのみを考えている。なぜそんな解放か？　彼は一顧だにもしない。彼は人類に対する己の精神的義務に対峙することを、慎重に喜んで回避する。かくして彼は人類を成形するとか、作品に対して適格な公衆を呼び集めるという努力をしない。ただ製品を売るだけだ。彼の生き様、人間性を例として彼が伝える

アルフレッド・スティーグリッツ。ドロシー・ノーマン撮影。

べきメッセージへと人を惹きつける、そんな人生の使者ではもはやなくなっている。」

敵の侵攻を受ける状況を思い浮かべて戯れることが私にはよくあるが、そんなとき頻繁に思い起こすのが、アルフレッド・スティーグリッツがニューヨークのオフィスビル十七階の「アメリカン・プレイス」でジョン・マリンの水彩画に囲まれて座っている姿だ。生涯を通じてスティーグリッツは、芸術家の到来を祝福する公衆のことを待ちわびている。彼の人生は献身と専心そのものだった——芸術への。スティーグリッツのおかげでジョン・マリンは描くことができ、描き続けることができた。このふたつの名前の奥には途轍もない物語がある。マリンもスティーグリッツもいまでは七十歳を超えている。マリンはいまも元気に飛びまわり、さらなる傑作を描いている。スティーグリッツはギャラリー脇の小室でほとんどの時間を臥して過ごしている。精神的にはまだ彼も元気なのだが、心臓を悪くしているのだ。彼は「アメリカン・プレイス」で最小限の空間しか自分に割り当てない。簡易ベッドから安楽椅子まで動くのに充分な空間あればよい。もしも部屋がもっと小さくなっても、彼が文句を言うとは私には思えない。人が立ったり寝たりできるだけの空間のなかで、彼は言いたいことを何でも言う。彼には拡声器も必要ない——自分の信念をつぶやけるだけの声があれば十分だ。

それに彼の声はよく伝わる。きっと、彼が死んだ後でもずっと彼の声が聞こえ続けるのだろう。

私はその光景を思い描く。敵が町のゲートの内側で厳重に身を固めている——そしてスティーグリッツはなおも仕事中だ。ドアが開き、制服の男がギャラリーに入ってくる。スティーグリッツは隣の部屋で、ベッドに身を伸ばしている。壁にはマリンの作品だけがある。スティーグリッツはこの種の訪問を毎日待ち望んでいた——どうしてすぐに起こらないのか彼には不思議だ。士官は部屋のなかを素早く見まわし、罠ではないと安心して、きびきびと小部屋の戸口に近づくと、そこにはスティーグリッツが寝ている。

「こんにちは！　そこで何をしているんです？」と彼は言う。

「同じ質問をしてもよろしいかな」とスティーグリッツが答える。

「あなたは番人？」

「そう呼んでくれてもいいでしょう。確かに番人みたいなものだ、それでご満足かな。」

「これは誰の絵ですか――飾ってあるのは？」

「ジョン・マリンです。」

「その人はどこです？　どうして放ったらかしに？　この絵には価値がないとでも？」

スティーグリッツは士官を手招いて安楽椅子に座るよう促した。「いい質問ですな」と彼は切り出す。「物事の核心をついている。」

「まあ、まあ」と士官が言う、「私は軽いおしゃべりがしたくて来たんじゃないんだ。情報が必要でね。これがどんな意味をもつのか知りたい。あなたは誰もいないビルでひとり、この絵の番をしている――水彩画ですね、これは。どうして見切りをつけないんですか、他の人たちみたいに？　この所蔵作品について何の情報もないってのはどういうことなんですか？」

「そんなにたくさん訊かれてもいっぺんには答えられんな」とスティーグリッツは弱々しい声で答える。

「私はもうじき死ぬ身だ。ゆっくりやってください。」

士官は同情と疑念を抱きながら彼を見る。「偏屈じじい」と彼は心のなかで思う。そして咳払いをして言う。「では、どこにいらっしゃるんですか……オーナーは？」

「家で絵を描いていると思いますよ」とスティーグリッツはうんざりしながら答える。

「え？　その人も画家なんですか？」

「誰が？」

「えっと、誰の話をしてるんですか？」

「ジョン・マリンのことだよ。いったい誰の話を？」

「あの絵のオーナーです——その話をしているんです。画家だろうがポスター張りだろうがどうでもいい。」

「あの絵の持ち主はあの絵を描いた人だ――ジョン・マリンだよ。」

「なるほどだんだんわかってきた。いいだろう。その人はいくらの値段をつけているんですか？」

「何とまあ、それは決めたためしがないんだ。あなたならいくらつけますかね？」

「そういうことにはまったく素人で」と士官がいらいらして言う。

「私もそうなんですよ、はっきり言って。そんなことを言うと頭がおかしいって言われますけど。気に入った絵があったら、あなたが値段を言ってくれれば、それで買えるかどうかお知らせしますよ。」

「ちょっといいかな、私はあなたと遊んでる場合じゃないんだ。」

「本当にまじめな話です」とスティーグリッツは言う。「三十年やってきて、ジョン・マリンの作品に値段をつけろとみんなに言われる。そんなことはできない。私がずる賢くて、わざと彼の作品に正式な値段をつけないのだという人もいる。単純にこう言ってやります。『どれだけあなたはジョン・マリンの作品が好きなんですか？　ジョン・マリンが絵を描き続けるのを助けるためにいくらなら投資できるんですか？　たとえば、自動車になら二千ドル払うんでしょう。それならマリンの絵一枚はビュイックやスチュードベーカーと比べてどうなんですか？』そんな絵の売り方はないとみんな言います。でも私は絵を売ってるわけじゃない。ジョン・マリンを売っているんだ。私は彼のことを信じている。私はすべてを彼に賭けたんだ。それに、どんなに金を積まれてもマリンを売りたくない相手もいますからね。でもこれは言っておきたい——マリンの絵が本当に欲しい人は誰でももつことができる。他の誰の絵でもなく、とにかくマリンが欲しいというなら。私は財布の中身に合うように値段を決めます。純粋な取引を求めた人を断ったことはありません。」

「大変興味深いお話ですが、すみません、私は値段や価値を議論しに来たんじゃありません。私は……」

スティーグリッツはさえぎる。「死ぬほど退屈ですな、はっきり言って。ジョン・マリンの話をしたいものだ。」彼は苦労しながらゆっくりと立ち上がる。「こちらに来てごらんなさい」と彼は言い、士官の腕をとる。「私が死ぬまでは誰にも手渡さないマリンがここにある。見てごらん！　こんな作品に値段をつけられますか？」

士官は我を忘れて、いつの間にか熱心に作品を凝視していた。彼は理解できずに当惑しているようだ。「ゆっくり見なさい」とスティーグリッツは、士官の当惑を予期していたように言う。「私は二十五年間ずっとそれを見ていて、見るべきものをまだ全部見尽くしていないんです。」

士官はゆっくりと視線を離す。ほとんど独り言のように彼は言う。「おかしいな、私も昔は絵を描いたんだが。正直、水彩はやらなかった。遠い昔だ――何だか、別の人生のなかで起こったことみたいだ。」彼はすぐに心を和らげる。同じ調子で、言葉をつぶやく。ついには興奮のあまり口にする。「あなたの言うとおりだ――このマリンていうんですか、確かに桁違いだ。魔法使いだ。何某将軍をここにお連れしないと――いますぐ。きっと彼はあなたのジョン・マリンに熱中しますよ。」

「きっとそうでしょう」とスティーグリッツは穏やかに言う。「もしその方に知性がおありならね。全師団を連れてきてください。皆さんにジョン・マリンの作品をお見せするのは楽しみです。」

「われわれがあなたに何をするかもわからないのに、何も心配してないようですね。まるで戦争も何も起こっていないみたいに話す。あなたは変わった人だ。あなたのことが好きになってきました。」

「当然です」とスティーグリッツは顔色も変えずに言う。「私は人に隠すものが何もない。私は何ももっていない。実質的にこの絵だけで生涯生きてきた。この絵は私に、大きな喜び、大きな理解を与えてくれた。いまでは、友人マリンがあまり成功を収めなかったことがうれしいくらいだ。彼もそうだろうと思う。彼の家に行くといいですよ――自分でもっているコレクションがある。それを見せてもらうといい。」

「ところであなたは」と士官が言う、「われわれがそれをわが国に持ち帰ってしまうことは考えましたか？」

「もちろん考えました」とスティーグリッツはすぐに答える。「そんなことは気にしません。彼の作品は全世界のためにあるのです。とにかく大切に扱っていただければそれでいいのです。いいですか」――そして彼は士官の腕をふたたびとる――「額縁には傷ひとつありません。マリンは自分でこの額を作ったんです。こんな風に保管してください。十年後にどこに飾られているかなんて誰にわかります？　そしていまから五十年後――あるいは百年？　そう、私は年寄りです。生きてきてたくさんのことを見ました――信じられないこともね。あなたはこの絵を自分の国にもっていきたいとお考えですか。よろしい――もっていきなさい。でも、所有しているという幻想には駆られないように。芸術作品は帝国が崩壊した後でも長く生き残るものです。たとえ絵を破っても、絵が世界に対して与えた影響を打ち消すことはできない。たとえ私以外に誰も絵を見ていなくても、その価値は残り、おのずと感じられるのです。あなたは大砲で破壊することができても、創造することはできないでしょう。ジョン・マリンの絵を破砕しても、彼を消し去ることはできない。そう、私は絵の運命など気にかけません。それはすでに世界に対して貢献を果たしているのです。さらに進んで、ジョン・マリン自身を殺すこともできるでしょう――それも問題じゃありません。ジョン・マリンが表すものは不滅なのです。あなたが彼の頭に拳銃を突きつけ、殺すと脅しても、彼はきっと笑うでしょう。彼は雄鶏並みに強いのです。もちろんあなたは彼を殺したいとは思わない――それくらいわかっています。あなたは多分彼にいい仕事を与えたりするのでしょう――それこそ彼を殺す巧妙なやり方だ。私があなたなら、彼をそのままにしておくでしょう。彼に面倒をかけないで。彼はいまや静かで穏やかな老境に達していて、何にも心を悩まされません。食べるものがあるかどうかは見てやってくれませんか？　私はもうこれ以上彼の世話はできないので、あなたに見てほしい。できるかぎりのことはしました。あとはあなたと、そのあとのさらに別の人へと、お任せします……将軍のお名前は何とおっしゃいましたか？　いますぐその人を連れてきてください。芸術に対しての鑑識眼をおもちなら、いろいろと私と似たところがあるでしょう。きっと彼の思い違いを私が解いてあげられるかもしれません。」

スティーグリッツは静かに踵を返し、小部屋のベッドへ向かう。士官は大きな部屋の中央に立ち尽くし、壁にかかったマリンの絵をぼんやりと眺める。夢を見ていたのではないか確かめようと、自分の体をつねる……

これは、私がスティーグリッツとの最後のときを思い返したときに夢想した小喜劇だ。もうひとつの版もあるが、それはおそらくこれから実際に起こりそうな内容だ。スティーグリッツがマリンの作品のまえに立っていて、いつもどおり話しているのだが、突然、言葉が途切れて、倒れ死ぬ。そんな風に終わりは来るのだと思う。スティーグリッツもそう考えているに違いない。

スティーグリッツはとても頻繁に代名詞Iを使うのだが、それでも私が出会ったなかではまったく自己中心的ではない人物だ。彼の使うIは岩のようだ。スティーグリッツは決して感情を殺した話し方はしない、なぜならそうすると彼がひとりの人間であることを否定してしまうからだ。彼は名士というものとは反対の存在だ、きっとそれは人柄を意味するのだろう。彼は個人であり、一個の存在だ。彼は上品に猫をかぶったりはしない——なぜその必要があろうか？　神の名を使ったからといって謝罪をするだろうか？　スティーグリッツが言うすべては純粋な確信に基づいている。彼の口から出るすべての言葉の背後には彼の全人生がある、人生、と私は繰り返すが、それは彼が信じるものへの絶対的な献身だ。彼は信じる！——それこそ人生の真髄だ。彼は自分の意見を言うのではない——真実であると彼が知っていること、彼アルフレッド・スティーグリッツが個人的経験から発見した真実を語っているのだ。彼の見解に異論を唱えることはできても、反駁することはできない。彼の見解は、スティーグリッツ自身と同じように、いつでも生きていて呼吸をしているのだ。彼の見解を打ち砕こうというのなら、スティーグリッツ自身を粉々に砕かなければならない。彼のあらゆる破片が彼のなかにある真実を言明しているのだ。どんな時代にもそのような人物は稀だ。当然ながら彼についての評価は極端に分かれる。また評価か！　誰かの評価が何だっていうのだ？　スティーグリッツに答えるには、まず自分が首尾一貫していなければならない。それはできているか？　そして結局、こんなことを言う人物にどんな答えがあろうか――「私は信じる。私は愛する。私は大切に思う。」スティーグリッツが言うことはただそれだけだ。同意してもらうことを彼は求めない。ただ自分が愛するもの、自分が全生涯をその支援に捧げた人々について、彼が熱狂的に語るのを聞いてもらいたいだけだ。

人々は彼が画商らしく振る舞わないのでいらいらする。彼のことを抜け目ないとか、空想家だとか、予測がつかないとか言う――どう言われているか、すべてはわからない。作品さえ手に入れば、マリンやオキーフや他の画家たちがどうしているかなんて人々はまったく気に留めない。確かに、スティーグリッツがマリンのために確保できた額よりももっとたくさんの金をマリンは自分の作品によって得られたかもしれない。だがそうしたら、ジョン・マリンは今日の彼のような人になっていただろうか？　七十二歳の彼が描いている絵を彼はいま描いているだろうか？　そうは思えない。私はこの目で、芸術家が骨抜きにされていく様子を、この国にはよくあることとして実際に見てきた。われわれは誰もが偉大な「成功者」たちの興隆と没落を目撃してきた。束の間のアイドルたちよ！　何とわれわれは彼らが好きなことか！　そして何とすぐに忘れてしまうことか！　スティーグリッツのような人がわれわれとともにいて、毎日の暮らしのなかで自分が愛するものへの忠誠を示していることを、神に感謝しなければならない。持続、不屈、忍耐、謙虚、温厚、知恵、信心の完璧な現れである驚異の人だ。彼は岩のごとき存在で、安っぽい意見の逆流などものともしない。スティーグリッツは不変不動である。彼は大地に根を張っている。だからこそ私は厚かましくも、彼が小さなオフィスに座って世界の崩壊にもまったく動じることのない様子を描くのだ。敵が現れたからといって、どうして彼が震えおののくだろうか？　どうして彼が逃げるだろうか？　生涯を通じて彼は敵たちに四方を包囲されたことがなかったのか？　強い力をもつ者ではなく、卑しく狡猾で卑劣でずるいやつらこそ、暗闇のなか人が背を向けたときに襲ってくるのだ。われわれ自身の敵——存在し得るかぎり最悪の。生命の敵と私は呼ぼう、なぜなら、優美で新しい生命の萌芽が起こるところではいつもそれを踏みつぶそうとするやつらがいるからだ。つねに意図的というわけではなく、考えもなしに、目的もなしにするのだ。真の敵にはいつでも対峙し打ち勝つことができる。真の敵意とは愛に、気づかれることのない愛に基づいている。だがそれとも違う、このぬるぬると這いずりまわるような敵意は、無関心や無知から引き起こされるものであり、それと戦うのは困難である。それは生命の根源から活力を奪う。それに対抗することができる人物は魔法使いか手品師だけだ。そしてそれがスティーグリッツであり、マリンなのだ。ただし、マリンは絵の領域でそれを行い、スティーグリッツは生の領域で行う。ふたりはつねに互いに種をまき、滋養を与え、刺激を与えあう。この精神的血縁関係ほどに喜ばしい婚姻は知られるかぎり他にない。ふたりが触れるもののすべてが高貴になる。どこにも染みひとつない。彼らとともにわれわれは純粋な精神の領域に達する。そしてそこで休息を得よう——敵が来るまでは……

私が初めてスティーグリッツと会ったのは、つい昨年、ヨーロッパから戻ったばかりのときだった。ニューヨーク五番街の「二九一」画廊時代の彼のことはまったく知らなかった。もしそのころに、多くの若い作家や画家と同じように彼と出会っていたなら、私の人生はきっと大きく変わっていただろう、かつてエマ・ゴールドマンの講演を聞いたことが私を変えたように。

「奇跡は必ず起こる。私はそう信じている——かつてよりもはっきりと。そして長いあいだ私はそう信じ続けている。」会ったとき、スティーグリッツは小さな本の余白にそう書いて、私に贈呈してくれた。その本はジョン・マリンの書簡集で、ほとんどがスティーグリッツに宛てられたものだった。

そのときのことをいま思い返すと、私は少し罪悪感に駆られる。ジョン・マリンについてちょっとした本を書くのがそのときの私の意図だった――そして何と、いまでもそのつもりなのだ！　だがそのときは一刻も早くそうするつもりだった。何年ものあいだずっと見たいと思っていたマリンの作品に囲まれたことで心に火を点けられていたのだ。

どんなにたくさんマリンの作品を見ようと、どこかに必ず他の作品がある。スティーグリッツでさえジョン・マリンの全作品を見ているのかどうかわからない。マリンは働き過ぎだと私は思う。彼が死んだら、誰もがその存在を知らなかった作品が大量に見つかるのだろう。彼は両手を使って描くと言われている。両足も使っているのではないかと私は思う、それに肘と尻にも筆を挟んで。

いずれにせよ、「アメリカン・プレイス」でできるかぎりたくさんの作品を目の保養にした後、私はクリフサイドの彼の自宅でマリンに会えるという人生最大のサプライズを受けた。そこで私はニューメキシコの風景を描いた水彩画が箱一杯にあるのを見た。新しい服を着たマリンにも会った。人間マリンは完璧なまでにありきたりな風景のなかで暮らしていた。まるで優雅な探鉱者が、飼いならされた活気のない東部へ金塊を抱えて戻り、それを屋根裏部屋にしまって、退屈なときに眺め、撫でまわし、玩んでいるみたいだった。

ジョン・マリンの名を言うとき、私は必ず付け加える――「魔法使い」と。「オズの魔法使い」からかもしれない。とにかく、魔法使いなのだ。避けることのできない事実として、彼は天才なのだ。老子が皇帝の使者に引き止められ、姿を消すまえにすべての言葉を書き留めるよう命令されたように、誰かが現れてジョン・マリンの首を掴み、彼がいなくなる前に最後の一滴まで搾り取る必要がある。

一九二八年にマリンがリー・シモンソンに宛てた手紙の一節が、彼の特徴をよく表している。「あなたからの電報を受け取りました。どうしてあなたの雑誌に寄稿してほしいのか説明していただけませんか。私は寄稿者になりたいなどと頼んではいません。もし私の絵が普通の知性の持ち主に理解されないというなら、

ジョン・マリン画「メイン州の島々」。フィリップス・メモリアル・ギャラリー（ワシントン）蔵。

どうして私の文章が理解されるとお思いでしょうか。普通の知性の持ち主に向けて私の絵を変えたいとあなたはおっしゃり、同じように簡単に私の文章を変えたいというのでしょう。その雑誌を私が読んでもほとんどの文章が私には理解不能だったこともご存知でしょう。そうすると私は普通の知性以下の頭になるのかもしれません……どうしてあなたは大馬鹿者の登場をそんなに恐れるのですか。最後にはその人がそれほど大馬鹿者ではないとわかるかもしれないからですか。」

凡庸の国におけるマリンの出現は、ほとんど説明のつかないことである。マリンはこの国では奇形変種だ。自然の戯れだ。彼の運命はアメリカが生んだどんな芸術家の運命よりも過酷なものになっていただろう——ポーよりも悪く、メルヴィルよりも悲惨な運命——もしもスティーグリッツとの奇跡的な邂逅がなかったら。こんなことを言うのをジョン・マリンが許してくれることを私は願う。まるで私が彼自身の力を疑っているように聞こえるかもしれないが、そんなことはまったくないのだ。私が言いたいのはただ、アメリカという国は、ジョン・マリンのような人物が生まれると、すぐに情け容赦なく抹殺しようと全力を尽くすのだということだ。

マリンは雄鶏並みに強くて簡単には死なない、と私に言ったのはゾラーだったと思う。的確な表現だ。なぜならマリンは闘鶏のごとく精悍で痩身、元気快活で機知に富み、いつでも飛び出す準備ができている。すなわち、戦いを求めている人々の代表なのだ。その一方で、彼は優しく、賢く平和的で、思いやりがあり礼儀正しい。彼は驚くようなことを話す、彼からそれを引き出す方法を知っていればのことだが。だが彼は話さずにいることを好む。自分が言わなければいけないことは、筆で示すほうが彼にはよいのだ。

「マリン島」水彩について論じたE・M・ベンソン氏は言う。[*]「いよいよここに現れた絵画は、境界を定めてしまうような額縁など必要としない。すべての細部が精密に調和をとられているので、運動の幻覚を生み出すが、混沌の怖れはない。すべてが前もって整えられた計画のなか、われわれの目は水面を切って飛ぶ多くの石のように、これらのフォームが織りなす流れを追いかける。あらゆるものが他の何かとつながりをもち、他の何かへと導き、さらに大きなデザインの一部、壮大なパターンの満ち引きとなっているようだ。これらのフォームを見るとき、われわれは木、水、空をもはや具象的な意味では意識せず、それらに対する抽象的な記号としてとらえる。それは書道的表現であり、いまやわれわれはそれを事実として受け入れる。ぎざぎざの線は水面の素早い動き。三角は木。色の点は太陽か花か。こういった可塑性のあるメタファーこそマリンの芸術の血肉なのだ。」(傍点は引用者による。)

書道的表現！　それこそまさにマリンの魔法の真髄であり、そびえ立つ彼の偉業の徴だ。ここで彼は中国芸術の最高の作品と肩を並べ、熟達の技を記号化する絵の代数学の偉大な伝統を引き継ぐ。この表現は彼の初期作品においてすらすでに顕著であり——馬に乗ってまだほんの数歩も歩いたことがないのにいきなり駆け足だ！——いまやユークリッド、ガリレオ、パラケルスス、アインシュタインに匹敵する真正性をもつものと見なされる。彼はただの偉大な画家のひとりではない。彼こそがアメリカの画家であり、過去のすべての偉大な画家たち——ヨーロッパ、アジア、南アメリカ、アフリカのどこであろうと——と血のつながった兄弟なのだ。ジョン・マリンは、われわれが愚かにも拒絶しようとしている世界とわれわれをふたたび結びつける存在なのだ。

＊　E・M・ベンソン『ジョン・マリン——人と作品』。

ハイラーと彼の壁画

この本のなかでもすでに述べたが、サンフランシスコのアクアティック・パーク・ビルディングにある壁画は、合衆国では語るに値する唯一の壁画だ。実際のところ、サンフランシスコで私が覚えているものはふたつしかなく、ハイラーの壁画とケーブルカーだけだ。残りはすべて忘れてしまった。

壁画を見た日、私はまっすぐホテルへ戻り、その絵についてハイラーに手紙を書いた。私の手紙は彼には少し不可解だったに違いない。それは陽気な画家へ宛てた陽気な手紙で、私は彼のことを思い浮かべただけでいつも大陽気になってしまうのだ。ヒレア・ハイラー、陽気な男《ザ・ヒレアリアス》。彼は裕福な人生を送り、ほとんどが外国暮らしだ。誰からも愛され、仲間の芸術家たちからも愛されるのは素晴らしいことである。しばしば彼は絵描きを休業する——ナイトクラブでピアノを弾いたり、自分でナイトクラブを開いたり、バーや賭博室の内装を手がけたり、衣装についての博識高い本を描いたり、アメリカン・インディアンの研究をしたり、失われたアトランティスやムー大陸を探検したり、精神分析を施したり、悪魔を論駁して天使の化けの皮を剥いだり、酒を飲んで騒いだり、新しいご婦人を見つけたり、中国語やアラビア語を学んだり、絵画技法についての小論文を描いたり、絨毯織りや船の操縦を学んだり、等々のことをするために。彼には千一もの興味対象があり、世界のどの隅にも友達がいる——友情の固い親友で、彼を決して見捨てない。そのうえ彼はコメディアンだ。アイルランド人の血が流れているからに違いない。少し酔ってピアノのまえに座ると、聞いたこともないような奇妙な言葉で歌い出す。さらには、彼はたいてい自分で作った曲を歌うのだが、次の日になるとすぐにその曲を忘れてしまう。それはもはや歌ではない、言わばそれはドラムとツィターのための爆笑更年期曲だ。彼が真っ先に執心するのは色だ。ハイラーはこの世でいちばん色についてよく知っていると私は思う。彼は色を飲み食いする。彼自身が色の色だ。鮮やかで美しい鳥のことをカラフルだというが、その点では彼はカラフルではなく、彼はカラーそのものなのだ。それはつまり、彼は異常なまでに見事に光を屈折させるということなのだ。ときに彼は本物の北極光になる。私が言おうとしていることはつまり、彼が壁に取り組むとき、彼はそこに彼が生きてきたすべてを、読んだことのすべてを、夢見て絶望したことのすべてを注ぎ込むのだということだ。

アクアティック・パーク・ビルディングに着いたとき、私は笑いが込み上げた——ごく自然に。それはまるで人の手のひらを読むみたいだった。手のひらを読まれることを恐れる人たちもいる。事故、失敗、旅行談、病気、下痢を読み取られる。さて、私はハイラーの壁画を見て、多くのものを見てとった。それが水中の世界であることははっきりしていた。そしてハイラーがそのなかでくつろいでいることもはっきりしていた。驚くようなことでもない、彼はどんな場所にいてもくつろぐのだ、たとえば宙にいれば鳥と馴染み、深海にあれば怪物を友とする。彼は精神病院でも同様にくつろぐ。パリの聖アンヌ病院で狂人たちに囲まれ、医者何て楽しい時間を彼は過ごしたことだろう！　何て素晴らしい友人を彼はそこで作ったことだろう——

☆　ヒレア・ハイラー、ヘンリー・ミラー、ウィリアム・サロイヤン著『なぜ抽象か？』（ニューデイレクションズ社刊）に、ハイラーと彼の作品についてミラーが書いた初期エッセイが収められていることを読者には留意されたい。

とだなんて思わないでくれ、もちろん入院患者とだ。ハイラーの取り柄は、誰にでも彼と共同で作業することを許す点だ。彼は深い意味で民主的なのだ。

壁画……さて、そこには私がいまだかつて見たことがないような魚がいた。おそらく見たことがある人はほんのわずかだろう、幸運にも振顫譫妄症の発作を時折楽しむことができるような人でないかぎりは。彼は誓って言う、そのひとつも彼が考案したものではないと――それらはみな実在し、名前があるというのだから、きっと属とか生息地とかもあるのだろう。私は彼の学識に疑義を挟むつもりはない、なぜならそれは私にとって広大過ぎるからだ。私が知っている魚はほんのわずかで、ほとんどが食べられるもので、シーバス、アミキリ、タイ、サバ、ニシンなどだ。それから舌平目の切り身、私の大好物だ。これらはありきたりな魚で、ハイラーはきっとそれに飽きたのだろう。それで彼は珍しい標本を掘り返し、その生息環境を再構成し始めたのだ、もちろん頭のなかで。興味深いのが、装飾は明らかにフロイト的なのに、陽気で刺激的で最高に健康的でもあることだ。魚が抽象化されたときですら、それは触ったり食べたりできて、とても滑稽である。一緒に暮らせる魚、とでも言えばわかってもらえるだろうか。フロイトの魚が不愛想で、たいていは毒をもち、ひどく消化しづらいのに対し、ハイラーの魚は非イデオロギー的だ。それは可塑的で、色鮮やかで、快活で、見分けがつきやすい、まるでパプア人かパタゴニア人か、カタツムリかナメクジみたいに。それは微笑みかけてくる、たとえどんな天気の日でも。たとえヒトラーが覗き込んでも、それは微笑み返すだろう。それは怖れがなく、束縛されず、自意識がない。魚たちは、言わばわれわれの祖先のようなものだ。魚たちは永久に防腐保存処置をされているが、近くに博物館や墓地や死体安置所のようなものはない。自分の脂肉で泳ぎ、まわりの空気から滋養を得る。ハイラーはそのように魚たちを作り上げ、魚たちはそのように留まり続ける。

さて、私はハイラーに手紙を書いたのだが、まあ、それはもう話した、それで数カ月後に彼から返事が来

サンフランシスコ市アクアティック・パークにあるヒレア・ハイラーの壁画の一パネル。本人提供。撮影者不詳。

たのだ。壁画についての深遠な見解を得たい人たちのために、それをここに引用しよう——

「[……]この話のついでに、それら（壁画）と関連して大切なことをいくつか君に教えるとおもしろいかもしれない、私が考えていたことが、君のそれらと関連した反応と思考と、はたして関係があるのかどうか——？

一、それらはまず第一に「浮かぶアラベスク」である——色彩による装飾——あるいは自由な形を作れるデザインと色彩。（私はそう願う）

二、直線と正しい角度、水平のものと垂直のものが導入されなければならなかった、なぜならそれらは建築的でなければならなかったからだ——したがって、アトランティス、ムー。

三、ほとんどの「影響」や芸術の材料は、太平洋のなかかあるいは超えたアジアから来たのであり、他の方角はまったくない。

まったく重要ではない付随的なこと（きれいな最初の贈り物）——水は誕生や再生の象徴、洪水、あるいは宗教と神話への信仰、生物学、精神分析、云々。文字どおりにも比喩的にも母。タカラガイと螺旋を下位象徴し代理する——(一語判読不能)——黄金——貝殻貨幣——インド洋を通って、ヴェニスへ、ロンドンへ、行商人の「真珠のボタン」へ、云々。ポリネシアの影響がアジアから太平洋岸へ「かつてはムーの山だった」イースター島を通じて、そして循環する神—生—死の動機は水の生と水の死、それはひとつの、あるいはその、あるいはわれわれの「文明」あるいは文化の生と死——なのか? 君のハムレット書簡ともそうかけ離れていないと、君なら思うかもしれないね! そしてわれわれはアジアの慣用句——「マニトゥーはアジアから生ずる」——が長い見地から見ればより正当であると確信するかもしれない。ベーリング海峡から来ようが、東インド諸島の環礁を越えて来ようが、あるいはアメリカン・インディアンからだろうが、メキシコ南部への旅が確信に変えてくれるかもしれない[……]」

同じ手紙で彼はハリウッドに「オカマ」クラブをこれから開くと私に知らせてくれている。[*] 小さなナイトクラブで、彼がモンパルナスで開いた店と似た感じなのだろうと思う。後者には、毎朝の日課の散歩のときに私は店のまえを通りがかったものだ。外の壁にハイラーはインディアンを描き、その色がずっと新鮮で活き活きとしたままだったので私は驚いた。それはいつでも、あたかもまえの日に描かれたばかりであるかのように見えた。キャンバスに描いてもそれは同じだ、特にあの一九二〇年代、彼が不滅の「南仏の公園」を描いたときは。映画監督ヒッチコックみたいに、彼はしばしば自分が描いている群衆のなかに紛れ込んでいるのだ——たいていは背中を向けて。彼は他人と混ざってそこにいて、自分の傑作を味わいたいのだ——あたかも内側から。南仏のどこかのベンチでいま彼とともに座っていられるなら、私はすべてを投げ出そう。そのベンチがプラスチック製だろうが、抽象だろうが、イデオロギー的であろうが、私は気にしない、ただそれが私たちを支え、無為に時を過ごすことを許してくれるなら。アメリカの公園がいかにひどいものであるかについてはすでに述べた。ハイラーが描く公園は、エリック・グートキンドによって未来の人々に贈られた「絶対的共同体」に属している。樹々は自然の樹ではなく、夢の樹でもなく、永遠の樹であり、その根は人類の壮大無辺の意識に根付いている。それらは単に日陰や実を与えてくれるばかりではない。生命を与えるのだ。そういうわけで、私が彼と彼の公園のことを懐かしく思うとき、私は自分のなかで何かが拡張し、現実それ自体のようなものが拡張するのを感じ、それとともに宇宙、神という概念、終わりのない生と死の果てしないパノラマを感じ、そして私は跳び上がり、忘我の状態を振り払い、温かく彼を抱擁したくなるのだ。

(注意　これはグッゲンハイム奨学金のための無料広告である。)

*

速報——あっという間に失敗。店はすでに閉店している。

南部

南部は広大な領野であり、それについて書こうと思えば人は永久に書き続けることができる。私は南部についてほとんど何も書いたことがないが、それでも南部――そして南西部、それはまったく別世界だが――のふたつはアメリカのなかでもっとも私の心を深く揺さぶる地域だ。古い南部には戦場がたくさんあり、誰もがまずそのことに印象を受ける。南部は北部の手によって味わわされた敗北から回復したためしがない。敗北とは単に軍事的な敗北である――それが強烈に感じられるのだ。南部人は人生に対して異なるリズム、異なる態度をもっている。自分が間違っているなどとはどうあろうと考えない。心の底で、南部人は北部の人間に対して最大限の軽蔑を抱いている。南部には南部のアイドルがいて――戦士、政治家、文学者――その名声と栄光はどんな敗北によっても色褪せたことがない。南部はあらゆる面でかたくなに北部に反対したままだ。望みのない戦いを続ける様は、アイルランド人がイングランドに対抗しているのによく似ている。

北部の人間はこの雰囲気に違和感を覚える。心を害されずに南部に長く住み続けることは不可能だろう。気候、風景、作法と習慣、物柔らかな話し方が、抵抗しがたい魅力を発する。南部のこの世界は、この国の他のどんな地域よりも、詩人が想像する夢の暮らしに符合している。少しずつながら、この夢の世界は北部の精神にはびこられ、毒されている。南部は征服者の踵のもとに崩れ落ちている。ローマからサバンナまで、むかしの馬車の道に沿って、いまでもシャーマン将軍の海への行進の道をたどることができる。それは破壊者の道であり、戦争は地獄だと言って大砲と刀剣でそれを実行した軍人の道だ。南部はシャーマンを決して忘れず、彼を決して許さない。

ゲッティスバーグで、ブルランで、マナサスで、フレデリックスバーグで、スポットシルバニア・コートハウスで、ミッショナリー・リッジで、ヴィックスバーグで、私はこの偉大な共和国が四年の長きにわたって縛り付けられた恐ろしい死の闘争をこの目に思い浮かべようとした。私は世界の各地で多くの戦場に立ったことがあるが、それでも南部の死者たちの墓のそばに立つとき、戦争の恐怖が身の毛もよだつような痛烈さで私を襲う。この大きな不和の結果が、われわれ国家が総動員で生んだ途方もない犠牲を正当化できるとは微塵たりとも思わない。そこにあるのはただ、生命と財産の膨大な浪費、力による権利の主張、ひとつの不正の形から別の不正への置換だけだ。南部はいまだに傷口を大きく開いている。新たなアトランタは、過去のそれを燃やした灰から生まれたが、それは北部と南部両方の邪悪で醜い特徴を組み合わせた、おぞましくも得体の知れない都市である。新しいリッチモンドには生命も個性もない。ニューオーリンズは小さなフレンチ・クォーターにのみ息づいているが、それすら急速に破壊されている。チャールストンは美しい思い出であり、両脚を蘇生された屍だ。サバンナは生きた墓であり、そこにはいまでも古代コリントのような官能的な雰囲気が漂っている。こういった過去の燃えさしのなかで、南部人は大胆不敵に進むのである。北部の人間と比べて、南部人は魅力的で優雅で礼儀正しく品位があり洗練された存在だ。彼は繊細で怒りっぽくもあり、荒っぽく爆発を起こすのも容易で、北部人にとってはそれがいつ起こるか予想もつかない。なかにはまだジェファーソンの時代の威風堂々な暮らしをしている人も見かける。一方では動物のような暮らしをする者もいて、その状態はアフリカやその他の文明の行き届かない地域の人々の原始状態と変わらないくらいだ。そこでは文明の恩恵とは白人によって押し付けられたものに過ぎない。時折、壊れかけた大邸宅が貧しい、半分頭がいかれた哀れな人々に占拠され、消えゆく過去の遺物に囲まれているのを見かける。美しい地域も、たとえばシャーロッツビル周辺などもあるが、そういったところには大富豪しかいないようである。たとえば南北カロライナには工場町があるが、ペンシルバニアやウエストヴァージニアの炭鉱町と同じく、人を恐怖と嫌悪で満たす。農業地域があり、かつてオールド・ドミニオンと呼ばれたヴァージニアでは、土地が美しさと静けさをたたえ、旧世界のどの地域も匹敵にならない。美しい景色なら、チャタヌガ、ハーパーズ・フェリー、アッシュビル、あるいはブルーリッジの尾根に沿って、あるいはグレートスモーキー山脈の山あいなど、いくつか挙げられるが、それらは人の心に深い永続的な平和を醸し出す。湿地帯ならオケフエノキーやヴァージニアのグレートディズマル湿地があり、言葉にならない畏怖と憧憬を引き起こす。他のどこでも見たことのないような木、植物、低木、花があり、それらは並外れて美しいばかりではなく、心にとり憑き、ほとんど圧倒的なまでにノスタルジーを掻き立てる。ミシシッピ州ビロクシでは、一世紀前にギリシャ人が植えた樫の並木があり、驚くほど美しく壮麗なので、見る者は息を呑む。ノースカロライナのブラック・マウンテン・カレッジの昇降段からは山々と森林を見渡すことができて、夢に見るアジアの世界のようだ。ルイジアナではバイユーの地域が広がり、その自然の美しさは中国の詩人しか言葉にできない。ルイジアナ州ニューイベリアには、ひとつだけ例を挙げれば、ウィークス・ホールが所有する家宅と庭園があり、それは本質においても事実においても夢が現実となって現れたものである。

ミシシッピでは、その名の大きな川の岸辺近くにあるウィンザー廃墟を私は訪れた。この大邸宅跡でいま残っているのは、高い、蔦の絡まるギリシャ式円柱だけだ。優雅で謎に満ちた廃墟が南部じゅうにたくさんあり、あまりにも死と荒廃が漂い、あまりにも幽霊が溢れている。そしていつでももっともふさわしい場所にあり、あたかもその枢要を狙った侵略者が犠牲者の誇りと望みも打ち砕いたかのようだ。この将来有望な土地がもしも戦争による破壊を免れていたなら、いったいどうなっていたのだろう、と人は熟考せずにはいられない、なぜなら、われらの南部州では、「奴隷文化」と呼ばれる文化はほんの最初の開花を見せただけだったからだ。インド、エジプト、ローマ、ギリシャの奴隷文化が世界に何を残したか、われわれは知っている。われわれはその遺産に感謝はする。だがその贈り物を足蹴にする、なぜならそれは不正から生まれたものだからだ。古代の財宝を見て、何と邪悪な代価でそれが生み出されたものかと考える人は稀である。こういった過去の奇跡を目の当たりにして、誰がこう叫ぶ勇気をもつだろうか――「たとえひとりの人間でも権利としての自由を奪われてしまうのなら、こんなものはなかったほうがましだ！」

　チャールストン、サバンナ、ニューオーリンズなどを土壌として、いったいどんな素晴らしいものが開花していただろうか！　先日、旅の本をめくっていて、私はブルマの旧首都、パガン王朝の滅びた都市のことを読み、吃驚仰天した。「月光のもと骨のように白くなって私たちの目の前にあるのはかつてブルマの首都だった場所の廃墟で、五千もの卒塔婆、仏塔、寺院が紀元前一〇八年からあり、百平方マイルにわたって広がっている……パガン王朝の全盛期には仏塔と祠堂と僧院が無数にあったと言われている。いまでも五千の残存が確認できる。それらが地面に密集しているので、パガン人の巧みな手に成る聖品に触れずして足を一歩動かすこともままならない。*」

　インドの聖なる都市が残した不滅の光彩に類するものをこの大陸が世界に果たして残しうるのか、まったく疑わしい。おそらく南西部の岩窟居住人〔有史以前にいたプエブロ族の祖先〕が残したものだけがここアメリカでは、他の偉大な民族の遺跡が旅行者に与えるのにわずかながら類似した感情を呼び起こすことができるのだろう。ルイジアナのエイヴリー島で、私は巨大な仏像に出くわしたのだが、それは中国からもってきたもので、ガラス

＊　ハッソルト・デイヴィス『眼の国』。

の檻で保護されていた。そんな奇妙な状態で見るとは驚きだった。それは風景を占領し、それ自体が芸術作品であり、なぜそうなのかは説明が困難だった。エイヴリー島はアカディア地方の中心にある異国風の土地だ。そこには岩塩坑があり、その内部は『千夜一夜物語』に出てくる伝説のような建物の内装に似ている。竹林があり、その土壌が光を反射し、『ペレアスとメリザンデ』の半透明な魅惑を伝える。バードサンクチュアリーがあり、人はW・H・ハドスンの『パープル・ランド』のページを思い浮かべる。それは肉体、形態、実質において風変わりなものすべてのための安息の地であり、避難場だ。広大なジャングル庭園の真ん中で、不動で不出のものとして鎮座しているのが、中国で八、九百年前に作られた仏陀の彫像だ。たとえ人がエンパイア・ステート・ビルの二倍の高さの摩天楼にいきなり遭遇したとしても、この静かな彫像が鬱蒼として縺れかえったエイヴリー島の風景を占領しているのを見ることに比べれば、まったく驚きもしないだろう。ほとんど威圧的なまでの平衡と静けさがこの巨大な仏像から発散されている。その光景は、それを魅惑的なものにしようとして費やされた多大な配慮にもかかわらず、この移植された偶像をまえにして、仏陀に対して束の間の不必要な保護を与えているガラスと同じくらい壊れやすそうに見える。平衡と静けさが、終わりのない持続を確実なものと思わせる。ルイジアナの大地はますます落ち着きなく、興奮して、繁栄しては腐敗することを必定とする生命を宿しているようだ。太陽の角度がどうあれ、仏陀の影は正確無比に地面に落ち、重力と威厳をたたえ、あたかも寸分たがわぬ正確さで希望、欲望、勇気、信仰の最大限度を制定しているかのようだ。

古き南部には何千もの夢の地がある。小さな南部連合記念公園のベンチに座るもよし、波止場から身を乗り出すもよし、あるいは絶壁に立ってインディアン居留区を眺めるのもよし。空気は柔らかく、静かで、香しく、世界は眠っているように見えるが、しかしそこかしこに魔法のような名前、歴史を作った出来事、発明、探検、発見が溢れかえっている。米、タバコ、木綿――この三つの材料からだけでも南部は人間活動の豪華絢爛たる交響ページェントを作り出した。

　もうすべて終わりだ。新しい南部が生まれようとしている。古い南部は過去に埋没した。だが、灰はまだ温かい。

補遺

旅を始めるにあたって、ラトナーと私はともにグッゲンハイム奨学金に応募した。私たちはすべての質問に忠実に回答し、世評が高く私たちの求めを推奨してくれそうな人物の名前を数人分提出し、それから全体的に、私たちが低能でも未成年でも狂人でもアル中でもないことを事実として誓った。さらには、必要とされる過去の作品例とともに、進行中の作品の計画書も提出した。却下の通知が来たとき、封筒のなかには誰に奨学金が与えられどんな研究目的かを記した謄写版印刷の紙片が入っているのを見つけた。一九四一年度の奨学金がグッゲンハイムの伝統に基づき公正に選ばれたものと信じて、ここにいくつかの例を拾い、読者の慰めとしよう。

エルンスト・クリーヴランド・アッビ博士、ミネソタ大学准教授（植物学）。東部亜北極の極度に氷結した地帯における植物の成長に対しての歴史的・気候的・地質学的要因の関係についての研究。

ソロモン・E・アッシュ博士、ブルックリン・カレッジ准教授（心理学）。意見と態度の形成と変化に関する研究書の準備。

ルイス・E・アサートン博士、ミズーリ大学助教授（歴史学）。奴隷制期における小さな町や地域の商人の政治的・社会的・経済的・知的地位と影響に関する研究。

ロイ・フランクリン・バートン博士、フィリピン諸島サガダのセント・アンドリュース高校教員（数学）。フィリピン諸島イフガオ州の多神教で棚田を作る人々の労働時や通夜に歌われる一連の叙事詩ハドハドの録音、翻訳、注釈。

ウィルバー・ジョゼフ・キャッシュ氏、ノースカロライナ州シャーロット『シャーロット・ニュース』新聞記者。創作。

アンドレ・ベンジャミン・デラットル博士、ウェイン大学助教授（ロマンス語）。ヴォルテールとテオドール、フランソワ、ジャン＝ロベール・トロンチン兄弟の書簡集の編集準備。

ポール・セオドア・エルズワース博士、シンシナティ大学助教授（経済学）。一九二〇―一九四〇年における国際変化に合わせ再調整されたチリ経済の研究。

エイドリアンス・シャーウッド・フォスター博士、カリフォルニア大学准教授（植物学）。熱帯性のシダ類、裸子植物、木性被子植物と他の植物の芽における分裂組織の比較細胞組織学研究。

エドワード・ガーデン博士、ブルックリン・カレッジ講師（心理学）。分離現象に対する神経心理学的決定要因の比較調査。

アリスティド・V・グロス博士、ニューヨーク州ブロンクスビル在住の化学者。ウラン、プロトアクチニウム、トリウムによる中性子爆弾の製造に関する研究の継続（更新）。

ジョージ・カトナ博士、ニューヨーク市在住の精神分析医。学習心理学の領域、特に理解による学習と暗記とドリルによる学習の差異に関する研究の継続（更新）。

ウィリアム・クリスチャン・クランバイン博士、シカゴ大学助教授（地質学）。沈殿物が浸食され、形を変え、自然にみられる堆積物へと区分けされる動的なプロセスの調査。

クラレンス・ディキンソン・ロング・ジュニア博士、コネティカット州ミドルタウン、ウェズリアン大学助教授（経済学）。合衆国失業史研究。

アーサー・J・マーダー博士、ハーヴァード大学国際研究所及びラドクリフ・カレッジ助教。ドレッドノート戦艦時代の英国の海軍力に関する書物の準備。

エデュアルド・ニール＝シルヴァ博士、ウィスコンシン大学助教授（スペイン語）。スペイン系アメリカ人の社会派小説、特にホセ・エウスタシオ・リヴェラの作品に関する研究。

エリオット・ファーネス・ポーター博士、イリノイ州ハバードウッズ在住の生物学者・写真家。合衆国の特定種の鳥類についての白黒及びカラーによる写真撮影記録。

ドロシー・メアリー・スペンサー博士、カリフォルニア大学講師（人類学）。インド、ビハール州チョーター・ナーグプル高原のムンダリ語を話す民族の研究。

ハーヴェイ・エリオット・ホワイト博士、カリフォルニア大学准教授（物理学）。マウナロア火山が発生する気体の分光器による研究分析。

デイヴィッド・ハリス・ウィルソン博士、ミネソタ大学准教授（歴史学）。イングランド及びスコットランド国王ジェームズI世の伝記の準備。

フランシス・ダナム・ウォーマス博士、インディアナ大学助教授（政治学）。政治理論の領域、特に三権分立の原則に関する研究。

賢明なる読者へ——我こそ適格者と思う者は誰でもNYC五番街五五一番地ジョン・サイモン・グッゲンハイム記念財団事務局長ヘンリー・アレン・モーに一筆献上するとよい。

一九三〇年代にパリで作家活動を始めたヘンリー・ミラーは、三〇年代の終わりになると、迫りよる戦火のためにフランス退去を命じられた。アメリカに帰国するまえに、友人でギリシャ在住の作家ロレンス・ダレルの誘いを受け、一九三九年にギリシャを周遊する。西洋が破壊と殺戮の時代を迎えるなか、ギリシャの地に失われた楽園を見出し、束の間の至福の時を過ごしたその記録が、第一期ヘンリー・ミラー・コレクション所収の『マルーシの巨像』であった。一九三九年十二月、ついにギリシャからも退去を余儀なくされ、船旅の末に翌年一月、十年ぶりに祖国の地をミラーは踏んだ。そこから本書『冷暖房完備の悪夢』は始まる。

アメリカについての本を書く、という着想はパリ時代からミラーにはあった。偉大なアメリカ作家たちはみなアメリカについての本を書いているのだから、自分も肩を並べられるかもしれないと考えた。だが、それがどのような本になるかは見当もつかなかった。物質主義のアメリカにいては自分は作家になれないと考えパリへと渡ったミラーは、果たして自分が祖国と和解できるのか、わからなかった。彼を待ち受けていたアメリカは、機械と合理主義に支配された醜悪なものでしかなかった。ミラーはその醜悪さを徹底的に暴き立てることを決心し、そのためにまずアメリカ中を旅してアメリカを知らなければならないと考えた。

友人の画家エイブ・ラトナーとともに構想を膨らませ、当初はラトナーの挿画入りの本になるはずだった。出版費用を捻出するために、ふたりは書類をそろえてグッゲンハイム記念奨学金に応募するが、結果は不採用。この件については本書の補遺で、採用された他の研究テーマを羅列してミラーは憂さ晴らしをしている。

グッゲンハイム記念財団のウェブサイトは、毎年の採用者を過去にさかのぼって公表している。一九四一年度の採用者を確認すれば、ミラーが挙げていたのはすべて実名の研究者による実在の研究であることがわかる。ミラーからすれば、それら研究と称されるものがいかに皮相で陳腐なものであるか、皮肉を込めずにはいられなかったのだろう。一方、いまとなっては無名の作家が数人、著書の執筆を目的として採用されているにもかかわらず、ミラーが不採用になっている。ヨーロッパではすでに名を知られていたがアメリカでは主要作品が発禁状態にあったミラーの作家としての評価が、当時いかにアメリカ国内で低かったかがわかる。ちなみに同年度には、ポール・ボウルズが作曲の分野で奨学金採用を受けている。

ふたりはダブルデイ社と契約し、前金として五百ドルを受け取る。五十歳近くになって運転経験のなかったミラーは、数日間の講習を受け、一九三二年型の中古ビュイックを百ドルで買い、一九四〇年十月、ラトナーとともにアメリカ一周自動車の旅に出た。

ここでミラーの旅程を、メアリー・V・ディアボーン『この世で一番幸せな男』(室岡博訳、水声社)とロバート・ファーガソンによる伝記(未訳)にもとづいてたどってみよう。十月二十四日にニューヨークを出発したふたりは、ニューアークで多少道に迷いつつも、最初の停泊地ペンシルバニア州ニューホープに到着する。その後、ワシントンDCを経てヴァージニア州ボーリンググリーンに行き、カレス・クロスビー所有の大邸宅でサルバドール・ダリ夫妻に会う。ノースカロライナを経てサウスカロライナ州チャールストンへ至り、翌年一月、ルイジアナ州ニューイベリアのウィークス・ホール邸をふたりは訪れる。ホール邸に一カ月滞在のあいだ、ふたりはニューオーリンズにも出向く。ラトナーは用事のためニューヨークへ戻り、ここからはミラーひとりで旅を続けることになる。南部諸州をまわり、ミシシッピ州ナチェズで父の容態が悪化したことを聞き、旅を中断して車をナチェズに置いたままニューヨークへ戻る。そこで父の死に直面する。

一九四一年三月二日、旅を再開し、ミラーは電車を利用して北ルートで移動する。オハイオ、ミシガンを経て、ウィスコンシン州ケノーシャでラファイエット・ヤングとジョン・ダッドリーと再会。シカゴからナチェズへ行き、ふたたび車を拾う。アーカンソー、テキサス、ペトリファイドフォレスト、ペインテド砂漠、グランドキャニオン、アルバカーキを経てカリフォルニア州に入り、ハリウッドとサンフランシスコを訪れて、本書の旅程をほぼ終える。その後ミラーは北ルートでワイオミング、オハイオを経由して十月、ニューヨークに帰還する。全行程二万五千マイルに及ぶアメリカの旅だった。

これほどまでの旅を挙行しながら、それでもミラーはこう書きつける。「語るに値するアメリカ的生活などというものは、三十頁もあればすべて書き尽くすこともできるだろう。」旅行中もっとも印象に残った体験は、ホテルの一室でロマン・ロランを読んだことだとさえ言い放つ。では、三百頁をも費やして彼はいったい何を書こうとしたのか。

水声社刊行のヘンリー・ミラー論集『ヘンリー・ミラーを読む』で、私はすでに拙論「路上のオルフェウス」において、『マルーシの巨像』と『冷暖房完備の悪夢』のふたつの旅行記における予言的ビジョンについて論じた。そこでの議論を要約すると、まずバートランド・マテューが『マルーシの巨像』におけるミラーを「幻視する詩人の原型としてのオルフェウス」になぞらえて称賛した。その仮説を拡大延長し、続く『冷暖房完備の悪夢』こそ、予言的ビジョンがいかんなく発揮された作品だと私は説いた。ここでミラーが幻視するのは、殺戮の時代の到来による西洋文明の崩壊である。

文明の崩壊などというと大げさな虚言に思われるかもしれないが、しかしこの作品の執筆時期が、一九四〇年から四一年という、まさに西洋世界が大戦へと向かう危機と不安の状況に重なるのだから、ミラーが世界の破滅を憂慮するのは何ら不思議なことではない。だが、アメリカの豊かさには改めて驚かされる。一九四〇年にわが国の置かれていた状況を想像して比較すると、アメリカではミラーが自動車で国内旅行を敢行し、通り過ぎる車はエアコンを搭載していて、ハリウッドでは金持ちたちの無意味なパーティが催されていたというのだから大きな違いだろう。

ディアボーンによれば、本書は一九四一年十二月二十五日に書き終えられたという。同月七日には日本軍による真珠湾攻撃が勃発し、ミラーは徹底的な反戦論である「殺人者を殺せ」を同時進行で書き上げた。われわれひとりひとりの心のうちに潜む殺人者たちを抹殺しないかぎり、戦争がなくなって平和が訪れることはない、とミラーは訴える。真珠湾攻撃直後に、戦争を終わらせるための戦争というレトリックは欺瞞だと非難し、あらゆる報復は無意味だと彼は主張した。二〇〇一年のNY同時多発テロ事件の直後に、ひとりの作家があらゆる報復は無意味だと主張することを思い浮べて比較すれば、ミラーの先鋭的な政治的立場がよくわかるであろう。この作品は水声社第一期ヘンリー・ミラー・コレクション『殺人者を殺せ』に収められているので、それにより「政治的作家」ミラーの思想にぜひ触れていただきたい。

当初ミラーは、『アメリカ――冷暖房完備の悪夢』の総題のもとに二巻本となる作品を企図していた。実際に書き上がったのは本書と、「殺人者を殺せ」を所収するエッセイ集『追憶への追憶』だった。『追憶への追憶』はもはやアメリカ旅行をテーマとしていない作品の寄せ集めで、ただ「冷暖房完備の悪夢第二巻」という副題が添えられている。

『マルーシの巨像』ではミラーが確かにギリシャを経巡り、その地がもつ美しいイメージや神話性が連続していたのに対し、『冷暖房完備の悪夢』は断片的であり、各章の連続性はほとんどない。最初に同行していたはずのエイブ・ラトナーは特に説明もなく途中から姿を消してしまう。ジョン・マリンとアルフレッド・スティーグリッツに会ったのは旅に出る前の話だし、エドガー・ヴァレーズとはどこで会ったのかも記されない。アラバマ州モビールには訪れもせず、夢に見たその世界を語る。「木星を見た夜」はパリ時代の回顧であるし、パリへの追想は随所に見られる。一冊のアメリカ旅行記としての統一性はおよそ感じられない。

これは各章が単独の作品としてそれぞれ書かれ、最初に文芸小雑誌に掲載された後、それらが一冊にまとめられたことを理由としている。多産な作家であるミラーが同時期に書いた作品のなかで、アメリカ旅行に関するものは本書に、それ以外は『追憶への追憶』に収められた。大戦のさ中、アメリカ国内では愛国心が高まり、すでに発表された内容から出版社は出版を躊躇した。アメリカを「冷暖房完備の悪夢」として断罪し、白人が築いてきた歴史の欺瞞を暴き立てるミラーの筆致は、戦争時に受け入れられがたかった。最初に契約したダブルデイ社は撤退し、ニューディレクションズ社から一九四五年になってようやく出版され、第二巻の『追憶への追憶』は一九四七年に出版された。

アメリカを旅しながら、ミラーは北部の工業地帯やアメリカ的生活を徹底的に呪詛し、アメリカ的生活とはかけ離れて暮らす有名無名の芸術家たちとの触れ合いを喜ぶ。市井の人々に目を向け、南部の伝統に感銘を受け、自然による造形美に心を打たれる。「なぜアメリカにおいて、偉大な芸術作品はことごとく自然の営みによって作られるのか？」と彼は自問する。「ヨーロッパの大聖堂、アジアやエジプトの寺院に匹敵するようなものは、アメリカのどこを探しても見つからない――信仰と愛と情熱によって作られた不朽の記念碑などは。興奮もなく、熱意も熱情もない――ただ実務機会を増やし、交通機関を発達させ、開発地域を無情に拡大しようとするだけだ。その結果は？　すみやかに衰退していく人々、その三分の一ほどが極貧にあえぎ、頭がよくて裕福な連中は産児制限してみずからの人口を減らし、敗者はさらに無法者と化し、犯罪傾向を増し、あらゆる面で腐敗堕落していく。」ミラーがここで見たアメリカは一九四〇年のアメリカに過ぎないのか、あるいは二十一世紀のアメリカをすでに幻視していたのか。

本書は通常の意味でのアメリカ旅行記ではなく、そこにアメリカについてのガイドブック的情報は期待できない。アメリカ批判というアメリカ文学の伝統に連なる作品として読まれるべきだろう。南部の食事メニュー、ホテルのパンフレット、グッゲンハイム奨学金受給者の研究テーマといった、非文学的テキストを好んで引用するのはいかにもミラーらしい。『北回帰線』でコラージュや過去に書いた断片の挿入などの実験を試み、小説作法を解体したのに似た精神が息づいている。

本書は旅行記ではない。では、これは何か？　この問いに対して、ミラーの読者なら『北回帰線』の冒頭の一節を答えとして思い浮かべるはずである。「それではこれは？　これは本ではない。これは誹謗、中傷、人格の毀損である。これは通常の意味での本ではない。その通り、これは長たらしい侮辱、芸術に向かって吐きかけられたつばのかたまり、神、人間、運命、時間、愛、美……なんであれ、そいつらの尻を蹴とばすことだ。」（本田康典訳、水声社）本書では、つばを吐きかける相手が既存の芸術から、アメリカへと変わったのだ。この点において、『冷暖房完備の悪夢』は『北回帰線』と同じくミラーらしい、既存の文学形式への挑発だと言えよう。『冷暖房完備の悪夢』を小説として読む解釈が今後増えてくるかもしれない。

本書は *The Air-Conditioned Nightmare* (NY: New Directions, 1945) の全訳である。一九五四年の新潮社版、大久保康雄による初訳以来、『冷房装置の悪夢』という訳題が知られ、水声社のこれまでの刊行物でもその表記が採用されている。だが、今回の新訳にあたって、もう少し原題の意を伝えるタイトルにできないかと編集委員から提案があった。なるほど、『冷房装置の悪夢』という題は、シュルレアリスティックな響きはあるが、原題がもつ本来の意味を伝えきれていないようだ。アメリカとはエアコンの利いた悪夢だという、原題のもつシンプルな意を伝えるように新訳題を案出した。

アメリカの最大の悪夢は、悪夢のなかでもエアコンが効いていて過ごしやすいということである。悪夢とわかっていながら、その一方で居心地のよさのため、そこから抜け出すことができない。進歩、利便、合理性のもとに、芸術家たちは居場所を失ってしまう。
デヴィッド・K・シプラーの『ワーキング・プア』が話題になったことは記憶に新しい。多くの生活保護受給者を調査した著者は、貧困者の多くが携帯電話をもち、百チャンネル受信可能なケーブルテレビと契約していることに違和感を抱いた。アメリカでは、貧困という悪夢のなかでもどこか居心地がよいのだ。
アメリカ合衆国に移住する移民たちは、アメリカの格差社会や差別を経験するかもしれない。どんなにアメリカの悪夢を経験しようとも、祖国に戻ろうとは思わないだろう。アメリカの生活の快適さとは、抗しきれない魅力なのである。ミラー自身も、冷暖房完備の悪夢から決して抜け出ることはできない。どんなにアメリカを呪詛しようと、どんなに戦争を批判しようと、豊かで平和な国アメリカに安住していることは打ち消せない。それでもなお、アメリカを批判することはアメリカ作家の使命である。われわれ現代人は冷暖房完備の悪夢のなかに閉じ込められている。エアコンの快適さのせいで、それが悪夢であることを忘れてしまってはいけない。

二〇〇四年の第一回配本から十五年をかけ、本書をもって第一期全十巻、第二期全六巻のヘンリー・ミラー・コレクションが完結した。そのあいだ何人もの担当編集者が行き来したが、最終的に長きにわたってお世話になった飛田陽子氏に感謝の念を捧げる。また、このような時代にこのような文学選集を出し続け、アマゾン社にも抵抗する水声社の社主鈴木宏氏に敬意を表する。

金澤智

訳者について——

金澤智（かなざわさとし）　一九六五年、東京都に生まれる。早稲田大学大学院文学研究科英文学専攻修士課程修了。専攻、アメリカ文化・比較文化。現在、高崎商科大学商学部教授。主な著書に、『アメリカ映画とカラーライン——映像が侵犯する人種境界線』（水声社、二〇一四年）、『アメリカの旅の文学——ワンダーの世界を歩く』（共著、昭和堂、二〇〇九年）、『ヘンリー・ミラーを読む』（共著、水声社、二〇〇八年）、主な訳書に、ヘンリー・ミラー『マルーシの巨像』（水声社、二〇〇四年）などがある。

装幀——宗利淳一

ヘンリー・ミラー・コレクション⑫

冷暖房完備の悪夢

二〇一九年一〇月二五日第一版第一刷印刷　二〇一九年一〇月三〇日第一版第一刷発行

著者――ヘンリー・ミラー
訳者――金澤智
発行者――鈴木宏
発行所――株式会社水声社
東京都文京区小石川二―七―五　郵便番号一一二―〇〇〇二
電話〇三―三八一八―六〇四〇　FAX〇三―三八一八―二四三七
［編集部］横浜市港北区新吉田東一―七七―一七　郵便番号二二三―〇〇五八
電話〇四五―七一七―五三五六　FAX〇四五―七一七―五三五七
郵便振替〇〇一八〇―四―六五四一〇〇
URL : http://www.suiseisha.net

印刷・製本――モリモト印刷

ISBN978-4-8010-0001-8
乱丁・落丁本はお取り替えいたします。

ヘンリー・ミラー・コレクション　編集＝飛田茂雄＋本田康典＋松田憲次郎

①　北回帰線　本田康典訳　三〇〇〇円
②　南回帰線　松田憲次郎訳　三八〇〇円
③　黒い春　山崎勉訳　二五〇〇円
④　クリシーの静かな日々　小林美智代＋田澤晴海＋飛田茂雄訳　二五〇〇円
⑤　マルーシの巨像　金澤智訳　二五〇〇円
⑥　セクサス　井上健訳　五〇〇〇円
⑦　プレクサス　武舎るみ訳　五〇〇〇円
⑧　ネクサス　田澤晴海訳　四五〇〇円
⑨　迷宮の作家たち　木村公一訳　二八〇〇円
⑩　殺人者を殺せ　金澤智＋飛田茂雄＋菅原聖喜訳　二五〇〇円
⑪　母　小林美智代訳　三〇〇〇円
⑫　冷暖房完備の悪夢　金澤智訳　三一〇〇円
⑬　わが生涯の書物　野平宗弘＋佐藤亨＋河野賢司ほか訳　五〇〇〇円
⑭　友だちの本　中村亨＋本田康典＋鈴木章能訳　四〇〇〇円
⑮　三島由紀夫の死　松田憲次郎＋小林美智代＋萩埜亮＋野平宗弘訳　二八〇〇円
⑯　対話／インタヴュー集成　松田憲次郎＋中村亨＋鈴木章能＋泉澤みゆき訳　三〇〇〇円

［全一六巻完結　セット定価五五〇〇〇円］

＊

ヘンリー・ミラーの八人目の妻　ホキ徳田　三二〇〇円
この世で一番幸せな男　メアリー・V・ディアボーン　室岡博訳　四五〇〇円
回想するヘンリー・ミラー　トゥインカ・スィーボード編　本田康典＋小林美智代＋泉澤みゆき訳　二〇〇〇円
ヘンリー・ミラーを読む　本田康典＋松田憲次郎編　三五〇〇円
ヘンリー・ミラーの文学　小林美智代　三五〇〇円
ミラーさんとピンチョンさん　レオポルト・マウラー　波戸岡景太訳　一五〇〇円

［価格はすべて税別］